ANDREW MILLER

Né à Bristol en 1960, Andrew Miller a vécu en Espagne, au Japon, en Irlande et en France. Il vit désormais dans le Somerset en Angleterre. Il est notamment l'auteur chez Albin Michel de *L'Homme sans douleur* (1998), *Casanova amoureux* (2000), et *Oxygène* (2002). Son dernier roman, *Dernier requiem pour les innocents* (Piranha, 2014) a reçu le Costa Book of the Year.

DERNIER REQUIEM POUR LES INNOCENTS

ANDREW MILLER

DERNIER REQUIEM POUR LES INNOCENTS

Traduit de l'anglais par David Tuaillon

PIRANHA

Titre original :
PURE

MIXTE
Papier issu de
sources responsables
FSC® C003309

Pocket, une marque d'Univers Poche,
est un éditeur qui s'engage pour la préservation
de son environnement et qui utilise du papier fabriqué
à partir de bois provenant de forêts gérées
de manière responsable.

ISBN : 978-2-266-26007-7

À la mémoire de mon père, le docteur Keith Miller,
et de mes amis Patrick Warren
et George Lachlan Brown.

PREMIER

Il arrivera, donc, ce moment où le soleil n'éclairera plus sur la terre que des hommes libres, ne reconnaissant d'autre maître que leur raison.

MARQUIS DE CONDORCET

1

Un jeune homme, jeune, mais pas *très* jeune, est assis dans une anti-chambre quelque part, dans une aile ou une autre du château de Versailles. Il attend. Cela fait longtemps qu'il attend.

La cheminée n'est pas allumée dans la pièce bien que nous soyons dans la troisième semaine d'octobre et qu'il fasse froid comme à la Chandeleur. Il en a les jambes et le dos raidis – à cause du froid, qui, en plus, ne l'a pas quitté depuis trois jours qu'il voyage : d'abord, de Bellême à Nogent, avec le cousin André, puis dans la diligence, bondée de gens aux visages rudes, en manteaux d'hiver, avec des paniers sur les genoux, des paquets à leurs pieds, certains avec leurs chiens ; un vieil homme avait même un coq dans son manteau. Trente heures jusqu'à Paris et la rue aux Ours, où ils sont descendus de voiture, sur le pavé autant que sur du crottin de cheval, et se sont dispersés à la porte de la compagnie de transport, en glissant comme s'ils étaient mal assurés sur leurs jambes. Puis ce matin, pour venir du logement qu'il avait pris rue... – rue quoi ? –, partir tôt sur une rosse de location afin de rejoindre Versailles, et tout cela un jour qui pourrait être le plus important de sa vie, ou rien du tout.

Il n'est pas seul dans la pièce. Un homme d'une quarantaine d'années est assis en face de lui, sur un fauteuil étroit, son frac boutonné jusqu'au menton, les yeux fermés, les mains croisées sur les genoux, avec au doigt une grosse bague qui semble assez ancienne. De temps à autre, il soupire, mais il est sinon parfaitement silencieux.

Derrière le dormeur, et de chaque côté de lui, des miroirs s'élèvent du parquet jusqu'aux moulures du plafond recouvertes de toiles d'araignées. Le château est plein de miroirs. Quand on vit ici, il doit être impossible de ne pas se voir cent fois par jour, chaque couloir est une source de vanité et de doute. Les miroirs devant lui, dont la surface est floue à cause de la poussière (un doigt qui n'avait rien de mieux à faire y a tracé une bite protubérante et à côté une fleur, peut-être une rose), renvoient une lumière verdâtre, comme si tout le bâtiment était sous l'eau, noyé. Et là, intégrée au naufrage, sa silhouette à lui, en habit marron, son visage trop peu reflété par ce miroir moucheté pour qu'on puisse le décrire ou en voir un trait particulier. Un ovale pâle sur un corps voûté, un corps dans un habit marron, un habit, cadeau de son père, coupé par Gontaut, dont les gens aiment à dire qu'il est le meilleur tailleur de Bellême, mais qui, en vérité, y est le seul tailleur, Bellême étant de ces endroits où un bon costume est transmis avec les biens d'un homme, comme la bouillotte en cuivre, la charrue et la herse, la selle de cheval. Il est un peu serré aux épaules, un peu ample à partir de la taille, un peu lourd sur les poignets, mais tout cela est honnêtement fait et parfaitement correct selon ses canons.

Il se masse fermement les cuisses, les os des genoux, puis il se baisse pour gratter quelque chose sur son bas gauche à la hauteur du mollet. Il a eu soin de garder ses bas aussi propres que possible, mais comme il est parti de nuit et qu'il s'est déplacé dans des rues qu'il ne connaissait pas, à une heure où les lanternes ne sont pas allumées, qui sait dans quoi il a bien pu marcher ? Il gratte son bas du bord du pouce. De la boue ? Espérons. Il n'essaie pas de sentir son pouce pour en savoir davantage.

Un petit chien fait son entrée. Ses griffes frôlent le sol. Il regarde l'homme, brièvement, avec ses gros yeux mi-clos, avant d'aller vers un vase, une grande amphore dorée laissée là à l'abandon ou en dépôt, dans un angle de la pièce couvert de miroirs. Il renifle, lève la patte. Une voix – âgée, de femme – l'appelle en roucoulant depuis le couloir. Une ombre franchit la porte ouverte ; le bruit d'un ourlet de soie qui frotte sur le sol ressemble à l'arrivée de la pluie. Le chien s'affaire après le vase, ses eaux glissent dessus et serpentent vers les pieds croisés de l'homme endormi. Le jeune regarde tout cela, comment le ruisseau fait son chemin sur la surface inégale du parquet, comment même la pisse de chien est soumise aux inaltérables lois de la physique...

Il est toujours en train de regarder (en ce jour qui pourrait être le plus important de sa vie ou rien du tout) quand la porte du bureau du ministre s'ouvre avec un bruit sec comme si on avait brisé les scellés d'une maison en quarantaine. Une silhouette, domestique ou secrétaire, au visage anguleux, aux yeux jaunes, lui fait signe en relevant légèrement le menton. Il se lève. Son aîné a ouvert les yeux. Ils ne se sont pas parlé, ils ne connaissent pas le nom l'un de l'autre, ils ont simplement passé ensemble trois heures froides un matin d'octobre. L'aîné sourit. C'est la plus sereine, la plus élégante expression au monde ; un sourire qui apparaît comme la fleur d'un savoir vaste et désintéressé. Le cadet lui fait un signe de tête, puis il se glisse derrière la porte entrouverte du bureau, rapidement, de peur qu'elle ne se ferme de nouveau devant lui, d'un seul coup et pour toujours.

2

« Saint Augustin, dit le ministre, tenant entre deux doigts un macaron en partie mangé, nous apprend que les honneurs rendus aux morts avaient pour principale fonction de consoler les vivants. Seule la prière était efficace. L'endroit où était enterré le corps importait peu. » Il revient à son macaron, le plonge dans un verre de vin blanc et le suce. Quelques miettes tombent sur les papiers empilés sur son énorme bureau. Le domestique, debout derrière le siège de son maître, regarde les miettes, professionnellement désemparé, mais ne fait rien pour les retirer.

« C'était un Africain, poursuit le ministre. Saint Augustin. Il a dû voir des lions, des éléphants. Avez-vous déjà vu un éléphant ?

— Non, Monseigneur.

— Il y en a un ici. Quelque part. Une grande bête de mélancolie qui se nourrit de vin de Bourgogne. Un cadeau du roi de Siam. Quand il arriva, du temps du grand-père de Sa Majesté, tous les chiens du château restèrent cachés pendant un mois. Puis ils s'habituèrent à lui, ils commencèrent à lui aboyer après, à le tourmenter. Si on ne l'avait éloigné pour le mettre à l'abri, ils l'auraient peut-être tué. À cinquante, ils y seraient peut-être parvenus. » Il jette un regard au jeune homme par-dessus son bureau, s'interrompt un instant, comme si l'éléphant et les chiens pouvaient être les personnages d'une parabole. « Où en étais-je ? demande-t-il.

— Saint Augustin ? » avance le jeune homme.

Le ministre acquiesce. « C'est l'Église médiévale qui commença cette pratique d'enterrer les morts à l'intérieur des églises, de façon, bien sûr, à ce qu'ils soient proches des reliques des saints. Quand une église était pleine, on les enterrait dans le terrain alentour. Honoré d'Autun appelle le cimetière un saint dortoir, le sein de l'Église, l'*ecclesia gremium*. À quel moment, d'après vous, commencèrent-ils à nous surpasser en nombre ?

— Qui, Monseigneur ?

— Les morts.

— Je ne sais pas, Monseigneur.

— Tôt, je crois. Tôt. » Le ministre termine son macaron. Le domestique lui donne une serviette. Le ministre s'essuie les doigts, chausse une paire de lorgnons à monture ronde et lit la feuille manuscrite sur le dessus de la pile en face de lui. La pièce est plus chaude que l'antichambre, mais pas de beaucoup. Un petit feu craque et parfois envoie dans la pièce de la fumée comme une plume. En dehors du bureau, il n'y a pas grand-chose en matière de meubles. Un petit portrait du roi. Un autre tableau qui semble représenter les derniers moments d'une chasse au sanglier. Une table avec une carafe et des verres dessus. Un lourd pot de chambre en porcelaine à côté de la cheminée.

Un parapluie en soie imperméabilisée posé sous la fenêtre. Par la fenêtre, rien d'autre que le ventre gris et moutonneux du ciel.

« Lestingois, dit le ministre en lisant la feuille. Vous êtes Jean-Marie Lestingois.

— Non, Monseigneur.

— Non ? » Le ministre regarde à nouveau la pile, en tire une seconde feuille de papier. « Baratte, alors, Jean-Baptiste Baratte ?

— Oui, Monseigneur.

— Une famille ancienne ?

— La famille de mon père est en ville, à Bellême, depuis plusieurs générations.

— Et votre père est gantier ?

— Un maître gantier, Monseigneur. Et nous possédons quelques terres. Un petit peu plus de huit acres.

— Huit ? » Le ministre s'autorise un sourire. De la poudre de sa perruque a blanchi la soie qui recouvre ses épaules. Son visage, se dit Jean-Baptiste, s'il avançait encore un tout petit peu plus, formerait un angle comme la lame d'une hache. « Le comte de S. dit que vous êtes travailleur, appliqué, avec de bonnes manières. Mais aussi que votre mère est protestante.

— Seulement ma mère, Monseigneur. Mon père... »

Le ministre agite la main pour le faire taire. « Comment vos parents disent leurs prières n'a aucun intérêt. Vous n'êtes pas pressenti pour le poste d'aumônier royal. » Il baisse de nouveau les yeux sur sa feuille. « Scolarisé chez les frères de l'Ordre oratorien de Nogent, après quoi, grâce à la générosité du comte, vous avez pu intégrer l'École royale des Ponts et Chaussées.

— Finalement, Monseigneur, en effet. J'ai eu l'honneur d'être formé là par maître Perronet.

— Qui ?

— Le grand Perronet, Monseigneur.

— Vous maîtrisez l'algèbre, la géométrie. L'hydraulique. Il est dit ici que vous avez construit un pont.

— Un petit pont, Monseigneur, sur les terres du comte.

— De la décoration ?

— Il y avait... C'était en partie cela, Monseigneur.

— Et vous avez de l'expérience dans les mines ?

— J'ai passé presque deux ans dans les mines près de Valenciennes. Le comte y a des intérêts.

— Il a de nombreux intérêts, Baratte. On ne couvre pas sa femme de diamants si on n'a pas des intérêts. » Le ministre vient peut-être de faire une blague et il faudrait dire en retour une chose pleine d'esprit, tout en restant respectueux, mais Jean-Baptiste ne pense pas à la femme du comte et ses bijoux, ni à sa maîtresse et ses bijoux, mais aux mineurs de Valenciennes. Une forme très particulière de pauvreté qu'aucune grâce de la nature, sous les voiles de fumée, ne vient soulager.

« Vous êtes vous-même un de ses intérêts, n'est-ce pas ?

— En effet, Monseigneur.

— Votre père a confectionné des gants pour le comte ?

— Oui, Monseigneur.

— Je pourrais lui en faire confectionner pour moi.

— Mon père est mort, Monseigneur.

— Oh ?

— Cela fait quelques années.

— Mort de quoi ?

— De maladie, Monseigneur. Une longue maladie.

— Sans nul doute, alors, vous souhaitez honorer sa mémoire.

— Oui, Monseigneur.

— Êtes-vous prêt à servir ?

— Je le suis.

— J'ai quelque chose pour vous, Baratte. Une entreprise qui, maniée avec le tact nécessaire, la discrétion nécessaire, assurera à votre petite ascension de continuer sans fléchir. Vous vous ferez un nom.

— Je vous suis reconnaissant de votre confiance, Monseigneur.

— Il est un peu tôt pour parler de confiance. Vous connaissez le cimetière des Innocents ?

— Un cimetière ?

— Près du marché des Halles.

— J'en ai entendu parler, Monseigneur.

— Il avale les cadavres de Paris depuis plus longtemps qu'on ne peut s'en souvenir. Depuis les temps antiques mêmes, alors que la ville excédait à peine les îles. Ce devait être tout à fait supportable alors. Un bout de terre avec rien autour, ou si peu. Mais la ville s'étendit. La ville l'absorba. On construisit une église. On construisit des murs autour du terrain d'ensevelissement. Et autour des murs, des maisons, des magasins, des tavernes. Toute une vie. Le cimetière devint célèbre, reconnu, un lieu de pèlerinage. Notre Mère l'Église gagna des fortunes en droits d'inhumation. Tant pour aller dans l'église. Un peu moins pour aller dans les galeries à l'extérieur. Les fosses communes, bien sûr, étaient gratuites. On ne peut pas demander à un homme de payer pour que ses restes soient empilés par-dessus d'autres comme des tranches de jambon.

» On m'a dit que pendant une seule épidémie de peste, on avait enterré aux Innocents cinquante mille corps en moins d'un mois. Et on continua ainsi, un cadavre par-dessus l'autre, une grande queue de chariots à morts tout le long de la rue Saint-Denis. Il y avait même des enterrements de nuit, à la lueur des torches. Un nombre qui dépasse tout calcul. D'immenses légions empaquetées dans un bout de terrain pas plus grand qu'un champ de pommes de terre. Pourtant, cela semblait ne déranger personne. Il n'y eut aucune protestation, pas de manifestation de dégoût. Cela semblait peut-être même normal. Puis, il y a à peu près une génération de cela, nous avons commencé à recevoir des plaintes. Parmi ceux qui habitaient à côté du cimetière, certains se mirent à trouver cette proximité déplaisante. La nourriture ne se conservait plus. Les chandelles s'éteignaient comme si deux doigts invisibles avaient pincé la mèche. Des gens qui descendaient leurs escaliers le matin étaient pris d'évanouissement. Cela créait aussi des troubles moraux, en particulier chez les jeunes. Des jeunes gens et des jeunes femmes à l'existence jusqu'alors sans tache...

» Une commission fut établie pour enquêter sur cette affaire. Un grand nombre de messieurs experts écrivirent un grand nombre de mots sur le sujet. On fit des recommandations, on dessina des plans pour des cimetières neufs, hygiéniques, qui se retrouveraient à nouveau en dehors des limites de la ville. Mais ces recommandations furent ignorées ; on mit les plans dans des rouleaux et on les jeta. Les morts continuèrent d'arriver aux portes des Innocents. D'une manière ou d'une autre, on leur trouvait de la place. Et cela aurait pu continuer ainsi, Baratte. Inutile de le discuter. Sans arrêt jusqu'aux trompettes du Jugement dernier, si, il y a maintenant cinq ans, le printemps n'avait pas été exceptionnellement pluvieux. Dans une des rues adjacentes, un mur souterrain qui séparait le cimetière de la cave d'une maison s'effondra. Dans la cave se déversa le contenu d'une fosse commune. Peut-être pourrez-vous imaginer le désagrément ressenti par ceux qui vivaient au-dessus de la cave, par leurs voisins, les voisins de leurs voisins, par tous ceux qui, en allant au lit la nuit, devaient se coucher en pensant au cimetière qui poussait, telle la mer vorace, contre les murs de leur maison. Il ne pouvait plus tenir ses morts. On pourrait enterrer son père ici et, en moins d'un mois, ne plus savoir où il est. Le roi lui-même en était préoccupé. L'ordre fut donné que les Innocents soient fermés. L'église comme le cimetière. Fermés sans délai, les portes cadenassées. Et, malgré les requêtes de Sa Grâce l'évêque, tout est resté ainsi. Fermé, vide, silencieux. Qu'en pensez-vous ?

— De quoi donc, Monseigneur ?

— Doit-on se contenter d'abandonner cet endroit ?

— C'est difficile à dire, Monseigneur, peut-être pas.

— Il pue.

— Oui, Monseigneur.

— Il y a des jours où je crois le sentir d'ici.

— Oui, Monseigneur.

— Il empoisonne la ville. Si on le laissait assez longtemps, il pourrait empoisonner non plus seulement les boutiquiers des alentours, mais le roi lui-même. Le roi et ses ministres.

— Oui, Monseigneur.
— Il faut l'enlever.
— L'enlever ?
— Le détruire. L'église, ainsi que le cimetière. Le lieu doit être rendu de nouveau sain. Par le feu, le soufre. Tous les moyens que vous jugerez bons pour vous en débarrasser.
— Et les... les occupants, Monseigneur ?
— Quels occupants ?
— Les morts.
— On s'en débarrasse. Jusqu'au dernier osselet. Pour ce faire, il faut un homme qui n'ait pas peur de ce qui est un peu désagréable. Quelqu'un qui ne se laisse pas intimider par les aboiements des prêtres. Qui ne soit pas sujet aux superstitions.
— Aux superstitions, Monseigneur ?
— Vous n'imaginez pas qu'un endroit comme les Innocents n'ait pas ses propres légendes ? On prétend même qu'une créature vit dans les ossuaires, une chose engendrée par un loup, quand il y avait encore des jours – des nuits, devrait-on dire – où les loups entraient dans les villes l'hiver. Auriez-vous peur d'une telle créature, Baratte ?
— Seulement si j'y croyais, Monseigneur.
— Pas de doute, vous êtes un sceptique. Un disciple de Voltaire. Je comprends qu'il attire tout particulièrement les jeunes gens de votre classe.
— Je suis... j'ai entendu dire, bien sûr...
— Oui, bien sûr. On le lit ici aussi. Davantage que vous ne le supposeriez. Quand il s'agit de bel esprit, nous sommes de parfaits démocrates. Et un homme qui avait autant d'argent que Voltaire ne peut pas avoir été complètement mauvais.

— Non, Monseigneur.

— Alors vous n'avez pas peur de votre ombre ?

— Non, Monseigneur.

— Ce travail sera à la fois délicat et grossier. Vous aurez pour vous l'autorité de ce ministère. Vous aurez de l'argent. Vous me ferez vos rapports par l'intermédiaire de mon agent, monsieur Lefosse. » Le ministre jette un regard par-dessus l'épaule de Jean-Baptiste. Jean-Baptiste se retourne. Sur un tabouret, derrière la porte, un homme est assis. Il n'a que le temps de remarquer ses doigts longs et blancs, ses longs membres habillés de noir. Les yeux aussi, bien sûr. Deux clous noirs, enfoncés dans un crâne.

« Vous direz tout à Lefosse. Il a ses bureaux à Paris. Il viendra vous voir sur votre lieu de travail.

— Oui, Monseigneur.

— Et vous garderez la nature de vos affaires pour vous aussi longtemps que ce sera concrètement faisable. Il est impossible de prévoir l'attachement des gens. Ils pourraient même chérir un endroit comme les Innocents.

— Monseigneur, quand dois-je commencer ce travail ? »

Mais le ministre est soudainement sourd. Le ministre a perdu tout l'intérêt qu'il lui portait. Il retourne à ses papiers et s'empare de ses petites lunettes, que le domestique, faisant le tour du bureau, pousse jusqu'à ses doigts tendus.

Lefosse se lève de son tabouret. Du fond de son justaucorps, il tire une feuille de papier, pliée et fermée par un sceau, puis une bourse. Il les donne toutes deux à Jean-Baptiste. Jean-Baptiste s'incline devant lui, s'incline encore davantage en direction du ministre, recule vers la porte, se retourne et sort. L'homme qui attendait avec lui est parti. Était-il ingénieur, lui aussi ? Ce Jean-Marie Lestingois mentionné par le ministre ? Et si le domestique aux yeux jaunes l'avait regardé en premier, serait-il lui, maintenant, l'homme chargé de la destruction d'un cimetière ?

Il reprend sa redingote là où il l'avait laissée, étalée sur une chaise. Par terre, l'urine du chien, ayant passé son moment de gloire, imprègne lentement le bois.

3

Pendant un couloir ou deux, une aile, il est sûr qu'il marche dans ses propres traces. Il passe devant des fenêtres assez grandes pour y faire passer un cheval et même, peut-être, un éléphant. Il descend les marches d'un escalier incurvé sous d'énormes tapisseries allégoriques que font frissonner les courants d'air d'automne et sur lesquelles de nombreuses femmes ont dû s'user les yeux, tous les détails présents, les coutures parfaites, les fleurs au pied du Parnasse, des fleurs de la campagne française – coquelicots, bleuets, pieds-d'alouette, camomille...

Le château est un jeu, mais il commence à se fatiguer d'y jouer. Certains couloirs sont sombres comme la nuit ; d'autres sont éclairés par des branchages de bougies qui gouttent. Là, il tombe sur des embouteillages de domestiques qui jouent des coudes, pourtant, quand il demande son chemin, on l'ignore ou on lui montre quatre directions différentes. L'un d'eux lance dans son dos : « Tu n'as qu'à suivre ton nez ! », mais tout ce que son nez lui dit, c'est que le fumier des puissants n'est pas différent du fumier des pauvres.

Et partout, dans chaque couloir, il y a des portes. Doit-il en passer une ? Est-ce ainsi qu'on s'échappe du château de Versailles ? Les portes, cependant, dans un endroit pareil, sont soumises aux lois du protocole autant que tout le reste. À certaines, on frappe ; à d'autres, on gratte avec un ongle. Le cousin André lui a expliqué cela sur la route de Nogent, ce cousin André qui est avocat et qui, bien qu'il ait trois ans de moins que lui, possède un subtil pragmatisme, une connaissance enviable des choses.

Il s'arrête devant une porte qui lui semble quelque peu plus prometteuse que ses voisines. Et ne sent-il pas l'air frais qui passe par en dessous ? Il cherche des marques de grattures dans le bois, n'en voit pas et frappe doucement. Personne ne répond. Il tourne la poignée et entre. Deux hommes sont assis à une petite table ronde, et jouent aux cartes. Ils ont de grands yeux bleus et portent un habit argenté. Ils lui disent qu'ils sont polonais, qu'ils sont dans le château depuis des mois et se rappellent à peine pourquoi ils sont arrivés ici. « Vous connaissez Mme de M. ? demande l'un d'eux.

— Je crains bien que non. »

Ils soupirent ; chacun retourne une carte. Au fond de la pièce, deux chats se font les griffes sur la garniture de soie d'un divan. Jean-Baptiste s'incline, s'excuse. Mais ne veut-il pas rester pour jouer un peu ? Le piquet est un passe-temps qui en vaut un autre. Il leur dit qu'il essaie de trouver une sortie.

Une sortie ? Ils le regardent et éclatent de rire.

De nouveau dans le couloir, il s'arrête pour regarder une femme avec une coiffure violette à étage qu'on porte horizontalement à travers l'encadrement d'une porte. Elle tourne la tête ; ses yeux noirs le scrutent.

Ce n'est pas quelqu'un à qui on peut demander son chemin. Il descend à l'étage en dessous par un escalier de service en colimaçon. Là, des soldats paressent sur des bancs, tandis que des garçons en uniforme bleu somnolent pelotonnés sur les tables, sous les tables, sur les rebords des fenêtres, partout où il y a un espace pour eux. Une douzaine de jeunes filles viennent au pas de course dans sa direction, derrière leurs ballots de linge sale qui leur bouchent à moitié la vue. Pour éviter d'être piétiné, il s'engage (sans frapper ni gratter) dans la porte la plus proche et arrive dans un espace, une large pièce tout en longueur, où de petits arbres, peut-être une centaine, attendent dans des grands pots en terre cuite. Bien qu'il soit un homme du Nord, un vrai homme du Nord, il sait depuis le temps où il servait le comte de S. que ce sont des citronniers. Ils ont été calorifugés avec de la paille et de la toile de jute pour les protéger de l'hiver qui arrive. L'air embaume, délicatement vert, la lumière passe de biais à travers des rangs de fenêtres en ogive. Il force l'une d'elles et, grimpant sur un tonneau d'eau, il saute en bas dans le monde extérieur.

Derrière lui, dans le château, d'innombrables horloges sonnent l'heure. Il sort sa propre montre. Tout comme son habit, c'est un cadeau, celui-ci de maître Perronet, à l'occasion de son diplôme. Sur le couvercle est peint l'œil maçonnique, bien qu'il ne soit pas franc-maçon et ne sache pas si maître Perronet l'est. Comme l'aiguille atteint deux heures, la montre vibre doucement dans sa paume. Il referme le boîtier et le remet dans sa poche.

Au-devant de lui, un chemin de gravier pâle passe entre des murs de haies taillées trop haut pour qu'on puisse voir par-dessus. Il suit le chemin ; il n'y a rien d'autre pour le guider. Il dépasse une fontaine dont le bassin est à sec et rempli de feuilles mortes. Il a froid, il est soudainement fatigué. Il enfile sa redingote. Le chemin se divise en deux. Quelle direction maintenant ? Entre les chemins, une tonnelle avec un banc courbe, et au-dessus, un Cupidon en marbre couvert de lichens, son arc visant celui qui s'assiéra en dessous de lui. Jean-Baptiste s'assied. Il retire le sceau du papier que Lefosse lui a donné. Il contient l'adresse de la maison dans laquelle il est censé prendre ses quartiers. Il ouvre la bourse, verse quelques-unes des lourdes pièces dans sa main. Cent livres ? Peut-être un peu plus. Il en est content – soulagé – parce que cela fait plusieurs mois qu'il vit sur ses maigres économies, qu'il doit de l'argent à sa mère et au cousin André. Au même moment, il se rend compte que la somme n'est pas faite pour le flatter. Elle semble calculée au plus juste. Le prix de ce qu'il est maintenant, un homme sous contrat, un mercenaire de l'État, un destructeur de cimetière...

Un *cimetière* ! Il ne l'admet toujours pas vraiment. Un cimetière en plein cœur de Paris ! Un cimetière connu ! Dieu sait que, quoi qu'il ait pu attendre de son voyage jusqu'ici, quels qu'aient pu être les projets qu'il imaginait qu'on aurait pu lui offrir – des travaux dans le château peut-être –, il n'avait jamais rêvé de cela. Aurait-il pu refuser ? La possibilité ne lui est jamais apparue, elle n'a jamais, selon toute vraisemblance, existé. Quant à savoir si déterrer des ossements était compatible avec son statut, sa *dignité* de diplômé de l'École royale des Ponts et Chaussées, il doit essayer de trouver un moyen d'y réfléchir plus... abstraitement. Il est, après tout, un jeune homme plein d'idées, d'idéaux. Il ne doit pas être impossible de concevoir ce travail comme quelque chose de sérieux, qui en vaut la peine. Quelque chose dirigé vers un intérêt supérieur. Quelque chose que les auteurs de l'Encyclopédie approuveraient.

En face du banc, une douzaine de moineaux se sont rassemblés, leur plumage gonflé pour lutter contre le froid. Il les regarde, leur sautillement inégal pardessus les cailloux. Dans une poche de son justaucorps – une poche assez profonde pour y mettre tous les moineaux –, il a du pain du petit déjeuner qu'il a pris dans le noir, à cheval. Il mord dedans, mâche, puis arrache un morceau de pain et le réduit en miettes entre le pouce et l'index. Tandis qu'il les nourrit, les petits oiseaux semblent danser autour de ses pieds.

4

Rue de la Lingerie, sa chaise placée à la droite de la fenêtre dans le salon du premier étage, Émilie Monnard – que tout le monde appelle Ziguette – suce doucement sa lèvre inférieure en regardant le jour qui s'en va au-dessus de la rue Saint-Denis, de la rue aux Fers et du marché des Halles. Le marché, bien sûr, a plié depuis bien longtemps, ses déchets comestibles emportés par ceux qui s'en nourrissent. Ce qui reste, cette ordure de paille souillée, d'entrailles de poissons, de plumes noircies de sang, de garniture verte des fleurs apportées du Sud, tout cela sera emporté par le vent dans la nuit ou dispersé par les balais ou les jets d'eau, demain à l'aube. Elle a regardé cela toute sa vie et ne s'en est jamais lassée, le marché et – plus directement dans son champ de vision – la vieille église des Innocents avec son cimetière, bien que, dans ce dernier, il ne se soit rien passé depuis des années, rien d'autre que le sacristain et sa petite-fille qui franchissent un des portails, ou, plus rarement, le vieux prêtre avec ses lorgnons bleus, qui semble tout simplement avoir été oublié là. Comme tout cela lui manque !

La procession traînante qui se répandait par la porte de l'église, les gens en deuil, penchés sur les épaules les uns des autres, le glas, les cercueils qui se balançaient, puis le marmonnement de l'office, et enfin – le clou –, le moment où on basculait le mort, homme, femme ou enfant, dans la terre, comme pour le lui donner à manger. Et quand les autres étaient partis, que l'endroit était de nouveau calme, *elle*, elle était toujours là, son visage contre la fenêtre, veillant comme leur sœur ou un ange.

Elle soupire, regarde à nouveau en bas, dans la rue aux Fers, voit madame Desproux, la femme du boulanger, qui passe devant la fontaine italienne et s'arrête pour discuter avec la veuve Ariès. Et là, plus haut vers le carrefour du marché, il y a Crapo l'ivrogne. Puis voilà Boubon, le fabricant de paniers qui vit seul derrière son échoppe rue Saint-Denis... Et *là*, qui vient de la rue de la Fromagerie, c'est cette femme dans sa cape rouge. Crapo l'a-t-il traitée de quelque chose ? Cela doit le soulager d'insulter une créature qui est encore plus basse que lui-même, mais cette femme ne s'arrête ni ne se retourne. Elle est trop habituée à des gens comme Crapo. Comme elle est grande ! Et comme elle se tient bizarrement droite ! Maintenant quelqu'un, un homme, lui parle, bien qu'il se tienne à distance. Qui est-il ? Sûrement pas Armand (mais il vaudrait mieux dire qu'il y a trop de chances que ce soit Armand) ? Et maintenant, ils se séparent et on ne voit plus ni l'un ni l'autre. Quand l'obscurité arrive, certains de ces hommes qui, quand il fait jour, la houspillent ou l'insultent, la poursuivent et se mettent d'accord avec elle, pour un rendez-vous dans une chambre, quelque part. Est-ce ainsi que cela se fait ? Et une fois qu'ils sont dans la chambre... Ah, elle l'a imaginé, se l'est représenté avec tous les détails, elle s'est même fait rougir furieusement à ces pensées, dans l'intimité de sa chambre, au coin du feu, péchés en esprit qu'elle devrait confesser au père Poupart à Saint-Eustache, et peut-être le ferait-elle si le père Poupart ne ressemblait pas tant à un cochon bouilli. Pourquoi les prêtres de Paris ne sont-ils jamais beaux garçons ? On n'a pas envie de confesser quoi que ce soit à un homme laid.

« Quelqu'un d'intéressant dans la rue, ma chérie ? demande sa mère dans son dos, en entrant dans la chambre, une chandelle dans sa main ridée.

— Pas vraiment.

— Non ? »

Madame Monnard est debout derrière sa fille ; elle caresse les cheveux de la jeune fille, s'abandonne à enrouler un doigt dans cette masse qu'elle aime tant. Dans la rue aux Fers, un allumeur de lanterne installe son échelle contre le lampadaire en face de l'église. Elles le regardent en silence, comme il monte avec détermination, comme il introduit sa bougie dans la lanterne en verre, le fleurissement de la lumière jaune, comme il descend vivement. Quand madame et monsieur Monnard sont venus dans cette maison pour la première fois, il n'y avait pas de lanternes du tout dans la rue aux Fers et à peine dans la rue Saint-Denis. Paris était plus sombre alors, et tout le monde y était habitué, endurci.

« J'ai bien peur que notre nouveau locataire ne se soit perdu, dit madame. Il vient de la campagne, alors je doute fort qu'il soit capable de trouver son chemin au milieu de toutes ces rues.

— Il peut demander à quelqu'un, rétorque Ziguette. Je suppose qu'il parle français.

— Bien sûr qu'il parle français, affirme madame sans en être certaine.

— Je crois, dit Ziguette, qu'il sera très petit et très poilu. »

Sa mère rit, cache sa bouche et ses petites dents brunes derrière sa main. « Quelles visions idiotes tu as.

— Et, continue Ziguette, qui depuis sa plus tendre enfance a été sujette à de telles fantaisies, parfois cocasses et parfois inquiétantes, il mange seulement des pommes et des pieds de cochon. Et il s'essuie les doigts dans sa barbe. Comme cela. »

Elle est en train de le mimer, refermant ses doigts dans le vide en dessous de son harmonieux menton rose, quand, dans un cliquetis de sabots de bois, entre la petite servante.

« Tu n'as vu personne, Marie ? demande madame.

— Non, répond Marie, en s'arrêtant dans l'ombre devant la porte, sa jeune et vigoureuse silhouette arc-boutée comme si on l'accusait de quelque chose.

— Ton père m'a assuré qu'il serait rentré tôt à la maison, dit madame à sa fille. Il serait fort dommage que nous ayons à le recevoir nous-mêmes. Marie, monsieur Monnard n'a pas envoyé de message ? »

La fille secoue la tête. Cela fait dix-huit mois qu'elle est servante ici. Son père à elle, qui était tanneur dans le faubourg Saint-Antoine, est mort de la fièvre typhoïde alors qu'elle était trop jeune pour se souvenir de lui. Comme tout le monde dans cette maison, elle a des rêves douloureux.

Le crépuscule laisse la place au début de la nuit. Madame Monnard allume d'autres chandelles. Elle attise le feu avec attention. Ils brûlent du bois et le bois est cher. Une petite bûche, pas plus grosse ni plus épaisse qu'un bras, coûte douze sous et il en faut vingt comme cela pour que le feu brûle toute une journée. Elle s'assied, prend le numéro du *Journal des dames modernes* qui les avait tellement amusées hier, Ziguette et elle, et elle retombe sur cette gravure des sauvages, de nobles sauvages – des seigneurs dans leurs royaumes de sauvages – avec leurs visages fantastiquement ornés, du menton jusqu'aux yeux, de tatouages bleus : des volutes et des spirales comme un jardin à la française. Imaginer seulement que le locataire arriverait avec un visage pareil ! Quelle affaire ! Meilleure que celle du piano (et quel triomphe cela avait été, l'instrument soulevé par une poulie, comme une vache sauvée d'un ravin, puis introduit par balancement par la fenêtre : la moitié du quartier regardait). Quel dommage qu'on ne parvienne pas à l'accorder ! Cela mettait le pauvre tuteur de Ziguette au bord des larmes, même s'il faut admettre que le signor Bancolari était de ces messieurs qui ne sont jamais très loin de pleurer.

À l'étage en dessous, la porte sur la rue grince. Un courant d'air se glisse jusqu'en haut de l'escalier, fait vaciller la flamme de la chandelle dans le salon et, quelques instants plus tard, monsieur Monnard apparaît. Il porte encore son tablier de la boutique, si vieux et si usé que son cuir est noirci, bien que la raison pour laquelle il doive porter un tablier, dans la mesure où il n'a pas moins de trois apprentis parfaitement compétents pour s'occuper du polissage et de l'affûtage, soit bien au-delà de la compréhension de madame Monnard, bien au-delà. Son mari, quoi qu'il en soit, doit rester maître dans sa propre maison.

Ils se saluent. Il salue sa fille, qui est à présent assise sur le tabouret du piano, à jouer des notes isolées qui peuvent ou non faire partie d'une mélodie qu'elle connaît. Il retire sa perruque et se gratte fortement le haut du crâne.

« Toujours pas de signe de notre invité ? demande-t-il.

— Ziguette a raconté les choses les plus ridicules à son sujet, répond madame Monnard. Elle pense que, parce qu'il vient de la Normandie, il ne parle pas français.

— En Bretagne, affirme monsieur Monnard, ils parlent quelque chose d'impénétrable. On pense qu'ils le tiennent des Gaulois.

— D'ailleurs, pourquoi vient-il ? demande Ziguette. Il n'était pas content chez lui ?

— Je suppose qu'il a l'intention de faire fortune, dit son père. N'est-ce pas pour cela que tout le monde vient à Paris ? »

Marie demande si elle doit apporter la soupe. Monsieur voudrait savoir quelle est la soupe aujourd'hui.

« Une soupe d'os, répond Marie.

— Elle veut dire que c'est le veau de mardi, explique madame Monnard, auquel nous avons ajouté un grand nombre de choses agréables.

— Comme des pieds de cochon », dit Ziguette, ce qui provoque chez sa mère un élan de rire jubilatoire.

5

Il arrive entre la soupe et une petite potée préparée, elle aussi, avec les restes du veau de mardi. Il n'avait pas l'intention d'arriver aussi tard ni après la tombée de la nuit. Il porte son bagage, une grosse malle avec des lattes (dont une a cassé quand on l'a déchargée de la diligence), avec l'aide d'un énorme garçon muet, une connaissance des gens chez qui il avait passé la nuit précédente, près de la compagnie de transport.

« Nous avions peur que vous vous soyez perdu ! lance avec amabilité monsieur Monnard depuis le haut de l'escalier dans sa direction. Complètement perdu.

— J'étais à Versailles, Monsieur, et puis mon cheval était boiteux...

— Versailles ! reprend en écho monsieur Monnard, en regardant le jeune homme monter vers lui, avant de l'introduire dans la pièce presque chaude à l'étage. Monsieur Babette était à Versailles aujourd'hui.

— Baratte, Monsieur.

— Hein ?

— Je m'appelle Baratte. C'est mon nom, Monsieur. Baratte. »

On lui donne la place en face de Ziguette. On discute pour savoir si la potée doit retourner en cuisine pendant que le nouveau venu mange sa soupe. La soupe sera-t-elle assez chaude ? Monsieur Baratte acceptera-t-il seulement cette soupe ?

« Et comment c'était à Versailles aujourd'hui ? » demande monsieur Monnard, comme si Versailles était un lieu qu'il fréquentait.

Jean-Baptiste prend une cuillerée de sa soupe tiède et s'aperçoit tout à coup qu'il est affamé. S'il avait été seul, il aurait pu la boire directement du bol et se serait immédiatement effondré n'importe où pour dormir. Mais il doit tout de même fournir quelques efforts pour se faire bien voir. Ces gens constitueront son entourage le plus proche, en tout cas pour un moment. Il ne veut pas qu'ils pensent qu'il est morne ou grossier, qu'il est un rustre provincial. Il ne veut pas qu'ils croient qu'il est ce que, dans des moments de faiblesse, il croit lui-même qu'il est. Il regarde par-dessus son bol. Quelle grande bouche rouge a cette fille ! Ce doit être le gras de la soupe qui fait autant briller ses lèvres. « Versailles, affirme-t-il, en se tournant vers le père, est l'endroit le plus étrange que j'ai jamais vu.

— Une très bonne réponse », dit madame Monnard, avec un mouvement décidé de la tête. Elle dit à Marie de verser du vin à son invité. « Et une autre bûche dans le feu, Marie. Je n'ai jamais eu aussi froid un mois d'octobre. »

Il découvre que les Monnard aiment bavarder – une tout autre forme de conversation que le rythme posé dans lequel il a grandi à Bellême. Ils aiment aussi manger – de la soupe, de la potée, du poisson frit, de la betterave, de la salade, du fromage, un petit gâteau. Le tout, autant qu'il puisse le dire, fort bien cuisiné, mais tout garde aussi un arrière-goût bizarre, une saveur qui, pense-t-il, ne devrait pas se trouver dans la nourriture.

Après dîner, ils s'asseyent au coin du feu. Aux saisons froides, la pièce sert à la fois de salon et de salle à manger et remplit très bien ces deux offices, bien que le piano implique qu'en la traversant, il faille faire un petit détour. Monsieur Monnard évacue la tension de son visage par une série de grimaces. Les femmes Monnard font semblant de coudre. Un grattement à la porte. On laisse entrer un chat, un chat presque aussi gros que le chien que Jean-Baptiste avait regardé pisser par terre à la porte du bureau du ministre, un matou noir dont l'une des oreilles a un coin déchiré en forme de demi-lune. Il s'appelle Ragoût. Personne ne sait plus pourquoi ni ne s'accorde sur qui l'a baptisé ainsi. Il va directement vers Jean-Baptiste et renifle la terre sur ses semelles.

« Qu'est-ce que tu as été faire, espèce de petite crapule ? dit madame Monnard, en ramassant laborieusement l'animal pour le poser sur ses genoux. Je ne réponds pas de sa moralité, dit-elle, en riant gaiement, avant d'ajouter : Ragoût et Ziguette sont inséparables. »

Jean-Baptiste jette un regard à la fille. Il lui semble qu'elle regarde le chat avec un certain dégoût.

« Ces petites dames qui aiment le fromage, dit monsieur Monnard, ne font pas long feu dans cette maison.

— Ce que Ragoût n'attrape pas, renchérit madame Monnard, mon mari les prend au piège dans ses petites machines.

— Des machines ? demande Jean-Baptiste, chez qui ce mot a toujours provoqué une certaine excitation.

— Je les fabrique et je les vends dans ma boutique, commence monsieur Monnard, une cage, un ressort, une petite porte... » Il fait un mouvement de sa main. « La bête est emprisonnée. Ensuite, il ne vous reste plus qu'à jeter le piège dans un seau d'eau.

— Marie leur tranche la gorge, dit Ziguette.

— Je suis certaine qu'elle ne fait pas des choses pareilles », dit sa mère. À son invité, elle précise : « Mon mari a son établissement rue des Trois-Mores.

— Vous vendez des pièges, Monsieur ? demande Jean-Baptiste.

— Des lames, Monsieur, de la plus simple à la plus complexe. Nous assurons la finition, l'aiguisage, le polissage. Notre qualité nous réussit. Le père Poupart de Saint-Eustache coupe sa viande avec un de mes couteaux.

— Quand il commence à faire froid, reprend Ziguette, les rats entrent. Dans la maison.

— C'était pareil chez moi, dit Jean-Baptiste, lors des nuits les plus froides.

— En Normandie ? demande madame Monnard, comme si elle s'étonnait que les rats aient découvert un endroit si éloigné.

— Cela doit vous manquer, dit Ziguette.

— Chez moi ? » Pendant un instant, à cause de son épuisement, il voit des corbeaux, des chiffons noirs, qui soulèvent une masse de poussière au crépuscule, il voit la flèche solitaire d'une église à la campagne. « Je crois que suis content d'être là où me porte mon travail.

— Très viril, dit madame Monnard, en fourrageant la toison du chat.

— Et quel est votre travail ici ? » s'enquiert Ziguette. Elle a l'air si mignonne quand elle demande cela, si mutine dans sa robe crème, qu'il est tenté de lui dire exactement ce qu'il est venu faire. Il se demande ce que Lefosse a dit, s'il leur a raconté une histoire et laquelle.

« Je suis ici, annonce-t-il, conscient que tous trois écoutent tout à coup intensément, pour mener une étude sur les Innocents.

— Les Innocents ? » répète madame Monnard, après une pause durant laquelle on n'entendait plus rien d'autre que le ronronnement du chat et les craquements du feu.

« Je suis ingénieur. On ne vous l'avait pas dit ?

— Qui nous l'aurait dit ? demande monsieur Monnard.

— Celui qui s'est occupé de me loger ici.

— Tout ce qu'on nous a dit c'est qu'un monsieur venant de Normandie aurait besoin d'une chambre.

— Et d'un couvert, ajoute sa femme.

— En effet, confirme monsieur Monnard. Un repas le matin et le soir. »

Ziguette dit : « Une fois, nous avons eu un musicien chez nous.

— Un monsieur plutôt particulier, commente monsieur Monnard.

— Avec des cheveux roux », précise madame.

Ziguette ouvre la bouche comme pour ajouter quelque chose, mais après une suspension, un quart de temps d'hésitation, elle la referme.

« Votre vocation est très concrète, dit madame en souriant avec suffisance. Il faut vous féliciter.

— Mon professeur à l'École des Ponts et Chaussées était maître Perronet. C'est le plus grand ingénieur en France. »

Au-dessus de la tête du chat, madame Monnard l'applaudit du bout des doigts.

— Et avez-vous déjà construit un pont ? demande Ziguette.

— Un seul. En Normandie.

— Et que traversait-il ?

— L'angle d'un lac.

— On ne croirait pas que les lacs aient des angles, dit Ziguette.

— Vous auriez dû, Monsieur, intervient madame Monnard, indiquer à Marie si vous préférez du café ou du chocolat le matin.

— Le musicien aimait le chocolat, dit Ziguette.

— Marie vous l'apportera dans votre chambre si vous le souhaitez, dit madame, ainsi que de l'eau pour votre toilette. Vous n'avez qu'à dire à quelle heure.

— Il n'a pas encore vu sa chambre, s'écrie Ziguette.

— Ma foi, c'est vrai, remarque madame, il ne l'a toujours pas vue.

— Alors je vais devoir vous aider à porter votre malle dans l'escalier, dit monsieur Monnard en se levant. Elle sera trop lourde, même pour Marie. »

La chambre est à l'arrière de la maison, à l'étage juste en dessous du grenier. Les deux hommes, un peu essoufflés, portent la malle dans les escaliers sur les quatre étages en partant de l'entrée. Marie passe devant eux avec une chandelle.

« Je pense que vous aurez tout ce dont vous avez besoin ici, dit monsieur Monnard.

— Oui », approuve Jean-Baptiste, regardant successivement le lit étroit, la table avec sa chaise, la cuvette en fer lustrée sur son trépied, la petite cheminée et la fenêtre aux volets tirés au-dessus du lit.

« La chambre de Ziguette est à l'autre bout du couloir. Madame Monnard et moi dormons dans la chambre en dessous. Marie, bien sûr, est au grenier. Votre prédécesseur avait coutume de lui demander de retirer ses sabots quand elle était au-dessus de lui. Une sensibilité très aiguë au bruit.

— Vous souhaiteriez, Monsieur, que je paie le loyer à l'avance ?

— Voilà qui est tout à fait sérieux. J'admire cela chez un jeune gars. Alors, donc, voyons voir. Six livres par semaine, je crois. Les chandelles et le bois de chauffage ne sont pas inclus. »

Jean-Baptiste, en se détournant un peu du maître de maison, agite sa bourse pour en faire sortir quelques pièces sur la table et prend un demi-louis. « Pour deux semaines », dit-il.

Monsieur Monnard accepte la pièce, la prend entre ses doigts et la range dans la poche de son gilet. « Soyez le bienvenu ici, déclare-t-il, avec l'expression de quelqu'un qui vient de vendre un service de bons couteaux à un prêtre. Assurez-vous de faire connaître à Marie tous vos besoins. »

Pendant une seconde ou deux, le locataire et la servante se regardent droit dans les yeux ; puis elle allume la mèche de la chandelle sur la table avec celle qu'elle portait dans l'escalier.

« Si vous descendez votre chandelle le matin, dit-elle, laissez-la sur l'étagère près de la porte d'entrée. Vous y trouverez une pierre et un briquet.

— Vous aurez à peine besoin de sortir d'ici pour faire votre enquête, dit monsieur Monnard, en indiquant les volets d'un signe de tête.

— On peut le voir d'ici ?

— Vous n'avez pas encore eu l'occasion de vous promener dans le quartier ?

— Non, Monsieur.

— Eh bien, à la lumière du jour ce sera plus facile. »

Avec une petite rafale de signes de tête et de sourires, les hommes prennent congé l'un de l'autre. Monsieur Monnard et Marie quittent la chambre et ferment la porte derrière eux. Soudainement, Jean-Baptiste se retrouve seul dans une maison étrange, dans une ville où il ne connaît pratiquement personne. Il tend les bras au-dessus du lit pour atteindre les volets, les replie sur leurs gonds grippés, puis, alors qu'il ne voit plus que lui-même et la flamme de la bougie dans la vitre, il se penche de nouveau, tourne la poignée ovale et imprime une petite poussée au cadre de la fenêtre. Il n'y a plus rien maintenant entre lui et le ciel nocturne, rien entre lui et l'église des Innocents, puisqu'il est certain que cette énorme masse, tout juste discernable contre le ciel à l'est, c'est l'église. Et en dessous, l'étendue obscure entre l'église et la rue, cela évidemment – qu'est-ce que cela pourrait être d'autre de toute façon ? –, c'est le cimetière. S'il devait grimper par-dessus le lit et sauter par la fenêtre, il serait en plein dedans, dans cet endroit qui empoisonne Paris ! Il est en tout cas certain qu'il empoisonne la rue de la Lingerie. Cette puanteur qui s'introduit par la fenêtre ouverte, il en a déjà senti quelque chose dans l'haleine des Monnard, dans le goût de la nourriture. Il va falloir qu'il s'y habitue, qu'il s'y habitue très vite ou qu'il parte, qu'il prenne la diligence pour rentrer chez lui et s'en remette au comte de S., le supplie de bâtir un nouveau pont...

Il ferme la fenêtre, remet les volets en place. La chandelle sur la table ne durera plus très longtemps. Il défait les sangles de sa malle, fouille dedans, en sort un exemplaire du volume II des *Histoires naturelles* du comte de Buffon, une longue règle en cuivre, un nécessaire à écriture, une petite boîte en bois de rose contenant un compas en cuivre. Enroulée dans une enveloppe en laine, il y a sa gravure d'une vue du pont du Rialto par Canaletto. Il cherche un clou dans le mur, en trouve un au-dessus de la cheminée vide, y fixe l'image et reste un moment à l'observer.

Il pose sa montre sur la table, à côté du Buffon, il met sa bourse sous son traversin, suspend sa perruque au dossier de la chaise et se déshabille pour ne garder que sa chemise et ses bas, pour avoir chaud. Il n'y a pas d'eau, rien pour se laver. Il va sous les couvertures, pense brièvement, avec un peu de malaise, au musicien aux cheveux roux qui y avait dormi avant lui, puis il souffle la chandelle vacillante et se retrouve dans une obscurité si totale que sa vue, en se dérobant complètement, y dessine des formes et des fantaisies bizarres. Il ferme les yeux – l'obscurité des deux côtés ! – et, après une pause, il commence non pas une prière, mais un catéchisme de soi-même.

« Qui es-tu ? Je suis Jean-Baptiste Baratte. D'où es-tu ? De Bellême en Normandie. Quelles sont tes qualités ? Je suis ingénieur, formé à l'École des Ponts et Chaussées. En quoi crois-tu ? Au pouvoir de la raison... »

C'est une habitude qu'il a prise dans les semaines qui ont suivi la mort de son père et dont il avait d'abord retiré un sentiment de provocation, presque de jubilation. *Lui*, il était en vie, jeune et en vie. *Ecce Homo !* Mais plus tard – peut-être quand il a commencé aux mines de Valenciennes –, les questions ressemblaient davantage, sincèrement, à des questions, et des questions dont la simplicité, justement, provoquait des instants d'incertitude, des vertiges momentanés qui en rendaient l'exercice – la formulation des questions – plus nécessaire que jamais. Il devrait abandonner bien sûr. C'était infantile. Une source de gêne pour lui-même, presque un vice. Mais pour le moment, pour cette nuit, dans ce lieu...

« Qui es-tu ? Je suis Jean-Baptiste Baratte. D'où es-tu ? De Bellême en... »

Quelqu'un ou quelque chose se frotte contre le bois de la porte. Il retient son souffle, écoute. Ce chat à la moralité douteuse ? Son prédécesseur le laissait-il dormir au bout de son lit ? Bien, il n'a pas d'objections, il serait en vérité heureux de cette compagnie, mais au moment où il se redresse, le grattement cesse. Sous la porte, le mouvement vague d'une lumière. Puis, plus rien.

6

Dans l'église des Innocents, la lumière d'une matinée parisienne tombe comme des cordes fines et grises depuis les hautes fenêtres, mais cela ne trouble guère les ténèbres permanentes du bâtiment. Les piliers, noirs ou presque, s'élèvent comme les restes d'une forêt pétrifiée, leur sommet perdu dans des voilures d'ombre. Dans les chapelles latérales, où aucune chandelle n'a été allumée en cinq ans, l'obscurité s'est rassemblée par traînées. Des saints, des madones, des enfants Jésus, tous ces grands tableaux bon marché de martyrs, de colombes qui se posent sur des têtes bien coiffées, vaguement italiennes, ces boîtes à trésor fermées, avec leurs osselets ou leurs échardes de la Vraie Croix, tout ceci pourrait bien n'avoir jamais existé, tant tout est désormais parfaitement dissimulé.

L'orgue (trois claviers, quarante jeux), de fabrication allemande et très ancien, se trouve dans l'aile nord, le flanc de l'église qui longe la rue aux Fers à l'endroit où elle s'aventure vers la rue Saint-Denis. Par la porte de la galerie ouverte – environ un tiers de la hauteur d'une porte de maison normale –, précédée par une toux et quelques raclements de gorge, apparaît la tête d'un homme. Il s'arrête là, exactement comme un chien hésiterait avant de traverser à découvert un espace inconnu, puis il disparaît en retournant dans la galerie pour être remplacé, un moment après, par une paire de longues jambes, sans chaussures, un gros derrière serré dans ses culottes, puis un tronc et enfin, de nouveau, la tête ébouriffée.

Il n'y a pas d'échelle – quelqu'un s'en est servi pour faire du feu –, alors il se laisse glisser, se déverse par la porte de la galerie jusqu'à ce que ses orteils touchent un escalier de fortune construit avec des missels, des bibles à la couverture fendue ou des vies des saints (il a déjà raconté beaucoup de blagues faciles à ses amis sur le fait de grimper l'échelle de la religion vers le paradis de la musique). Quand il atteint les dalles du bas-côté – son pied sur la tombe d'un baron quelconque, de la femme du baron et de plusieurs défunts enfants –, il s'époussette, crache de la suie dans son mouchoir, met son justaucorps et s'installe au clavier. Il fait craquer ses articulations ; un oiseau blanc, alarmé, s'envole jusqu'au toit. Même dans cette lumière, les cheveux de l'homme ont un reflet cuivré pâle. Il choisit sa registration. Trompettes, tierce, cromorne, voix humaine. Sur le pupitre, il a *Le Livre de musique* de Gigault et, à côté, un livre de cantates de Clérambault, mais pour lire la musique, il aurait besoin de chandelles et il ne veut pas se donner la peine d'en allumer. Il a une chandelle dans la tête, toute la lumière dont il a besoin, et il commence à jouer un trio de Couperin par cœur, sa colonne vertébrale et sa nuque légèrement penchées en arrière, comme si l'orgue était un attelage de six chevaux et qu'il entrait en trombe en plein cœur des Halles, en renversant les oies, les choux et les vieilles femmes.

Il n'y a aucun son, seulement le claquement plat des touches, le bruit sourd des pédales. Il n'a pas de vent, même si pour Couperin, il faudrait plus que du vent – le vieil orgue n'est vraiment plus à la hauteur. Pour d'autres pièces, qui demandent moins de métal tordu et de vieux cuir, il loue de temps en temps un fort des Halles qui active le soufflet, ou ce grand garçon muet qui traîne rue Saint-Denis. *Alors*, l'église des Innocents devient presque folle ; les aigles de cuivre, les bannières en loques, les millions d'ossements dans les cryptes, tout cela, en quelques minutes, est rendu de force à quelque chose qui ressemble à de la vie. C'est son travail – il n'a aucune autre raison de jouer : aucun fidèle ne vient, aucune messe n'est dite, aucun mariage n'est célébré, et il n'y a évidemment plus d'enterrements. Mais tant qu'il joue, et tant que le prêtre, un soldat de Dieu hagard, est autorisé à hanter ces lieux, alors l'Église continue de trouver un intérêt aux Innocents, intérêt qui, comme n'importe où ailleurs, peut se monnayer contre de grands avantages.

Il bondit au-dessus des octaves, module furieusement, ses doigts très blancs dansent sur tout le clavier, à la poursuite du faon de Couperin, quand il entend – sûrement pas ! – s'ouvrir la porte du mur nord. Le prêtre, si jamais il quitte les lieux, a d'autres passages pour entrer et sortir, mais si ce n'est pas le père Chabot, alors qui est-ce ?

Il se tord sur la banquette, regarde en coin vers le bas-côté, là où, dans l'encadrement de la porte ouverte sur la rue aux Fers, se tient un homme. Un homme, oui, un jeune homme, mais l'organiste, qui connaît la plupart des visages du quartier, ne le reconnaît pas.

« Vous avez besoin d'aide, Monsieur ? »

L'intrus s'arrête entre deux pas. Il tourne la tête pour chercher d'où vient cette voix.

« Vous voyez les tuyaux ? Marchez jusqu'à eux. Vous me verrez tout de suite... Encore un peu... Encore un peu... Voilà ! Un être de chair et de sang comme vous-même. Je suis Armand de Saint-Méard. L'organiste de l'église des Saints-Innocents.

— Un organiste ? Ici ?

— Voici l'orgue et voici l'organiste. Il n'y a vraiment pas de quoi s'étonner.

— Je n'avais pas l'intention de...

— Et vous, Monsieur ? À qui ai-je l'honneur de parler ?

— Baratte.

— Baratte ?

— Je suis l'ingénieur.

— Ah ! Vous êtes venu pour réparer l'orgue.

— Le réparer ?

— Il flanche, musicalement parlant. Je fais ce que je peux, mais...

— Je regrette, Monsieur... Je ne connais rien aux orgues.

— Non ? Et pourtant c'est la seule machine que nous ayons. Je serais tenté de vous dire que vous vous êtes trompé d'endroit, mais je vois que vous avez une clé à la main. C'est l'évêque qui vous envoie ?

— L'évêque ? Non.

— Alors ? »

D'une voix douce et, après un moment d'hésitation, Jean-Baptiste donne le nom du ministre.

« Alors ils ont enfin une idée en tête pour nous, dit l'organiste.

— Je suis ici pour faire une...

— Chuuut ! »

Très haut au-dessus d'eux, sur la passerelle étroite du triforium, un bruit de pas traînants. L'organiste entraîne Jean-Baptiste à l'abri derrière un pilier. Ils attendent. Au bout d'une minute, le son s'évanouit. « Le père Chabot, murmure l'organiste. Peu de chance qu'il voie d'un bon œil un ingénieur envoyé par le ministre. Peu de chance, à vrai dire, qu'il voie qui que ce soit d'un bon œil.

— Un prêtre ?

— Vieux, mais fort comme un bœuf. Missionnaire en Chine avant que vous et moi ne soyons nés. J'ai même entendu dire qu'il a été torturé là-bas. Ses yeux ont été abîmés. La lumière lui fait mal maintenant. Il porte des lunettes aux verres fumés. Il voit tout en noir. Un tempérament meurtrier le domine... »

Jean-Baptiste hoche la tête et, jetant un regard aux cheveux roux de l'autre, demande : « C'est vous qui habitiez dans la maison des Monnard ?

— Les Monnard ? Et comment pouvez-vous savoir une chose pareille, Monsieur ?

— Ils parlent toujours de vous.

— C'est *vous* qui habitez là, maintenant ? La petite chambre qui donne sur le cimetière ?

— Oui.

— Vous logez là ?

— Oui.

— Eh bien, eh bien. Ha ! Je dirais qu'il faisait froid là-haut, hein ?

— En effet.

— Un petit conseil. Quand vous serez au lit, levez les yeux vers le plafond. Vous y remarquerez une petite... Oh, oh, attention, mon ami. Vous vous sentez mal ? »

Jean-Baptiste, en écoutant les tambourinements de son cœur, se rend compte que, depuis qu'il est entré dans l'église, il essayait de se retenir de respirer. Il laisse l'organiste l'accompagner jusqu'à la banquette de l'orgue, et entend sa voix, comme derrière un mur, lui raconter comment lui aussi, au début, était affecté de la même façon et qu'il ne pouvait pénétrer dans l'église qu'avec un chiffon imbibé d'eau de Cologne sur le visage.

« Je trouvais incroyable que des gens puissent vivre à moins d'une demi-journée de cheval de cet endroit. Et pourtant, voyez-vous, ils sont bien là. Aussi nombreux que des abeilles. On s'habitue. Essayez de respirer par la bouche. Le goût est plus facile à supporter que l'odeur.

— Je suis censé retrouver Manetti, dit Jean-Baptiste.

— Le croque-mort ? Vous êtes vraiment sur un coup. Mais ne vous inquiétez pas. Manetti est l'homme le plus facile à trouver de Paris. Sortons, vous avez besoin d'air. Vous pouvez nous payer à tous les deux un verre de quelque chose de revigorant. »

Prenant appui sur le bras de l'organiste – il ne peut vraiment pas faire autrement –, Jean-Baptiste retourne à la porte du mur nord. Il ne peut cependant pas accuser entièrement l'église. C'était une nuit troublée, toute la maison agitée comme si un grand vent soufflait, alors qu'il n'y avait pas une brise. Il croyait entendre gratter encore à la porte, et même, à une heure indue, gratter à la fenêtre. Et puis, au matin, Lefosse était dans le salon des Monnard avec les clés des Innocents dans la main. Impossible d'être rassuré par un visage comme *celui-là*...

Une fois qu'ils sont dans la rue, que la porte de l'église est refermée et verrouillée et que Jean-Baptiste peut à nouveau compter sur ses jambes, sur ses propres forces, ils tournent à gauche en direction de la rue de la Lingerie, puis à droite, en direction du marché. Tous les dix pas à peu près, quelqu'un, en général une femme, salue l'organiste. À chaque rencontre, les yeux oscillent vers le jeune homme à ses côtés, ce nouveau compagnon.

« Par ici, dit l'organiste en agitant un bras, on mange bien et pour pas cher. Là, au coin, on réparera vos vêtements sans les voler. Et voilà chez Gaudet. Il vous rasera de près, il connaît tout le monde. Et là... Voilà la rue de la Fromagerie, où on vient quand on a besoin de respirer autre chose que le parfum des tombes. Allez-y. Remplissez-vous les poumons. »

Ils se sont engagés en haut d'une rue curieuse, comme une veine congestionnée, moins une rue qu'une allée, moins une allée qu'un caniveau. Les derniers étages des bâtiments penchent vers ceux d'en face, ne laissant qu'une ligne étroite de ciel blanc entre eux. De chaque côté de la rue, une maison sur deux est une boutique et chaque boutique vend du fromage. Parfois des œufs, parfois du lait et du beurre, mais en tout cas du fromage. Des fromages aux fenêtres, des fromages disposés sur des tables ou des chariots à bras, des fromages empilés dans la paille, des fromages qui pendent à des ficelles ou qui flottent dans des baquets de saumure. Des fromages qu'il faut couper en tranches avec un couteau assez grand pour égorger un bœuf, des fromages dans lesquels on creuse avec des cuillers en bois gravées. Rouges, verts, gris, roses, ou du blanc le plus pur. Pour la plupart, Jean-Baptiste n'a aucune idée de ce qu'ils sont, ni d'où ils viennent, mais il y en a un qu'il reconnaît immédiatement, et son cœur s'envole comme s'il avait aperçu un cher vieux visage de chez lui. Un pont-l'évêque ! L'herbe de Normandie ! L'air de Normandie !

« Tu veux essayer ? » demande une fille, mais son intérêt s'est déplacé vers l'étal de la porte à côté, où une femme avec une cape rouge achète un petit gâteau de fromage de chèvre, dont la croûte est roulée dans la cendre.

« *Ça*, dit l'organiste en se penchant sur l'épaule de Jean-Baptiste, c'est l'Autrichienne. Ainsi nommée à cause de sa ressemblance avec notre reine bien-aimée. Et pas seulement les cheveux blonds. Hé, Héloïse ! Je te présente mon ami, là, dont j'ai malheureusement oublié le nom, qui est venu de Dieu sait où pour chambouler nos vies. »

Elle compte sa monnaie pour ses fromages. Elle lève les yeux, d'abord sur Armand, puis sur Jean-Baptiste. Rougit-il ? Il pense qu'il lui a peut-être fait les gros yeux. Puis elle regarde ailleurs, prend ses achats, et s'apprête à partir à travers la foule.

« Les femmes d'ici la méprisent, dit Armand, non seulement parce que leurs maris peuvent se la payer pour une heure, mais surtout parce qu'elle n'est pas l'une des leurs, elle n'est pas d'ici. Si elle était du côté du Palais-Royal, personne ne ferait attention à elle. Vous avez vu le Palais-Royal, j'imagine ?

— J'en ai entendu parler. Je ne suis jamais...

— Vous êtes vraiment un cas, mon vieux ! Vous êtes comme un de ces Persans de Montesquieu. Il faudrait que j'écrive sur vous dans le journal. Une chronique hebdomadaire. » Il marche en tête à grands pas et, tandis qu'ils passent sous les contreforts de Saint-Eustache, il se lance dans une leçon improvisée, vigoureuse et désinvolte, sur l'histoire du Palais-Royal : c'était autrefois le jardin du cardinal Richelieu, puis le duc d'Orléans l'a donné à son fils, lequel l'a rempli de cafés, de théâtres, de boutiques, maintenant l'endroit est toujours plein à craquer, indescriptiblement élégant et c'est le plus grand bordel d'Europe...

Il le décrit toujours quand ils arrivent sur les lieux mêmes, à une de ses nombreuses entrées, un passage pas plus large que la rue de la Fromagerie, qui les mène à un jardin avec des arcades, au milieu duquel se termine, dans les éclats de rire, un spectacle de marionnettes. Jean-Baptiste a l'impression qu'on est en train de les faire forniquer. Quand il regarde de plus près, il voit que c'est bien le cas.

« Les patrouilles de police ne viennent jamais ici, dit l'organiste. Le duc leur fait des petits cadeaux et elles se trouvent autre chose à faire. Des marionnettes lubriques, ce n'est encore rien. »

Qui sont ces gens ? N'ont-ils pas des affaires, un travail ? Leurs mouvements, leurs costumes, ne serait-ce que le bruit de tout cela fait penser à un carnaval, et pourtant on n'y trouve pas un centre évident, pas d'impression de structure. En apparence, tout est spontané, tout s'invente continuellement sur l'instant.

« Venez, dit l'organiste, en tirant Jean-Baptiste par le coude de son justaucorps pour le jeter dans l'entrée d'un café un peu plus bas dans la galerie. Nous allons tenter notre chance ici. »

C'est aussi bondé à l'intérieur qu'à l'extérieur, mais l'organiste, par un salut bien dirigé à l'un des serveurs, se voit vite offrir une petite table avec deux chaises en osier défoncées. Il commande du café, un bol de crème sucrée et deux verres d'eau-de-vie. La clientèle est exclusivement masculine, jeune pour l'essentiel. Tout le monde parle le plus fort possible. Ici ou là, quelqu'un lit un journal à voix haute ou cogne à la fenêtre pour attirer l'attention d'une connaissance qui passe par là, une femme, éventuellement, et lui lancer un grand sourire. Les serveurs – des hommes de petite taille, concentrés – manœuvrent sur des chemins serrés et tortueux derrière les chaises. On crie les commandes, qu'un simple coup de tête suffit à enregistrer. Deux chiens se lèchent mutuellement les babines, puis sont tirés par leurs maîtres et maintenus de nouveau sous les tables comme en cage. Jean-Baptiste retire son justaucorps (plutôt difficile à faire dans un tel espace). Le café est l'endroit le plus chaud dans lequel il se soit trouvé depuis des semaines. Étouffant, enfumé, légèrement humide. Quand l'eau-de-vie arrive, il la boit par pure soif.

« Ça va mieux ? » demande l'organiste. Son verre aussi est vide. Il en commande deux autres. « Vous pouvez m'appeler Armand, dit-il. Mais c'est à vous de voir. »

Maintenant qu'ils sont assis l'un en face de l'autre et qu'il se sent en effet bien mieux, Jean-Baptiste peut commencer à le regarder de près, cet Armand, surtout parce que l'organiste a cette habitude insatiable de scruter derrière lui le visage des autres dans le café.

Il ne porte pas de perruque et ses cheveux ne sont pas poudrés : de la poudre dans des cheveux pareils ne servirait pas à grand-chose. Ses vêtements – qui semblent coûteux, mais plutôt quand on les voit de loin et moins quand on les voit de plus près – ne relèvent d'aucune mode que Jean-Baptiste connaisse. Des pantalons, à rayures et qu'il porte serrés, comme une seconde peau. Un gilet moitié moins long que le sien, un justaucorps avec des revers si larges qu'ils vont presque jusqu'à ses épaules. Une cravate de mousseline verte, de plusieurs pieds. Quand il boit, il est obligé de l'écarter de sa bouche, de ses grosses lèvres violacées.

« Vous ne vous attendiez pas à trouver un organiste dans l'église, dit Armand, en ramenant son regard sur Jean-Baptiste. En réalité, je suis chef de musique.

— Il y a longtemps que vous êtes là ?

— Dix-huit mois.

— Vous avez donc été nommé alors que l'église était déjà fermée.

— Peut-on fermer une église comme une boulangerie ?

— J'imagine, oui, si l'ordre en est donné.

— Vous l'imaginez, hein ? Eh bien, vous avez raison sans doute. Mon prédécesseur s'est tué en buvant. J'oserais dire qu'il avait trouvé sa situation... perturbante.

— Et vous, non ?

— Un poste, comme vous le savez peut-être vous aussi, n'est jamais facile à obtenir.

— Mais il n'y a plus personne pour qui jouer. »

Armand hausse les épaules, attrape sa seconde eau-de-vie. « Il y a moi, le père Chabot, Dieu. Maintenant, vous. Ce n'est pas mal comme public, non ? »

Jean-Baptiste sourit franchement. Bien que cela le dérange d'être ici dans un café à boire de l'eau-de-vie plutôt que de faire son enquête sur le cimetière, tout comme cela le dérange d'avoir été à peine capable de respirer à l'intérieur de l'église, il ne regrette pas d'avoir découvert ce musicien aux cheveux de feu. Et après tout, il pourra peut-être apprendre quelque chose pour son compte. Dans le travail qu'on lui a confié, il ne sera pas simplement question d'exhumer des ossements et de les emporter au loin. Cela, il l'a compris. C'est avec les vivants autant qu'avec les morts qu'il aura des démêlés.

« Si je peux rester dans les faveurs de l'évêque, dit Armand, alors un jour, je pourrai obtenir mieux. Saint-Eustache, peut-être.

— Même de là, objecte Jean-Baptiste, vous continuerez à le sentir.

— Le cimetière ? Je vous l'ai déjà dit, on s'y habitue. Ce qui revient à dire qu'on ne s'y habitue jamais vraiment, mais que cela devient supportable. On s'adapte. Dites-moi, avez-vous remarqué quelque chose chez les Monnard ?

— Que ce sont... des gens respectables ?

— Oh, oui. Tout à fait respectables. Et quoi d'autre ?

— Qu'ils aiment bien bavarder ?

— La seule façon de les faire taire serait de créer un impôt sur la parole. Une chose que vos maîtres devraient envisager. Mais allons, soyez franc. Quoi d'autre ?

— Leur haleine ?

— Exactement. Et vous avez sans doute remarqué que la mienne n'est pas vraiment plus fraîche. Non, pas besoin d'être poli. Quiconque passe un peu de temps aux Innocents finit comme cela.

— C'est à cela que je dois m'attendre ?

— Vous pensez rester longtemps ?

— Je ne sais pas combien de temps il me faudra rester.

— Vous n'avez pas envie de parler de votre travail.

— Je suis sûr que cela ne vous intéresserait pas.

— Ah oui ? J'ai plutôt l'intuition que cela m'intéresserait grandement, mais je devrais cesser de vous importuner avec cela maintenant. Nous parlerons d'autre chose. Ziguette Monnard, par exemple. Vous l'avez bien regardée ?

— J'étais assis en face d'elle pendant le repas.

— Vous n'avez pas été impressionné ? C'est l'une des plus jolies filles du quartier.

— Je veux bien reconnaître qu'elle est jolie.

— Oh, vous voulez bien le reconnaître ? Voilà qui est magistral ! Vous avez quelqu'un chez vous, peut-être ? Où que ce soit chez vous.

— Bellême, en Normandie.

— À Bellême alors. Non, je vois bien que non. Eh bien, soyez sur vos gardes, mon ami. Si vous restez, ils vont certainement essayer de vous marier à elle.

— À Ziguette ?

— Pourquoi pas ? Un jeune ingénieur. Le confident d'un ministre.

— Je n'ai jamais prétendu être son confident. »

À la table d'à côté, un homme portant un réseau de cicatrices argentées autour de la gorge lève les yeux de son plateau de trictrac, regarde les deux jeunes gens, et abaisse de nouveau lentement son regard sur son jeu.

« Et vous alors ? demande Jean-Baptiste. Ils ont essayé avec vous ?

— Les musiciens sont un moins bon parti. Les gens comme les Monnard considèrent les musiciens à peine mieux que les acteurs.

— Son père dirige une coutellerie. Peuvent-ils vraiment se permettre de mépriser un musicien ?

— Cela ne coûte rien de mépriser les gens. Et, certes, ils avaient de la considération pour moi.

— Vous l'aimiez bien ?

— Comme on aime la compagnie d'une femme attirante. Mais avec Ziguette il faut faire attention.

— Comment cela ? »

Armand pêche un peu de crème dans le bol, se lèche les doigts, s'essuie les lèvres. « Ziguette a grandi dans cette maison. Elle a vécu toute sa vie ici. Dans cet air.

— Cela devrait m'inciter à me méfier d'elle ?

— Épouser Ziguette, dit Armand, serait comme épouser le cimetière. C'est plus qu'une simple question d'haleine. En revanche, la petite Marie...

— La servante ?

— Je ne parle pas de mariage, bien sûr.

— Vous ? Et Marie ?

— Les filles pauvres du faubourg Saint-Antoine sont des libres-penseuses. Leur esprit est peut-être aussi vide que le tombeau de notre Sauveur, mais elles sont plus modernes que les Monnard ne pourront jamais l'être. Plus que vous aussi, peut-être. Ne vous offensez pas. De toute façon, j'ai un peu dans l'idée de vous moderniser moi-même. Le projet vient juste de m'apparaître.

— Et si je ne pensais pas avoir besoin d'instruction ?

— Venant d'un organiste d'église ? C'est exactement le genre d'attitude que nous devons arracher si nous voulons nous assurer de vous pour l'avenir. Le parti de l'avenir.

— Parce qu'il existe un tel parti ?

— Il n'a pas de lieu de réunion, pas de souscription, et pourtant il existe aussi certainement que vous et moi. Le parti de l'avenir. Le parti du passé. Il se peut qu'il n'y ait plus beaucoup de temps pour décider de quel côté vous êtes. Je crois que nous devrions commencer par changer votre habit. Vous avez un goût particulier pour le marron ?

— Vous trouvez que quelque chose ne va pas dans mon habit ?

— Non, rien. Si vous appartenez au parti du passé. Il faudrait que je vous présente Charvet. Il saura quoi faire de vous. Charvet est un moderne.

— Et que fait-il, ce Charvet ? C'est un écrivain ?

— C'est un tailleur. »

Contrarié, intrigué et un peu pompette, Jean-Baptiste adopte ce qu'il espère être une expression faciale de dédain, mais l'organiste est retourné à son étude des autres visages du café. Quand il a terminé, il dit : « J'espère que vous ne voyez pas d'objections à payer tout cela. Ensuite, il nous faut trouver un endroit où manger. Rien de plus néfaste à une amitié naissante que de l'eau-de-vie dans un ventre vide. »

***

Dans les galeries et dans le jardin, les bousculades, les cris, les chapeaux qu'on lève, les sourcils qu'on dresse, la poursuite inépuisable de quelque chose, quoi que ce soit, continuent sans donner le moindre signe de décrue. Est-ce *cela* qui est moderne ? Et tous ces gens sont-ils le parti de l'avenir ou du passé ? Peut-on jamais savoir à quel parti on appartient ? Peut-on en être sûr ? Ou alors, se dit l'ingénieur, c'est comme dans la religion de sa mère : certains sont destinés à être sauvés, d'autres damnés, mais il n'y a pas de signe certain dans l'un comme dans l'autre cas.

Ils creusent la foule pour passer (parfois ils doivent avancer en crabe, parfois ils doivent s'arrêter et même battre un peu en retraite) quand Armand saisit de nouveau le justaucorps de Jean-Baptiste et l'entraîne par la porte du salon n° 7. Dans le vestibule, une femme fermement serrée dans un corset est perchée sur un tabouret derrière une table sur laquelle il n'y a rien d'autre qu'une petite boîte en fer et une cloche.

« Il lui faut donner quatre sous », annonce Armand. Jean-Baptiste lui donne quatre sous. Elle sonne sa cloche. Un homme avec une perruque teinte en rose apparaît, retenant un rideau du même rose. Il est clair qu'il connaît déjà bien Armand. Ils s'inclinent pour se saluer comme deux courtisans, bien que tout cela ne soit que du jeu.

« Zulima seulement aujourd'hui, dit Armand.

— Comme vous désirez, répond l'homme.

— Ce monsieur, dit Armand en désignant Jean-Baptiste avec son pouce, vient d'un coin de Normandie. Un jour, il sera le plus grand ingénieur de France.

— Naturellement », roucoule l'homme. Il les conduit à travers un couloir faiblement éclairé. De chaque côté, de lourdes tentures dissimulent ce qui est, apparemment, l'entrée de chambres, mais la dernière n'a pas été parfaitement tirée et Jean-Baptiste, en s'arrêtant, aperçoit un homme, une partie d'un homme, un bras nu et une jambe nue ligotés à une roue de chariot, un visage, avec une grosse barbe, un œil grand ouvert dans un regard fixe. Qu'est-ce que c'était censé être ? Damiens ? Damiens, qu'ils ont passé une demi-journée à tuer place de Grève parce qu'il avait égratigné le roi avec un canif. Ils l'ont tenaillé, écorché, ils ont versé du plomb dans ses blessures, ont fouetté des chevaux pour qu'ils arrachent ses membres de leurs articulations, bien que les chevaux – pauvres bêtes innocentes – n'aient réussi à le faire qu'après que le bourreau eut coupé certains muscles du mourant. Des milliers de personnes, dit-on, regardaient ce jour-là, depuis les bâtiments autour de la place...

Au bout du couloir, le guide l'attend. Il soulève un autre rideau. Jean-Baptiste se baisse, passe sous son bras.

« Zulima, commence l'homme, s'élançant dans un discours comme s'il était un genre d'automate, était une princesse de Perse qui mourut comme Cléopâtre, mordue par une vipère. Elle n'avait guère que dix-sept ans et était malheureuse en amour. Sa pureté (un autre rideau, plus fin, s'ouvre) et l'art des prêtres persans l'ont conservée à la perfection depuis plus de deux cents ans. »

Elle est étendue sur une estrade qui est pour moitié un catafalque et pour moitié une banquette. Il y a deux chandelles à ses pieds, deux autres derrière sa tête. Son corps est enveloppé dans un voile, un drap sinueux de quelque étoffe diaphane – tulle, organdi, qui sait ? Elle est nubile. Elle est parfaite. Les jeunes gens se tiennent de chaque côté d'elle et regardent.

L'autre, plus âgé qu'eux, attend à ses pieds, la tête penchée, comme en prière.

« Elle vous rappelle quelqu'un ? souffle Armand.

— Personne », dit Jean-Baptiste, mais il sait ce que l'organiste avait en tête. Il y a, c'est vrai, dans ce visage de cire, cette ample figure, une ressemblance marquée avec Ziguette Monnard.

Du Palais-Royal, ils vont dans une auberge proche de la Bourse pour manger. Ils sont assis à une table commune et on leur sert le repas à dix sous comprenant de la soupe au croûton et du pot-au-feu. Un foyer vif est allumé dans le fond de la pièce. Ils boivent du vin, du vin rouge qui n'est ni bon ni mauvais. Ils mangent et ils boivent et leurs joues s'empourprent. Armand, sans honte ni embarras aucuns, avoue avoir été laissé dans la tour d'abandon de l'hôpital des Enfants-Trouvés. Là, son talent lui a valu d'être remarqué par les intendants qui, à leur tour, l'ont fait remarquer aux directeurs, ces âmes charitables qui aiment, parmi ces enfants galeux à la tête rasée qui vivent et meurent dans ces couloirs, en pêcher un qui mérite d'être sauvé.

« Il n'y a pas d'illusions de jeunesse dans un endroit pareil. On ne peut pas se méprendre sur le caractère du monde. Vers l'âge de sept ans, nous étions tous aussi cyniques que des abbés. »

Ils s'accordent tous les deux sur le fait que la perte des illusions est une préparation indispensable à ceux qui veulent s'élever dans le monde. À la troisième bouteille, ils s'avouent l'un à l'autre qu'ils sont ambitieux, follement ambitieux et que, avec de la chance et un travail dur, ils ont l'intention de mourir célèbres.

« Et riches, dit Armand, en retirant un morceau de viande d'entre ses dents, je n'ai pas envie de mourir célèbre pour ma pauvreté. »

Jean-Baptiste parle de son ancien patron, le comte de S., de ses deux années à l'École des Ponts et Chaussées, de maître Perronet, des ponts qu'il rêve de construire, avec des structures légères, bien qu'ils enjambent la Seine, l'Orne, la Loire...

Le vin et des profondeurs insoupçonnées de solitude ont provoqué en lui une effusion que, s'il avait été clair, il n'aurait ni acceptée ni appréciée venant d'un autre. Il est près, vraiment tout près, de dire à Armand pour quel motif il est à Paris, parce qu'Armand serait certainement impressionné, il verrait ce que lui-même (dans la lueur vermeille du vin de la taverne) a commencé à voir – que détruire le cimetière des Innocents signifie en réalité balayer *dans les faits* et non pas en rhétorique l'influence empoisonnée du passé ! Et Armand ne devrait-il pas admettre alors que lui, Jean-Baptiste Baratte, l'ingénieur, appartient, sans chicaner, au parti de l'avenir, et même à son avant-garde ? Ou serait-il choqué ? Effrayé ? Furieux ? Quelles sont exactement les relations d'Armand Saint-Méard avec l'évêque ? Qu'a-t-on dit à Sa Grâce des plans du ministre ?

Dehors, ils pissent ensemble contre un mur, referment leur braguette et dérivent dans ce qui reste de l'après-midi. Ils continuent à parler, à bafouiller, de politique, de Paris, de la dignité irréductible des paysans (*mais moi, je sais ce que sont les paysans*, voudrait dire Jean-Baptiste, *j'en connais des dizaines*), mais aucun n'écoute vraiment l'autre désormais, et de toute façon, le voilà de nouveau projeté dans une boutique – et il se sent immédiatement plus saoul à l'intérieur qu'à l'extérieur – où il est présenté à un homme, une sorte de singe charmant, qui est, selon toute évidence, Charvet, le tailleur.

La boutique, si un tel espace mérite un nom aussi modeste, est décorée de meubles délicats et de peintures à l'huile, et n'a rien de commun avec l'atelier âcre où le père de Jean-Baptiste cousait ses gants. Pas le moindre signe clair de *travail* ici, sinon la table près de la fenêtre où deux jeunes gens découpent rêveusement des longueurs d'un tissu qui scintille et tremble comme de l'eau de source.

Charvet ne perd pas de temps. Quelques mots d'Armand, un haussement d'épaules de Jean-Baptiste, c'est tout ce dont il a besoin pour commencer. Il tourne autour de l'ingénieur, le touche, le tiraille, prend du recul pour mieux mesurer la longueur d'une jambe, le galbe léger des épaules, la taille élancée. Ce n'est pas désagréable d'être le cœur d'une attention professionnelle aussi intense. Jean-Baptiste ne s'aperçoit même pas quand Armand s'éclipse. Toute cette journée a eu sa propre dynamique étrange. Il ne cherche même plus à la contrer. Il y repensera plus tard.

« Je crois, Monsieur, dit Charvet, je crois que nous allons pouvoir faire quelque chose d'intéressant avec vous. Vous possédez, si vous me permettez, la forme adaptée aux nouveaux styles. Vous n'êtes pas un de ces messieurs corpulents que je dois davantage dissimuler qu'habiller. Vous, Monsieur, nous pourrons vous habiller. Oui. Quelque chose qui coulera avec les mouvements naturels de votre corps. Quelque chose d'un peu plus informel, mais, bien sûr, parfaitement décent, à sa manière... Nous devons raconter une histoire, Monsieur, nous devons la raconter de façon claire et belle. Je vous habillerai non pour 1785, mais pour 1795. Cédric ! Apportez à ce monsieur un verre de Château Lafitte. Apportez la bouteille. Et maintenant, Monsieur, si vous voulez me faire l'honneur de me suivre... »

Deux heures plus tard, Jean-Baptiste s'examine – examine quelqu'un – dans un grand miroir ovale brillamment poli. Il porte un habit de soie couleur pistache, une soie striée de rayures vertes et safran. Le gilet, coupé en haut des cuisses, est, lui aussi, couleur pistache et brodé de discrets fils d'or. Les manchettes du justaucorps sont petites, le col haut. La cravate – safran, elle aussi – est presque aussi large que celle d'Armand. Pendant un long moment, Charvet et Cédric ont tiré des épingles qu'ils tenaient entre leurs lèvres, coupé des petits morceaux, cousu, ont manipulé l'ingénieur avec une liberté qui n'est autorisée qu'aux gens de leur métier, et aux valets de chambre, aux chirurgiens et aux bourreaux. Ils ont presque fini. Ils reculent, en prenant garde de rester en dehors du champ du miroir. Ils le regardent se regarder. Il est, Jean-Baptiste s'en rend parfaitement compte, beaucoup trop tard pour refuser l'habit et même pour le critiquer. Faire cela signifierait dénoncer non seulement Charvet, mais l'avenir tout entier. Impossible ! Il le prendra et il paiera tout ce que Charvet en demandera. Il se trouve qu'il en demande beaucoup. Il rougit. Il n'a pas une telle somme sur lui. Le tailleur écarte les mains. Bien sûr, bien sûr. Demain sera bien assez tôt. Mais il y a aussi autre chose. Ce jeune monsieur est-il un jeune monsieur qui a des convictions *intellec-*

tuelles ? Aha ! C'est ce qu'il pensait depuis le début, mais on ne veut pas paraître indiscret.

Il glisse en direction de son écritoire en noyer luisant, sort d'un de ses tiroirs une petite image dans un cadre et l'apporte à Jean-Baptiste. « Voltaire », dit-il, et il sourit à l'image comme si, quand il est seul, il lui adressait des mots doux. « Vous voyez ce qu'il porte ? La robe de chambre ? C'est ce qu'on appelle un banian. Les messieurs intellectuels trouvent que c'est quelque chose dont ils peuvent difficilement se passer. J'en ai un ici, de damas rouge. Je n'en parlerais pas à la plupart de mes clients ; ils ne comprendraient pas. Mais dans votre cas...

— Oui, dit Jean-Baptiste.

— Oui ?

— Je la prends.

— Et, Monsieur, vous devez porter vos propres cheveux. D'ici à cinq ans, la perruque aura complètement disparu. Entre-temps, j'ai une très bonne perruque en bourse, toute en cheveux humains, louable à la semaine...

— Ça aussi, dit Jean-Baptiste.

— Et dois-je conserver votre ancien habit en dépôt, Monsieur ? J'ai un établissement plus petit, rue du Bac, qui s'adresse à mes clients les plus... hum, conservateurs. Je pourrais peut-être le vendre pour vous là-bas.

— Comme vous voulez.

— Comme vous voulez, *vous*, Monsieur.

— Alors oui. » Il hausse les épaules. « Oui. »

Délivré de Charvet et de sa boutique, l'ingénieur traverse la place des Victoires, tourne rue de la Feuillade en direction du marché et de la maison des

Monnard. Le vent s'est levé. Il lui souffle la poussière au visage et le fait éternuer. Le nouvel habit n'est pas aussi chaud que l'ancien. Il n'est pas non plus un cadeau de son défunt père. Il serre le banian empaqueté contre sa poitrine. À chaque pas, la puanteur du cimetière se fait plus forte, mais malgré cela, il est plusieurs fois contraint d'hésiter, de regarder au loin devant lui, de regarder dans son dos, de se repérer à une grille, un pilier, un arbre, un abreuvoir en pierre. Les a-t-il déjà vus ? Puis il se retrouve au bout de la rue de la Fromagerie. Les volets des petits magasins sont clos, les charrettes reposent sur leurs brancards, les pavés sont imprégnés d'une eau saumâtre. Un mendiant est agenouillé au coin, mais à part lui, la rue est déserte. Le mendiant regarde en l'air, relève sa capuche pour montrer ses plaies, mais dans le froid de ses poches neuves, Jean-Baptiste n'a pas de monnaie. Ils se marmonnent quelque chose (une excuse, une malédiction).

Il soupe avec les Monnard. S'aperçoivent-ils qu'il a bu, qu'il a passé sa journée à boire ? Ils sont peut-être trop éblouis par son apparence pour le remarquer. La soie couleur pistache provoque quelque chose proche de la stupéfaction, semble-t-il. Les femmes veulent la toucher, mais n'osent pas vraiment. Monsieur Monnard a l'air perplexe. Il tire pensivement sur le lobe de son oreille, comme s'il était en train de traire des petites mamelles.

Ils s'asseyent à table. Jean-Baptiste n'a aucun appétit. Il boit quelques verres du vin de monsieur Monnard, mais après le Château Lafitte chez Charvet, il n'a que le goût de ce qu'il est : essentiellement de l'eau.

Après souper, madame l'invite à rester et à écouter Ziguette jouer du piano. « Quand ils l'ont fait entrer, Monsieur, je jure que j'en avais le nez qui saignait rien qu'à les regarder ! Et une telle foule dehors. Ils ont tous poussé des hourras quand il est passé dans la fenêtre. J'ai dit à mon mari, je lui ai dit : "On croirait qu'ils sont à une *pendaison* !" »

Il reste, baignant dans sa propre lumière verdâtre, tandis que Ziguette s'aventure avec précaution dans une mélodie qu'il ne reconnaît pas. L'instrument est-il accordé ? Est-il possible qu'on produise un son pareil intentionnellement ? Elle porte une robe décolletée en laine jaune citron et étudie le mouvement de ses mains avec une moue de concentration, une frisette blonde se balance devant son arcade sourcilière et sautille comme une source chaque fois qu'elle lève la tête pour jeter un œil à la partition. Il pense à Zulima, morte il y a deux cents ans, des mamelons comme des noyaux de pêche. La musique s'arrête. Il applaudit avec les autres, on lui demande de rester pour un second morceau, un troisième. Madame Monnard lui adresse un grand sourire et hoche la tête. Avant que ne commence un quatrième morceau, il se relève maladroitement, prétend se sentir indisposé, implore qu'on l'excuse.

« Ce n'est rien de grave, j'espère ? » demande madame.

Il lui assure que non.

Dans sa chambre, il fait aussi froid que la nuit précédente, c'est-à-dire un ou deux degrés de moins que dans le monde extérieur. Il n'a toujours pas de bois.

Il parlera à Marie quand elle passera en allant au grenier, il lui demandera de prendre les dispositions nécessaires, même si, d'après ce qu'il a vu d'elle, il pense qu'il est tout à fait probable qu'elle n'en fasse rien. Un symptôme de libre-pensée ? Il n'est pas sûr – bien que cette pensée le gêne immédiatement – de se soucier tant que cela de modernité si elle laisse vides sa cheminée et sa cuvette.

Il défait son paquet, étend le banian sur le lit, retire son justaucorps couleur pistache, le plie soigneusement et enfile le banian. Il est énorme. Il l'enveloppe tout entier. Il pourrait, pense-t-il, rentrer à deux dedans. Il y a aussi un bonnet – cadeau de monsieur Charvet – un tarbouch, fait dans le même tissu rouge. Il retire sa perruque, met son bonnet. Dans le miroir, avec la faible lumière de la chandelle, il ressemble à un sénateur vénitien. Mais aussi, d'une certaine façon, à un enfant qui serait allé piller la chambre de ses parents et aurait passé des vêtements de son père. Non que son père ait jamais possédé un vêtement comme celui-ci. Il n'aurait pas été d'accord et n'aurait pas été heureux le moins du monde de voir son fils aîné le porter, il se serait même en réalité senti ridiculisé et en colère.

Il se détourne du reflet de son visage vers la gravure du pont du Rialto sur son clou au-dessus de la cheminée. S'il doit porter cette chose, alors il doit l'habiter de pensées élevées. Il ne suffira pas de seulement *jouer* les philosophes. Il doit lire, travailler, penser. Il relève les pans du banian, comme il a vu des femmes faire dans des rues boueuses, et s'assied à sa table, il rapproche la chandelle de lui et ouvre son exemplaire du second volume des *Histoires naturelles* de Buffon. Un brin de paille blanche lui sert de marque-page.

Il fronce les sourcils sur la page. La taxinomie des poissons. Bien. Excellent. Il arrive au bout de tout un paragraphe avant que les mots ne s'éloignent de lui comme des bancs de poissons noirs et vacillants, pour ne laisser derrière eux que les images brutes de la journée qu'il vient de passer, ce honteux, impardonnable gâchis de temps, d'argent. Il revoit l'intérieur de l'église des Innocents, il voit Armand comme un grand diablotin perché sur la banquette de l'orgue, il se voit avec lui, tous les deux se cachant du prêtre, il voit la femme, l'Autrichienne, qui achète ses petits morceaux de fromage, qui les regarde et, pour un instant, qui *le regarde lui directement*, cette femme qui n'est pas à sa place, qui n'est pas d'ici. Puis le Palais-Royal, les marionnettes qui agitent leurs hanches de bois l'une contre l'autre, la princesse de cire. Et Charvet, son sourire que faisaient briller les épingles...

Il remet la paille à sa place, ferme le livre, fait tourner la règle de cuivre dans ses mains. Dieu seul sait où Marie a dû aller. Il lui parlera au matin. Il ne peut plus attendre davantage.

Il retire ses chaussures, ses culottes couleur pistache. Il est intéressé, mais un peu déconcerté, de découvrir qu'il est en érection. Un étrange contrecoup de l'alcool, du vin libidineux. Il empoigne sa bite sous le tissu de sa chemise. La vie du corps est-elle la vraie vie ? Et l'esprit rien d'autre qu'une lumière anormale, comme les feux de Saint-Elme que les marins voient entourer le sommet des mâts au milieu de l'Atlantique ? Il savoure cette petite pensée (à laquelle il ne croit pas du tout) en tenant sa bite comme un crayon dont il pourrait se servir pour la noter, quand le bruit de quelqu'un qui passe le fait sursauter : un lent frottement de griffes contre le bois, un bruit qu'il commence à connaître. Il attend. Cela recommence. Il va à la porte. Quand il l'ouvre, Ragoût le regarde avec ses yeux jaunes, indéchiffrables, des yeux qui semblent posséder leur propre luminescence, comme certaines fleurs dans le crépuscule. Il se baisse, caresse la tête de la créature, son oreille déchirée. « Très bien mon ami. Mais gare à ne pas planter ces griffes dans ma gorge au milieu de la nuit. »

De l'autre côté du passage obscur, un mouvement le fait taire. Il regarde en coin. C'est Ziguette Monnard. Elle est en chemise de nuit. Ses cheveux sont défaits et tombent librement.

« Le chat, dit-il.

— Ragoût, précise-t-elle.

— Oui. » Il ne peut pas se relever ; il bande toujours. Même dans cette lumière, il serait impossible de le dissimuler. « Il doit être tard, dit-il.

— J'espère que vous êtes bien ici, lance-t-elle.

— Je suis certain que je serai très bien.

— Vous avez commencé votre travail ?

— Quelques... préliminaires. »

Elle fait un signe de tête. « Alors bonne nuit, Monsieur.

— Bonne nuit, Mademoiselle. »

Elle se détourne, s'en va dans sa chambre. Jean-Baptiste se lève, se frotte le dos, baisse les yeux sur cette marionnette absurde qui maintenant, enfin, fait lentement une révérence entre ses cuisses. Au bout du lit, Ragoût se lèche les pattes. Jean-Baptiste se débarrasse du banian d'un coup d'épaule, le plie sur le dossier de la chaise, souffle la chandelle, se glisse à l'intérieur des draps légèrement humides. Puis...

« Qui es-tu ? Je suis Jean-Baptiste Baratte. D'où es-tu ? De Bellême en Normandie. Quelles sont tes qualités ? Je suis ingénieur, formé à l'École des Ponts et Chaussées... »

Certaines nuits avec plus de conviction que d'autres.

7

Une fille traverse le cimetière des Innocents. Dans une main, elle tient une poule par une longue ficelle qui lui lie les pattes ; dans l'autre, un panier en osier plein de légumes, avec quelques fruits et un pain noir. Comme d'habitude, elle était l'une des premières au marché ; elle fait partie du paysage, avec sa silhouette fine et sa chevelure châtain épaisse, au milieu des domestiques qui forment la plus grande part de la première clientèle. Là où elle s'arrête, les marchands ne cherchent pas à la duper. Pas plus qu'elle n'a besoin de palper ou de tâter les produits, de les renifler ou de les marchander comme les bonnes de cuisine avec leurs doigts gercés ou ces maigres matrones des familles qui n'ont presque plus rien et vivent à peine un cheveu au-dessus de la misère. On la sert rapidement avec respect. On lui demandera peut-être des nouvelles de la santé de son grand-père, de son arthrose, mais personne ne la retiendra trop longtemps. Ce n'est pas qu'on ne l'aime pas. Comment pourrait-on ne pas aimer Jeanne ? Mais elle vient de l'autre côté du mur du cimetière, d'un endroit dont beaucoup de gens, dans ce dernier quart du XVIIIe siècle, préféreraient ne pas se souvenir. Elle est douce, jolie, bien élevée. Elle est aussi la petite émissaire de la mort aux cheveux châtains.

La matinée est froide, magnifiquement claire. Son ombre et celle de la poule glissent sur l'herbe drue tandis qu'elle suit le chemin – un chemin tracé uniquement par ses propres pas – qui va de la porte donnant sur la rue aux Fers jusqu'à la maison du sacristain au coin de l'église. Par endroits, le sol qu'elle foule est irrégulier, l'herbe formant de faibles aspérités là où une tombe s'est affaissée. Un visiteur inattentif, qui ne connaîtrait pas le chemin, pourrait s'y enfoncer, jusqu'à la taille ou jusqu'aux épaules, et même y disparaître entièrement. Mais pas Jeanne.

Elle s'arrête à la haute-croix, le pilier de pierre et de fer où jadis des hommes au regard fou ont dû s'appuyer pour haranguer la foule. Au pied de son escalier se trouve un massif de monnaies-du-pape, dont les téguments brillent comme des pièces d'argent au soleil. Elle se penche pour en cueillir quelques-unes, fait craquer les tiges sèches et les met dans son panier. Il n'y a pas grand-chose d'autre qui pousse désormais aux Innocents. La terre est épuisée à force de travail, mais son grand-père, sacristain depuis cinquante ans, lui a raconté que, quand il est venu ici pour la première fois, le cimetière au printemps était comme une prairie en pleine campagne et qu'au temps de ses prédécesseurs, le prêtre et les habitants du quartier y avaient fait paître leurs bêtes et qu'on fauchait l'herbe pour en faire du foin.

Elle reprend sa poule. Une fois à nouveau la tête en bas, elle retrouve sa stupeur. Jeanne suit une direction qui la maintient juste à l'écart de l'ombre pesante de l'église. Elle flâne, écoute la ville au-delà des murs, Paris qui vaque à ses occupations du matin, elle entend les oies dans leurs enclos sur le marché, la vendeuse de crevettes qui fait son boniment, les bébés qui pleurent dans la crèche de la rue de la Ferronnerie...

Quand elle était petite – elle avait neuf ans quand la dernière inhumation eut lieu –, le cimetière avait ses propres sons. Le tap-tap du maçon, le rythme des pelles, le glas. À présent, le cimetière est silencieux – quel bruit en effet pourraient faire une fille et un vieil homme ? –, à moins que sa paix ne soit perturbée par quelque visiteur, le genre qui se glisse sans y être invité la nuit par-dessus les murs. Il y a deux ans, en hiver, à l'aube, un duel s'est tenu à l'angle de la rue de la Lingerie. Depuis la maison, son grand-père et elle les entendaient assez distinctement, le choc bref des armes, le cri qui y mit fin. Grand-père attendit que le jour soit complètement levé pour sortir. Tout ce qui restait était de l'herbe piétinée et un morceau de tissu arraché à une chemise, avec du sang.

Et puis, il y a les amoureux : il n'y a rien qu'elle n'ait vu de cette façon. Encore en août dernier, dans la lumière brumeuse et dorée de la lune, elle a observé un garçon – un porteur, à juger par sa carrure – avec une fille aussi jolie que la reine des elfes et pas plus âgée qu'elle-même. Quand il s'affairait sur elle, elle miaulait comme un chat. Et ils ne l'ont pas fait qu'une fois, mais trois ou quatre, ne s'interrompant que pour regarder un peu la lune et boire la bouteille qu'ils avaient apportée avec eux et qu'elle a trouvée le lendemain posée contre la tombe de Peyron, qui leur avait servi de lit. Il y avait encore une goutte de vin dedans et elle l'avait bue, l'avait sentie descendre dans sa gorge, puis elle avait caché la bouteille dans un trou sous la tombe.

Parfois – rarement –, elle voit le vieux prêtre avec ses lunettes, comme une grosse chauve-souris sans ses ailes, dans le crépuscule : et d'autres fois, le musicien aux cheveux roux, qui sort se soulager et qui la salue toujours de la main quand il la voit. Elle voudrait regarder ses mains. Ses mains doivent être très spéciales parce que seules des mains spéciales peuvent produire un tel son, cette musique qui, une ou deux fois par mois, s'écoule à travers les murs noirs de l'église et lui fait battre le cœur.

Devant la maison, elle lève les yeux pour laisser le soleil d'automne imprimer sa chaleur sur son visage, puis, revivifiée, réconfortée par cette caresse, elle rentre. Grand-père est à la cuisine. Elle lui apporte la volaille, la lève pour qu'il puisse lui ficher le doigt dans le plumage. Il émet un petit grognement d'approbation, puis il incline son menton en direction de la pièce derrière la cuisine, le bureau du sacristain, une pièce passée à la chaux, avec une étroite fenêtre en ogive, où Dieu sait combien de volumes de registres, avec leur poussière, leurs chiures de souris, leurs folles marbrures de moisissures, sont alignés sur leurs étagères croulantes. Un homme est au bureau, debout, un volume ouvert devant lui. Il l'étudie, tourne une page, porte un chiffon à son visage, ferme les yeux, respire profondément, puis remet le chiffon dans la poche de sa redingote. Comme elle n'est pas boutonnée, elle aperçoit en dessous une ligne de son habit, vert comme un cœur de laitue.

La poule glousse ; l'homme se retourne vers la cuisine. Il fait un signe de tête à Jeanne et, comme elle ne lui dit rien, il lui dit son nom : « Je regarde les registres, explique-t-il.

— C'est ce que je vois », dit-elle.

Il fait de nouveau un signe de tête et retourne à son livre.

« Nous pouvons vous offrir du vin, Monsieur, dit-elle, et nous avons aussi un peu de café. »

Il a de nouveau porté le chiffon à son visage et il secoue la tête. Il y a du parfum sur son chiffon, qu'elle trouve presque insultant tellement il est fort. Grand-père emporte la poule dehors.

« Êtes-vous étranger ? demande-t-elle.

— Je viens de Normandie », répond-il. Il fait courir son doigt le long d'une colonne méticuleusement remplie. Sept Flasselle sont morts, l'un après l'autre, à l'automne 1610. Sept en moins d'un mois.

« C'est ce que je pensais, dit-elle.

— Pourquoi ?

— Je ne vous ai jamais vu avant.

— Tu connais tout le monde à Paris ?

— Dans le quartier, dit-elle.

— Tu connais une certaine famille Flasselle ?

— Non, il n'y a pas de Flasselle par ici.

— Autrefois, si », dit-il. Il ferme le volume et va vers elle. De l'extérieur, provient un gloussement frénétique, puis un silence abrupt.

« C'est toi, Jeanne ? demande-t-il.

— Oui, dit-elle, en souriant franchement à l'inflexion de sa voix.

— Ton grand-père m'a dit que tu me montrerais le cimetière, que tu sais où sont les charniers.

— Les charniers ?

— Les fosses communes.

— Elles sont partout.

— Mais peux-tu me les montrer ? »

Elle hausse les épaules : « Si vous voulez. »

Le vieil homme entre, la tête de la volaille dans une main, son corps, qui donne mollement des coups de patte, dans l'autre. Des gouttes de sang tombent comme des graines sur le sol de la cuisine en pierres.

Ils commencent par l'ossuaire sud, une galerie en pierres noircies adjacente à la rue de la Ferronnerie. Parmi les arches de la galerie, certaines sont closes par une grille en fer rouillée de la hauteur d'un homme ; d'autres sont ouvertes. Au-dessus des arcades – et immédiatement visible de quiconque entre dans le cimetière – court un grenier où des ossements, certains aussi noirs que les pierres, ont été entreposés derrière des grilles de fer.

Après une seconde d'hésitation, Jean-Baptiste traverse une des arches. Sur la pierre devant son pied, il y a une inscription. Il se baisse, touche les lettres avec un doigt. Henri quelque chose, terrassé, et son fils aussi, très aimé quelque chose, femme de, feu, dévouée, trop tôt, miséricordieux, la chair, l'éternité, 14 quelque chose.

Il se lève et marche un peu le long de la galerie. La lumière y entre bizarrement et montre certaines choses nettement, d'autres pas du tout. Il voit les nervures délicates des fleurs de pierre, une femme de pierre qui tient un voile de pierre devant son visage. Des marches étroites qui doivent mener aux greniers. Sa chaussure tape contre un fragment de maçonnerie, le bruit est immédiatement suivi d'un grouillement de choses vivantes, invisibles, mais toutes proches. Il fait demi-tour et se dépêche de retourner à l'air libre.

Il a un carnet de notes avec lui, un ruban de lin enroulé. Quand il veut prendre des mesures, il demande à Jeanne de lui tenir une extrémité du ruban ; puis, avec une plume à la pointe de fer et un encrier portatif, il écrit et fait des croquis sur son carnet. Il pose beaucoup de questions. Elle répond à toutes, et il griffonne ses réponses sur le papier. Parfois il ferme les yeux et ressort son chiffon. Il lui demande si elle sait lire.

« Un peu, dit-elle et elle indique l'inscription sur une pierre : *Hic Jacet*, lit-elle. Et là *Hic Requiescit*. Et là, *Hic est Sepultura*. »

Il acquiesce et sourit presque.

Elle dit : « *Vous*, vous savez lire.

— Je suis ingénieur. Tu sais ce que c'est ?

— Un genre de prêtre ?

— Nous fabriquons des choses. Des structures.

— Comme les murs ?

— Comme les ponts. »

Il lui demande où se trouve la plus récente des fosses communes. Elle l'y emmène. Il regarde le sol, il regarde autour. Il n'y a rien d'évident qui la distingue de l'endroit d'à côté.

« Tu es sûre ?

— Oui.

— Et on l'a fermée, scellée, il y a cinq ans ?

— Oui.

— Tu n'étais qu'une enfant à l'époque ?

— Oui.

— Mais tu t'en souviens ?

— Oui. »

Ils continuent (il a besoin de rester en mouvement). Fosse après fosse.

« Et là ? Elle est plus ancienne que l'autre ?

— Oui.

— Et celle-ci ?

— Encore plus ancienne. »

Il dresse un plan. Elle regarde comment il réussit à faire une ligne plus fine ou plus épaisse par un petit ajustement de l'angle du bec de la plume. Et les chiffres et les petits mots. Il y a de la beauté là-dedans.

« Qu'est-ce que c'est ? » demande-t-elle, en indiquant un tortillon, un parmi les nombreux qu'elle l'a vu tracer, une forme comme un demi-crâne.

« Un point d'interrogation, répond-il. Pour quand il reste une incertitude. »

Son visage se décompose. « Alors vous ne m'avez pas crue », dit-elle.

Il la rassure mais lui dit que ce qui est sous terre est caché. Ce qui est caché ne peut pas être connu avec précision.

« Par vous, non », remarque-t-elle. Il n'y a aucune effronterie dans sa réponse. Il semble s'interroger sur son livre un moment, puis il le ferme, ainsi que l'encrier, et essuie le bec de la plume.

« Nous avons fini pour aujourd'hui », annonce-t-il. Tandis qu'ils retournent à la maison du sacristain, il demande : « Tu n'aurais pas envie de partir d'ici ? De vivre ailleurs ?

— Je ne connais pas d'endroit ailleurs. Et qui s'occuperait d'eux ?

— Eux ? »

Elle désigne d'un grand geste le terrain autour d'eux. « Les morts », dit-elle.

Quand il a pris congé de la fille comme du vieux sacristain, il va dans l'église. La fille a indiqué une porte qu'il pouvait utiliser, non pas la grande par laquelle les corps et les cortèges devaient passer, mais une petite juste à côté dont le linteau est tellement bas qu'il l'oblige à incliner la tête. Il a quelques enjambées à faire dans un vestibule aussi noir que l'Enfer, puis une seconde porte lui permet d'accéder au corps de l'église. Il est au fond du bas-côté sud. Il voit en face de lui un morceau de la rosace au-dessus de l'autel. Il n'y a pas de bruit, pas le moindre signe d'une présence autre que la sienne. Il commence à arpenter de droite à gauche, passant derrière les bancs, devant des piliers rêveurs, il traverse la nef, franchit une large tombe clôturée sur laquelle un homme en armure est étendu à côté de sa femme en fer, leurs mains minces jointes en une prière. Il rejoint le mur nord, descend vers l'orgue. Pas d'Armand Saint-Méard aujourd'hui. Il est un peu déçu, un peu soulagé. Cela l'aurait rassuré d'entendre l'organiste admirer son nouvel habit. Cela aurait aussi pu, bien sûr, être le prélude à une nouvelle journée gâchée par la boisson et les divagations.

Il s'assied sur la banquette de l'orgue, il fait courir ses doigts sur les claviers. De droite à gauche des rangées de registres, des boutons en bois élégamment tournés, certains apparemment en ivoire. Il en retire un en le faisant glisser, le regarde de près et essaie de lire ce qui a été peint dessus, mais les lettres sont dans un caractère gothique beaucoup trop compliqué, et de toute façon, c'est une abréviation à la manière d'un composé chimique. Il le remet en place. L'instrument est la seule chose dans toute l'église pour laquelle il éprouve le moindre intérêt, la moindre sympathie. Pourra-t-on le sauver ? Le démonter, l'envelopper, l'emmagasiner, le réassembler ?

Il quitte la banquette, redescend le bas-côté et, tandis qu'il tente, entre la maçonnerie et les plaques, les ombres réelles et trompeuses, d'apercevoir la porte sur la rue aux Fers, une voix, une voix qui l'écrase presque, surgit d'un endroit impénétrable de l'obscurité au-dessus de lui.

« *Vous ! Qui êtes-vous ?* »

C'est terrible d'être vu ainsi, d'être vu sans être en mesure de voir soi-même. Il regarde en l'air, en grimaçant, comme s'il s'attendait à entendre un battement d'ailes en parchemin.

« *Ce n'est pas vous le musicien ! Je reconnais son pas. Qui êtes-vous ?* »

Des échos, des volées noires d'échos sous les voûtes. Impossible de situer l'endroit d'où ils viennent.

« *Réponds-moi, coquin !* »

Il voit la porte à présent, passe sa clé dedans, s'aperçoit à la troisième tentative que c'est la clé de la maison des Monnard, glisse une autre clé, tourne, tire la porte...

« *Qui es-tu ? Qui !* »

Puis il est dehors ; dans la rue aux Fers. La rue n'a pas été détruite par le feu. Elle n'est pas remplie des horreurs des tableaux de Jérôme Bosch, pas de femme pâle frayant avec des démons ni de baleine échouée vomissant des âmes tourmentées. Une demi-douzaine de lingères sont au travail à la fontaine italienne. Le sol autour d'elles scintille. Deux d'entre elles lèvent les yeux, surprises peut-être de voir quelqu'un sortir de l'église, un homme, un qu'elles n'ont jamais vu avant, mais elles baissent vite de nouveau les yeux sur leur travail, leurs bras froids plongés dans l'eau froide. Le linge ne se lavera pas tout seul.

8

Il est assis dans sa chambre, enveloppé dans le damas et il regarde l'église par la fenêtre dont il a ouvert les volets. Le soleil se couche, mais les pierres des Innocents en renvoient peu de lumière. Les vitraux pâlissent d'un feu qui semble davantage le signe d'un holocauste *à l'intérieur* de l'église que quelque chose d'aussi lointain, d'aussi banal que le soleil rouge de fin octobre. Puis la lumière s'embrase, décline et toute la façade se retrouve dans une obscurité uniforme.

Il se lève de sa chaise pour voir s'il peut espionner le miroitement des premières chandelles du soir dans la maison du sacristain, mais il n'y a rien encore. Peut-être se retirent-ils comme des paysans normands et comme les bêtes de ces paysans dès qu'il fait trop sombre pour travailler.

La fille est-elle simplette ? Il ne le pense pas. Mais peut-il s'en remettre à sa description de ce que, sous l'herbe sauvage, il trouvera quand il commencera à creuser ? Il pense bien y être obligé puisqu'il n'a pas grand-chose d'autre pour le guider. Les souvenirs d'un vieux sacristain, des registres qui ont servi de repas à des générations de souris...

Il tourne la chaise, s'installe face à la table. Il tripote son briquet, allume sa propre chandelle et la rapproche du bord du carnet dans lequel, ce matin, il a pris ses notes. Il étudie ses croquis, parcourt du doigt les chiffres, s'efforce de tout considérer comme une question de pure ingénierie telle que, à l'école, maître Perronet aurait pu le leur rappeler lorsqu'il passait à côté d'eux en retournant à son bureau. Tant de pieds carrés de terre, et pour les chariots tant de charge de... de débris. Tant d'hommes, tant d'heures. Un calcul. Une équation. Voilà tout ! Il ne doit pas oublier, bien sûr, de laisser une petite place pour l'inattendu. Perronet insistait toujours là-dessus, un peu de souplesse, un peu de mou dans la corde pour cette part d'incertitude qui embrouille tout projet et que les praticiens naïfs ignorent toujours jusqu'à ce qu'il soit trop tard.

Il déchire précautionneusement une feuille de papier vierge à la fin de son carnet, ouvre son encrier, trempe sa plume et commence à écrire.

Monseigneur,

J'ai fait un examen préalable à la fois de l'église et du cimetière et je ne vois aucune raison de retarder le travail que Votre Seigneurie m'a confié. Il sera nécessaire de recruter au moins trente hommes valides pour le cimetière et encore autant pour l'église, dont certains devront être expérimentés dans l'art de la démolition. De plus, j'aurai besoin de chevaux, de chariots, et d'une bonne réserve de bois d'œuvre.

En ce qui concerne le cimetière, au-delà du déplacement des restes issus des cryptes, des ossuaires et des fosses communes, je recommande que la surface entière du cimetière soit excavée à une profondeur de six pieds et la terre envoyée loin de la ville dans une aire non peuplée ou même emmenée plus loin, jusqu'aux côtes et dispersée dans la mer.

Puis-je demander si un endroit adapté a été préparé pour recevoir le matériau humain ? Et que doit-il être préservé dans l'église en dehors des objets à caractère sacré, reliques, etc. ? Il y a par exemple un orgue d'origine allemande qui pourrait, si Votre Seigneurie le souhaitait, être démonté de façon à le préserver.

Je suis, Monseigneur, votre serviteur dévoué.

J.-B. Baratte, ingénieur.

Il n'a pas de sable à répandre sur l'encre humide. Il souffle dessus, nettoie le bec de la plume. D'en bas lui parvient le son mat du gong pour le souper. Encore de la nourriture de morts. Il se débarrasse du banian d'un coup d'épaule, attrape son justaucorps couleur pistache, puis, avant de descendre, s'arrête un instant à la fenêtre, la chandelle à la main. C'est juste une invention, bien sûr, une impulsion complètement fantaisiste et on ne devrait pas chercher à l'expliquer à quiconque, mais il bouge la chandelle d'un côté et de l'autre, comme pour faire signe. À qui ? Qui pourrait bien se trouver sur ce terrain obscur, à le regarder, ou quoi ? Jeanne ? Armand ? Le prêtre ? Des gardiens de ces millions de morts, avec leurs yeux creux ? Ou une future version de lui-même, qui attend dans une époque à venir et qui voit à une fenêtre loin au-dessus de lui le vacillement d'une lumière ? De quelle imagination baroque même un esprit comme le sien est capable ! Il ne doit pas lui laisser de champ. Il finira par croire à cette créature dont le ministre lui a parlé, le loup-chien des charniers.

Au-dessus de Paris, les étoiles sont les éclats d'une boule en verre lancée au ciel. La température chute. Dans une heure ou deux, les premières fleurs de givre vont s'épanouir sur l'herbe des champs de manœuvre, des parcs, des jardins royaux, des cimetières. Les lanternes s'écoulent. Durant leur dernière demi-heure, elles brûlent en une fumée orangée et n'illuminent plus rien d'autre qu'elles-mêmes.

Dans les faubourgs des riches, les veilleurs crient l'heure. Dans les taudis des pauvres, des formes grossières essaient de se réfugier dans la chaleur de l'autre.

Chez les Monnard, dans la mansarde sous le toit d'ardoises, la servante Marie s'agenouille dans le noir. Elle a roulé le petit tapis et collé son œil dans une fente du plancher au-dessus de la chambre du locataire, de son lit. Elle regardait le musicien de cette façon aussi, mais ce n'est pas elle qui a fait le trou. Elle l'a découvert avec son orteil une semaine après avoir commencé.

L'air depuis la chambre du locataire monte comme une colonne chaude, légèrement fumante, qui lui pique l'œil. Il a eu du feu ce soir, qui brûle toujours, assez en tout cas pour qu'elle puisse le voir, la forme de son corps sous les couvertures, sa bouche pâle, la partie molle autour de ses yeux fermés. Sur la table à côté de son lit, un livre ouvert, une tige de cuivre pour mesurer. De quoi écrire.

Ce qu'elle aime voir c'est le moment, le moment exact où ils s'endorment. Elle est, à sa façon, une collectionneuse, et tandis que des filles plus chanceuses, ou avec plus d'argent, peuvent collectionner les dés à coudre ou les boutons fantaisie, il lui faut collectionner quelque chose de gratuit. Elle doit faire attention, bien sûr. Le petit trou ne doit pas la trahir. Il ne faut pas qu'ils lèvent les yeux et voient au-dessus d'eux le miroitement réglisse d'un œil humain.

Celui-ci, le nouveau, l'étranger aux yeux gris, est étendu sur le dos, son corps tourné un peu sur la droite, son bras et sa main droite étendus vers le bas, sortis, par-dessus les couvertures. La main a la paume vers le haut, les doigts vaguement fléchis. Tremblent-ils ou est-ce un effet des braises ? Elle s'essuie les yeux, regarde de nouveau. C'est, pense-t-elle, comme si à partir de cette main ouverte, il s'était laissé partir, son esprit comme une pelote de laine noire qui roule sur le sol et se défait, se défait...

À dix rues calmes de là, plus à l'est, un appartement au deuxième étage de la rue des Écouffes, Armand Saint-Méard est étendu dans un grand lit avec une grosse dame, sa logeuse et maîtresse. Lisa Saget, une veuve avec deux enfants vivants et deux autres portés en terre avant leur cinquième année. Plus endormie qu'éveillée, elle se glisse hors du lit, s'accroupit sur un pot de chambre, pisse, s'essuie avec un chiffon, retourne au lit. Quand elle est de nouveau étendue, la main de l'organiste remonte somnambuliquement sa cuisse, joue un seul petit arpège dans la chaleur de sa peau, puis se pose, et repose.

À l'ouest – l'ouest du cimetière et du marché silencieux, et assez près de l'église Saint-Eustache pour qu'une parole normale devienne inintelligible quand les cloches sonnent – Héloïse Godard, l'Autrichienne, est assise tout habillée sur le bord du lit et lit *Les Souffrances du jeune Werther* de Johann Wolfgang von Goethe.

Le livre, comme d'autres de sa collection, a été laissé en complément de paiement par monsieur Ysbeau, un charmant monsieur du genre érudit, qui tient deux grands kiosques à livres de l'autre côté de la Seine. Tous les premiers mardis du mois, elle choisit un livre dans les caisses tandis qu'il est assis sur un tabouret derrière elle, ses culottes sur les chevilles. Quand elle se retourne vers lui, elle doit feindre le scandale, le réprimander dans un langage choisi, après quoi il s'excuse, remonte ses culottes et, en une demi-douzaine de gestes, il lui emballe son livre.

Elle a appris à lire grâce à ses parents, tenanciers d'une auberge sur la route d'Orléans à Paris. Ils la vouaient à la restauration, et ils l'ont fait étudier avec un certain curé qui en se penchant avec elle sur un abécédaire faisait connaissance avec ce qu'elle avait sous ses jupons. Par la suite, elle reçut les mêmes soins venant de plusieurs habitués, grands dépensiers, de l'auberge, souvent sous le regard même de ses parents, qui semblaient considérer qu'un tel traitement faisait partie des conséquences acceptables de leur métier et préféraient ignorer ses larmes, ses regards comme ses appels muets, jusqu'à ce qu'elle apprenne enfin à ne rien attendre d'eux, à leur cacher, ainsi qu'au reste du monde, tout signe de ce qu'elle ressentait.

Les chandelles sont son grand luxe. Elle ne lit que la nuit, dans le silence et l'intimité de la nuit. Elle en brûle deux voire trois à la fois. Elle ne peut pas paraître au matin les yeux injectés de sang. En hiver, elle garde sa cape pour se protéger du froid de sa chambre. Pauvre Werther amoureux (« “Il faut que je la voie aujourd’hui !” m’exclamai-je en me réveillant, la joie au cœur. ») Cela finira-t-il mal ? Ysbeau n’a pas voulu lui dire, il a seulement souri, comme s’il trouvait surprenant qu’une femme comme elle ait le goût des romans d’amour. Elle n’est certainement pas une jeune fille rêveuse, une innocente. Elle sait ce que sont les hommes, elle en sait long sur le caractère du monde. Mais il est dur, quoi qu’on ait pu subir, d’abandonner l’amour. Dur de cesser d’y penser comme quelque part chez soi qu’on réussira peut-être à retrouver un jour. Plus que dur.

Elle se lèche un doigt et tourne la page.

À l’intérieur de l’église des Innocents, dans la sacristie, le père Chabot veille lui aussi. Il a quelque chose qui ressemble à un lit, un lit gigogne, avec un matelas en lambeaux, mais il dort le plus souvent dans un fauteuil en bois, sa grosse tête dodelinant sur sa poitrine. Il bave dans son sommeil. Sur sa poitrine, sa soutane en est trempée quand il se réveille. Cela n’a pas d’importance. Il n’y a personne pour le voir et s’il y avait quelqu’un, cela ne lui ferait rien. Sur la table, il laisse brûler une petite lampe, une mèche qui trempe dans l’huile, une petite flamme (bleue, à travers ses lunettes) qui vacillait autrefois dans la chapelle Saint-Sébastien. La nuit, dans cette ville même, le Diable et ses serviteurs sortent, et le père Chabot ne veut pas les rencontrer dans l’obscurité absolue, irrémédiable, qui existerait sans la lampe. Qu’il doive les rencontrer, qu’il y soit obligé, il s’y est résigné. Il se pourrait même qu’il ait surpris un de leurs éclaireurs qui essayait de s'introduire près de l'orgue ce matin. Toute l'église n'est-elle pas devenue anxieuse ? N'a-t-il pas entendu les dormeurs dans la crypte laisser échapper un faible râle de frayeur ? Pas plus que de l'aide, il ne peut espérer que quiconque partage le fardeau de sa vigilance (ils disent que l'archevêque a une maîtresse, qu'il a engendré des enfants). Il est seul à son poste, aussi seul que quand il passait ses journées dans la poussière de la province du Hunan, là où, un matin, ils l'ont traîné sur la place publique et qu'il a vu tout à fait clairement parmi les visages de la foule les yeux de l'Adversaire, et qu'ensuite il n'a plus pu jamais rien voir clairement...

Il surveille les portes, celle qui mène à la rue, celle de l'abside, derrière l'autel. Ce sont des formes, seulement des formes, mais il saura si on les a ouvertes, ou si on a tenté de le faire.

Le lit de Jeanne – où elle dort profondément – est placé à l'extrémité de celui, lourd et sculpté, de son grand-père. Pour son dernier anniversaire, son quatorzième, il a monté un nouveau lit pour elle et lui a dit qu'elle était trop grande, trop femme, pour pouvoir décemment partager sa couche avec tout autre homme que son mari. Elle en a pleuré quand il le lui a dit, tremblé de chagrin, parce qu'elle avait dormi à côté de lui depuis sa plus tendre enfance, depuis que, d'un dimanche à l'autre, ses deux parents et ses deux sœurs étaient morts de la suette. Être obligée de dormir seule la renvoya soudain à la mémoire oubliée de cette perte, et pendant de nombreuses nuits, elle attendit que le vieil homme revienne sur sa décision, mais il n'en fit rien et elle finit par s'habituer à ce nouvel arrangement et à son nouveau statut de femme.

Maintenant elle rêve du cimetière couvert de fleurs, blanches, roses, jaunes, cramoisies. C'était un rêve charmant, riche en promesses et cela la fait sourire, tandis qu'au-dessus d'elle, au-dessus des poutres craquelées, noircies par la fumée et aussi vieilles que l'église, le chat Ragoût, assis au chaud contre une cheminée, essuie méditativement derrière son oreille blessée la patte avant qu'il vient de se lécher. Dans le cimetière, sous une arcade de l'ossuaire sud, quelque chose attire son attention. Il regarde fixement, devient parfaitement immobile, puis s'aplatit sous les tuiles.

9

« Le ministre, dit monsieur Lefosse, accepte vos propositions. Vous obtiendrez les hommes dont vous avez besoin. Ainsi que les chevaux et le bois. Cette bourse – pour l'avoir, vous signerez ici et ici – contient cinq cents livres. Et voici des lettres de change. Vous pouvez les retirer à la maison Kellerman, l'orfèvre de la rue Saint-Honoré. Nous entendons que chaque sou soit répertorié. Je puis vous assurer que le ministre ne serait pas du tout heureux, par exemple, s'il devait apprendre que vous avez dépensé cinquante livres pour un nouvel habit. »

Jean-Baptiste rougit. Il pourrait se défendre, mais il ne voit pas immédiatement de quoi il doit se défendre. D'avoir été saoul et d'avoir voulu être moderne ? Qu'on le croit moderne ?

« Quant à votre question sur ce qui doit être sauvé de l'église, la réponse est la même que celle qui vous a déjà été donnée. Rien.

— Et le vieux prêtre ?

— Nous ne vous proposons pas de démolir un prêtre.

— Je veux dire : ne va-t-il pas protester ?
— Pourquoi ? Ce n'est pas son église.
— Mais il n'acceptera pas facilement de...
— Vous n'êtes pas capable de vous occuper d'un vieux prêtre ?
— Si... bien sûr.
— Alors il n'y a aucune difficulté.
— Il y a aussi un musicien. L'organiste de l'église.
— Et alors ?
— Quand l'église aura disparu, il perdra forcément sa position.
— On le peut supposer.
— J'ai entendu dire qu'il était très doué. Le ministre pourrait peut-être...
— Vous demandez au ministre qu'il se soucie du destin de l'organiste d'une église ? Et ensuite, vous allez plaider pour le sacristain.
— J'ai pensé...
— Vous n'avez pas l'air de bien comprendre ce pour quoi vous êtes là, Baratte. Vous commencerez votre travail aussi promptement que possible. Vous ne laisserez aucun obstacle mineur vous entraver. Si vous n'avez pas commencé votre travail au Nouvel An, vous serez remplacé par quelqu'un de plus efficace. Est-ce clair ?
— Parfaitement, Monsieur. Puis-je parler de ce que je suis censé faire ici ? Ma présence entraîne des suspicions, des rumeurs.
— Les rumeurs ne seront pas arrêtées par des explications.
— Et ce qui adviendra des restes ?
— Les ossements ? Vous entendrez parler de cette question bientôt. »

Il y a un moment de silence hostile entre eux. Les petits yeux de Lefosse embrassent la pièce et se posent brièvement sur le piano. Sa contemplation semble lui permettre un divertissement privé.

« Trouvez-vous votre nouveau logement à votre goût ? » demande-t-il.

10

Est-il si difficile de trouver trente hommes ? Pas vraiment, dans une telle époque. Mais trente hommes valables, des hommes qui seront capables de supporter le travail ? Il a déjà décidé où il irait les chercher : les mines à Valenciennes. Là-bas, pour un maigre salaire, on trouve des hommes endurcis à ce genre de travail qui tuerait n'importe qui d'autre en moins d'un mois.

Il écrit à Lecœur. Lecœur est – ou était – un des directeurs des filons du Nord. Quand Jean-Baptiste travaillait dans les mines, les deux hommes, éloignés de toute compagnie, à moitié cachés dans cette poche humide et reculée du nord de la France, les nerfs aiguisés par la fumée, le bruit des équipements et, parfois, la sauvagerie des lieux, avaient fondé une sorte d'entente, une intimité, qui a cependant entièrement cessé avec le départ de Jean-Baptiste.

Ils avaient coutume, en particulier durant le premier hiver, interminable, d'inventer des utopies dans lesquelles par leur imagination, ils rendaient bon tout ce qui offensait leurs oreilles, leurs yeux, leurs jeunes cœurs, eux-mêmes. Leur création favorite, la plus détaillée et la plus satisfaisante, était Valenciana. À Valenciana, l'économie et la morale, la vertu et l'industrie étaient indissolublement liées de façon à bénéficier à tous et améliorer la vie de tout le monde. Il y avait, disposées en carré, des petites maisons propres pour les familles, des dortoirs pour les hommes seuls, des parcs où l'air était sain et où les enfants pouvaient jouer comme tous les enfants, jouer et peut-être devenir un peu moins difformes que leurs pères. À Valenciana, nul enfant en dessous de douze ans ne serait envoyé dans un puits de mine. Nul enfant de moins de dix ans ne serait employé à la surface pour pousser les chariots ou tourner la Marcinelle, ou ce genre de choses. Il y aurait des écoles, tenues par des hommes bienveillants et instruits – des hommes comme Jean-Baptiste et Lecœur. Il n'y aurait pas d'églises à Valenciana (soirée de débats particulièrement passionnés), même s'il y aurait sur les places des statues des divinités antiques utiles, une Athéna, un Apollon, un Prométhée, mais pas de Dionysos ni d'Aphrodite. Pas plus que, sur l'insistance de Lecœur, il n'y aurait d'endroit où les hommes puissent se rassembler pour consommer des alcools forts. C'était plus qu'un jeu. Ils débattirent même de la possibilité de présenter Valenciana sous la forme d'un livre et, durant une nuit au moins, ils partagèrent le rêve vif de parvenir eux-mêmes, timides mais assurés, à tracer leur chemin dans les salons de la capitale.

Lecœur était-il toujours aux mines ? Sera-t-il intéressé par les Innocents ? La lettre part avec la diligence de midi pour Lille le 7 novembre 1785.

Quand il se met en quête des chevaux, il est, petit à petit, orienté vers un jeune officier, qui le rencontre dans une auberge près de la manufacture de porcelaine de Sèvres sur la route de Versailles. Le jeune officier lui fournira, manifestement, tout. Il n'y a pas de raison de s'en tenir aux chevaux.

Avec son habit bleu et ses jambières crème (et quelles jambes longues, longues, il a !), le jeune homme, qui répond au nom de Louis Horace Boyer-Duboisson, semble très à l'aise dans le monde. Il mentionne brièvement son père, grand propriétaire bourguignon. Il semble en savoir davantage sur le travail de Jean-Baptiste que Jean-Baptiste ne se rappelle lui en avoir dit. A-t-il un lien avec le ministre ? Avec Lefosse ? Quelque arrangement qui permet à un circuit fermé bien huilé de drainer les fonds de l'État de nouveau vers l'État, ou en tout cas vers ses représentants ? Ils s'accordent pour se revoir dans une semaine afin que Jean-Baptiste puisse voir un échantillon des bêtes. Ils se saluent en s'inclinant et, bien que l'ingénieur n'aime pas ce soldat, qui lui rappelle le comte de S. quand il était jeune, et bien qu'il ne lui fasse pas non plus confiance, il ne peut s'empêcher de se dire qu'il aimerait bien, un petit peu, *être* ce soldat, porter sa vie comme une chemise de qualité et pouvoir, si le temps se lève, descendre à cheval dans les bois et la rivière de la propriété de son père en Bourgogne.

Le temps ne se lève pas. Les nuages s'accrochent aux cheminées de Paris. Le vent vient de l'est. La plupart du temps, il fait si sombre que, dès le milieu de l'après-midi, on ne peut plus lire confortablement à l'intérieur.

Tous les jours, Jean-Baptiste se force à aller au cimetière, à marcher à l'intérieur de l'enceinte, parfois seul, parfois en compagnie de la fille, qui lui parle des morts sous leurs pieds comme elle le ferait d'une espèce de grande famille étendue. Elle fait même comme si elle était capable d'identifier un grand nombre des ossements qui couvrent le sol – cette mâchoire appartient à une madame Charcot, ce fémur à un certain monsieur Méricourt, un maréchal-ferrant qui est mort de froid.

De son côté, Jean-Baptiste préfère ne pas penser que les os appartiennent à quelqu'un, ou qu'ils aient un nom. S'il doit commencer à les traiter comme des ex-personnes, maréchaux-ferrants, mères de famille, des ex-ingénieurs même, comment pourra-t-il oser seulement planter une pelle dans la terre et séparer pour toute l'éternité un pied d'une jambe, une tête de son cou légitime ?

Rue de la Lingerie, ses soirées avec les Monnard se révèlent ne pas être aussi dénuées de plaisir qu'il l'avait d'abord appréhendé. Avec monsieur Monnard il parle, vaguement et avec prudence, de politique. Les impôts, les pénuries, les finances de l'État. Monsieur, sans surprise, n'a rien d'un libéral. Ce qu'il dit de Voltaire, de Rousseau est blessant : des idées de doux rêveurs des salons, des agitateurs. Il est, semble-t-il, favorable à l'ordre, imposé par la force si nécessaire. Au marché aussi, aux affaires, à la respectabilité des commerçants. En réponse, Jean-Baptiste se limite à des remarques générales sur le besoin de réformes, le genre de remarques dont personne, sauf l'aristocrate le plus réactionnaire, ne pourrait s'offenser. Les choses s'arrangeront d'une manière ou d'une autre, elles deviendront plus justes, bien qu'il ne sache comment cela peut se faire dans la pratique, sinon par quelque rayonnement intellectuel. Mais y a-t-il quelqu'un qui le sache ? Un soir, il mentionne presque sa vieille utopie, Valenciana, mais il ravale sa langue. On ne peut pas s'attendre à ce qu'un homme qui ne lit que le journal comme Monnard puisse comprendre et, de toute façon, il ne se souvient pas sans un certain embarras de ces nuits dans le petit salon de Lecœur au coin du feu de charbon jamais tout à fait suffisant. Cette autre version de lui-même, plus jeune et plus volubile, leurs deux têtes toutes proches dans l'ombre du salon, l'étrange urgence qu'avait tout cela...

Avec madame, il débat des subtilités du temps. Le vent a-t-il soufflé plus fort aujourd'hui ? Était-il plus froid le matin ou l'après-midi ? Quel est l'avis de monsieur Baratte sur la probabilité de chutes de neige ? La neige le dérange-t-elle seulement ? Toutes les sortes de neige ?

Et puis il y a Ziguette. Les conversations avec Ziguette – quelquefois à table, quelquefois sur le banc au coin du feu ou à la fenêtre surplombant le cimetière – requièrent de plus grands efforts. Il essaie la musique, mais elle en connaît encore moins que lui, n'a pas entendu parler de Clérambault ni d'aucun membre de la famille Couperin. Le théâtre est également sans espoir – aucun des deux n'y connaît grand-chose ; quant aux livres, il est clair qu'elle n'en a pas plus l'usage que ses parents. Il lui pose des questions sur sa propre histoire, le sujet semble l'ennuyer. Elle pose des questions sur son travail et il est obligé de chercher des faux-fuyants. Il se demande si elle est amoureuse, pas de lui, bien sûr, mais de quelqu'un. Il se demande s'il la désire. Il n'en est pas sûr. Son intérêt pour elle ne semble pas plus marqué que pour la petite servante aux bras velus qui apporte les assiettes du souper. Quant au *mariage*... pourrait-il ? La plupart des gens verraient dans la fille – la très jolie fille – d'un commerçant parisien bien installé un bon parti, qui apporterait des avantages aux deux côtés. Tandis qu'il lui parle, il se livre parfois à des expériences mentales dans lesquelles ils sont tous deux dans une pièce, un carrosse, un lit à baldaquin, son haleine devenue douce grâce à l'éradication du cimetière, une partie de l'argent de son père dans une boîte cadenassée sous le lit... De telles pensées ne sont pas désagréables et pourtant les images sont aussi fines qu'un mouchoir. Aucune ne le convainc.

Quant à la nourriture des Monnard, elle reste tout aussi mystérieusement infecte que d'habitude. Même une tarte aux pommes parvient à lui évoquer ces petits champignons blancs qui poussent dans les coins les plus humides des caves et pourtant il finit toujours son assiette. D'une part, c'est une pratique qui lui a été inculquée depuis sa plus tendre enfance par le plat de la main de son père et qui a été confirmée plus tard par la trique et les sanctions des frères de l'Ordre de l'oratoire à Nogent, mais d'autre part, après presque cinq semaines dans cette maison, il s'y est tout simplement habitué, complètement habitué. Et quand le dîner est terminé, il se retire dans sa chambre, le banian, une ou deux pages de Buffon. Et puis au lit, la chandelle soufflée, le catéchisme. Il ne se demande pas s'il est heureux ou malheureux. La question est suspendue. Sur le palais, il a deux ulcères que, quand il est allongé dans le noir, il essaie de toucher avec sa langue. Son haleine à lui aussi a-t-elle changé ? S'en rendrait-il compte si c'était le cas ? Il ne peut pas, dans la vie qui est la sienne, penser à quelqu'un sur qui il pourrait compter pour le lui dire.

***

Le 15, il retrouve Louis Horace Boyer-Duboisson. C'est presque le crépuscule et ils sont dans un champ derrière l'auberge où ils s'étaient déjà rencontrés. Les chevaux, cinq, sont là, sous une pluie légère, tenus au collier par deux soldats qui, dans leurs uniformes mal ajustés, ne semblent ni l'un ni l'autre encore sortis de l'enfance.

Jean-Baptiste marche autour des chevaux puis il demande qu'on les fasse marcher autour de lui. Son père avait l'œil pour les chevaux. Le don est peut-être passé par le sang, mais à rester là dans la bruine, il sent bien qu'il ne fait rien d'autre qu'imiter la posture de son père, ses petits mouvements de l'œil et de la bouche, gages de son jugement.

« Je ne payerai pas pour les boiteux ou les malades.

— Évidemment, dit l'officier. Qui accepterait cela ?

— Et vous les garderez à l'écurie jusqu'à ce que j'en aie besoin ?

— Ils vous attendront. »

Les jeunes soldats restent sous la pluie tandis que Jean-Baptiste et Boyer-Duboisson se retirent dans l'auberge pour finir leur affaire. Ils demandent une salle privée et on leur en propose une. Jean-Baptiste fait un premier versement de cent livres. Il demande un reçu écrit. L'officier lève un sourcil, puis il sourit, comme s'il se rappelait avec qui il traite, le rang de cet homme. Ils boivent un verre d'un vin quelconque, puis ils sortent et retournent dans le champ, là où les chevaux et les garçons soldats sont restés ensemble comme une seule créature complexe habillée d'un fin manteau de pluie.

Deux lettres arrivent. Marie les apporte à Jean-Baptiste dans les escaliers. Elle a une gamme d'expressions du visage limitée, mais efficace, toutes légèrement troublantes.

Il la remercie, emporte les lettres dans sa chambre. Au coin de la première, il voit une empreinte de pouce noire de suie. Il brise le sceau. Elle vient de Lecœur. L'écriture, parsemée de pâtés et qui a l'air d'avoir été couchée à toute allure alors qu'il était à cheval, est en partie illisible, mais on voit assez clairement vers quoi elle tend. Comme il a été heureux de recevoir des nouvelles de son vieil ami ! La vie dans les mines est tout à fait aussi désagréable qu'elle l'a toujours été, bien que sans le réconfort d'une compagnie intelligente désormais. Les nouveaux dirigeants – personne ne semble tenir plus d'un an – sont peu instruits, strictement commerciaux, tandis que les mineurs et leurs terribles femmes continuent de vivre comme des chiens à moitié apprivoisés. Quant à les louer, il y a, comme d'habitude, trop de main-d'œuvre, et toute la misère qui s'ensuit. Trente hommes, ou soixante, ne devrait pas poser de difficultés. Quel est ce projet qu'il lui fait miroiter comme à Tantale ? À Paris en plus ! N'y aurait-il pas besoin de quelqu'un qui connaisse ces hommes, qui puisse les mener efficacement dans leurs tâches ? Quelqu'un de consciencieux, de discret ? Un camarade philosophe, pas moins ?

L'autre lettre, sur du bon papier et présentant une écriture irréprochable, vient d'un certain Verteuil de l'Académie des Sciences. Il y est question de préparatifs en cours dans une carrière près de la Porte d'Enfer, au sud de la Seine, afin de recevoir les restes déplacés de l'église et du cimetière des Saints-Innocents. Une maison a été acquise, l'escalier de sa cave prolongé jusqu'à atteindre l'ancienne exploitation, et, dans le jardin, il y a un puits d'une circonférence de dix pieds débouchant sur la même exploitation ; cette dernière est acceptablement sèche et tout à fait adaptée à ce but. Quand tout sera prêt, l'évêque consacrera les passages et les chambres concernés. Une fois cela fait, monsieur l'Ingénieur sera libre de commencer les transports. Monsieur l'Ingénieur voudrait-il bien donner son estimation du nombre d'ossements attendu ?

Jean-Baptiste plie la lettre, la glisse à l'intérieur de son carnet de notes. Le nombre d'ossements ? Il n'en a pas la moindre idée.

11

Avant de partir pour Valenciennes, il retrouve Armand et lui dit tout. Il n'a pas l'habitude de garder des secrets et cette vérité non révélée lui reste sur l'estomac comme les savoureuses gelées des Monnard. C'est, il le sait bien, l'influence ineffaçable de la religion de sa mère, qui insiste à mort sur la conscience, sur une inépuisable comptabilité morale. C'est aussi un désir d'offrir quelque chose à la seule personne dans Paris qu'il ait la moindre raison de considérer comme un ami, puisqu'ils se sont revus trois ou quatre fois depuis le premier jour, et que leur intérêt l'un pour l'autre s'est confirmé, autant que leur plaisir aux différences de l'autre. Et de toute façon, cela sortira bien assez tôt. Mieux vaut maintenant que quand trente mineurs, les yeux hagards, s'attrouperont dans l'église avec des pioches et des masses.

Il trouve Armand (en pleine matinée, il fait froid) rue Saint-Denis ; l'organiste badine avec une vendeuse de crevettes et de temps en temps – sans quitter la fille des yeux – il parvient à se servir en petits corps roses dans le plateau posé sur sa tête. Il salue Jean-Baptiste, le prend par le bras, lui fait monter et descendre la rue à son côté, écoute son préambule maladroit, avant de l'interrompre pour lui montrer un couple de chiens mélancoliques en train de copuler dans le caniveau devant une chapellerie pour enfin, sans que Jean-Baptiste puisse continuer sa confession, l'inviter à venir manger cette nuit à son logement.

« Les gamins de Lisa seront là, mais la nourriture est toujours correcte. Elle n'a certainement pas un goût de cimetière. Et nous aurons de la compagnie plus tard. »

Ils se mettent d'accord pour se retrouver à la fontaine italienne à sept heures pile. Jean-Baptiste est là dix minutes avant l'heure, mais il lui faut encore attendre quarante minutes avant qu'Armand n'apparaisse. Pas d'excuse, pas de prétexte. Ils se mettent en route, marchant à grandes enjambées d'une tache de lumière à la suivante, tandis que l'organiste, en agitant ses longs doigts blancs, lui livre avec des restes de grec et de latin d'église un panégyrique de la beauté, ne serait-ce que la *taille*, de la poitrine de la maîtresse de maison.

La rue des Écouffes est à vingt minutes de marche en direction de la place Royale et de la Bastille. Au rez-de-chaussée de la maison, il y a une boutique spécialisée dans la fabrication et la réparation des miroirs, et les deux hommes posent un moment devant l'un de ceux-ci dans la vitrine, bien qu'il fasse trop sombre pour qu'ils puissent voir davantage qu'une suggestion d'eux-mêmes brièvement saisie sur le vif. Ils reprennent leur chemin à l'aveugle sur trois étages d'un escalier en bois aux marches escarpées jusqu'à la porte de l'appartement. Lisa Saget et les enfants sont dans la cuisine. Il y a là de la lumière, du feu, une odeur de nourriture. Armand salue la maîtresse de maison d'un lourd baiser sur le front, ébouriffe les cheveux des enfants. Un poulet rôtit sur une broche ; c'est la fille qui a en charge de le faire tourner. Elle jette un regard à Jean-Baptiste, sourit à Armand. Si on excepte sa poitrine plate, elle est le modèle réduit parfait de sa puissante mère.

« Monsieur Baratte, dit Armand, parlant depuis le placard où il cherche des verres et une bouteille, qui a hérité de mon ancienne pension chez les Monnard. »

Il est évident que la femme a entendu parler de lui. Elle est assise au bout de la table de la cuisine, occupée à fabriquer quelque chose avec ce qu'il y a de comestible dans les entrailles du poulet. Elle lève les yeux et le regarde de la tête aux pieds, cet homme aux yeux gris perdu dans un habit vert. « Mange-t-il avec nous ? demande-t-elle.

— Bien sûr, dit Armand. Il n'a pas eu un repas correct depuis qu'il est arrivé à Paris. »

Jean-Baptiste s'assied à la table sur un tabouret. Il est en face du foyer, de la petite fille. Son frère, tout en se grattant le derrière, la regarde par-dessus l'épaule d'Armand, elle et son travail enviable près de la nourriture.

« Alors, et les Monnard ? demande la femme, s'affairant avec son couteau.

— Je crois qu'ils vont très bien, dit Jean-Baptiste, conscient que ce n'est pas vraiment ce qu'on lui a demandé.

— Il va falloir que nous lui trouvions un autre endroit, dit Armand, s'il a l'intention de rester dans le coin.

— Et en a-t-il l'intention ? demande la femme.

— Qui sait ? dit Armand. Il ne parle pas beaucoup. »

Jean-Baptiste regarde ses manchettes couleur pistache, il se demande si la table est vraiment propre, s'il ne serait pas plus sage de retirer son justaucorps.

« Je devrais rester un moment, dit-il. Je ne saurais dire combien de temps.

— Je ne pourrais pas vivre près d'un cimetière comme ça, affirme la femme. Je n'arrive pas à comprendre quel genre de personne sont ceux qui restent là, année après année. C'est déjà assez pénible d'avoir Armand qui revient avec l'odeur de cet endroit sur lui.

— Elle me lave avec des citrons, dit Armand. Avec un savon fait de feuilles de sauge et de cendres. Elle me fume au romarin...

— Ne serait-ce pas mieux, hasarde Jean-Baptiste, si on l'enlevait ?

— L'enlevait ? grogne la femme. Et comment déplace-t-on un cimetière comme les Innocents ? Vous pourriez tout aussi bien déplacer la Seine.

— On pourrait le faire, dit Jean-Baptiste tranquillement. L'un comme l'autre pourraient être déplacés. »

Armand, qui scrutait la chevelure du garçon, séparant les mèches brunes à la recherche de vermine, s'interrompt et lève les yeux.

« C'est ça, ce que tu fais ? Le cimetière ?

— Cela ne sera pas facile, bien sûr, dit Jean-Baptiste. Cela prendra de nombreux mois.

— Il est comme tous tes amis, tranche Lisa. Te diraient que la lune est une assiette de soupe s'ils pensaient qu'on pouvait faire croire ça à quelqu'un.

— Et pourtant, moi, dit lentement Armand, il m'a l'air tout à fait sérieux.

— On peut le faire, insiste Jean-Baptiste. On va le faire.

— Tout le cimetière ? demande Armand.

— Le cimetière. L'église.

— L'église ?

— On n'y touchera pas avant un moment, cependant. Peut-être même pas avant un an.

— Donc, dit doucement Armand, le moment est venu.

— J'aurais préféré te le dire plus tôt. J'avais pour instructions de tout garder pour moi. »

La femme a maintenant arrêté son travail. « Et son poste ? demande-t-elle. Ça aussi, on va l'enlever ?

— Je... j'en ai parlé, dit Jean-Baptiste.

— Au ministre ? demande Armand.

— À celui qui le représente.

— Et puis-je espérer quelque chose ?

— Je lui en reparlerai. »

Il y a un silence entre eux, enfin rompu par un mot brutal de Lisa envers sa fille, qui, prise par ces intéressantes affaires d'adultes, a cessé de faire tourner le poulet.

« Je pense, dit Armand, je pense que je dois te remercier.

— Le remercier ? demande la femme. Et de quoi ?

— L'église, ma chère église, est fermée depuis cinq ans. Je ne peux pas continuer indéfiniment à jouer Bach pour les blattes.

— Ce n'est que du vent de toute façon, dit la femme, en reprenant son couteau en main. Tu as dû t'arrêter chez Djeco en passant.

— Si ce n'avait pas été moi, dit Jean-Baptiste, ils auraient envoyé quelqu'un d'autre. Mais je ne peux pas te reprocher de... m'en vouloir.

— Qui dit que je t'en veux ? demande Armand en étendant le bras vers la bouteille. On n'en veut pas à l'avenir. Ni à ses agents. » Il remplit leurs verres. « Allez, quoi, nous allons boire ensemble à cette vallée d'ombres vers laquelle nous nous acheminons tous, certains sur leurs deux jambes, d'autres sur leur derrière, en poussant des petits cris. »

La petite fille rit. Un instant plus tard, le garçon aussi. Lisa les ignore.

Ils mangent. La nourriture est en effet la meilleure que Jean-Baptiste ait goûtée depuis qu'il est arrivé en ville, bien que son plaisir serait plus grand s'il pouvait trouver le moyen d'apprivoiser cette femme, qui lui a servi le poulet comme si elle avait préféré le mettre à la porte en lui crachant dessus. Le sujet du cimetière ne revient pas dans la conversation. Armand est soucieux, quelque peu distant, quelque peu distrait, mais de bonne humeur.

Quand ils ont fini de manger, Armand apprend une chanson aux enfants, qu'ils lui rechantent, gentiment. Il demande à Jean-Baptiste de leur apprendre quelque chose, un peu d'arithmétique peut-être, et pendant une demi-heure, il s'y emploie. Ils écoutent ; ils ne comprennent rien. Il dessine des figures géométriques pour eux sur une ardoise, des triangles à l'intérieur de cercles, des cercles à l'intérieur de carrés. Les enfants les admirent immédiatement. Ils se tiennent de chaque côté de lui, regardant pour saisir la nouvelle ingéniosité qui apparaîtra sous ses doigts. La fille pose confortablement sa main sur son épaule.

Le charme est rompu par le bruit d'une petite chose jetée contre la fenêtre. Lisa – dont le comportement vis-à-vis de l'invité s'est lentement dégelé – se lève en laissant échapper une expression d'irritation. Elle prend une de ses chandelles et part avec les enfants dans une antichambre. Armand sort par l'autre porte et revient une minute plus tard avec trois hommes. Ils ont l'air d'étudiants, bien qu'ils soient tous trop vieux pour l'être. L'un d'eux a une rose en soie délabrée épinglée à son revers, le maigre cou du second est enserré dans un col de fourrure rousse, tandis que le dernier porte une paire de lorgnons cerclée de fer et un faux nez pour jouer la comédie.

« Messieurs Fleur, Renard et Cyrano » annonce Armand. Les hommes s'inclinent, par jeu. « Je suis maintenant monsieur Orgue et vous... voyons voir. Vous serez... hum, monsieur Triangle ? Monsieur Normand ? Ou Bêche ? Oui. Bêche, c'est mieux. On vous appellera comme une de ces bêches dont vous vous servez pour déterrer les morts.

— Je vois que vous l'avez envoyé chez Charvet, dit monsieur Fleur.

— Naturellement, dit Armand en rendant son sourire à l'autre. »

Leur conversation n'est pas facile à suivre. Elle se révèle consister en une série de ragots concernant des hommes et des femmes portant eux aussi des noms de personnages de farce. Quand le vin est bu, on trouve quelque chose de plus fort. Personne ne semble vraiment savoir ce que c'est. Cela a vaguement un goût d'amande et brûle agréablement la poitrine. On ricane. Cyrano s'en tamponne le nez ; Renard glisse un doigt par un trou dans sa semelle, doucement, comme s'il passait à travers son pied.

Lisa Saget est-elle allée au lit avec les enfants ? Jean-Baptiste l'a attendue dans l'espoir de pouvoir alors s'excuser et retourner en direction de son logement. C'est assez agréable d'être assis près du feu à siroter de l'alcool, le goût de la graisse de poulet sur ses lèvres, mais il a fait ce qu'il avait décidé et, demain, il doit entreprendre son voyage pour Valenciennes. Il ne veut pas voyager avec la tête lourde.

L'attrapant alors qu'il cherche la porte du regard, Armand pose sa main sur son bras. « Ne croyez pas que vous pourrez nous échapper, monsieur Bêche. Nous n'avons pas encore fini. »

Ils écopent la dernière goutte d'alcool et entrent dans le silence, contemplant les braises dans le feu. La pièce se refroidit. Rien ne se passe. Est-il minuit ? Plus tard ? Puis, sans crier gare, Armand se lève. Il sort, mais revient presque immédiatement avec deux grands récipients en verre recouverts de paille tressée.

« Je suppose, Messieurs, murmure-t-il, que vous êtes tous armés ? »

Du fond de leurs manteaux, Renard, Fleur et Cyrano sortent des pinceaux. Ils les exhibent, puis les dissimulent à nouveau rapidement.

Ils descendent dans la rue. Le froid est maintenant glacial. Glacial et humide, une vraie nuit d'hiver, rien de romanesque là-dedans. Jean-Baptiste a boutonné sa redingote jusqu'au menton, mais, une fois encore, il aurait bien aimé avoir son vieil habit en dessous.

À la suite d'Armand, ils traversent les petites rues derrière la rue Saint-Antoine. La ville est à eux – ils ne voient personne, n'entendent personne. C'est l'heure courte, le changement de marée de la ville, quand les derniers marchands de vin ont mis dehors leur populace, mais avant que n'apparaissent les charrettes des marchés, les grosses, à six roues, avec leurs lanternes qui se balancent sur les flancs, ou ces files de chevaux de bât, malheureuses bêtes qui ont marché toute la nuit, de fermes en vergers, en faisant craquer leurs paniers.

À travers la rue Neuve, la rue de l'Écharpe, jusqu'aux galeries de la place Royale... Quel que soit ce qu'ils font, ce qu'ils font sous l'emprise de l'alcool, à courir à travers la place avec leurs pots de peinture, ce ne serait pas facile à expliquer s'ils devaient tomber sur une patrouille. Et si lui – l'ingénieur nouvellement nommé – devait s'expliquer devant Lefosse ? Devant le ministre ? (*Je me suis senti obligé, Monseigneur, je n'ai pas, vu les circonstances, pensé que je pouvais refuser ce qui semblait seulement une promenade. Eussè-je su ce que ces hommes, dont je n'avais fait la connaissance que très récemment, avaient en tête...*)

Ils débouchent rue Saint-Antoine, traversent, dépassent l'église Sainte-Marie, où une dizaine d'indigents sont pelotonnés sur les marches en attendant la première messe de cinq heures du matin, et l'espoir d'une pièce de la main de quelque pieuse veuve.

Devant eux maintenant – distante d'environ cent toises – la forteresse de la Bastille, ses murs, ses tourelles, formes noires qui se découpent maladroitement sur la nuit. Elle domine tout et pourtant, d'une certaine façon, elle donne l'impression d'être cernée, piégée, le dernier basilic, qui recule, effrayé, plein d'une force inutile. Et derrière ces murs ? Quoi ? Des tas d'hommes piteux, enchaînés dans des cellules souterraines, enterrés vivants ? Ou seulement encore plus de pierre, de la pierre et des masses d'air froid et humide, avec quelques pièces fermées à clé, occupées par des détenus qui s'ennuient, mais ne sont pas extrêmement inconfortables, de distingués écrivaillons qui, ayant commis quelque satire contre un favori du roi, se sont retrouvés arrachés à leur bureau par une « lettre de cachet ».

Ils s'arrêtent sur le pas de porte d'un atelier. La rue devant eux est dégagée, on baisse les chapeaux, puis un mot rapide d'Armand et ils s'égaient, une course de bossus, le long du mur de la forteresse jusqu'au porche à trois arcades à côté d'elle, la porte Saint-Antoine. C'est là, sur la pierre de la porte, que le gouvernement affiche ses instructions et ses décrets. Une hausse de la gabelle, une nouvelle amende en cas de pêche dans la Seine, en cas de pot de chambre vidé dans la rue entre six heures du matin et six heures du soir. La date du sermon qui sera prononcé par l'aumônier royal de la Sainte-Chapelle. La date, l'heure, d'un marquage au fer, d'une pendaison.

La dégradation de telles annonces fait partie des relations entre un gouvernement et son peuple. À l'occasion, la ronde attrape un contrevenant récidiviste, mais la plupart du temps griffonner des obscénités visant la reine – *La pute autrichienne !* – ou tel autre fermier général corrompu attire peu l'attention des autorités.

Cette nuit, sur des annonces fraîchement affichées, c'est le tour de Renard, Fleur, Cyrano, Orgue et Bêche. Tout est fait en moins d'une minute. Jean-Baptiste porte un des pots pour Renard, qui bruisse furieusement, et il sent que sa joue est aspergée de peinture. Il n'arrive même pas à voir ce qu'ils écrivent, ou alors juste le seul mot « PEUPLE ! ». Puis, avec leurs pinceaux et leurs pots, ils détalent comme des souris d'un garde-manger.

De retour rue des Écouffes, à bout de souffle, Armand les invite à fêter l'action de la nuit. Il pense qu'il peut y avoir une autre bouteille de cet alcool d'amande quelque part, peut-être sous le lit. Jean-Baptiste présente ses excuses. L'heure tardive, son voyage au matin... Il leur fait un signe de tête, poliment, amicalement même, mais ils sont déjà en train de s'éloigner de lui, vexés peut-être de son manque de solidarité, d'esprit partisan.

Serrant sa redingote contre sa gorge, il traverse la rue. Un brouillard s'élève du pavé et a déjà avalé les panneaux indicateurs à hauteur des cuisses et les fenêtres du rez-de-chaussée ; il aspire bientôt les enseignes des boutiques, ces pièces en fer ou en bois – un gant géant, un pistolet comme un petit canon, une plume grosse comme une épée – qui pendent par-dessus la rue à des potences. Cela ne le perturbe pas. Il connaît assez bien son chemin, il a appris à circuler dans le quartier, mais il se peut qu'il ait oublié qu'une ville de nuit n'est pas vraiment le même endroit qu'une ville le jour. Il est également distrait par ses efforts pour décider ce qu'il pense du fait de courir dans les rues avec un pot de peinture. Était-ce grisant ? Maintenant que c'est fini, il peut admettre que ça l'était, un peu. Grisant, mais épuisant aussi, absurde et infantile, et d'ailleurs qu'est-ce que cela pourrait bien changer, des hommes qui courent la ville pour peindre des slogans sur les murs ? Et ces types bizarres en plus ! Il y a quelque chose d'inquiétant chez eux, une chose avec laquelle il pense qu'il ne devrait pas être associé, une certaine qualité de désespoir. Surprenant qu'Armand se soucie de tels individus, bien que, pour Armand, il ne s'agisse peut-être de rien d'autre que d'un prétexte pour passer la nuit à boire. La femme était intéressante, aimable, malgré sa rudesse. Et les enfants aussi. Il a aimé leur compagnie, la douce attention avec laquelle ils le regardaient dessiner des formes calmes sur l'ardoise.

Il s'arrête et scrute le brouillard. Il devrait avoir déjà atteint la rue Saint-Denis, un petit peu au-dessus de la rue aux Fers. Au lieu de cela, il est... où ? Une rue qu'il ne reconnaît pas du tout. Est-il arrivé trop au nord ? Il cherche où tourner à gauche, il marche ce qui lui semble être bien trois cents toises avant d'en trouver une qui se révèle praticable, entreprend de la suivre jusqu'au bout, devient à chaque pas un peu moins assuré de l'endroit où il se trouve, s'imagine qu'il ne marche pas dans le cœur de Paris, mais dans les allées défoncées de Bellême, puis il voit, se dressant dans l'air au-dessus de lui, les arcs-boutants d'une église, une grosse. Saint-Eustache ? Le brouillard est maintenant aussi épais que la fumée d'un feu de bois. Il continue lentement, précautionneusement. Si l'église est bien Saint-Eustache, alors – en théorie – il sait exactement où il est, mais il a peur de s'être laissé abuser de nouveau, de devoir passer le peu de nuit qui reste à traîner dans des rues illisibles, à longer des maisons comme des bateaux amarrés.

Devant lui, soudain un bruit de pas. Il y a quelqu'un d'autre par là, quelqu'un qui, d'après le bruit sec de sa marche, est très sûr de son chemin. Il n'y a rien de sinistre dans ce son, rien qui ne le soit avec évidence et pourtant la peur monte en lui rapidement. Quelle sorte d'homme est-il, dehors à une heure pareille, par une nuit pareille ? Se peut-il qu'il ait été suivi ? Suivi depuis la porte Saint-Antoine ? Il plonge la main dans sa poche, à la recherche de quelque chose avec quoi il pourrait se défendre, mais il ne trouve rien de plus redoutable que l'une des clés du cimetière. Trop tard de toute façon. La trame du brouillard est indémêlable. Une forme, une ombre, une ombre en cape... Une femme ! Une femme plongée dans une rêverie profonde puisqu'elle n'est guère qu'à trois pieds de lui quand elle s'arrête. Pendant trois, quatre secondes, ils sont figés dans une sorte de vigilance primitive, puis la pose de chacun se relâche un peu. Il la connaît. Il ne peut y avoir aucun doute. La cape, sa taille, ce regard ferme, éclairé par la luminescence bizarre du brouillard lui-même, une pâle lueur comme du bleu qui irradie de partout et de nulle part. Mais elle, se souvient-elle de lui ? Il ne voit vraiment pas pourquoi elle se souviendrait.

« Je rentrais chez moi », dit-il doucement, presque un murmure. Elle acquiesce, attend. Elle se souvient de lui ! Il le croit en tout cas. « Et je me suis perdu.

— Quelle est votre rue ? demande-t-elle, à voix aussi basse que lui.

— La rue de la Lingerie.

— À côté du cimetière.

— Oui.

— Ce n'est pas loin, dit-elle. Vous pouvez traverser le marché. » Elle regarde au-dessus de son épaule derrière lui, dans la direction qu'il doit emprunter.

« Je vous ai déjà vue, dit-il.

— Oui.

— Vous vous en souvenez ?

— Vous étiez avec le musicien.
— Vous êtes Héloïse.
— On ne m'a pas donné votre nom.
— Bêche.
— *Bêche* ?
— Jean-Baptiste. »

Il avance d'un pas vers elle. Puis, le temps d'un battement de cœur, il avance encore d'un pas. Ils restent ainsi, très intimes dans le brouillard. Il lève sa main et lui caresse la joue. Elle ne réagit pas.

« Vous n'avez pas peur de moi ? demande-t-il.
— Non, dit-elle. Je devrais ?
— Non. Il n'y a aucune raison. »

Ses doigts reposent sur sa peau. Il ne saurait dire ce qu'il fait, ce qui le guide, lui dont l'expérience des femmes est si courte. Est-ce parce que c'est une putain qu'elle le laisse faire cela ? Mais dans cette heure inattendue, des mots comme putain, comme ingénieur, comme Héloïse ou Jean-Baptiste sont aussi vides qu'un œuf gobé.

« Alors je tourne ici ? demande-t-il, se réveillant soudain, sa main retombant sur son côté.
— Au coin là », dit-elle.

Il bredouille son remerciement, s'éloigne d'elle. Il trouve le marché assez facilement. C'est déjà une ville dans la ville, rigolarde, mouchetée de lanternes et de grosses chandelles, bien qu'il faille encore deux heures avant que les clients n'arrivent. De l'autre côté, au coin de la rue aux Fers, le mur noir du cimetière, le pavé humide de brouillard de la rue de la Lingerie...

Quand il ouvre la porte de la maison des Monnard, quelque chose se jette au-devant de lui. Il tâtonne à la recherche des allumettes sur la console et enfin trouve une chandelle à allumer. Ragoût est devant la porte de la cave, sa face mal dégrossie pressée contre une fissure au bas de la porte. Il regarde en l'air vers Jean-Baptiste comme s'il espérait quelque assistance. Jean-Baptiste se baisse, il sent l'air qui passe par la fissure, de l'air froid, froid comme l'haleine d'un homme aux derniers stades de la fièvre. Il pose sa chandelle sur le plateau près de la porte. Immédiatement, la flamme faiblit et avant qu'il n'ait pu la relever, elle s'éteint.

12

Durant le peu de nuit qui reste, il demeure éveillé sur son lit, l'intérieur de sa tête brille d'une clarté provoquée par l'absence de sommeil et par cet alcool non identifié. Encore et encore, il se remémore sa rencontre avec la femme, avec Héloïse, jusqu'à ce que toute la scène devienne impénétrable et qu'il entre dans un autre état, un vague flottement de la conscience, dans lequel il voit la porte de la cave s'ouvrir toute seule doucement et lui-même se déplacer, comme si on le poussait, vers le haut de l'escalier de la cave, un escalier qu'il n'a même encore jamais vu...

Il s'habille aux premières lueurs de l'aube. Par deux fois, il doit essuyer le miroir avec sa main avant de s'apercevoir que les taches noires sont sur son visage et non sur le verre : sa récompense pour avoir tenu le pot de peinture de monsieur Renard. Il n'a pas d'eau pour se laver. Il jure et sort silencieusement de la maison.

Il est le dernier à embarquer dans la diligence rue aux Ours. Il grimpe et s'assied en face d'un prêtre aux cheveux argentés. À côté du prêtre (qui, sous une cape noire, masse doucement une gêne au ventre), il y a un couple d'étrangers. Des Anglais, comme il apparaîtra, la femme soignée, très habillée et bien installée, comme une poule ; l'homme, le visage rougeaud, bâti comme un lutteur. Le dernier passager est une femme, une de ces femmes d'un certain âge, élégantes et mystérieusement tristes qui voyagent sans accompagnement dans les transports publics où elles deviennent immédiatement le centre de gravité de toutes sortes de spéculations pour les autres passagers. Elle regarde par la lucarne comme dans l'espoir lancinant qu'un personnage, quelqu'un comme Louis Horace Boyer-Duboisson, émergera sur son cheval des lambeaux du brouillard de la nuit dernière pour la supplier de rester. Personne ne vient.

À la porte du bureau des diligences, le cocher prend son petit coup du matin. Le couple anglais partage un œuf dur. Le prêtre lit un petit livre, dont les pages touchent presque le bout de son nez. La femme élégante soupire. Jean-Baptiste – qui n'a rien mangé depuis le poulet d'hier soir – ferme les yeux et tombe endormi si profondément qu'il est absent à tout, jusqu'à ce que, se réveillant brusquement trois heures plus tard, il voie, à travers la lucarne maculée de boue, la campagne d'hiver qui défile, Paris déjà des lieues derrière eux. L'Anglaise lui sourit, fait un petit signe de tête. Son mari et le prêtre sont côte à côte, ils ronflent, chacun à son rythme.

Ils arrivent à une colline. Les chevaux peinent. Le cocher, en scrutant par l'écoutille percée dans le toit de la diligence, demande si ces messieurs accepteraient de marcher jusqu'au sommet. Les messieurs cèdent, avancent avec précaution dans la fange, tout en échangeant leurs observations sur la nature de cette campagne couleur de boue tout autour d'eux. Ils remontent dans la diligence sur la crête, répandent de la boue sur le sol, puis se tiennent aux sangles tandis que les chevaux commencent leur descente, longue, glissante, jusqu'au village suivant où, au soulagement général, ils s'arrêtent pour déjeuner.

L'après-midi, tous ayant bu une bonne quantité de vin blanc avec le repas, il y a une heure de conversation inoffensive, suivie d'une heure de sieste, la diligence tanguant comme un bateau, le monde au-delà de la fenêtre défilant, sans personne pour y prêter attention ou lui donner un nom.

Ils atteignent Amiens deux heures après la tombée de la nuit ; ils entrent par une des vieilles portes de la ville et, en tendant le cou, ils aperçoivent l'ombre de la cathédrale. Un groupe de pèlerins est déjà descendu à l'auberge. Les derniers arrivés doivent tirer le meilleur parti de ce qu'il reste d'espace. Jean-Baptiste partage un lit au grenier avec le prêtre et il est invité, avec l'extinction de la chandelle, à se joindre à lui dans la prière. Il n'a pas envie de prier, il préférerait annoncer qu'il est un philosophe, un rationaliste, un libre-penseur, mais il ajoute poliment son *amen* à celui du prêtre et en ressent l'ancien réconfort. Ils se serrent la main et soufflent la lumière. Le prêtre a des gargouillis d'estomac. Il s'en excuse. Jean-Baptiste l'assure que cela ne le dérange pas.

Au matin, il se réveille la tête pelotonnée contre l'épaule du prêtre. Ils s'asseyent dans le lit, se serrent de nouveau la main. C'est la vie ; c'est cela, les voyages.

Une nouvelle diligence, un nouveau cocher, des chevaux frais. Ils atteignent Douai en début d'après-midi.

Là, la compagnie se sépare. Le vieux prêtre est rejoint par de jeunes prêtres du séminaire, le couple anglais traverse la place pour prendre la diligence pour Calais, qui attend déjà, la femme triste et élégante s'enquiert avec précipitation de la prochaine correspondance pour Bruxelles. Jean-Baptiste, agrippé à sa petite valise, est poussé dans une voiture pour Valenciennes. Deux heures plus tard, il descend, raidi de froid, rue de Paris. La circulation est constante entre la ville et les mines. Pour dix sous, il loue une place sur un chariot qui livre des tonneaux d'un beurre très odorant, et ils arrivent à la lisière de la colonie de mineurs alors que la lumière du jour vacille derrière eux.

Même dans l'obscurité, il est évident que Lecœur avait raison et que rien d'important n'a changé depuis la dernière fois que Jean-Baptiste est venu. La même écorce épaisse de cabanes et de taudis, comme le campement d'une armée assiégeante qui s'accrocherait farouchement sans la moindre foi en une victoire. Des tas de petits feux brûlent, chacun avec sa petite bande autour, des silhouettes d'hommes et de femmes. Sur les bas-côtés de la route, des enfants jouent laborieusement, certains s'interrompant pour lever les yeux, blêmes et sans curiosité, sur le chariot qui passe. Les routes ont été tracées par la compagnie. Les premières ont reçu des noms tels que l'avenue du Charbon, l'avenue de l'Avenir, et même l'avenue de la Richesse. Les routes suivantes ont tout simplement reçu des numéros : rue 1, rue 2. Au centre de tout, qui se présentent comme une zone à la fumée plus dense et plus sombre et au tumulte assourdi, les installations minières elles-mêmes.

Les directeurs ont un quartier à eux un peu à l'est de ces usines. Le vent dominant charrie un courant permanent de poussières de roche et de suie. Le style du quartier est celui d'une caserne de province, chaque corps de bâtiment partagé en six, chaque sixième est la maison d'un directeur, célibataire la plupart du temps. Ce n'est pas un endroit où amener une épouse ; et ce n'est certainement pas un endroit où l'on peut espérer en trouver une. Les directeurs principaux vivent à Valenciennes. Les propriétaires et les actionnaires sont à Paris, et il se peut que, de là, les mines prennent, dans leur pensée, la forme de trous miraculeux dans la terre dont on peut tout simplement extraire de l'argent.

La neige menace maintenant depuis des heures. Et à l'instant même où l'ingénieur pénètre dans l'enceinte, elle commence à tomber. Il se rappelle où habite Lecœur ; lui-même a habité juste à côté pendant presque un an, respectivement les deuxième et troisième divisions du second corps de bâtiment. Dehors, devant sa fenêtre dans la façade, Lecœur avait un petit jardin, un bout de terre labourée, dans laquelle, l'été, il faisait pousser des oignons et des salades, quelques soucis. Il n'y en a plus trace aujourd'hui.

Il tapote à la porte, attend, frappe encore. La neige se dépose sur ses épaules, sur le rebord de son chapeau. Il est sur le point de frapper une troisième fois quand la porte s'ouvre en traînant et voici Lecœur, une chandelle à la main, la flamme ruisselante et vacillante.

« Mon camarade, crie-t-il. Oh, mon cher camarade ! Je devenais presque fou à force d'attendre ! »

La chandelle se fait souffler. Ils descendent le petit passage dans le noir. Ils arrivent au salon. On rallume la chandelle, après quelques recherches pour le matériel adéquat. Lecœur est au milieu de la pièce, triomphant, embrumé, pas très assuré.

« Tu te souviens ? demande-t-il. Hum ? Tu te revois tel que tu étais dans ce fauteuil même ?

— Mais oui », dit Jean-Baptiste. Il entre dans la pièce – la chaise avec des auréoles de gras humain, la toute petite cheminée, les portraits en silhouette de sa mère et de sa sœur... Cette permanence, cette absence de changement, comme dans toute cette colonie de mineurs, n'a rien de bon.

Sur la table, on a préparé un repas. Des tranches de tête de veau marinée, des pommes de terre épluchées, du pain légèrement tartiné avec le beurre très odorant d'un précédent arrivage. Au milieu de la table, une bouteille contenant un liquide clairet que Lecœur verse à présent dans deux verres, vidant le sien immédiatement tandis qu'il tend l'autre à Jean-Baptiste. Ils s'asseyent l'un en face de l'autre. Jean-Baptiste attaque la tranche de tête dans son assiette (au goût, la pauvre chose semble avoir été assaisonnée avec ses propres larmes). Il boit par petites gorgées de cette matière tirée de la bouteille, il voit des flocons de neige noirs qui s'agglutinent sans bruit contre la fenêtre.

Trois ans qu'ils ne se sont pas revus – une embrassade rapide dans la bruine au relais de diligence de Valenciennes. Quelles rigueurs ces années ont-elles imposées à cet homme pour qu'il soit à ce point vidé ? Il n'a pas plus de trente-cinq ans, peut-être même moins, et pourtant il a l'air d'en avoir cinquante et d'être malade. La plupart de ses dents sont parties. Son nez est gonflé, grêlé, fort, avec des narines gonflées. Il est maigre et nerveux au point de faire pitié. Une fois qu'il a commencé de parler, il ne peut plus s'arrêter, et ce qui avait commencé de manière assez joviale devient graduellement une plainte, puis une lamentation amère, dont le cœur est la mine, ce Léviathan qui broie les os des hommes.

Est-ce ainsi qu'il passe ses nuits ? Tout seul avec une bouteille, à s'en prendre au vide ? Il porte un gilet de laine grumeleux, un vêtement qui a peut-être été tricoté par un cercle de femmes célibataires, des parentes pour lesquelles le jeune Lecœur, avec toutes ses dents, avait représenté le dernier grand espoir de la famille. Avant qu'il n'ait replongé dans le silence et attrapé à nouveau, avec un soupir d'amoureux, la bouteille, Jean-Baptiste a décidé de l'emmener à Paris s'il le peut. Ici, il ne supportera pas un hiver de plus. Et se peut-il qu'il ait *vraiment* perdu ses anciennes capacités ? Toute cette bonne activité de l'esprit qui était la sienne ? Avec l'argent du ministre, l'autorité du ministre, il ne devrait pas être impossible de l'extirper de là. Il y a un risque, bien sûr. Jusqu'où est-il tombé ? Mais en toute conscience, on ne peut pas le laisser à Valenciennes.

Il continue d'y penser en essayant de construire dans son imagination un tableau crédible du premier jour d'excavation aux Innocents – lui-même sur une sorte d'estrade ou d'échafaudage, les hommes en dessous, en rangs impeccables, avec leurs outils –, quand Lecœur demande tout à coup : « Tu t'es marié ?

— Non, répond Jean-Baptiste, dans l'esprit duquel apparaît – absurdement ! – l'ombre d'Héloïse, la putain Héloïse.

— C'est ce que je pensais, dit Lecœur. Un homme marié ne porte pas un habit pareil.

— Et toi ? demande Jean-Baptiste. Tu as des... engagements ? »

Lecœur sourit, secoue la tête, plonge son regard dans le feu. « Il y a maintenant longtemps que je n'ai plus eu affaire aux femmes. »

Le matin, le tocsin sonne trois heures trente. Le premier tour, la première descente, est à quatre heures. Jean-Baptiste se réveille dans la chambre du dessus. Il regarde en direction de la fenêtre, mais il n'y a pas trace de la moindre lueur. Il jette ses jambes hors du lit. La chambre est ridiculement froide. Il se souvient de tout, parfaitement.

Dans le salon, il trouve Lecœur tout habillé, son visage est devenu un masque de concentration tandis qu'il se sert de ses deux mains pour se verser un verre de la bouteille désormais presque vide. Il la repose, puis il penche sa bouche sur le bord du verre et suce sa première gorgée alors que le verre est toujours sur la table.

« Veux-tu que je t'en verse un ? demande-t-il.

— Plus tard peut-être », dit Jean-Baptiste.

La veille au soir, ils avaient parlé un petit peu du plan pour les Innocents, des hommes qui seront nécessaires. Lecœur, c'était rassurant, avait été professionnel. Il avait préparé une liste de noms et, en parcourant la liste (Everbout, Stals, Block, Rape, Cent, Wyntère...), il avait fait à Jean-Baptiste une brève évaluation de chacun, leur âge approximatif, leur temps de service, leur caractère du point de vue moral, dans la mesure où on le connaissait, ou qu'il était possible de le connaître. Rien n'avait été dit de la possibilité d'ajouter son nom à la liste, mais à présent, dans le salon refroidi par la neige, Jean-Baptiste lui demande s'il peut l'envisager.

« *L'envisager !* »

Dans sa précipitation à agripper la main de son ami, Lecœur se tape la cuisse contre l'angle de la table, renversant presque sa précieuse bouteille.

« Ils donneront notre nom à des places ! s'écrie-t-il. Les hommes qui ont purifié Paris ! »

Il se met à danser la gigue ; il ne peut pas s'en empêcher. Jean-Baptiste rit, marque la mesure en frappant dans ses mains. Il a sauvé une vie aujourd'hui et il n'a même pas encore pris son petit déjeuner.

Pendant presque une heure, ayant redécouvert la vieille intensité de leurs paroles, leurs joutes oratoires des jours de Valenciana, tous les deux débattent des préparatifs qu'ils doivent mettre en place. Le transport des hommes, leur hébergement à Paris. L'hygiène, la discipline, la paie. Toutes les difficultés imaginables, depuis le temps défavorable jusqu'à la terreur des fantômes.

« Et cet endroit, demande Lecœur, où seront transportés les restes... ?

— Une ancienne carrière.

— Tous les aménagements sont terminés ?

— Ils le seront assez vite.

— Et est-ce que c'est sec ? Nous avons utilisé une nouvelle pompe ici, inspirée d'un modèle anglais. Plus rapide que tout ce que nous avons pu utiliser jusqu'à présent.

— Je suis responsable du cimetière. Une fois que les chariots auront quitté les Innocents...

— À quelle profondeur doit-on aller ?

— Ils disent que certaines fosses communes font cent pieds.

— Si profond ?

— On peut compter que la plupart soient moins profondes, mais pour les hommes, cela ne sera pas un travail joli joli.

— Cela ne pourra pas être pire, dit Lecœur, que de se glisser à l'intérieur de la terre avec une pioche, sans savoir quand on tombera sur une poche de grisou ni quand le tunnel s'effondrera derrière soi. Nous avons perdu trois hommes cette semaine. Enterrés vivants. Ils n'étayent pas correctement les tunnels, parce qu'ils savent qu'ils ne seront pas payés pour ça, mais uniquement pour le charbon. »

De l'autre côté de la fenêtre, le jour ne semble pas s'éclaircir. De fines bourrasques de neige frappent de nouveau la fenêtre. Jean-Baptiste s'active. Il n'a pas l'intention de rester piégé ici.

« Je vais te laisser de l'argent. Utilise ce dont tu auras besoin. Et tu peux te servir du nom du ministre quand cela te sera nécessaire. Mais tout doit être fait sans délai. Si nous traînons les pieds, je suis certain qu'aucun de nous ne sera plus requis. Ils ont été très clairs sur ce point.

— *Amicus certus in re incerta cernitur*, dit Lecœur, avec un grand sourire et en se frottant les mains. Et maintenant, veux-tu casser une graine ? Quelques tranches de tête de veau, peut-être ? » Il va la chercher tout au fond du garde-manger dans le mur, il la tient comme une amoureuse. Cette pauvre tête entaillée.

13

À Paris aussi, il y a de la neige. De la neige brassée avec de la cendre, de la suie, de la boue, du crottin. Dans les rues chics, devant les maisons chics, on l'a balayée en pyramides grises. Ailleurs, les chariots, les sabots, les souliers ont dégagé leur propre chemin. Dans le cimetière, la neige s'étend sur les bras de la haute-croix, elle s'installe discrètement sur le chapeau de pierre des lanternes des morts, souligne le sommet des murs, les toits en pente des ossuaires.

Avec une pelle empruntée à la maison du sacristain, Jean-Baptiste donne des petits coups dans le sol, éprouve sa résistance, l'écoute, sa sonnerie mate comme si elle avait heurté du fer. Au moins la puanteur de l'endroit est-elle fortement réduite. Il ne sent pas de nausée. Pas de dégoût actif.

Armand apparaît venant de l'église, il se courbe sous la porte basse, puis il traverse le cimetière, ses cheveux sont comme la dernière chose vivement colorée qui reste au monde.

« Je vois, dit-il avec un coup de tête vers la pelle, que vous restez fidèle à votre nom, Monsieur Bêche.

— Sur un terrain comme celui-là, rétorque Jean-Baptiste, je m'en tirerais mieux avec une hache.

— Tu sais qu'elle peut rester gelée pendant des mois ? dit Armand joyeusement.

— Ce n'est pas possible.

— Parce que ton ministre ne l'autorise pas ? Très bien. Mais je ne pense pas que tu exhumeras un seul os avant la Noël. Tu devrais rentrer chez toi. Te rappeler qui tu es. »

Jean-Baptiste hoche la tête, donne des petits coups avec le bout de sa pelle autour de ses orteils. Chez lui. Il ne demanderait pas mieux. Il en brûle.

« Et toi ? demande-t-il.

— Noël. Je ne dessoûlerai pas pendant trois jours. Lisa me réprimandera comme le chien que je suis. Et puis je redeviendrai clair, je lui ferai l'amour pendant des heures, j'irai avec elle et les enfants à Saint-Eustache pour la messe. J'aurai des pensées pas catholiques impliquant la jeune dame sur le banc devant moi. Je trouverai peut-être un moyen de me serrer contre elle dans la queue pour la communion.

— Et tes amis ? Renard ? Fleur, Cyrano ?

— Ah, ils ne t'ont pas beaucoup plu, n'est-ce pas ? En vérité, ils n'ont pas grand-chose pour plaire. À ce propos, la peinture sur ta joue finira par partir au lavage. D'ici là, tu peux faire comme si tu avais des grains de beauté. D'ailleurs, en parlant de beauté... »

La petite Jeanne, un gros châle sur les épaules, marche dans leur direction depuis la maison du sacristain. Elle lève une main toute rose pour les saluer.

« Vous êtes revenu, dit-elle.

— Oui, dit Jean-Baptiste.

— Je me demandais où vous étiez parti.

— J'avais des affaires ailleurs. J'ai voyagé.

— C'est bien, dit-elle. C'était bien ?

— Cela a rempli son œuvre, dit Jean-Baptiste.

— Sait-elle quelle était cette œuvre ? demande Armand. Sait-elle ce que tu as en tête pour nous ? »

Jeanne regarde Armand, puis Jean-Baptiste. « Vous avez quelque chose en tête pour nous ? demande-t-elle.

— D'autres gens, oui, dit Jean-Baptiste. Des gens importants.

— Oh, fait-elle.

— Oh, effectivement, reprend Armand.

— Jeanne, tu as bien dû te demander ce que je faisais là. Quand tu m'aidais, tu as bien dû te demander.

— Ça m'a plu de vous aider. Je vous aiderai encore aujourd'hui si vous le souhaitez.

— Je n'en aurai pas besoin aujourd'hui.

— Le cimetière, dit Armand, je vais le dire à ta place puisque tu ne le fais pas. On va se débarrasser du cimetière, Jeanne. Du cimetière et de l'église.

— La chose a été décidée il y a longtemps, explique Jean-Baptiste. L'endroit va être rendu tout neuf. Pur. C'est ce que souhaite le roi en personne.

— Le roi ?

— Tu n'as rien à craindre. Les restes, les ossements, tout sera transporté ailleurs, dans un endroit consacré, où ils pourront rester en sécurité.

— Tous ? demande-t-elle.

— Oui.

— Et vous êtes capable de faire cela ? » Elle regarde la pelle.

« J'aurai des gens pour m'aider », dit-il.

Elle acquiesce plusieurs fois. « Si c'est ce que vous voulez, dit-elle calmement.

— Toi et ton grand-père, on s'occupera de vous. Tu as ma parole.

— Tu ferais mieux de faire attention à ce que tu promets, prévient Armand.

— Le cimetière, dit Jean-Baptiste sans faire attention à lui, ne peut pas être oublié juste comme ça, non ?

— Oh non, fait-elle, ce n'est pas possible.

— Et tu sais combien les gens s'en plaignent. »

Elle fronce les sourcils. « Grand-père dit qu'avant, ils étaient fiers de vivre à côté d'un endroit aussi célèbre. Ils s'en vantaient.

— Le nez des gens est devenu plus délicat », dit Armand. Elle acquiesce encore, de façon plus marquée, comme si le fait était entièrement prouvé.

« Et la maison ? demande-t-elle.

— Tu en auras une nouvelle. Peut-être même ici quand le terrain aura été dégagé.

— Ici ?

— Oui.

— Grand-père sera bien si je peux rester avec lui.

— Bien sûr. Il faut que tu sois avec lui. »

Pendant un quart de minute, ils restent là sans parler. Ils regardent autour d'eux. Ils ne voient rien qui puisse laisser croire que quoi que ce soit pourrait être différent de ce qui est aujourd'hui.

Une heure plus tard, en se réchauffant avec de l'eau-de-vie et de l'eau chaude dans la petite salle pleine de miroirs du Café de Foy, Armand remarque : « Elle est d'accord uniquement parce que c'est toi.

Tu as utilisé un enchantement normand sur elle. Mais ne l'as-tu pas trompée ? Une fois que tes mineurs se seront mis au travail, ils balanceront les os n'importe comment, comme du bois pour le feu. Et cette maison que tu lui as promise. Ne l'as-tu pas inventée là, sur place ? Tu n'as pas plus de pouvoir de lui donner une maison que tu n'en as de me donner l'orgue de Saint-Eustache.

— Je ferai ce que je peux, dit Jean-Baptiste.

— Tu feras ce qu'on te dit, tranche Armand. N'est-ce pas plutôt ainsi ?

— Le ministre...

— Ton grand ami, le ministre.

— Je ne crois pas qu'il... ne ressente rien.

— Et tu crois qu'il va ressentir quelque chose pour Jeanne ? Ou c'est toi qui ressens quelque chose pour elle ? Je vois bien ce qu'il pourrait y avoir d'agréable à se pelotonner contre une fille comme ça par une nuit froide.

— C'est à peine plus qu'une enfant.

— À peine suffira. Notre reine bien-aimée a été mariée à quatorze ans. Et elle irait avec toi. Tu pourrais la faire entrer en douce chez les Monnard. Même si Ziguette s'en déboîterait sûrement le nez.

— C'est toi, il me semble, qui t'intéresses à Ziguette.

— Si tu veux dire que je le *ferais* avec elle si l'occasion s'en présentait d'elle-même, la réponse est oui. Et, je suppose, pour toi aussi. Ce qui me fait penser que nous devrions aller reluquer notre princesse persane. Qu'en dis-tu ?

— Pas aujourd'hui.

— Non ? Vous êtes bien morose, monsieur Bêche. Il faut vous prémunir contre la morosité. Ce n'est pas moderne. Mais ce sera comme vous le souhaitez. Quand vous aurez payé les eaux-de-vie, je vous rendrai cet hommage de vous escorter jusques en vos quartiers. »

À la lisière du marché, alors qu'ils croisent le haut de la rue des Prêcheurs, ils rencontrent l'Autrichienne. Elle porte un petit paquet avec des livres enveloppés et soigneusement attachés par de la grosse ficelle noire. Elle donne l'impression de n'être que très peu dérangée par le froid, la neige fondue sur les pavés, les tourbillons de vent contre lesquels tout le monde grogne. Armand la salue, puis saisit quelque chose de son regard, un échange d'à peine une seconde entre la putain et l'ingénieur.

« Oh, non. Pas elle aussi ? » demande-t-il. Et il commence à rire.

DEUXIÈME

Un jour je pleurerai ceux qui me sont chers ou j'en serai pleuré.(...) à cette idée l'âme oppressée voudrait s'ouvrir tout entière pour envelopper les objets de ses affections.

J. GIRARD,
Des Tombeaux, ou de l'influence des institutions funèbres sur les mœurs

1

Depuis la lucarne d'une diligence qui ne s'arrête pas, la pauvreté des villages est presque pittoresque. En quoi ont-ils changé en deux cents ans ? Les gens ne vivaient-ils pas déjà amplement ainsi du temps d'Henri IV ? Ils vivaient peut-être même mieux, en plus petit nombre, la terre moins fatiguée, et les seigneurs, avec leurs châteaux tout juste visibles, moins nombreux.

Il rentre chez lui ! Chez lui pour la première fois en onze semaines, bien que, dans son cœur, cela aurait tout aussi bien pu être onze ans, et lui-même aurait pu être un Ulysse grisonnant s'épuisant les yeux après l'ombre bleue d'Ithaque.

Les routes, Dieu merci, sont praticables. La neige de la semaine dernière a fondu et, le temps ayant tourné – un soleil bas, glacial, la nuit l'air perçant –, la boue s'est transformée en pierre.

Il a changé de diligence deux fois. Le cocher de celle-ci est saoul à un point inquiétant, mais les chevaux connaissent le chemin. Il regarde au-dehors, un mur ou une forêt, s'inquiète quand ils sont ralentis par un troupeau d'oies chaperonné sur la route par une fillette rêveuse avec un bâton. Puis, une ultime colline, le clocher d'une église, violet dans la lumière de l'après-midi, et la voix du cocher qui beugle : « Bellême ! Bellême ! »

Il descend sur la place du marché. On dessangle son sac, on le lui jette dans les bras. Comme toujours, des riverains sont là, pas loin, en petits groupes, les bras croisés, à regarder. À Bellême, la curiosité restera toujours dans les mœurs. Parmi ces observateurs, une veuve qui revend des traitements pour les maux de dents, les crampes ou les ulcères, le reconnaît, et il va lui parler ; il apprend ainsi que deux ou trois personnes dont il connaît les noms sont mortes, qu'une fille du coin s'est mariée à un tondeur de drap de Mamers, qu'un homme a été pris à braconner sur la propriété du cardinal et a été envoyé à Nogent pour être jugé. Personne, semble-t-il, ne gagne d'argent. Dans la terre ne poussent que des pierres. Et pourtant, d'une façon ou d'une autre, tout le monde se débrouille, et l'horloge de l'église sera bientôt réparée, et Dieu leur apportera une meilleure année l'an prochain, parce qu'ils ne sont pas de mauvaises gens et que leurs péchés ont été de petits péchés.

« Et toi alors ? demande-t-elle, reprenant enfin son souffle. Tu as été quelque part ? »

Il a encore du chemin à faire. Il charge son sac sur son épaule, descend à pied la colline, traverse un ruisseau sur les pierres de gué, marche prudemment au coin d'un champ où un jour il a été poursuivi par un taureau blanc. Venant des bois à son côté, il sent la fumée des brûleurs de charbon de bois, ces gens mystérieux qui restent entre eux ; puis il dépasse le houx – chargé cette année de baies –, traverse Farfield, entend les chiens commencer leur clameur, et voici la maison, le jardin, les dépendances retapées, toute la pierre et la boue de chez lui, exactement là où elles devraient être, doivent être et pourtant, en même temps, tout cela est, d'une certaine façon, surprenant. Il accélère le pas ; une silhouette apparaît dans l'encadrement de la porte. Il lève le bras ; elle lève le sien. Pendant les dernières minutes de sa marche, elle le regarde. C'est comme si son regard était le chemin sur lequel il marchait, comme si, au bout, il pouvait marcher directement dans le gris de ses yeux.

Quand ils se sont salués, il s'assied au coin du feu, il tend les mains vers sa chaleur. Il y a un moment, quelques secondes d'affilée, durant lesquelles il est tout simplement et passionnément heureux et plus rien au monde n'est plus compliqué qu'une image dans un livre d'enfant. Il est chez lui ! Chez lui enfin ! Et puis ce moment passe.

Sa mère lui prépare des choses, lui apporte des choses, lui pose des questions, le remercie pour l'argent qu'il a envoyé. On dirait, pense-t-il, que ses yeux, que sa bouche sont un peu plus pincés. Et ne voit-on pas plus de gris sous la bordure de lin de son bonnet ? Il voudrait lui demander si tout s'est vraiment bien passé pour elle, mais elle se contenterait de sourire et de lui dire que tout est allé aussi bien que cela devait. Souffrir est un don de Dieu. Il n'y a pas de quoi se plaindre.

Sa sœur Henriette arrive, ses mains froides repliées au bout de ses bras. Elle revient du laitier et sent comme une nourrice. Elle veut, dit-elle, tout savoir. Son intérêt le flatte et il s'écoute, avec un certain étonnement, refaçonner éloquemment le passé récent. À l'entendre, tout le monde imaginerait que lui et le ministre passent leurs matinées ensemble, à se promener entre les fontaines des jardins de Versailles. Les Monnard deviennent une famille bourgeoise toute simple, aimable, irréprochable, tandis qu'Armand est exactement le genre de compagnon que sa mère – qui s'est toujours tracassée à l'idée qu'il se sente seul – souhaiterait pour lui, et qui ne saurait être suspecté de vivre en concubinage avec sa logeuse ni d'avoir un goût pour les princesses embaumées. De son travail aux Innocents, il ne fait que répéter ce qu'il a écrit dans ses lettres, qu'il est chargé d'améliorer la santé d'un quartier très peuplé et d'apporter quelques modifications structurelles à une vieille église là-bas. Il n'y a pas de raison de ne pas tout leur dire, rien ne le lui interdit, le travail n'est pas *indécent*, et pourtant, quand le sujet revient, il a peur de voir quelque chose sur leur visage, de saisir un réflexe de dégoût qu'ils ne parviendraient pas à complètement contenir.

Sa sœur veut savoir s'il a vu la reine. « Oui », dit-il, son plus gros mensonge jusque-là. Naturellement on exige de lui qu'il la décrive, et en détail.

« Elle était à quelque distance de moi, dit-il, et entourée de ses dames.

— Mais tu as bien vu quelque chose ? »

Il décrit Héloïse. La mère et la sœur sont enchantées, en particulier la sœur.

« Elle ne devait pas avoir été si loin de toi, dit-elle, parce que tu en as fait un portrait parfait. »

Une heure plus tard, au milieu de claquements de portes et de la bonne humeur déchaînée des chiens, son frère Jean-Jacques fait irruption parmi eux, aussi semblable dans son allure à leur défunt père que Jean-Baptiste l'est de leur mère bien vivante. Il appuie son fusil – le vieux fusil Charleville de son père – contre un côté du buffet et salue son frère avec une affection non dissimulée et virile qui a pour effet immédiat de renforcer chez Jean-Baptiste cette impression d'être devenu étranger qui monte en lui pratiquement depuis le moment où il s'est assis.

« J'ai tiré un lapin, dit Jean-Jacques. Juste un petit, là-haut vers le creux. Mis la pauvre bête en pièce. L'ai laissée aux chiens.

— Arriver à tirer quelque chose... dit Jean-Baptiste avec un signe de tête en direction du fusil.

— Le secret, c'est de viser un pied sur la gauche. Tu pourrais calculer pour moi, le frère. Avec un peu de ton Euclide.

— Ce serait plus facile d'acheter un nouveau fusil. Un avec un canon à rayures.

— Mais le vieux me manquerait, dit Jean-Jacques, en s'installant de l'autre côté de la cheminée et étirant ses jambes devant lui. Alors quoi de neuf à Paris, hein ?

— Tout et rien.

— Tu as maigri.

— Et toi, tu as pris de la bedaine. Ton gilet aurait besoin d'être élargi.

— La bedaine lui va bien, dit Henriette. Tu ne trouves pas ? »

C'est vrai. Elle lui va parfaitement bien. Comme il est bien adapté à ce monde normand ! De grosses épaules à cause du travail à la ferme. Une bonne et vive couleur sur les joues, ses cheveux sombres attachés avec un vieux ruban bleu. Un galant de la campagne. Un homme adapté, un homme à sa juste place. Pas étonnant qu'il ne se soit jamais montré tellement envieux de la réussite de son frère, de ses études, des hommes puissants qui le protègent. Ses ambitions ont toujours été d'un autre ordre – moins fantaisistes, plus faciles à obtenir. Et lequel des deux, maintenant, est le plus libre ? Lequel tire le plus de plaisir de la vie ? Lequel des deux, pour un juge qui saurait voir clairement ce genre de choses, paraîtrait un homme qui a réussi, dont la roue a tourné dans le bon sens ?

Cette nuit-là, les frères partagent leur ancienne chambre ; ils sont emportés dans le sommeil par le cri de la chouette et ils se réveillent ensemble dans la lumière de la lune tardive. À la cuisine – ce monde récuré et bien rangé où même la lumière semble posée comme de la mousseline étendue pour la faire sécher –, leur mère attise le feu, en jetant du petit bois sur de petites flammes. Elle distille le cidre. Ils le boivent si chaud qu'il leur fait mal aux dents. Ils mettent du pain et des pommes dans leurs poches et entreprennent d'aller avec la jument scier un arbre abattu, un vieil orme déraciné par les orages de l'automne.

C'est un travail charmant, un travail sain, même si ce n'est pas facile pour Jean-Baptiste de suivre son frère. Ils suent, rient pour un rien, font des concours avec la scie, remplissent leurs histoires d'allusions sexuelles, retournent à la maison, chargent la jument de bois aromatique, ils ont la gorge sèche.

Une semaine de ce traitement et il commence à oublier les Monnard, Lecœur, les Innocents. Il découvre en lui un grand appétit d'oubli. Il laisse son accent s'alourdir, redécouvre la démarche de sa campagne, ce qu'on considère comme une lenteur des mouvements et des gestes, et qui était la marque des hommes parmi lesquels il a grandi.

Pour la veillée de Noël, ils vont à la messe à Bellême. Ils mettent leurs meilleures affaires, se font des compliments les uns aux autres, bien que Jean-Baptiste ne porte pas son habit couleur pistache, n'ayant, à la dernière minute à Paris, pas vraiment eu l'audace de se présenter à sa famille dans la vision de l'avenir de monsieur Charvet. Il a brièvement envisagé de revenir place des Victoires pour voir si son vieil habit était toujours là (sa mère lui a déjà demandé où il était), mais il ne pouvait pas surmonter l'idée du dédain de Charvet, son jugement informulé que ce jeune ingénieur était une de ces créatures timorées qui font un bond en avant un jour, uniquement pour se dépêcher de reculer le lendemain. À la place, il porte un habit emprunté à monsieur Monnard, quelque chose de gris pigeon et de respectable, le genre d'habit qu'on doit porter au banquet annuel de la Guilde des couteliers. Il lui va bien ; mieux, sans doute, qu'il l'aurait souhaité.

À l'église, ils s'asseyent sur le banc habituel, en face de la chapelle Sainte-Anne. Tout le monde est là, sauf les mourants et ceux qui sont déjà saouls au point d'avoir tout oublié. Le prêtre, le père Bricard, est connu dans la ville pour la brièveté de ses messes et son insondable indifférence à la façon dont ses ouailles choisissent de se damner. Une fois que c'est terminé, que les voisins ont fini de s'attarder dans le froid à la porte de l'église, que les enfants ne trouvent plus de glace à briser à coup de talons, que les chiens des environs se sont enroués à force d'aboyer, les Baratte rentrent chez eux à travers champs et ruisseaux. À la ferme, les deux frères vont voir les animaux, inspectent l'écurie et l'étable en tenant haut leur lumière, s'assurent de la rentrée du bétail, de la tranquillité des chevaux, puis retournent à l'intérieur, s'asseyent pour boire et participer aux cancans (Qui était ce monsieur avec la famille Vadier ? Ne démontrait-il pas une attention des plus particulières à Camille Vadier ? Et quel curieux petit chapeau portait Lucile Robin ! Elle ne pouvait certainement pas penser qu'il ferait cette impression ?).

Enfin, le feu est étouffé, la table nettoyée et la maison se retire. Dans leur chambre, les frères sont couchés et discutent dans l'obscurité qui les environne, échangent des histoires sur leur père. C'est un rituel entre eux, une chose qu'ils doivent toujours faire, la vie et le caractère du mort, contenus dans une dizaine d'anecdotes éculées, puisées dans une réserve commune, comme cette fois où, en plein marché, il avait dit au vieux Tissot ce qu'il pensait de lui, et cette nuit où il avait tiré le colporteur à demi noyé de la rivière et l'avait porté chez lui sur ses épaules, et comment, sur le banc où il travaillait avec ses aiguilles, ses œillets et son fil ciré, il ressemblait à un taureau confectionnant un collier de pâquerettes...

De tels récits réconfortent les frères. De telles histoires permettent de ne pas raconter d'autres histoires, comme celles où leur père y allait de bon cœur avec ses poings et sa ceinture, avec sa canne, ses bottes, avec des lanières de cuir ou une paire de gants à crispin tout juste cousus, massacrant les frères, Henriette ou sa femme jusqu'à ce qu'il tombe, épuisé et tremblant.

Pas plus qu'ils ne parlent de la dernière année de sa vie, bien que ce soit à *cela* que pense Jean-Baptiste quand ils se sont tus et que Jean-Jacques commence à ronfler. Quand leur père commença à se perdre dans sa propre tête, oublia le nom de ses outils, puis oublia comment les utiliser. Quand il se mit à parler à sa femme comme si c'était sa mère, à appeler Henriette par le nom de sa sœur, morte depuis longtemps. À l'approche de la crise, on somma Jean-Baptiste de rentrer à la maison depuis l'École des Ponts et Chaussées et il resta pendant des heures sur le tabouret à côté du lit du malade à lui parler de maître Perronet, des routes, des ailes grises des ponts, tandis que son père était allongé, la tête immobile sur le traversin, les yeux ouverts, la bouche entrouverte. Le lilas blanc était en fleurs. Des abeilles et des papillons en dérivant entraient par la fenêtre et, après avoir fait le tour de la pièce dans l'ombre, retrouvaient leur chemin pour sortir. Deux fois par semaine, le docteur venait depuis Eperrais et s'agitait inutilement autour de son patient. Dans la famille, on se relayait pour subvenir aux besoins du gantier, lui faire avaler sa soupe à la cuiller, l'appuyer sur le côté pour qu'il puisse pisser dans le pot de chambre, humecter ses lèvres, calmer ses gigotements. Cela a duré tout l'été – tout un été vu à travers les losanges verts de la fenêtre de la chambre du malade – jusqu'à cet après-midi, où, alors que l'air s'était alourdi à cause des derniers gros orages de la saison, l'homme accablé s'était d'un coup redressé dans son lit, avait saisi les mains de Jean-Baptiste dans les siennes, l'avait regardé en face et, avec une voix traînante à cause de la glace qu'il avait à l'intérieur, lui avait dit : « Je t'aime. »

Aimer ? Rien de tel n'avait jamais été dit entre eux jusqu'alors. Aucun des enfants ne se serait attendu à entendre de tels mots venant de leur père. À qui, alors, dans cette petite résurrection, croyait-il parler ? Savait-il que c'était son fils aîné ? Croyait-il que c'était Jean-Jacques ? Ou peut-être son frère à lui, Simon, avec lequel il avait plusieurs fois marmonné de longues conversations en son absence ? Il n'a pas recommencé, il n'y eut rien qui aurait pu rendre plus clair quoi que ce soit. Deux jours plus tard, le gantier s'enfonçait dans un immense silence intime. Deux semaines après cela, il était mort, un homme qui, selon toute apparence, ne savait même plus son propre nom.

Le matin de Noël – et très tôt, même pour la campagne –, Jean-Baptiste va avec sa mère à la « maison sur la colline », la maison des protestants, là où elle et une poignée d'autres vont prier comme ils préfèrent le faire. Les rares qui les voient sur la route font comme s'ils ne savaient pas où ils se dirigent. Madame Baratte est une femme convenable et ils sont nombreux en Normandie pour qui l'Évangile de Jésus-Christ ne signifie rien du tout. On peut bien lui laisser sa petite hérésie.

Ils traversent un jardin bien entretenu, on les fait entrer dans la maison à l'instant où ils présentent leur visage. À gauche de la porte, il y a un large escalier, sur lequel on a tant marché que ses pierres sont comme l'empreinte d'un ancien lit de rivière. À l'endroit où l'escalier tourne se trouve un pilier, une simple croix creusée dans la pierre, et il y a là assez de place pour tenir à six ou huit. Une petite fenêtre offre une vue sur la route – une vue qui a dû être autrefois plus nécessaire qu'aujourd'hui. Le pasteur est hollandais. Il parle français avec un accent que Jean-Baptiste a toujours trouvé légèrement comique. Il est rasé de frais, a des yeux d'enfants. Il ouvre sa bible. Les pages sont si usées qu'elles ne présentent qu'un vide gris, mais il n'a pas besoin de lire dessus. Il récite :

« Voici que Yahvé dévaste la terre et la ravage, il en bouleverse la face et en disperse les habitants... »

Pas de bébé ? Pas d'étable ? Pas de bergers ni de rois en voyage ?

« Dévastée, dévastée sera la terre, elle sera pillée, pillée, car Yahvé a prononcé cette parole. La terre est en deuil, elle dépérit, le monde s'étiole, il dépérit, l'élite du peuple de la terre s'étiole. »

Ézéchiel ? Isaïe ? Les autres le sauront.

« Dans la ville, ce n'est que décombres, la porte s'est effondrée en ruines... Celui qui fuira devant le cri de frayeur tombera dans la fosse, et celui qui remontera de la fosse sera pris dans le filet. »

Il ne leur épargne rien. Il ne considérerait pas cela gentil de les épargner. À la fin – tout à la fin –, il ferme le livre et la petite congrégation n'a plus qu'à faire un examen de conscience en silence, tandis que Jean-Baptiste, chapeau à la main, mais sans incliner la tête, regarde le ciel par la fenêtre et il se perd un moment dans la beauté et le mystère de ce qui est des plus ordinaires. Quand c'est terminé, les membres de la communauté s'embrassent les uns les autres, avec raideur et solennité, puis ils quittent la maison deux par deux et se fondent dans le jour qui s'éclaircit.

À la ferme, la cuisine est déjà pleine de membres de la famille. Des enfants – un garçon et une fille que Jean-Baptiste reconnaît seulement vaguement –

se hissent sur son dos à l'instant où il s'assied. Le cousin André est là, bien sûr, il a l'air prospère, franc-maçon, il amuse les femmes avec le récit des petits scandales de la petite ville. Sont là aussi les plus pauvres dans la famille, le vieux Dudo et sa femme – la paysannerie Baratte pure – leurs yeux indiscernables de ceux des bêtes dont ils s'occupent précautionneusement sur leur petit morceau de boue normande. Ils ne parlent que le vieux dialecte normand, ne comprennent pas le français, et s'asseyent au bout de la table, fauchant des tranches de saucisses de veau sous leurs tabliers. On en laisse toujours une pleine assiette non loin d'eux à cet effet. Même les enfants ont mieux à faire que le remarquer.

Au milieu de tout ceci, cet aimable tohu-bohu, Jean-Baptiste se raccroche au cidre. La visite, comme toutes les visites depuis maintenant longtemps, est secrètement un échec. Quand cela arrive-t-il, qu'on ne soit plus capable de revenir, de revenir vraiment ? Quelle est donc la porte secrète qui s'est fermée ? Lui qui désirait tant quitter Paris, il a maintenant hâte de rentrer. Quelle que soit sa vie, quelle que soit la destinée vers laquelle il est poussé, il la vivra ailleurs et pas ici, au milieu des champs et des bois de son enfance qu'il aime toujours. Il vide son godet, mâche quelque chose au fond, et tend le bras vers le pichet. Sa sœur s'installe sur le banc à côté de lui. Quand ils étaient petits, ils se battaient et il la trouvait malveillante, orgueilleuse, et pourtant maintenant – à tout juste vingt-trois ans – elle est toute gentillesse et d'une sagesse qu'elle a tirée on ne sait d'où, une sagesse enviable. Elle lui pose encore des questions sur Paris, sur la mode, sur ces Monnard chez lesquels il vit. Il sait qu'elle sait qu'il ne leur en a pas dit la moitié. Elle lui demande en particulier s'il est en bonne santé. Un peu las, dit-il en haussant les épaules. Il n'a pas pu dormir aussi bien qu'avant. Et alors il saisit ce à quoi elle fait allusion.

« Tu veux dire que je ne sens pas aussi bon qu'autrefois ?

— Nous nous demandons si c'est l'air de Paris, Jean. Parce qu'il n'est pas aussi bon qu'ici.

— En effet, dit-il. Il n'est pas bon du tout.

— Alors quand tu reviendras, tu te remettras, dit-elle. J'ai déjà l'impression que c'est un peu mieux. »

Il la remercie, comiquement.

« Quand repars-tu ? » demande-t-elle.

2

Armand et sa maîtresse ont dû y aller fort, Jeanne aussi peut-être. Quand Jean-Baptiste rentre à Paris, on le montre du doigt dans la rue, ou on se contente de le fixer du regard, comme s'il risquait de laisser voir la bordure d'une aile d'ange dépassant au-dessus du col de son justaucorps, ou un bout de corne sur son front. Sur le marché, le matin avant l'Épiphanie, un vieil homme, un de ceux qui hantent tout lieu public, en haillons et grimaçant, lève son bras atrophié vers lui et le prévient de laisser en paix « le champ de nos pères, de crainte que la colère du Tout-Puissant... ». Deux jours plus tard, un marchand de la rue de la Fromagerie lui fait cadeau d'un nid-d'abeilles en lui souhaitant bonne chance. Il commence à entendre un mot nouveau derrière son dos : « Ingénieur ». Il se demande combien ont une idée claire de ce qu'est un ingénieur.

Mais de toutes les réactions qu'il rencontre dans les premiers jours froids de la nouvelle année, aucune n'est plus intrigante que celle des Monnard. En retournant chez eux, il se sentait presque content de les voir ; il avait été très circonstancié dans ses remerciements à monsieur Monnard pour lui avoir prêté son habit, assidu en s'enquérant de si madame et mademoiselle Monnard avaient apprécié les fêtes, mais au dîner, le second soir, il était clair qu'ils n'étaient pas parfaitement à l'aise. Ce fut madame Monnard (après avoir rejeté sur son poing un morceau de tendon qui était entre ses dents) qui souleva la question évidemment à l'origine de leur inquiétude.

« Monsieur, commença-t-elle, est-ce exact ce que l'on entend à propos du cimetière ?

— Madame ?

— Qu'il faut qu'il... parte ? »

Il posa son couteau et sa fourchette. « Pour ainsi dire, Madame, oui. Il faut l'enlever, assainir le terrain. L'église aussi, en son temps, sera enlevée.

— C'est un choc pour nous, dit monsieur Monnard. Nous n'en avions pas idée.

— J'en suis désolé, Monsieur. Mais l'église et le cimetière sont restés fermés ces cinq dernières années. On ne peut pas les abandonner à...

— Il nous est très difficile de l'envisager, dit madame, avec une voix étrangement stridente.

— J'espère que ce sera pour le bien public, Madame, dit Jean-Baptiste. Et cette maison ne donnera plus sur un lieu d'inhumation. Elle n'aura plus à en subir les conséquences.

— Quelles conséquences ? » demanda monsieur Monnard.

Jean-Baptiste baissa les yeux sur son assiette, où, dans le froid de la pièce, sa nourriture était déjà en train de figer. « Tout cela peut-il être complètement sain, Monsieur ?

— Trouvez-vous que nous soyons malsains ?

— Non, bien sûr. Je ne l'entendais pas comme...

— Alors ? »

Et Ziguette se mit à pleurer. Une fine plainte puis un claquement de gorge serrée, puis un sanglot surgissant de sa poitrine, le tout accompagné d'un travail du visage si vigoureux qu'elle semblait à Jean-Baptiste devenue quelqu'un qu'il n'avait jamais vu. Elle s'enfuit de la pièce. Madame et monsieur échangèrent des regards.

« Si j'ai..., commença Jean-Baptiste, en se levant à moitié de sa chaise.

— Cette pauvre Ziguie qui déteste tellement les émotions », dit madame, puis elle fit certaines remarques, d'abord incompréhensibles, mais dont Jean-Baptiste finit par comprendre qu'elles signifiaient que Ziguette avait commencé son cycle menstruel et qu'elle était, en conséquence de cela, inhabituellement sensible.

La suite de cette scène inconfortable eut lieu un peu plus tard la même nuit. Jean-Baptiste était dans sa chambre, enroulé dans le damas rouge de son banian. Il était en train de lire quelques lignes dans le Buffon, quelque chose à propos de la façon dont les créatures non vénéneuses imitent les motifs de leurs cousins vénéneux, quand il entendit le grattement familier à la porte et, en l'ouvrant, il s'attendait à saluer le musculeux Ragoût, mais il trouva Ziguette à la place, pâle comme la mort et vêtue de sa chemise de nuit. Chacun de ses soupirs révélait qu'elle ne portait pas de corset.

Elle voulait expliquer, ou s'excuser, ou les deux, ou rien. Après quelques chuchotements à la porte, il l'invita à entrer, et, comme il n'y avait qu'une seule chaise, il la lui proposa et s'assit sur le lit. Elle ne parût pas surprise par le banian et ne fit aucun commentaire à ce sujet. Il mit un autre morceau de bois dans la cheminée. Il essaya de la rassurer.

« Pensez comme ce sera joli ici quand ce sera fait. Au lieu de ce que vous avez aujourd'hui, une place agréable. Des jardins peut-être. »

Elle acquiesça. Elle semblait tenter de suivre son raisonnement, mais ses yeux étaient de nouveau pleins de larmes. « C'est comme si, dit-elle après une pause, vous vouliez déterrer mon enfance.

— Votre enfance ?

— Le temps de l'innocence, de la petite fille.

— Je ne creuserai que le cimetière. De la terre et des vieux os. Beaucoup de vieux os.

— Vous n'avez pas grandi ici, dit-elle doucement. Sinon, vous ressentiriez cela différemment. »

Assis un peu plus bas qu'elle, son regard s'était en quelque sorte posé sur son giron. Il imagina une lente effusion de sang, une rose de sang fleurir sur la pâle étoffe de sa chemise de nuit, s'étendre sur ses cuisses puis, peut-être, commencer à tomber en gouttes sonores sur le plancher...

« Quand ce sera fait, dit-il en levant les yeux sur elle, quand tout sera fini, c'est vous qui ressentirez cela différemment. Le désagrément initial passera vite. Vous serez contente. »

Elle n'argumenta pas contre lui. Elle commença, discrètement, à regarder tout autour de la chambre, le lit, la malle, la table avec les livres, la règle de cuivre. Puis elle étouffa un bâillement, demanda pardon de l'avoir dérangé, et avec un sourire doux et délavé, un de ces gentils sourires qu'on accorde à quelqu'un qui, sans que ce soit de sa faute, est incapable de comprendre ce qui devrait être clair comme le jour, elle s'excusa.

Tandis qu'elle tirait la porte derrière elle, il regarda le plafond, à l'endroit du petit trou à la verticale du lit, parce qu'une ou deux fois durant leur entretien il avait entendu les lattes du plancher de l'étage au-dessus d'eux craquer.

Il retourna au lit, monta dessus. D'un tel perchoir, le plafond était facilement à sa portée. Il scruta le trou – rien, pas de lumière, rien du tout. Puis, doucement, pour essayer, il introduisit l'index de sa main gauche, comme le comte de Buffon aurait pu examiner le nid d'un insecte douteux, du genre qui pourrait ne faire qu'imiter sa nature venimeuse, ou pas... Il n'aurait pas juré de ce qu'il sentit alors, et pourtant il semblait que quelqu'un avait soufflé sur son doigt, et pendant un moment, en équilibre sur son lit, il resta à l'étudier.

3

Il rencontre Lefosse. Janvier touche à son terme ; rien n'a commencé ; pas un os n'a été déplacé. Il s'explique, entreprend de se dépeindre en victime des circonstances, ce qu'il croit être, en vérité. Il ne peut pas commencer sans les mineurs, et les mineurs ne sont pas arrivés. Ils vont venir, ils vont venir très vite, mais ils ne sont pas encore arrivés. Au cours de son explication, de ses justifications quelque peu débordantes, il prend conscience que Lefosse n'a rien à faire de quelques semaines ici ou là, qu'il ne le démettra pas de son poste ni ne l'en menacera. Qui d'autre, à brève échéance, reprendrait le travail comme cela ? Il présente ses comptes. Il n'est pas mécontent de voir que Lefosse a pris froid.

Ce qu'il peut faire seul, il le fait. De Louis Horace Boyer-Duboisson, il obtient des toiles de tentes, des poteaux de bois, des cordages, des chaînes de navire. Il s'arrange avec un homme édenté appelé Dejour pour les réserves de bois pour le feu et quand le premier arrivage lui est livré, il travaille à ses côtés avec ses fils. Il ne peut pas mettre un pied sur le marché sans que des marchands l'approchent avec des offres et des promesses, parfois accompagnées de mises en garde murmurées contre tel collègue qui n'est rien d'autre qu'un voleur. La paille pour les couchettes viendra des étables derrière le bureau des diligences de la rue aux Ours. Elle est sèche et d'une propreté acceptable. Trente pelles, trente pioches arrivent, venant aussi de Louis Horace Boyer-Duboisson. À Valenciennes, les mineurs ne sont pas autorisés à posséder leurs propres outils. Un homme avec sa propre pelle pourrait commencer à se penser comme un être indépendant.

Le cinquième jour de février, il reçoit un message de Lecœur l'informant que tout est enfin prêt, qu'il est sur le point de se mettre en route pour Paris avec les hommes et qu'il espère arriver en une semaine. Comme la lettre a mis deux jours pour lui parvenir, Jean-Baptiste commence à surveiller deux jours plus tard, restant heure après heure à l'angle de la rue Saint-Denis et de la rue aux Fers, mais pas trop près de la fontaine italienne pour éviter d'être la cible des grivoiseries des lavandières.

Le temps est froid, mais clair, la glace reste épaisse le matin, mais au milieu de la journée il fait presque chaud. Il voit les mêmes visages, encore et encore, il découvre que les rues ont leurs propres courants, leurs petites marées. Il aperçoit Héloïse qui part à l'opposé en direction du faubourg Saint-Denis. Il voit le père Chabot – ce ne peut être personne d'autre – les lunettes bleues, la soutane noire, tirant sur le vert, tendue sur son gros dos bossu. Il voit Armand, qui lui dit d'engager un gamin, mais Jean-Baptiste ne veut pas dépendre d'un gamin, de la capacité de concentration d'un gamin, pas plus qu'il ne veut rester assis à ne rien faire dans la maison des Monnard à attendre une chose dont il croit parfois qu'elle n'arrivera jamais.

Et puis, à environ deux heures de l'après-midi, une semaine précisément après la date de la lettre de Valenciennes, Lecœur, soudain, et c'est incroyable, est là, sur une carriole venant de la Seine, et il lève son chapeau en un élégant salut dès qu'il commence à apercevoir Jean-Baptiste.

Il y a trois véhicules en tout, sans bâche, avec de grandes roues incrustées de boue. Quand les carrioles s'arrêtent, des grappes de riverains, y compris les lavandières, se rassemblent pour voir les étrangers, qui les regardent en retour, certains avec des yeux écarquillés et effrayés de bétail qu'on mène, d'autres simplement frappés d'émerveillement, avec des visages peut-être identiques à ceux des hommes de Hernán Cortès entrant dans Tenochtitlàn. Toute la circulation de la rue Saint-Denis s'interrompt. Les chevaux laissent retomber leurs têtes. L'un d'eux se vide, bruyamment et vigoureusement, sur le pavé. Lecœur descend de sa banquette à l'avant de la première carriole et accourt vers Jean-Baptiste. Dans un élan de soulagement partagé, ils se prennent les mains l'un de l'autre, fermement.

« Nous avons connu quelques aventures en chemin, dit Lecœur. Pas tout à fait Circé ou les Cyclopes, mais bien assez à notre goût. Mais, nous voilà, prêts à remplir nos obligations. »

Pour un homme qui vient de passer une semaine sur la route avec trente mineurs, à traverser toutes les rigueurs du cœur de l'hiver, Lecœur apparaît miraculeusement clair et frais. Une petite perruque brune sur sa tête, ses joues correctement rasées, un beau châle rouge autour de son cou, et, dans son haleine, seulement une bouffée d'alcool fort comme n'importe quel homme voyageant dans le froid en prendrait de façon prophylactique.

« Tu les as tous ? demande Jean-Baptiste en faisant un signe de tête en direction des carrioles.

— Trente hommes, et triés sur le volet. Je pense que tu ne trouveras rien à redire avec eux.

— Je t'en suis reconnaissant, dit Jean-Baptiste, infiniment reconnaissant, mais il faut déplacer les carrioles dans la rue là. » Il indique la rue aux Fers. « On va se faire crier dessus sinon. Les gens ici ne tardent pas à faire savoir ce qu'ils en pensent. »

C'est chose faite en quatre minutes, les carrioles et les chevaux sont alignés le long du mur nord de l'église. Les hommes descendent, restent debout en petits groupes, en regardant alternativement Lecœur et Jean-Baptiste comme s'ils jaugeaient l'autorité de chacun en silence, tirant leurs conclusions en silence.

Jean-Baptiste ouvre le portail du cimetière. C'est là, alors, que se déroule la première épreuve. Les hommes doivent être amenés dans le cimetière, un endroit perturbant même pour un esprit éclairé comme le sien. Vont-ils se dérober ? Et que faire alors ? Les faire entrer de force ? Comment ? À la pointe de l'épée ? Il n'a pas d'épée.

« Si tu veux bien les guider, dit-il calmement à Lecœur. Ils sont habitués à toi.

— Très bien », dit Lecœur. Il passe le portail sans hésitation. Les mineurs entrent lourdement derrière lui. Quand le dernier est à l'intérieur, Jean-Baptiste les suit, tire le portail et rejoint Lecœur.

« C'est bien comme tu l'avais promis, commente Lecœur, une impression pour le moins puissante.

— On s'y habitue, dit Jean-Baptiste. En partie du moins.

— Cela nous incitera à faire le travail plus rapidement », dit Lecœur en tentant de sourire.

Du bois pour un grand feu a été empilé depuis des jours en prévision entre l'église et la haute-croix. À présent, avec des braises venues de la cuisine du sacristain, ils l'allument. La fumée part en spirale dans l'air immobile ; des claquements sonores viennent du cœur du foyer ; la fumée s'épaissit ; une dizaine de flammes s'échappent entre les bûches. Les mineurs forment un cercle autour, tendant leurs mains vers la chaleur.

Jeanne sort. Jean-Baptiste la présente à Lecœur. Les hommes ont-ils faim ? demande-t-elle. Oh oui, sans aucun doute. Très faim. Alors elle ira au marché chercher de la soupe et du pain pour eux. Il y a un étal où on vend une soupe très saine par seau. Cela ne lui prendra pas longtemps.

Son offre – pleine de bon sens pratique – est rapidement acceptée. Lecœur choisit trois hommes dans le cercle pour l'assister. Jean-Baptiste lui met les pièces une à une dans la main.

« Ils sont plutôt dociles, dit Lecœur en montrant ses aides. Dis-leur ce que tu attends d'eux et ils le feront. »

Ils la regardent partir, avec les hommes qui se pressent derrière elle.

« Elle nous sera très précieuse, juge Lecœur. Je prévois qu'elle deviendra leur petite vierge mère.

— Quand les hommes auront mangé, indique Jean-Baptiste, ils devront monter leurs tentes. Ici, je pense, en deux rangées de cinq. Quant à toi, si tu n'as pas d'objection, tu prendras tes quartiers dans la maison du sacristain. Il n'y a que le vieil homme et Jeanne dedans. Je pense que tu t'y sentiras à ton aise.

— Je suis ici comme un outil, dit Lecœur. Cela n'a pas beaucoup d'importance où on me pose pour la nuit. »

Jean-Baptiste acquiesce. Il écoute les hommes qui parlent à voix basse et se rappelle ce que, sans savoir pourquoi, il avait oublié. Au moins la moitié des mineurs à Valenciennes ne comprennent que le flamand. Quand il travaillait dans les mines, il en a appris une vingtaine de mots, mais il y a longtemps qu'il les a tous oubliés.

« Tu parles leur langue ? demande-t-il à Lecœur.

— Je ne crois pas que j'arriverai à faire la cour à une dame avec, dit Lecœur, mais pour nos besoins je pense que j'en connais assez. »

Au bout d'une demi-heure, Jeanne revient avec les mineurs. Deux d'entre eux portent des seaux de soupe fumante. Jeanne et le troisième mineur ont les bras chargés de pain. Derrière cette équipe, arrive Armand, qui accourt vers Jean-Baptiste et Lecœur et, alors qu'il est encore à quelque distance, s'écrie : « J'ai vu la fumée. Je commençais à te prendre pour un doux rêveur. Je te croirai toujours sur parole maintenant.

— Permets-moi de te présenter, dit Jean-Baptiste, monsieur Saint-Méard.

— Êtes-vous des nôtres, Monsieur ? demande Lecœur.

— Je pense qu'on peut me considérer tel, répond Armand, en regardant Jean-Baptiste.

— Monsieur Saint-Méard est l'organiste de l'église, annonce Jean-Baptiste.

— Ex-organiste, dès que ces messieurs auront commencé leur travail, rectifie Armand. Mais j'ai l'intention de participer à ma propre destruction. N'est-ce pas notre droit à tous ?

— C'est ce que croyaient les anciens, Monsieur, dit Lecœur.

— Et ne sommes-nous pas les nouveaux anciens ?

— Nous, affirme Lecœur, nous sommes les hommes qui vont purifier Paris. C'est ce que j'ai dit à mon ami ici présent la dernière fois que nous nous sommes vus. Ce sera une sorte d'exemple.

— Nous allons nous débarrasser du passé, déclare Armand, la voix placée entre l'honnêteté et la farce. L'Histoire nous étrangle depuis bien trop longtemps.

— J'approuve amplement ces sentiments, dit Lecœur en abaissant la voix.

— Alors, approuvons-les autour d'une bouteille, dit Armand.

— Il fera nuit dans deux heures, intervient Jean-Baptiste. La bouteille attendra.

— Le voilà déjà devenu notre tyran », dit Armand.

Lecœur semble mal à l'aise. « Mais il a raison, Monsieur, tout à fait raison. Il y a tellement à faire ici. Nous allons avoir besoin de toutes nos facultés. Plus tard, peut-être ? »

La soupe et le pain sont consommés sans cérémonie. Les mineurs lèchent leurs cuillers, essuient leurs barbes avec le dos de la main, crachent, se grattent, bâillent.

Voyant qu'ils ont fini, Jean-Baptiste grimpe l'escalier en colimaçon sur la haute-croix, vers la chaire étroite et grillagée. Il est suivi par Lecœur, puis, strictement de sa propre initiative, par Armand. À trois dans la chaire, ils doivent se tenir épaules contre épaules, fortement serrées. Avec son seul bras libre, Jean-Baptiste fait un signe aux mineurs. Ils se lèvent et s'approchent lentement de la croix. Une autre chose qu'il a oubliée au sujet de ces hommes : des années le dos courbé dans les galeries signifie qu'ils sont nombreux à rester bossus. Ils se rassemblent en dessous de lui et penchent bizarrement la tête pour regarder en l'air. À Lecœur, il dit : « Je vais leur parler un peu. Puis toi, si tu veux bien en avoir l'amabilité, tu répéteras l'essentiel en flamand. »

Il s'éclaircit la gorge. Il n'a pas une voix qui porte, il veut être entendu, mais il ne veut pas leur crier dessus. « Vous êtes les bienvenus ici, commence-t-il. Il est possible que je connaisse certains d'entre vous de Valenciennes. Notre travail ici sera très différent. Tout ce vieux cimetière ainsi que l'église derrière vous doivent être détruits. Toute la surface du cimetière sera retournée. Tous les ossements, tout ce que vous pouvez voir dans les ossuaires comme ce qui est dans les fosses souterraines et dans les cryptes, doit être enlevé et emmené dans un autre endroit. Vous devez manipuler les ossements comme si c'était ceux de vos propres ancêtres. Nous commencerons demain sur la première de ces grandes fosses. Nous maintiendrons, en permanence, des feux en activité pour purifier l'air et le faire circuler. Tous les médecins s'accordent pour dire que le feu est la meilleure défense contre les vapeurs que pourront dégager nos travaux. Votre paie sera de vingt-cinq sous par journée de travail. Il y aura un repas chaud par jour et une pinte de vin. Vous ne devrez pas sortir du cimetière sans ma permission ou celle de monsieur Lecœur. Votre première tâche ici sera de monter vos abris et de creuser des latrines. Vous ne devez pas souiller le sol. Nous travaillerons tous les jours. Vous serez individuellement responsables du soin et de l'entretien de vos outils. » Puis, après coup : « Je suis Baratte. L'ingénieur.

— Excellent, murmure Lecœur.

— Fonctionnel », dit Armand.

Lecœur commence la traduction. Il parle évidemment plus couramment qu'il n'avait bien voulu l'admettre. Tandis qu'il parle, Jean-Baptiste scrute les rangs irréguliers des mineurs. L'un d'eux sort du lot ; plus grand que la plupart d'entre eux, chauve, son regard semble passer avec désinvolture de l'un à l'autre membre du triumvirat sur la croix. On pourrait presque deviner de l'amusement chez lui, comme s'il avait déjà vu une telle scène, assisté à de tels moments trop souvent pour ne pas y voir une touche d'absurde. Pendant quelques secondes, il pose sa main sur l'épaule d'un mineur bien plus vieux devant lui, et bien qu'il soit difficile de voir clair à soixante pieds, il est évident que cette main n'est pas comme elle devrait être, qu'elle est en quelque sorte déformée.

Quand Lecœur a terminé, tous les trois, au risque de dégringoler les uns sur les autres, descendent l'escalier en colimaçon. On apporte les piquets et les toiles de tente de Boyer-Duboisson sur le terrain plat au milieu du cimetière. Une fois la première tente dressée et son montage compris, les autres sont mises en place assez vite.

Le marchand de bois arrive avec de nouvelles réserves. Il observe les mineurs, se lèche les gencives, hoche la tête en signe d'approbation. Livrer les Innocents en bois sera le meilleur travail de sa vie : une fois que les feux auront démarré, ils resteront allumés pendant des mois. Le nouveau bois est empilé tout à côté des tentes. Non seulement il a de la valeur, mais il est facile à voler. Une quantité remarquable a déjà été passée par-dessus les murs, la nuit.

Jean-Baptiste inspecte le chantier des latrines, l'approuve. Il inspecte chaque tente, éprouve la tension des cordes. À plusieurs reprises, on l'appelle au portail du cimetière pour traiter avec un marchand, travail qu'il laisse finalement à Armand, qui semble en avoir envie.

Rien qu'en creusant les latrines et les foyers, ils ont exhumé une centaine, ou plus, de grands os et une infinité de fragments, certains blancs comme de la craie, d'autres gris ou noirs, ou jaunes comme des chanterelles. Jeanne ramasse un des plus petits crânes, déloge du pouce un peu de terre sur son front et le redépose dans l'herbe, comme si elle ramenait un oisillon au nid. Il y a dans ses actions quelque chose de légèrement repoussant, bien qu'il soit évident pour Jean-Baptiste que son exemple impressionnera les hommes bien plus que n'importe quelle parole venant de lui.

Alors qu'il passe à côté d'eux dans l'obscurité grandissante du début de soirée, il essaie d'imprimer leurs visages dans sa mémoire. Ils ne sont pas très nombreux à le regarder dans les yeux. Ceux qui le font, il les arrête et leur demande leur nom. Jacques Everbout, Joos Stals, Jan Biloo, Pieter Molendino, Jan Block. Il ne trouve pas l'homme qu'il a remarqué depuis la haute-croix, celui qui regardait en l'air avec tant de désinvolture. Quel qu'il soit, il semble avoir le don de se rendre invisible quand il l'a décidé.

Quand Jean-Baptiste construisit le pont sur la propriété du comte de S., il avait quelque douze hommes sous ses ordres – des domestiques de la maison et du jardin, en même temps que deux maçons journaliers et un maître maçon de Troyes. Le maître en particulier ne faisait aucun effort pour dissimuler son impatience vis-à-vis du « gamin » qui commandait le projet. Les journaliers n'étaient pas plus gentils, et les domestiques de la maison eux-mêmes allaient et venaient comme il leur chantait et ne perdaient aucune occasion de l'humilier, ce en quoi les domestiques d'une grande maison sont experts. Ce n'est pas bon d'être humilié. Ce n'est pas bon d'être le maître sur le papier seulement. Ici, aux Innocents, il doit d'une manière ou d'une autre imposer sa volonté, il le faut, même si, dans l'intimité de son propre cœur, il n'est pas plus sûr de lui qu'il ne l'était alors. Et pourtant, il aimerait qu'ils l'aiment bien. Ou, au moins, qu'ils ne le méprisent pas.

Une fois qu'il fait trop sombre pour quelque activité utile que ce soit, les hommes s'asseyent devant l'ouverture de leurs tentes. On les a nourris une seconde fois, ils ont reçu à boire. Jean-Baptiste – qui a mangé uniquement parce que Jeanne insistait, en restant à côté de lui avec du pain et un bol – fait une dernière ronde avec Lecœur, tous les deux souhaitant aux hommes une bonne nuit et recevant en retour quelques réponses gutturales. Impossible de savoir ce qu'ils pensent, si la moitié d'entre eux n'a pas l'intention de s'enfuir pendant la nuit. Peut-on leur faire confiance ? Il y avait parfois des incidents dans les mines, des incidents violents. Imaginer la tête du ministre si on lui disait que les hommes ont pris la fuite et saccagent Paris !

À l'écart des tentes, Lecœur le rassure.

« Tu les paies considérablement plus que ce qu'ils recevaient à Valenciennes. Et ils sont corrects à leur manière. On pourrait faire d'eux une troupe très honorable.

— Avec toi pour capitaine, dit Jean-Baptiste.

— C'est toi, mon cher Baratte, notre capitaine. Je crois que tu aurais l'air très fringant du haut de ton cheval blanc.

— Il faudrait que j'améliore mon flamand.

— En avant, à l'attaque. Dix sous par tête d'ennemis. Cela devrait suffire, je pense. »

Ils passent le coin du cimetière et approchent de la maison du sacristain. Lecœur porte une torche bien qu'ils en aient à peine besoin. De la fenêtre de la maison vient la lumière des lampes et du grand feu, une énorme lueur rouge.

« Ma première vision de cet endroit, dit Jean-Baptiste, était depuis la fenêtre de ma chambre, là-haut. Je regardais en bas, de nuit, et c'était une zone d'une obscurité la plus impénétrable. À présent, elle est presque festive.

— Festive ? Pardonne-moi, mais je ne crois pas qu'un tel endroit puisse jamais être festif.

— Comment trouves-tu l'odeur maintenant ?

— Tolérable, tout juste. Je ne suis pas très sensible aux mauvaises odeurs. Un effet des mines. Mon cerveau est empaqueté dans de la poussière de charbon.

— On raconte qu'il y a un animal, dit Jean-Baptiste, moitié chien, moitié loup, qui a sa tanière dans l'ossuaire de ce côté. » Il montre le mur sud devant eux, les arcades qui mènent aux galeries.

« Je ne laisserai pas cette histoire se diffuser parmi les hommes.

— Non, tu as raison, dit Jean-Baptiste.

— Mais si ce devait être plus qu'une vieille histoire, je serai prêt. » Lecœur s'arrête et tire une forme de la poche de son manteau. « Tu vois ?

— Est-il chargé ? demande Jean-Baptiste.

— J'ai de la poudre et des balles dans mes affaires. Et je m'en suis déjà servi. Je peux toucher un seau à charbon à trente pas.

— Le tueur de loups de Lecœur », dit Jean-Baptiste. Ils rient doucement. Lecœur éteint sa torche contre sa botte et ils entrent dans la maison du sacristain.

Le vieil homme est endormi près de l'âtre, les boucles argentées de sa barbe écrasées contre sa poitrine. Armand est à la table avec Jeanne. Jeanne se lève dès que les autres entrent. « Nous vous avons attendus, dit-elle.

— Nous avons fait notre ronde dans le camp », dit Lecœur. Il regarde la bouteille d'eau-de-vie sur la table à côté du coude d'Armand.

« Comment va ton grand-père ? demande Jean-Baptiste.

— Il est épuisé, répond Jeanne, en souriant en direction du sommet du crâne du vieil homme. Mais content, je crois, que cela ait commencé. Et il voit que je suis satisfaite. » À Lecœur elle dit : « Vos hommes sont très gentils. »

Lecœur s'incline un peu. « Vous êtes déjà devenue leur favorite, Mademoiselle.

— Maintenant, dit Armand en bâillant, peut-être allons-nous être autorisés à le boire, ce coup. Jeanne, il nous faut deux autres verres. »

On va chercher les verres, on les remplit, on les lève. Même Jeanne en prend un peu ; sa chaleur lui fait brûler les joues. Armand les remplit à nouveau. Jean-Baptiste écarte son verre.

« Nous commençons à creuser demain, dit-il. Il ne vaudrait mieux pas que nous nous asseyons autour de cette bouteille. Je serai ici très tôt, Jeanne. Et je crois que madame Saget viendra ?

— Lisa sera là, dit Armand. Il semble qu'elle se soit complètement faite à toi.

— J'irai au marché chercher du pain dès qu'il fera jour, annonce Jeanne. Grand-père viendra, et madame Saget aussi peut-être.

— Et j'ai prévu que quinze gentils poulets se joindront à nous pour le dîner, dit Armand. Un sac de pommes de terre, un sac de carottes, le poids d'un homme en lentilles vertes. Des oignons. Et j'ai pris la liberté de commander cent vingt pintes de vin de Bourgogne. Château Rien-de-spécial. Je suggère de garder ce vin sous clé dans un des cabinets de l'église. Je doute que le père Chabot le boive.

— Bien, dit Jean-Baptiste. Merci.

— Nous sommes une machine ! exulte Lecœur, dont le verre deux fois vidé se trouve, mystérieusement, de nouveau plein. On nous a sonnés et maintenant nous accourons !

— Tic-tac, tic-tac », dit Armand. Jeanne glousse.

« Viens-tu ? demande Jean-Baptiste à Armand.

— Je crois que peut-être, je vais rester un peu », dit celui-ci.

Une pause.

« Très bien. Dans ce cas, je vous souhaite à tous une bonne nuit. »

Il sort, tripotant avec agacement le col de son justaucorps. Armand est-il en train de se moquer de lui ? A-t-il une affaire en cours avec Jeanne ? Tout ce qu'il peut espérer, c'est que Lisa Saget lui tienne la bride courte.

À la porte de la rue aux Fers, il fait demi-tour pour regarder la scène étrange et vacillante qu'il a créée. D'une des tentes sort le son de chants, quelque chose d'assourdi et de répétitif, une ballade, peut-être une complainte. Il écoute un petit moment, puis il sort dans la rue vide, ferme le portail et le verrouille. Si Armand a jamais l'intention de partir, qu'il cherche à tâtons son chemin à travers l'église !

À la maison de la rue de la Lingerie, il évite les Monnard, monte avec sa chandelle aussi silencieusement qu'il peut devant la porte du salon. Comme tout le monde, ils auront vu les feux – ils pourraient difficilement avoir une meilleure vue dessus – et, du fait de leur inexplicable opposition à ce chantier, il est peu probable que ce tableau ait provoqué la moindre réjouissance. S'il s'assied avec eux, ils le réprimanderont par leur silence, le flagelleront de leurs regards. Il n'a plus aucune idée de ce qu'il peut leur dire.

Dans sa chambre, il retire ses bottes. L'eau-de-vie s'est installée dans un petit bassin dans sa poitrine et le pique. Il a un renvoi, puis se penche sur le lit pour regarder par la fenêtre. Une pluie fine commence à tomber. Il n'y a rien à voir d'autre que les points des feux, l'obscurité tout près d'eux.

Il ferme les volets et s'assied à la table, tire son carnet de notes vers lui. Il a eu, ces dernières semaines, vaguement l'idée de commencer un journal, un rapport sur la destruction du cimetière, quelque chose de technique, mais aussi de philosophique, avec de l'esprit même, qu'il pourrait un jour présenter à maître Perronet durant une petite cérémonie à l'école. Il joue avec la plume, la fait tourner entre ses doigts. Il aurait dû rester avec les autres, boire plus d'eau-de-vie, rire un peu. Cela lui aurait fait du bien, cela aurait mieux valu que de rester assis ici tout seul à tergiverser.

Il retire le bouchon de l'encrier, trempe la pointe de sa plume, écrit en haut d'une nouvelle page la date, puis en dessous : « Ils sont venus aujourd'hui, trente pauvres hommes guidés par quelqu'un dont je vais peut-être avoir des raisons de regretter la présence. Le travail me dégoûte déjà et nous ne l'avons pas encore commencé. J'aimerais n'avoir jamais entendu parler des Innocents, je le jure devant Dieu. »

Il ferme son carnet, le repousse, reste assis, absent comme un homme condamné. Puis il tire de nouveau à lui le carnet, l'ouvre, lit tout ce qu'il a écrit, trempe la pointe de sa plume et, par un travail méthodique sur la page, gratte un X luisant sur chaque lettre jusqu'à ce que les lignes soient cachées, illisibles, enterrées.

L'un d'entre eux parle ; les autres écoutent. Il pleut, mais pas assez fort cependant pour noyer les feux. Une lueur rouge terne parvient à sortir par un rabat ouvert de la tente. Elle illumine la partie inférieure de leur corps, mais laisse leur visage dans l'ombre. Celui qui parle porte une tenue pâle, il est assis sur un trône en bûches ; les autres sont accroupis ou à genoux sur la paille. Un sermon ? Une histoire ? Quiconque ne comprenant pas leur langue, qui même parlée doucement est comme des frottements et des petits coups d'argile sur de l'argile, pourrait deviner, à une certaine façon d'énoncer une loi, qu'il s'agit d'ordres donnés lentement. De temps à autre, les auditeurs ont une réaction, un bourdonnement d'approbation. L'orateur bouge ses mains, les joint, les écarte. Le majeur de sa main gauche manque à partir de la phalange du milieu, il se termine par un petit morceau d'os émoussé entouré de peau.

Il s'interrompt, puis se penche pour attraper quelque chose près de sa botte, le dresse comme une chose vivante, une chose qui pourrait se réveiller et s'envoler. C'est un morceau de bois allongé, ou la tige creuse d'une plante peut-être – fenouil, berce. Il penche sa tête en arrière et souffle doucement sur sa base. À son extrémité, une lueur devient une étincelle, devient une flamme, une flamme comme une langue, dont la lumière souligne, au-dessus des traits inversés de l'homme, ses yeux plissés. Les autres s'asseyent, regardent. Quelque chose a été intégré. Puis encore des mots, trois ou quatre mots de poids, que ses auditeurs répètent d'une voix encore basse qui ne recouvre pas le son de la pluie. Puis c'est fait ; c'est fini. Ils se lèvent de la paille, sortent de la tente en file indienne, certains regardent en passant la vieille église, d'autres les ossuaires. Silencieux comme des fantômes, ils vont chacun dans leur tente. La nuit, dans la douce coque des nuages de pluie, passe doucement au-dessus d'eux. Le cimetière se pose.

4

Quand il ouvre les yeux au matin, il y a déjà de la lumière autour des volets. Il cherche sa montre à tâtons, d'une chiquenaude il fait sauter le couvercle (avec l'œil maçonnique) et la tient à côté de l'un des fragiles rais de lumière du jour. Huit heures et quart ! Il lutte pour ouvrir les volets et regarde en dessous. Les tentes sont toujours là, le grand feu brûle vivement, des silhouettes bougent entre les latrines et les tentes. Cette tache de couleur qui traverse l'herbe humide, c'est Jeanne et la femme avec les larges épaules, c'est certainement Lisa Saget. Lecœur est là, qui parle à un des hommes. Et Armand aussi ! Armand qui se rend utile alors que lui, l'ingénieur, le capitaine, est encore au lit !

Il n'a pas vraiment à s'habiller ; il ne s'était pas vraiment déshabillé la nuit dernière. Il boutonne son gilet, met ses bottes, son chapeau, et dévale les marches de l'escalier quatre à quatre, passe devant la porte de la cave, une porte qui semble toujours se trouver derrière un fin rideau d'ombre...

Au cimetière, on lui fait de grands sourires ; en particulier Armand, mais personne n'a la cruauté de lui faire une remarque. Tout le monde est occupé, calmement occupé. Il est content, soulagé, plus reconnaissant envers eux qu'il n'ose l'exprimer. Jeanne lui met un bol de café entre les mains, et avant qu'il ait pu la remercier, elle est sortie de la maison pour aider son grand-père et Lisa Saget à construire une petite cuisine annexe – un foyer, un gril, des barres de fer pour pendre les pots, une toile en auvent pour protéger de la pluie. Il aurait dû prévoir lui-même qu'il y en aurait besoin : on ne peut pas cuisiner pour trente-cinq âmes dans une cuisine de la taille de celle du sacristain. Y a-t-il autre chose qu'il a eu le tort de ne pas prévoir ? Il boit le café, laissant sa chaleur presque brûler sa langue et sa gorge.

Le bureau à côté de la cuisine est devenu les quartiers de Lecœur. Jean-Baptiste se penche à l'intérieur, voit que le lit a déjà été parfaitement fait, par Lecœur ou par Jeanne. Il y a un sac au bout du lit, pas grand, dont on peut voir qu'il contient quelques livres. L'air de la pièce, en plus de l'odeur de plâtre humide des registres du cimetière, est chargé d'un reconnaissable effluve de sueur alcoolisée.

Il cherche Lecœur du regard et il le trouve près des vieilles tombes, un de ces blocs de maçonnerie érodée, qui ont eu l'excentricité de s'enfoncer dans la terre pour ressembler au naufrage d'un petit bateau pétrifié.

« On pourrait trouver toute une famille noble là-dessous, dit Lecœur, en tapotant la pierre moite, mais l'inscription est tellement usée que je n'arrive pas à lire le nom. Tu y arrives, toi ? »

Jean-Baptiste regarde. Rohan. Rohring. Roche. « Non », dit-il. Puis : « Il faudrait commencer maintenant.

— À creuser ?

— Oui.

— Notre Alexandre a parlé, déclare Lecœur, qui n'est probablement pas encore tout à fait dégrisé.

— Si tu veux bien envoyer les hommes à l'endroit qui est marqué, dit Jean-Baptiste, je t'y rejoindrai. »

C'est, autant que Jean-Baptiste puisse le savoir – autant que Jeanne et son grand-père ont été en mesure de l'en informer –, la plus vieille fosse restante : un carré de vingt pieds sur vingt qu'il a marqué avec une corde et des pitons, dans l'angle nord-ouest, près de là où, derrière les murs, la rue aux Fers croise la rue de la Lingerie. La surface, des touffes d'herbes pâles, ne laisse rien deviner. Si c'est vraiment l'emplacement, alors il n'y a jamais eu aucun monument durable pour ceux qui sont au-dessous.

Il se tient à côté de la corde et regarde les hommes approcher. Il les salue, espère qu'ils ont passé une nuit paisible ; puis, aidé par Lecœur, il les sépare en trois groupes. Ceux qui vont creuser, ceux qui vont ramasser les os, ceux qui les empileront. Quand c'est fait, ceux qui ont été désignés pour creuser sont envoyés de l'autre côté des cordes.

« La terre, dit l'ingénieur, sera empilée de ce côté, ici. Quand la fosse sera vide, la terre sera mélangée à de la chaux vive et remise dans la fosse. Quant aux ossements, ils seront en temps voulu transportés par chariot à travers la ville vers leur nouveau lieu de repos. » Il s'interrompt. Quelques hommes bougent la tête. Les autres se contentent de le regarder.

Le jour est parfaitement immobile, une immobilité d'hiver. Jeanne et son grand-père restent ensemble en silence, à quelque distance de la corde. Jean-Baptiste tourne son regard vers eux. Il leur sourit, en tout cas il essaie, mais son visage est froid, et de toute façon que signifierait un tel sourire ? Il se tourne vers le mineur le plus proche de lui. Joos Stals ou Jan Billo. Jan Block peut-être. Il lui fait un signe de tête. L'homme y répond, lève le manche de sa pelle. Le sol est ouvert.

Ils creusent pendant trois heures avant que Jean-Baptiste ne demande à Lecœur d'annoncer la première pause. Il n'y a pas eu, durant ces trois heures, grand-chose à voir. Les morts se révèlent être réduits en tessons, en fragments, comme si la fosse les avait moulus tel du pain sec dans la bouche d'un vieil homme. Creusent-ils au bon endroit ? Et si le sacristain s'était trompé ? Il est retourné à la maison avec Jeanne, mais après la pause, la fosse commence à céder ses trésors et une pelletée sur deux extrait une structure reconnaissable. Une mâchoire avec une rangée de dents dont on dirait qu'elles pourraient toujours tenir une bouchée. Tout le délicat appareil d'un pied, des côtes, comme les douves d'un vieux tonneau. Le monticule d'ossements devient un petit mur. Il n'y a pas de bois, pas une écharde, rien qui laisse penser que les hommes et les femmes descendus dans la fosse avaient autre chose pour les abriter que leurs propres linceuls.

Lisa Saget annonce la pause du repas de midi en frappant une louche contre une marmite. Quels que soient les désagréments que les hommes ont pu ressentir durant leur travail, ils ne semblent pas avoir affecté leur appétit. Jean-Baptiste et Lecœur s'attardent au bord de la fosse. Lecœur n'a pas l'air bien. Il a tiré sa cravate sur sa bouche et son nez.

« Nous allumerons un feu après déjeuner, annonce Jean-Baptiste. Cela aidera peut-être un peu. »

Lecœur acquiesce.

« Mangeras-tu quelque chose ? demande Jean-Baptiste.

— Je devrais d'abord prendre quelque chose pour me préparer l'estomac, dit Lecœur d'une voix assourdie, bizarre et assourdie.

— Oui, acquiesce Jean-Baptiste, je vais demander à Armand d'aller chercher encore de l'eau-de-vie. Nous pouvons tous en prendre une gorgée avant de reprendre. »

Pour le tour de l'après-midi, trois creuseurs sont transférés à l'équipe des ramasseurs d'os. Presque tous ceux qui sont à l'intérieur des cordes se retrouvent, à un moment ou à un autre, à marcher sur des ossements. En dehors des os, on commence à trouver d'autres choses, qu'on envoie à la surface. Une croix métallique, déformée, verdâtre. Une broche, presque entièrement détruite, en forme de rose. Un morceau du petit cheval d'un enfant découpé dans du fer-blanc. Des boutons. Une boucle à l'ancienne. Rien encore qui a de la valeur. Et si on trouvait quelque chose qui en ait ? Qui sera son propriétaire légal ? L'homme qui l'aura mis au jour ? Le sacristain ? L'ingénieur ? C'est peut-être le ministre.

Parfois, les hommes – tous – semblent submergés par des vagues de dégoût. Les yeux fermés, ils tremblent, hésitent, puis l'un d'eux crache dans ses paumes et la botte ou le sabot plante plus résolument la pelle et la cadence est rétablie.

Lorsque les cloches de la ville sonnent quatre heures, la lumière s'en va et les hommes, dont les têtes baissées sont à présent en dessous du niveau du sol, semblent, depuis la surface, exhumer des ombres. On plante des torches sur les parois des fosses. Maintenant, vraiment, c'est un spectacle : une bande d'hommes dans un trou rougeoyant, qui arrachent des os sous leurs pieds. Le mur d'os s'étire d'un côté sur toute la longueur de la fosse et arrive à hauteur d'épaules. La dernière heure passe comme un jour en soi. Jean-Baptiste garde l'eau-de-vie dans l'herbe à côté de lui. Par intervalles – intervalles de plus en plus courts –, il la fait descendre, la regarde passer entre eux, et récupère la bouteille plus légère. À six heures moins le quart, il arrête tout. Il sait que plus tard, il devra insister pour qu'ils travaillent de nuit, mais pas maintenant. Il ne pourrait pas le faire lui-même ; il ne peut pas le leur demander.

Il trouve Lecœur et ils marchent en silence vers la maison du sacristain. Ils se tiennent devant la cheminée de la cuisine.

Après une minute ou deux, Lecœur, parlant au feu, murmure : « Doux Jésus.

— Demain ce sera plus facile », dit Jean-Baptiste.

Lecœur se retourne, lui fait soudain un grand sourire. « Demain nous brisera le cœur », dit-il.

5

Le deuxième jour : ils travaillent dur depuis une heure quand la concentration de l'ingénieur est brisée par un sifflement strident ; en se retournant, il voit Armand qui fait de grands signes en direction de l'église. Il y va. Armand l'informe que trois hommes sont là pour le voir.

« Dans l'église ?

— Dans l'église.

— Tu les connais ? demande Jean-Baptiste

— Pas un seul », dit Armand en lui emboîtant le pas.

Les hommes se tiennent dans la nef à côté d'un pilier sur lequel le reste d'un chapeau de cardinal aux larges rebords est suspendu comme une vulgaire assiette à soupe. L'un d'entre eux est Lefosse. Les deux autres sont des étrangers.

« Monsieur », dit Jean-Baptiste à Lefosse. Les hommes qui l'accompagnent se contentent d'être là et de sourire faiblement. Jean-Baptiste présente Armand.

« Un organiste ? dit l'un des étrangers. Vous jouez Couperin, bien sûr ?

— Je joue tout, affirme Armand.

— Avant que l'orgue ne soit détruit, dit l'étranger, j'aimerais bien en entendre un peu. *Le Parnasse*, peut-être.

— Seule la musique est immortelle, dit Armand.

— Ces hommes, annonce Lefosse en fixant Jean-Baptiste du regard, sont médecins. Ils vont mener certaines enquêtes. Vous leur accorderez pleine assistance.

— Une exhumation de cette échelle, dit l'admirateur de Couperin, un monsieur dans la cinquantaine à l'air prospère et bien enrobé, est tout à fait unique. Chaque étape de la décomposition sera visible, jusqu'à l'ultime poignée de poussière.

— Le voyage de l'homme, commence son collègue, un homme plus osseux, plus maigre de constitution, a dans l'Histoire toujours été mesuré du moment de sa naissance à celui de sa mort. Du premier souffle au dernier. Cependant, grâce aux fines lames de nos anatomistes, nous commençons à en savoir plus long sur ces mois où nous restons cachés à l'intérieur de nos mères. Votre travail ici, Monsieur, nous offrira la vue la plus complète de notre destinée après cet événement que nous appelons la mort.

— Notre destinée physique, dit son collègue d'un ton amusé, en faisant un geste en direction de la pénombre où se tapit l'autel.

— Certes, certes, concède l'autre. Le reste, nous devons l'abandonner à la sagesse de notre mère l'Église.

— Aménagez-leur un endroit, dit Lefosse. Quelque part où ils pourront travailler sans être dérangés. »

Très haut au-dessus de leurs têtes, descendent des sons très faibles, mais distinctement transmis, qui peuvent n'être rien d'autre que de l'agitation chez les oiseaux qui nichent là, mais le regard de Jean-Baptiste croise celui d'Armand et il promet rapidement toute l'assistance dont les médecins pourront avoir besoin. Il n'aimerait pas que la voix du père Chabot lui tombe à nouveau dessus et expose clairement le peu de prise qu'il a sur cet endroit.

« Alors notre affaire est conclue », dit Lefosse. Il repart, peu assuré, comme s'il cherchait la sortie.

« Je suis le docteur Thouret, annonce le plus maigre des deux étrangers, comprenant enfin que l'émissaire du ministre ne fera pas les présentations. Et mon collègue ici présent (le collègue sourit gracieusement) est le docteur Guillotin. »

Après le repas de midi, les hommes, sur instruction de Jean-Baptiste, construisent une poulie à partir de trois gros poteaux liés ensemble, une roue et une grande chaîne. Ils fabriquent une nacelle en toile pour attacher à l'extrémité de la chaîne. Ils fabriquent deux échelles avec des barreaux larges et solidement fixés. Ils attisent le feu. Ils se préparent à se remettre au travail.

Avec son fil à plomb, Jean-Baptiste mesure la profondeur du sol de la fosse à un peu moins de quarante pieds. Le mur d'ossements sera bientôt trop haut pour que les hommes puissent en atteindre le sommet. Une telle profusion serait moins inquiétante s'il n'avait pas, la veille au soir, reçu un courrier de la Porte d'Enfer l'informant qu'ils avaient eu à subir des inondations à cause d'une source non répertoriée et qu'il faudrait du temps avant qu'ils soient en mesure d'accepter du matériel venu des Innocents. Il n'y avait aucune indication qui permette de dire si c'était une question de jours, de semaines ou de mois. Quelques semaines seulement à ce rythme et le cimetière deviendrait un labyrinthe. Au milieu de couloirs d'ossements, plus personne ne se retrouverait.

Les équipes – creuseurs, ramasseurs, empileurs – tournent à intervalle d'une heure. Il est évident qu'on ne doit laisser personne plus de deux heures dans le fond de la fosse. Vers la fin de l'après-midi – après une de ces journées où la lumière lutte pour s'imposer, pour convaincre –, un des hommes, en remontant à l'échelle à la fin de son tour, s'arrête, rate un barreau et bascule en arrière. Heureusement, il ne termine pas sa chute sur la tête de ses compagnons. Il est ramené à la surface sur la nacelle de toile.

« C'est Block, dit Lecœur, s'agenouillant à côté de l'homme. Jan Block. »

À l'air de la surface, Block s'étire, regarde autour de lui et, toujours livide comme la cendre, se relève.

« Laissons-le aller sous sa tente s'il en a envie », dit Jean-Baptiste. Il a déjà entendu quelqu'un prononcer le mot « mofette ». Tous savent ce que c'est et, à Valenciennes, tous ont vu ou entendu parler d'un homme qui s'est noyé dans un élément indétectable. Il est absurde, évidemment, d'imaginer qu'il pourrait y en avoir dans ces fosses, mais il décrète une pause et fait circuler la bouteille. Ils le regardent. Il ne voit rien dans leur regard à quoi il puisse donner un nom. Au bout d'un quart d'heure, il envoie une nouvelle équipe en bas des échelles.

Parmi les objets trouvés dans les fosses ce jour : une pièce verdâtre de Charles IX ; un hausse-col rouillé, mais reconnaissable ; un anneau avec une croix dessus

– sans grande valeur ; encore des boutons ; la lame d'un couteau – pourquoi ? Pour s'en servir dans l'autre monde ? Une curieuse petite pièce de verre de couleur, en forme de cœur, plutôt jolie.

Cette dernière, l'ingénieur la rince en se lavant les mains le soir, et, par lubie, ou simplement parce qu'il ne sait pas quoi faire d'autre avec, il la donne à Jeanne, qui l'accepte, avec un sourire étrange et solennel sur le visage.

6

Un homme s'enfuit, s'enfuit avec son paquetage au milieu de la nuit. Personne ne l'a vu partir ; personne ne l'a entendu. Même les hommes de sa propre tente ont eu l'air surpris, mal à l'aise, autant que s'il avait disparu comme par enchantement, peut-être à cause de quelque chose qu'ils auraient dérangé dans la fosse. Lecœur se propose de prendre la tête d'une équipe qui partira à sa recherche. Il ne peut pas être loin et il aura sûrement du mal à se cacher dans une ville qu'il ne connaît en rien.

« Ils ne sont pas prisonniers, dit Jean-Baptiste. Ce ne sont pas des travailleurs forcés.

— Les hommes attendent une main ferme, objecte Lecœur, qui s'est coupé au cou ce matin en se rasant. Après tout, ne les avons-nous pas sauvés des mines ?

— Je ne sais, dit Jean-Baptiste, plus à lui-même qu'à Lecœur, qui nous avons sauvé. »

Des autres, aucun ne manque à l'appel, bien que l'homme qui est tombé de l'échelle, Jan Block, ne soit pas en état de travailler ; Jean-Baptiste lui rend visite dans sa tente, où il repose sur sa couche de paille comme le Christ d'Holbein. Ses yeux suivent la silhouette sombre de l'ingénieur quand il passe l'entrée puis se tient au-des sus de lui dans la lumière de la tente.

« Tu as mal ? Tu souffres ? »

Block humecte ses lèvres du bout de sa langue pâle, dit quelque chose, et le dit encore deux fois avant que Jean-Baptiste comprenne.

« Tu as froid ?

— Oui.

— Nous t'apporterons plus de couvertures. Nous t'apporterons quelque chose de chaud à boire. »

Block cligne des yeux. L'ingénieur sort. Quand il voit Jeanne, il lui demande si elle peut rendre visite au malade, lui apporter du café ou du bouillon. Et y a-t-il une couverture quelque part ? Il se plaint du froid.

Dans la fosse, sous la direction de Lecœur, les hommes sont déjà au travail. Feu, poulie, échelles. Le bruit creux des os qu'on pose sur des os. Un simple appel des hommes en bas prévient ceux d'en haut que la toile est pleine et prête à être hissée. Ils sont si profonds maintenant qu'ils ont besoin de lumière même le matin : quatre torches dépassent des parois et brûlent comme elles peuvent. Jean-Baptiste s'accroupit, essaie de voir à quoi ressemblent les parois. La terre est-elle friable ? Y a-t-il un risque d'éboulement ? Les hommes pourraient-ils être sortis rapidement au cas où cela arriverait à un côté de la fosse ?

Il décide qu'il doit descendre et voir par lui-même (il est temps qu'il descende), et sans s'annoncer, il s'engage sur l'échelle la plus proche pour commencer à descendre. Il est conscient qu'à la fois au-dessus et au-dessous de lui tout le travail a cessé, qu'ils le regardent. Ses pieds cherchent les barreaux. Le ciel s'estompe. L'air s'épaissit.

En descendant au bas de l'échelle, il souffre d'une perte d'équilibre momentanée et il doit s'agripper au coude de l'homme le plus proche. Maintenant qu'il est là en bas, il devrait leur dire de continuer leur travail, mais il y a si peu de place. Il les regarde, leurs visages allongés, éclairés par au-dessus par le feu et la piètre lumière du matin. Il regarde les parois noires, regarde ce sur quoi il se tient, regarde en l'air, là où la tête et les épaules de Lecœur se penchent par-dessus le bord de la fosse. Il prend une pelle des mains de l'homme contre lequel il avait trébuché, pousse le fer dans la paroi de terre, le fait pivoter et regarde un morceau de matière qui tombe en une plaque humide. Il éprouve la paroi opposée de la même façon et avec le même résultat. Il rend l'outil, met une botte sur le dernier barreau de l'échelle, est submergé par une vague de nausée que, Dieu merci, il est capable de contrôler, de laisser passer. Il grimpe, atteint le sommet et sur l'herbe retrouve son équilibre.

À Lecœur, qui est venu tout près à ses côtés, il dit d'une voix rauque : « Nous allons construire des châssis. Des caissons en treillis pour renforcer les parois. Fais sortir les hommes. »

Il n'y a pas de pénurie de bois adapté : monsieur Dejour doit avoir mis en réserve la moitié du bois en vente à Paris. Ils taillent des poteaux, des planches, improvisent des traverses et des étais. C'est agréable de travailler le bois et quand les hommes descendent après le repas de midi, ils y vont, semble-t-il, avec le cœur un peu plus léger. Au milieu de l'après-midi, le fil à plomb mesure une profondeur de presque cinquante pieds. La nacelle emporte plus de terre que d'ossements maintenant. À la tombée de la nuit, ils y seront arrivés ! Ils auront vidé une des fosses des Innocents !

La dernière équipe de creuseurs remonte à la surface à six heures et demie. Une lune d'hiver brille sur leurs visages, comme elle brille sur le mur d'ossements qui ressemble maintenant moins à ce qu'il est, le macabre et pitoyable résidu de vies innombrables, qu'à une bonne récolte durement gagnée. Jean-Baptiste retire son chapeau, se frictionne les cheveux, ses propres cheveux, qu'il a laissés pousser jusqu'à une longueur presque respectable, tout comme Charvet le lui avait suggéré. Les mineurs s'éloignent de lui en file indienne, certains avec leur pelle sur l'épaule comme des mousquets. Une bonne journée. Une petite victoire pour un travail dur et obstiné, pour avoir contrôlé ses nerfs. Calmement, chacun d'un côté de la fosse, Lecœur et lui se congratulent. Ils se penchent par-dessus le bord et se touchent les mains.

Il est moins satisfait du monde le lendemain matin. Il a encore mal dormi : il s'est réveillé à une certaine heure pâle de la nuit, le cœur battant la chamade, puis est resté à tourner dans son lit pendant des heures, creusant dans sa tête une fosse après l'autre jusqu'à en être malade, pour finalement se lever de son lit et s'habiller dans le noir.

Dans le cimetière, examiné à la lumière d'une lampe, Jan Block va, selon toute évidence, plus mal. Sa peau a un lustre semblable à celui du fromage pourri. Sa respiration s'est faite plus difficile, inefficace. Il est peut-être en train de mourir, comme on peut le supposer, comme on ne peut que trop bien le supposer, d'une infection que les autres pourraient contracter, et tout cet endroit serait alors fermé dans la semaine, le dernier homme vivant roulant le dernier homme mort dans la fosse qu'ils ont vidée...

Une heure plus tard, il trouve un des docteurs, le docteur Guillotin, qui inspecte le mur d'ossements. Il le voit en retirer un fragment par un mouvement de levier et le glisser dans sa poche.

« Vous n'y voyez pas d'inconvénient, j'espère, demande le docteur en voyant l'ingénieur approcher. Une vertèbre étonnamment déformée. J'ai pensé que je devais la prendre avant de me faire devancer par Thouret. »

Jean-Baptiste lui parle du malade, il décrit l'accident et demande si le docteur veut bien avoir l'amabilité de l'examiner. « S'il y a une infection... quelque chose qui pourrait... »

Le docteur y consent. L'homme est-il à proximité ? Oui. Ils marchent ensemble vers la tente, se baissent pour entrer. Il y a quelqu'un d'autre ici. Le mineur avec la main abîmée. Pendant un moment, les nouveaux venus sont tenus en respect par la considération sereine que le mineur leur accorde. Puis il s'en va, silencieux et sans précipitation.

« Drôle d'allure, ce personnage, dit le docteur. Des yeux violets. Aviez-vous remarqué ? Très inhabituel. » Il se tourne vers l'homme sur la paillasse.

« Quel est son nom ? demande-t-il.

— C'est Block, dit Jean-Baptiste.

— Block ? Bonjour à vous, Block. Vous avez fait une chute ? Vous avez mal ? »

Jan Block semble effarouché.

Le docteur sourit. « Il ne faut pas avoir peur de moi. » À Jean-Baptiste, il dit : « Si vous pouviez le retourner ? Il est plus aisé d'observer le dos d'un homme s'il ne repose pas dessus. »

Jean-Baptiste saisit l'homme aux épaules et commence à le faire glisser. Le malade ne proteste pas, bien que sa chair tremble. Il n'est pas facile de le retourner. Quand c'est fait, le docteur dit : « Relevez sa chemise. »

La peau dans le haut du dos de Jan Block a été transpercée des deux côtés de la colonne vertébrale, et bien que les marques de ponctions soient petites, elles sont cernées de halos irrités d'inflammation.

Guillotin se rapproche. Il regarde, mais comme la plupart de ses collègues, il renâcle à toucher. Il hoche la tête. « Vous pouvez lui remettre sa chemise. Merci, monsieur Block. Nous trouverons quelque chose pour vous aider, hein ? »

Une fois qu'ils se sont éloignés de quelques pas de la tente, le docteur dit : « Il est empoisonné par une matière quelconque qui l'a pénétré dans sa chute. La blessure doit être nettoyée immédiatement avec une solution soufrée. Pour ce qui est de la fièvre, il devrait prendre de la poudre de quinine dans de l'eau-de-vie. Je ne suis cependant pas favorable à une extinction complète de la fièvre. La fièvre n'est pas l'ennemi. C'est le feu dans lequel la maladie se consume. » Il s'arrête puis regarde Jean-Baptiste de tout près. « Même en parfaite santé, dit-il, nous sommes constamment réchauffés par notre propre génération. Vous connaissez la théorie phlogistique ?

— Un petit peu.

— Du grec *phlogiston* : mettre le feu. L'élément combustible à l'intérieur de toute chose. Le feu latent. Le feu potentiel. Passif, jusqu'à ce qu'on l'éveille.

— Qu'une étincelle l'éveille ?

— Ou un choc, ou une friction quelconque. Ou simplement par hausse progressive de la chaleur.

— Est-il possible, dit Jean-Baptiste, que l'infection de Block ait été causée par une maladie qui se serait perpétuée dans les ossements ? Que les ossements portent encore un résidu de la maladie qui les affligeait autrefois ? Je veux dire : qui affligeait ceux à qui ils ont appartenu ?

— Quelle curieuse façon de présenter cela, dit Guillotin. Vous parlez comme si nos os étaient seulement notre propriété, comme un cheval ou une montre. Mais pour répondre à votre question, il me semble peu probable qu'une maladie puisse survivre si longtemps à sa victime. Je ne veux pas toutefois dire pour autant que vous ou vos hommes devriez laisser les os entrer en contact avec des cicatrices ouvertes ou des blessures. Je recommande le vinaigre comme désinfectant général. Et de l'alcool pur. De l'éthanol. Très efficace. Cependant, soyez attentif à l'endroit où vous l'entreposez. Un toxique puissant. Également hautement inflammable. Même la vapeur. Tout particulièrement la vapeur.

— Et où est-ce que je pourrais trouver cela ? Cet éthanol ?

— Dois-je vous en procurer ?

— Je vous en serais très reconnaissant. Et pour le soufre ? La quinine ?

— Je vous écrirai un mot pour l'apothicaire, dit Guillotin, et tapant sur l'épaule de son cadet : maintenant, allons ensemble à la maison, voir si cette gentille fille peut nous faire du café, hm ? »

Jeanne, Lisa Saget et les deux enfants de cette dernière sont occupés à peler des légumes sur la table de la cuisine. On apporte une chaise pour le docteur, mais il préfère rester debout près du feu. Il est vigoureux et jovial. Il dit des choses agréables, pleines d'admiration, aux femmes et aux enfants. Jean-Baptiste explique qu'ils sont allés voir le mineur malade. Qu'il va certainement plus mal aujourd'hui, mais que le docteur a prescrit quelques médicaments.

« Nathalie ira les chercher, dit Lisa en penchant la tête vers sa fille. Nathalie, essuie-toi les mains et mets ton manteau.

— Nous pouvons lui faire de la place dans la maison, lance Jeanne. Je peux mettre un lit sur le palier à l'étage. Il sera mieux ici.

— Tu as déjà la cuisine, dit Jean-Baptiste, et tellement d'autres tâches.

— De bons soins, confirme Guillotin, font souvent la différence entre la vie et la mort d'un patient.

— Alors nous devons le faire, dit Jeanne, se tournant, éplorée, vers Jean-Baptiste.

— Ne pourrait-il pas aller à l'hôpital ? » demande Jean-Baptiste.

Le docteur dilate ses narines. « Les hôpitaux sont des endroits très dangereux. Particulièrement pour quelqu'un qui est déjà affaibli par la maladie. »

Nathalie, son manteau boutonné, est prête pour partir en course. Il y a de quoi écrire dans le bureau où dort Lecœur. Le docteur rédige une petite liste, la vérifie d'un coup d'œil, la signe, la plie, la donne à l'enfant.

« J'ai ajouté quelque chose pour vous, dit-il à Jean-Baptiste, *Lachryma papaveris*. Larmes de pavot. Cela vous aidera à vous reposer. Ai-je bien considéré la question ?

— Va chez Boustanquoi, dit Lisa à la petite fille. Tu y vas directement et tu reviens directement. »

La petite fille acquiesce, sourit avec coquetterie au docteur et sort.

« Les enfants », roucoule le docteur. Il tapote d'un doigt le couvercle du pot à café. « Pouvons-nous nous imposer, Mademoiselle ? »

On comble la fosse vide, on brasse la terre noire avec des sacs de chaux. Le vent s'est levé, avec des rafales sifflantes entre les murs du cimetière. Les vêtements des hommes, leurs mains et leurs visages sont tout entiers finement poudrés de chaux. Les yeux piquent, les nez coulent, mais remplir une fosse est un meilleur travail que la vider. Un travail plus rapide aussi. Vers le début de l'après-midi, la fosse une peut avoir une ligne nette tracée sur elle dans le carnet de Jean-Baptiste. Le feu baisse. La poulie et la nacelle, le bois pour les châssis, les outils, les hommes eux-mêmes, tout est déplacé quinze pas plus au sud. Lecœur et Jean-Baptiste mesurent la bouche d'une nouvelle fosse avec les piquets et la corde. On fait venir Jeanne et le sacristain pour qu'ils confirment la position. Le sacristain, après avoir marché de-ci de-là à la manière d'un chien cherchant un endroit où dormir, décide finalement que le rectangle de corde devrait commencer encore cinq pas en direction du mur sud. On arrache les piquets et on les plante à nouveau. Le sacristain acquiesce. On prépare un nouveau feu, on l'allume. L'équipe qui doit creuser enjambe la corde ; ceux qui doivent empiler se tiennent prêts. Ça recommence, cette morne musique des pelles dans la terre, puis le bruit des os, leur façon, quand ils s'entrechoquent, de résonner comme des pots d'argile.

On peut mesurer les difficultés d'une journée à la quantité d'alcool fort nécessaire pour la supporter. Aujourd'hui, c'est un jour à trois bouteilles. Une bouteille par aune creusée. Un dixième de bouteille par homme et par aune. Telle est l'équation ? Celle-là, l'ingénieur ne l'a pas apprise à l'École des Ponts et Chaussées. Quand ils ont terminé et que les mineurs se sont dispersés dans leurs tentes ou autour de la chaleur du grand feu près de la haute-croix, Jean-Baptiste et Lecœur se lavent les mains dans le seau devant la porte de la maison du sacristain.

« Qu'est-ce qu'ils vont faire là ? » demande Lecœur, en agitant les doigts pour en faire partir l'eau et en désignant de la tête le nouveau cabinet du docteur, une petite construction sans fenêtres faite de châssis enveloppés dans de la toile et appuyée contre le mur de l'église.

« Dieu seul le sait », dit Jean-Baptiste, qui, plus tôt dans la journée, avait vu deux tables à tréteaux être apportées à l'intérieur, en même temps qu'une bourse en cuir qui cliquetait dans le transport.

Dans la cuisine, ils ne trouvent que le sacristain, endormi sur sa chaise, mais, au bout d'un moment, apparaît Jeanne en bas des escaliers, son visage rayonnant légèrement, comme si elle venait de le tremper dans l'eau fraîche. « Il se repose, dit-elle, et il a pris tous ses médicaments.

— Block ? » demande Jean-Baptiste.

Elle acquiesce. « Le docteur dit qu'il reviendra le voir demain, s'il le peut.

— Bien. Merci, Jeanne. Je te suis reconnaissant.

— Et votre médicament est sur le chambranle, dit-elle. Là.

— Ton médicament ? demande Lecœur.

— Le docteur Guillotin semble penser que je pourrais avoir besoin d'une aide pour le sommeil.

— Ah, le sommeil ! s'écrie Lecœur. Oui, Morphée ne s'est pas montré très amical avec moi ces derniers temps. La nuit, je suis agité comme un lièvre.

— Alors tu devrais prendre la moitié de ça, dit Jean-Baptiste, examinant le flacon brun épais avec son bouchon de liège, sans étiquette. Il doit y en avoir assez pour nous deux là-dedans. »

Il laisse Lecœur avec Jeanne et son grand-père, retourne rue de la Lingerie avec, dans la poche de son justaucorps, le flacon à moitié transvasé. Il devrait essayer de faire des comptes avant de se coucher, et demain, il doit retirer davantage d'argent chez l'orfèvre de la rue Saint-Honoré. Il y a des commerçants à payer, et les hommes, bien sûr, et il faudrait quelque chose de conséquent pour Lecœur, pour Jeanne et pour son grand-père, pour Armand et pour Lisa Saget. Il doit un mois de loyer à monsieur Monnard. Il n'aime pas être en retard sur ces choses et donner à monsieur Monnard une occasion de plus de le prendre en faute. Dans l'escalier menant à la salle à manger, il rencontre Marie qui descend un plateau d'assiettes. Les assiettes sont couvertes de petits os. Elle lui fait une grimace, petite, qui doit avoir un sens particulier au faubourg Saint-Antoine. Il demande, à voix basse, comment va Ziguette aujourd'hui.

« Oh pauvre Ziguie ! » dit Marie, dans une imitation tout à fait acceptable de la voix de madame Monnard. Puis elle le frôle en le dépassant, une épaule et une cuisse contre les siennes.

Il monte dans sa chambre, s'assied à la lumière de la chandelle, pose sur la table son flacon de médicament, replie son bras, le regarde. Combien de gouttes est-il censé prendre ? Guillotin l'a-t-il dit ? Il se souvient de son père sur la fin qui avait un tel médicament. Combien lui mettaient-ils dans la cuiller qu'ils lui glissaient dans la bouche ? Dix gouttes ? Vingt ? Il décide, simplement, qu'il en prendra *un peu*. Il ne va pas se tourmenter à compter, il en a assez de compter. Il va en prendre *un peu* et il verra comment cela se passe pour ensuite faire ses ajustements en fonction.

Il est tard, tard ou tôt. Jeanne, réveillée par quelque chose qu'elle a entendu dans son sommeil, quitte la chambre qu'elle partage avec son grand-père et baisse les yeux sur Jan Block, dont le visage est éclairé par le clair de lune qui se glisse à travers l'étroite fenêtre en ogive au bout du palier. Il lui faut quelques instants – elle était profondément endormie – pour se rendre compte que ses yeux sont ouverts. Elle lui sourit, puis elle s'agenouille à côté de lui pour qu'il puisse la voir mieux. Il lève une main vers elle, qu'elle attrape avant qu'elle ne retombe ; elle la tient un moment, puis la dépose sur sa poitrine qui halète légèrement. Lentement, il clôt les yeux, et il y a quelque chose de tellement résigné, de tellement définitif dans cette clôture qu'elle ne peut pas croire qu'il les rouvrira un jour. Son souffle reste suspendu un moment, un long moment, un moment qui pourrait peut-être s'étendre à l'éternité.

Puis, avec un petit spasme dans sa poitrine, un genre de hoquet, il reprend, un peu plus facilement.

Dans l'escalier, les marches craquent. Une tête apparaît, émergeant de l'obscurité de la cage d'escalier dans la lumière argentée du couloir. Une tête nue et chauve, les yeux scintillants.

« N'aie pas peur, fait la tête très doucement. Ce n'est que Lecœur.

— Il s'est réveillé, dit-elle, mais maintenant il dort.

— Tu es une bonne fille, dit Lecœur. Je crois que je rêvais de toi.

— Est-ce le matin ? demande-t-elle.

— Non, murmure-t-il incertain, je ne crois pas. »

7

Héloïse Godard, lectrice, femme à vendre, fille d'un tenancier d'auberge sur la route de Paris à Orléans, une jeune personne récemment entrée dans sa vingt-cinquième année, même si elle n'en a pas encore complètement fini avec sa longue entreprise de dégradation, se lève avec la cloche de six heures de Saint-Eustache, s'habille au toucher (des bas blancs jusqu'au ruban vert sur sa gorge), allume sa chandelle pour une brève inspection finale de sa personne, la souffle et descend l'escalier de bois dans le monde public de la rue du Jour.

Toujours ce petit choc d'être dehors à nouveau, ce petit durcissement de tout ce qui, quand elle était étendue seule dans son lit jusqu'au bout de la nuit, s'était adouci, ouvert... Elle ramène sa cape sur elle, relève la capuche, respire l'air froid.

Elle a rendez-vous avec Boubon, le fabricant de paniers dans son atelier de l'autre côté du marché. Boubon est veuf, et c'est un homme qui, comme Ysbeau, le libraire, et Thibault, le tailleur – comme elle –, ne colle pas très bien avec les voisins. Ce sera la huitième visite qu'elle lui rend. Ceux qu'elle voit – il n'y en a pas tant –, elle les voit régulièrement, à leur jour, à leur heure. Elle ne fait pas de commerce à la sauvette. Tous ces racontars sur le fait qu'elle irait avec le premier venu qui lui agiterait une pièce sous le nez, tout cela n'est que mensonge. Dans la plupart des cas, elle doit approcher les messieurs elle-même et même là, rien d'explicite n'est discuté. Elle a appris à être très professionnelle, sans jamais pour autant parler de l'objet. C'est, pense-t-elle, une bonne part de ce qu'ils aiment chez elle : sa volonté de ne jamais les confronter à ce qu'ils font, à ce pour quoi ils payent, à ce dont ils ont besoin. Et ce dont ils ont besoin n'est pas exactement ce avec quoi l'imagination vulgaire du quartier s'excite. Avec Boubon, par exemple : elle s'assiéra sur ses genoux, au milieu des faisceaux et des baguettes en osier. Il lui parlera du commerce, se plaindra de son mal au dos, aux jambes. Elle écoutera, tout attentive et douce, puis elle proposera un petit conseil, comme une épouse, un petit encouragement, comme une épouse. Plus tard, il observera le haut de ses bas et fera courir son doigt rude et calleux sur le revers de laine du vêtement tandis qu'elle lui demandera encore la différence entre un trusquin et un équarrissoir et en quoi un trusquin se distingue d'un escœur et d'une planette. Rien de tout cela n'est particulièrement désagréable. C'est tout à fait supportable, habituellement supportable. Puis, quand elle aura rabaissé sa robe, ses jupons, sa chemise et les aura remis en ordre avec des petites tapes, ils boiront le café préparé sur le foyer de l'atelier et elle prendra l'argent laissé pour elle dans un bout de papier dans la niche à côté de la porte (elle n'est pas une de ces dévergondées du

Palais-Royal qui ne disent ni ne font rien si on ne leur donne pas l'argent d'abord), et elle partira, rapidement et calmement, tous deux soulagés d'en avoir fini pour une semaine.

Mais avant Boubon, il faut qu'elle mange. On ne peut pas traverser le marché le matin sans s'arrêter pour prendre un petit déjeuner. L'air même – l'air malgré tout – y oblige. Elle s'arrête donc à l'étal de madame Forges (cette madame Forges qui se teint les cheveux de la couleur d'un torchon de boucher), achète un petit pain tout chaud et picore la croûte en s'en allant. À cette heure du matin, on la remarque à peine, on l'insulte rarement. Même Crapo l'ivrogne, qui, les yeux humides, mange un oignon sur une marche, ne fait rien de plus que de lever les yeux sur elle timidement. Pour s'épargner quelques minutes de marche, elle coupe par une des cabanes à poissons et voit le vieux prêtre avec ses lunettes bleues marchander avec une petite vendeuse le prix d'une tête de morue. La mère de la petite aurait peut-être donné la tête pour rien à un pauvre prêtre, sa grand-mère, certainement, mais les temps changent. On n'a plus besoin d'être impressionné par les prêtres. Le Ciel et l'Enfer, les anges et les démons, il y a beaucoup de gens prêts à se moquer de telles choses maintenant. Et pas seulement les savants au Café de Foy ou au Procope. Beaucoup de gens ordinaires en disent autant. Des gens comme la petite vendeuse de poissons peut-être. Des gens comme elle-même.

Elle suit le prêtre qui sort de la baraque, le perd dans la première foule de la journée, se fraie un chemin jusqu'à la rue de la Fromagerie, traverse la limite sud du marché et arrive au coin de la rue aux Fers.

Par-dessus les murs du cimetière – comme tous les jours, tous les jours et toutes les nuits –, se balancent les panaches de fumée des feux. Mais ce matin, il y a autre chose à voir, quelque chose de nouveau. Des lettres noires sur le mur du cimetière. Grandes, irrégulières, des lettres impossibles à ignorer, qui s'étendent depuis le portail du cimetière presque jusqu'à la rue de la Lingerie : « GROS ROI REINE CATIN PRENEZ GARDE ! BÊCHE CREUSE UN TROU ASSEZ GRAND POUR ENTERRER TOUT VERSAILLES ! »

Au milieu de la rue, une demi-douzaine d'hommes et de femmes regardent, débattent, essaient de s'accorder sur ce qui est écrit là. Ils trouvent « roi » et « reine », « catin » et « Versailles ». Le reste est moins sûr. Elle pourrait le leur dire, bien sûr, mais ils ne voudraient pas l'entendre d'elle, d'une femme, de *cette* femme.

Ils partent (toujours en discutant) et elle est sur le point de partir elle-même (elle ne voudrait pas que Boubon s'inquiète ; Boubon sera déjà bien assez inquiet comme cela) quand elle voit, en quittant la rue de la Lingerie, le jeune ingénieur, celui qui, dans le brouillard, s'était présenté sous le nom qui est à présent déroulé sur le mur. Celui qui avait touché son visage. Il la voit puis, une seconde plus tard, il voit les lettres noires, lit, se raidit visiblement et, son visage rougissant, fait quelques pas vers elle et lui dit : « Je ne sais rien de tout cela. »

Elle hoche la tête, puis rompt un morceau de pain et le lui tend. Il le prend, le lui arrache presque des mains, le fourre vite dans une des poches de sa redingote et se dépêche de s'éloigner.

8

Quand il tient Armand seul à seul, tous les deux face à face, exactement dans une des entrées en arcade de l'ossuaire sud, un toit d'ossements au-dessus de leurs têtes, l'organiste écarte ses doigts pour montrer qu'ils sont sans la moindre tache.

« Fleur ou Renard, dit-il, Cyrano tout au plus. Excès de zèle. Je leur parlerai. Mais je crois que tu devrais être flatté.

— *Flatté* ?

— Tu as dû leur faire une très forte impression. Je peux t'assurer qu'ils n'ont jamais écrit un mot sur moi et je les connais depuis l'hôpital.

— Eux aussi ont été abandonnés ?

— Ils l'ont été et le restent.

— Je ne savais pas.

— Non. Tu préfères juste les détester. Ressentir du mépris pour eux.

— Mais je travaille ici ! Ils ne peuvent pas comprendre cela ?

— Qui ferait le lien ? Je suppose que tu n'as mentionné ton nom de guerre à personne ?

— Non. Bien sûr. Non.

— Non ?

— Non !

— Alors ?

— Je ne veux pas... Je ne fais pas... » L'ingénieur bredouille, puis détourne les yeux et regarde autour de lui, comme si, entre les dalles commémoratives, dans cette flagornerie faite pierre, il pouvait découvrir exactement ce qu'il ne veut pas, ou ne fait pas. Il aurait évidemment dû prendre plus de ce sirop de Guillotin. Une nuit de plus à ne pas dormir l'a rendu idiot, ses pensées séparées les unes des autres par des pans de désert mental. La raison, la cohérence, tout cela semble d'un coup des atouts limités qui pourraient subitement, ce matin, cette nuit, la semaine prochaine, lui manquer. Et puis, cette rencontre bizarre, saisissante, avec l'Autrichienne ! L'attendait-elle ? L'attendait-elle là pour lui donner un morceau de pain ? Pourquoi a-t-il fallu qu'elle fasse cela ?

« Ta méthode, dit Armand, qui parlait peut-être déjà depuis un moment, c'est de ne jamais tirer de conclusion. C'est pitoyable, mais fréquent.

— Quoi ?

— Tu vois comment sont les choses. Tu as lu, tu as réfléchi, et pourtant tu refuses de tirer les conclusions évidentes.

— Et quelles sont-elles ?

— Elles sont celles que les hommes de moindres capacités ont parfaitement comprises. Des gens comme Fleur, Renard et Cyrano.

— Alors mon problème, c'est peut-être que je connais le nom de mes parents.

— La seule chose qui t'ait blessé, c'est que l'inscription sur le mur pourrait porter ombrage à ce que tu es *professionnellement*. Tu ne t'intéresses qu'à toi-même. Tu crois être un homme de pensée élevée, de sentiment libéral, mais ton seul véritable idéal, c'est ton ambition.

— Tu as abandonné la tienne ? L'orgue de Saint-Eustache ?

— Je sais voir au-delà de mes ambitions. Je ne leur suis pas soumis. Voilà la différence. »

Avec mauvaise humeur, ils se tournent le dos. Jean-Baptiste, les bras croisés fermement contre sa poitrine, regarde au-delà des pierres noircies de l'arcade en direction de Lecœur qui traverse l'herbe pour les rejoindre. Une démarche agitée, le pas raide, le corps penché en avant, le visage dans l'ombre de son chapeau...

« Une mutinerie, dit-il, en bondissant à travers l'arche, sans s'encombrer d'amabilité. Les hommes se sont mutinés ! » Il les regarde, semble immensément satisfait en voyant leurs visages stupéfaits, puis il ajoute : « Il n'est peut-être pas exact de dire qu'ils se sont mutinés, pas encore. Mais ils sont malheureux. Extrêmement malheureux. Ils ne veulent pas travailler.

— Et pour quelle raison ?

— Ils veulent des pipes.

— Des pipes ?

— Des pipes à tabac. Ils ne travailleront pas sans. Ils se sont convaincus que le tabac est un remède contre l'infection.

— L'infection de quoi ?

— Des fosses, bien sûr.

— Ils ont envie de fumer ?

— Ils y tiennent. Tous. Et tu n'as pas besoin de te tracasser pour rechercher l'origine d'une idée pareille. Ils se réveillent un matin et ils l'ont dans la tête. Ces notions sont peut-être même endogènes. »

Armand glousse. « Cela fera plus de bien que de mal. C'est une exigence qui peut être satisfaite pour pas cher. Et ils auront une bonne opinion de vous après ça. Ils seront réconfortés. »

Tandis qu'ils parlent, tous les trois sont sortis de l'ossuaire. Les mineurs sont regroupés devant le grand feu. Ils regardent.

« Il y a un magasin rue aux Ours, continue Armand, en face du bureau des diligences. Plusieurs centaines de pipes en réserve. Assez de tabac pour fournir la marine. Je le recommande.

— Alors, dit Jean-Baptiste, tu pourrais peut-être aller chercher le nécessaire ?

— Dois-je ouvrir un compte ? demande Armand, retournant sans effort à son rôle, tel Scaramouche, Arlequin ou Puck. Une préférence pour le tarif ? Paiement mensuel ?

— Et si monsieur Saint-Méard n'a pas d'objections, dit rapidement Lecœur, je l'accompagnerai. » Armand s'incline en guise d'invitation. Lecœur répond en s'inclinant à son tour.

« Comment va le malade ce matin ? s'enquiert Jean-Baptiste.

— Block ? Ah, un ange envoyé du ciel veille sur lui, dit Lecœur.

— Il est mort ? demande Jean-Baptiste, toujours obsédé par les hommes et la brutalité de leur pensée.

— Je veux dire Jeanne, dit Lecœur. Elle veille sur lui. Nous ne devrions pas nous inquiéter pour Block. Block nous enterrera tous. »

D'après les cloches de Saint-Eustache et les aiguilles infatigables de la montre de Jean-Baptiste, presque deux heures ont passé quand Armand et Lecœur reviennent au cimetière. Il s'est déjà maudit d'avoir été assez fou pour accepter qu'ils partent ensemble, même s'il ne sait pas vraiment s'il aurait pu les arrêter, s'il en avait eu l'autorité, le droit, la force de caractère nécessaire.

Qu'ils soient saouls tous les deux est évident à plusieurs coudées de distance, mais ils semblent capables de marcher sans tituber et le paquet dans les bras de Lecœur laisse entendre qu'ils n'ont pas oublié le but originel de leur course.

« Tu as vu le mur ? siffle Lecœur, sa bouche ballottant si près de la joue de l'ingénieur que c'en est presque un baiser. Saint-Méard dit qu'il le connaît. Ce Bêche. Apparemment un homme dont tu ne suspecterais jamais le radicalisme. Sans prétention quand tu le rencontres, et pourtant en dessous, en dessous, froid comme la glace. Il tue sans sourciller. Saint-Méard l'appelle le vengeur du peuple. N'y a-t-il pas là un genre de beauté en soi ?

— C'est ça, les pipes ? demande Jean-Baptiste.

— J'ai acheté toutes les pipes du magasin. Tout nettoyé. On en a un peu en plus. Tu en veux peut-être une pour toi ? Tu veux que je t'en choisisse une ? » Il rit, commence à fouiller dans le paquet et il a l'air heureux, tout simplement heureux, pour la première fois depuis des jours.

Quand enfin les hommes sont rassemblés et qu'ils retournent à la fosse, il n'y en a pas un qui n'ait une pipe en terre entre les dents. Cela ne semble pas entraver leur capacité à creuser, ramasser et empiler. Lecœur se tient dangereusement près du bord de la fosse. Il semble errer entre la veille et le sommeil. Les docteurs arrivent. Guillotin se plante à côté de Jean-Baptiste et, après avoir regardé le travail un moment, il dit : « Vous avez vu ce qui est écrit sur le mur ? »

Jean-Baptiste acquiesce.

« Il y a des forces au travail, commente Guillotin, que nos maîtres ignorent à leurs risques et périls. »

Jean-Baptiste tourne son regard vers lui, vers ces yeux bruns, doux, dans ce large visage rougeaud. Et si Guillotin était du parti de l'avenir ? S'il savait, à l'instar de Renard, Fleur, Cyrano et Armand, quelles conclusions tirer ? Ils se regardent dans les yeux un moment jusqu'à ce que le bruit d'une pelle frappant du bois et le fendant ne ramène l'attention des deux hommes dans la fosse.

L'ingénieur s'accroupit. « Un cercueil ? » demande-t-il. Le mineur regarde en l'air et, en guise de réponse, positive, retire sa pipe de sa bouche.

Ils le dégagent, le déposent dans la nacelle, le hissent, l'étendent sur le sol.

« J'imagine que nous devons l'ouvrir », dit Jean-Baptiste doucement, comme pour lui-même. Il regarde l'homme le plus proche de lui. Guido Brun, ou si ce n'est pas Brun, alors c'est celui qui ressemble à Brun. Quelque chose Agast. Englebert Agast ? L'homme glisse le tranchant de la pelle sous le couvercle, fait levier, de plus en plus fort jusqu'à ce que le bois, avec une petite détonation, cède, et que l'ensemble du cercueil, à l'instant même, se désintègre. À l'intérieur, il y a un squelette, les restes d'un homme, ses os reliés par endroits par des bouts de tendons tannés. Des mèches de grossiers cheveux noirs, comme de la mauvaise herbe, poussent d'un côté de son crâne. Plusieurs grosses dents marron sont visibles.

Lecœur, réveillé maintenant, très clair, se signe, comme le font plusieurs des hommes.

« Pour récupérer les os, dit le docteur Thouret, pour les séparer et les avoir comme vous le souhaitez, il vous faudra les faire bouillir.

— Faire bouillir le corps ? demande Jean-Baptiste.

— C'est une procédure parfaitement normale, affirme Guillotin d'un ton apaisant. Il n'y a là rien d'indécent. Vous devriez parler avec le sacristain. Ces messieurs ont leurs méthodes. »

Le cercueil qu'on remonte ensuite à la surface n'a à l'intérieur qu'une fine couche d'ossements, si bien que si on le soulevait et qu'on le secouait, il produirait des cliquetis comme un hochet. Le suivant, à part un peu de poussière, est vide.

« L'un d'eux au moins s'est échappé, dit Guillotin en regardant le groupe autour de lui. Il y a de l'espoir pour nous tous. »

La remarque est probablement supposée alléger l'atmosphère, mais les hommes le regardent froidement, et seul Lecœur, avec un genre de courage des bonnes manières, réussit à lui sourire en retour.

Il en résulte un nouveau système, une nouvelle routine. Le bois des cercueils est brûlé dans le feu, où il provoque de brèves manifestations de flammes bizarrement colorées. Ceux des cadavres qui restent toujours obstinément attachés par des ligaments et des tendons, sont laissés à l'intérieur de l'ossuaire où, dès le milieu de l'après-midi, Manetti, avec l'assistance d'un mineur, les ramasse sur une charrette à bras et les transporte plus loin, là où il a installé un récipient à bouillir, un tub en cuivre, utilisé pendant des siècles pour achever ce que la terre des Innocents avait commencé avant de connaître une longue retraite dans un coin du cimetière, d'où on l'a aujourd'hui arraché.

Chez les hommes dans la fosse et les hommes en haut chargés de la tâche d'ouvrir les cercueils, la tension est d'abord palpable, tous s'attendant apparemment à quelque horreur, quelque chose qu'on dévoilerait brutalement et qui pourrait, depuis le cercueil, les *regarder*. En même temps que la bouteille d'eau-de-vie, on fait circuler le pot à tabac. C'est, fort heureusement, suffisant pour les maintenir au travail. Et, à la fin du jour, tandis qu'on remonte le dernier cercueil à la lumière des torches, tout cela semble bizarrement supportable, comme si le travail, quelles que soient ses particularités, n'était, en fin de compte, que du travail. Une chose à laquelle on s'astreint pour une récompense probable. Une chose qu'on a faite parce que l'activité humaine doit être harnachée à un objectif, si on ne veut pas la laisser se nourrir seulement d'elle-même.

Il soupe avec les Monnard. Il ne peut pas les éviter pour toujours. Il est assis avec eux – avec madame et monsieur – à mâcher leurs bouchées de viande et de haricots rouges. Le petit feu est plus vif que d'habitude : Jean-Baptiste a arrangé une livraison tirée des abondantes réserves de bois du cimetière. Les flammes ondulent sur le flanc poli du piano. On ne commente pas l'absence de Ziguette, bien que sa mère jette un œil de temps en temps à la chaise inoccupée, son couvert mis, mais qui reste inutilisé sur la table.

Après une conversation intermittente, où ils ont épuisé le temps qu'il fait, les mérites de la viande, la hausse du prix des haricots, chacun est retourné à ses pensées intérieures et à sa mastication obstinée, quand madame Monnard, en s'éclaircissant la gorge, demande : « Est-ce vrai, Monsieur, ce que Marie nous a dit à propos de cette chose scandaleuse écrite sur le mur du cimetière ?

— Marie, Madame ? Je ne savais pas qu'elle savait lire.

— Elle ne pourrait pas lire son nom, Monsieur, dit monsieur Monnard, mais elle a des oreilles. Elle peut entendre mieux qu'une chouette. »

Instantanément – spontanément et parfaitement – une image de Marie avec les oreilles broussailleuses et perchée sur une branche au clair de lune pénètre l'imagination de l'ingénieur.

« On le lui a dit, Monsieur, explique madame. Elle l'a su.

— Il n'y a pas que cela, poursuit monsieur Monnard. J'ai vu monsieur Gobel à la boutique cet après-midi, qui m'a dit avoir vu quelque chose d'un caractère tout à fait similaire sur un mur en face de la Bourse.

— Il pourrait y en avoir des centaines, dit madame. Est-il possible qu'il y en ait des centaines ?

— L'autre, demande Jean-Baptiste, la fourchette suspendue, celle de la Bourse, elle utilise le même nom ?

— Bêche, confirme monsieur Monnard, plantant sa fourchette comme un poignard dans un dernier morceau de bœuf de son assiette, et toutes sortes de menaces au roi et à ses ministres. Ma femme en a été très affectée, Monsieur.

— J'ai peur, dit madame, qui, en effet, a subitement l'air très affectée, que nous ne soyons assassinés dans notre lit. Qu'on nous tranche la gorge.

— Je suis sûr que c'est une blague, dit Jean-Baptiste. Rien de plus que... une espèce de jeu.

— Un *jeu* ? Vous pouvez toujours le dire, Monsieur. Oui, vous souhaitez me réconforter. Vous êtes un jeune homme très attentionné. Mais je vais sûrement rêver cette nuit de ce Bêche, s'introduisant ici en grimpant à la fenêtre de la chambre. Viendrez-vous, Monsieur, si nous vous appelons ? Avez-vous une épée, Monsieur ?

— Je n'en ai pas, Madame.

— Je pensais que vous aviez une épée.

— Je suis un ingénieur, Madame. Je n'ai qu'une règle en cuivre.

— J'oserai avancer que cela pourrait servir, s'entête madame. Si c'est une grande. »

Marie entre pour enlever les assiettes. Toute conversation s'arrête. Elle ramasse les assiettes, les empile. Elle a des mains rouges et fortes, comme un homme, comme un ouvrier. Tous ces poils noirs qu'elle a ! Cette moustache féminine lisse, qui n'est certainement pas un défaut. À Jean-Baptiste, il semble qu'elle possède une vigueur à laquelle personne dans cette pièce ne peut se mesurer, comme si ses racines s'enfonçaient dans un sol plus riche, plus noir, qu'eux ne pourront jamais atteindre.

Quand elle part, en refermant la porte d'un mouvement traînant du pied, monsieur et madame échangent des regards, puis tournent les yeux vers leur locataire comme s'ils exigeaient maintenant de lui une explication – une explication pour toutes les choses malsaines, gênantes survenues depuis qu'il est arrivé rue de la Lingerie.

« Je souhaiterais vous demander, commence Jean-Baptiste, ou plutôt m'enquérir, de l'état de santé de votre fille, Madame.

— Ziguie ? Oh, comme il est éprouvant d'avoir des enfants, Monsieur ! Elle semble s'être complètement décomposée. Vous devriez passer la voir, Monsieur. Mon mari et moi-même ne savons plus à quel saint nous vouer. Depuis – excusez-nous, je vous prie –, mais depuis que votre travail a commencé, on ne peut la consoler. C'est comme si elle sentait les pelles creuser sa propre peau.

— J'en suis navré, dit Jean-Baptiste. Sincèrement. Mais ce travail ne peut pas être évité. J'essaie, Madame... *nous* essayons de faire pour le mieux, de faire... »

Le feu craque ; une étincelle vole. Jean-Baptiste se lève vivement pour l'éteindre de la pointe de sa botte.

« Le bois est vert », ronchonne monsieur Monnard, et il jette un regard noir en direction du feu, comme si ce bois vert était le cœur vert de tout ce qui le contrariait.

***

À l'étage, protégeant sa chandelle de la dizaine de courants d'air qui habitent les hauteurs de la maison comme autant de ruisseaux secrets, invisibles, l'ingénieur s'arrête devant la chambre de Ziguette et regarde par terre le rai de lumière au bas de sa porte. Il est tard, mais il est curieux de la voir, cette fille en décomposition. Et il aimerait, s'il y arrive, pouvoir la rassurer. En tant qu'invité, un genre d'invité dans cet endroit, il lui revient sûrement de lui offrir sa compassion et, alors qu'il est sur le point de tapoter à la porte, celle-ci s'ouvre et Marie se trouve devant lui, le début d'un sourire aux lèvres. Pendant quelques secondes, ils restent là, manifestement à se considérer mutuellement ; puis elle s'écarte pour le laisser entrer.

Deux chandelles (en plus de la sienne) éclairent la chambre : l'une sur la coiffeuse, l'autre sur un petit support en porcelaine peinte sur une commode à côté du lit. La chambre est spacieuse, au moins trois fois la taille de la sienne, avec une grande fenêtre aux volets clos donnant sur une rue calme. Remise bien en ordre, ce pourrait être une chambre agréable, la plus jolie de la maison peut-être, mais rien ici n'est en ordre. L'endroit semble avoir subi une tempête domestique, qui aurait emporté chaque robe et chaque jupon, chaque blouse de lin, chaque tablier brodé, chaque corset, chaque coiffe, chaque chapeau de paille, chaque jabot, bas et fanfreluches, tout ce qu'un amour paternel de coutelier peut accorder à une fille unique, emporté tout cela dans les airs, puis, cessant soudainement, aurait tout laissé retomber en pluie dans le désordre. Au centre de ce bazar, et qu'il recouvre en partie, il y a Ziguette elle-même, son corps grossièrement sculpté par une chemise de lin, son visage rougissant d'une chaleur dont la source est certainement à l'intérieur d'elle-même (la chambre n'a qu'une modeste cheminée). Elle regarde l'ingénieur au-dessus d'elle, fixement, avec ses yeux gonflés, ses cheveux – ni attachés, ni couverts, ni peignés – répandus sur le traversin dans un inextricable enchevêtrement blond. Sa bouche a l'air d'avoir reçu un coup, et, dans la blanche étendue de son cou, il peut clairement voir la pulsation du sang dans ses veines.

« Il n'est pas trop tard, j'espère, pour faire une visite ? »

Elle ne lui répond pas. Du regard, il cherche partout Marie, qui se tient directement derrière lui, les mains serrées devant les jambes, son expression désormais parfaitement neutre.

« Votre mère, dit-il, en se tournant de nouveau vers Ziguette, a pensé que vous n'y verriez pas d'objection. Je viens juste de prendre le souper avec elle. Avec votre père aussi, bien sûr. » Il fait un geste vers le bas et l'extérieur en direction de la salle à manger. « Je suis désolé de vous voir si mal. Désolé si, d'une façon ou d'une autre, tout à fait involontairement... »

Elle a un geste frénétique. Marie extrait un grand pot de dessous le lit. Ziguette a un haut-le-cœur. Elle ne rend pas grand-chose – on peut supposer que son ventre est presque vide –, mais le bruit, amplifié par le pot, est impressionnant. Marie tient la tête de la jeune fille, des doigts rouges noyés dans une chevelure jaune, qui la tirent par saccades.

L'ingénieur sort sur le palier, referme délicatement derrière lui et traverse rapidement le couloir jusqu'à sa chambre. Il s'assied à une extrémité du lit, en cherchant à entendre davantage de bruit venant de la chambre de la malade, et perçoit quelques échos atténués ; puis la maison est calme, dépourvue, pour un moment, même de ses habituels craquements et crissements.

Allumer le feu ? Pour quoi faire ?

Il tire le banian sur ses genoux comme une couverture, considère le flacon de son remède posé sur la couverture du deuxième volume de l'*Histoire naturelle* de Buffon, se demande s'il devrait en proposer à Ziguette, une généreuse cuiller brune, puis subitement il se lève, va à son manteau, la redingote qu'il portait ce matin, fouille dans une poche, fouille dans l'autre poche et en extrait le morceau de pain qu'Héloïse lui a donné devant le mur du cimetière. Il est desséché, il a presque la consistance d'un biscuit, mais Jean-Baptiste mord dedans, prudemment, le laisse ramollir sous sa langue ; il sourit en se rappelant le geste qu'elle a eu, si gracieux, si spontané et si simple, quand il entend de l'extérieur, d'en dessous, depuis – sans aucun doute – le cimetière, un sensationnel rire de femme. Il défait le crochet de sa fenêtre, l'ouvre d'un coup sec, et jette sa tête au-dehors. Il n'y a rien à voir, rien d'évident. Peut-être le feu près de la haute-croix brûle-t-il plus intensément qu'il le devrait à cette heure, mais sinon... Il se penche davantage, presque jusqu'à la taille, aiguise son regard. À travers la lumière rouge du feu, les ombres voltigent. Puis cela recommence, ce rire sauvage qui s'élève au-dessus des murs, qui résonne aussi clairement qu'une clochette de camelot dans le silence froid et puant de la nuit.

9

Sept heures du matin. Le givre sur les tuiles de l'ossuaire, un soleil blanc s'est glissé entre deux maisons de la rue Saint-Denis. « J'ai entendu des femmes, dit-il à Lecœur. En tout cas, j'en ai entendu une.

— Mmm, fait Lecœur qui porte son lourd gilet tricoté. Oui, nous ne devons pas oublier que notre maître a une vue dégagée sur nous et qu'il peut nous espionner à loisir.

— Je n'espionnais pas, se récrie Jean-Baptiste. Je n'ai pas pour habitude d'espionner.

— Non ? Comment préférerais-tu que nous appelions cela, quand tu te penches sur nous depuis ton nid d'aigle ?

— Ce que je préférerais, c'est ne pas te trouver saoul dès le matin.

— Saoul ? Oh bien. Oui. Maintenant tu choisis de me diffamer. Et si... et si je l'étais, comme tu dis ? N'aurais-je pas des raisons ? Tu t'en vas d'ici chaque nuit tandis que moi je dois rester entouré de fosses et d'ossements. C'est intolérable !

— Tu étais mieux à Valenciennes ?

— J'ai brûlé mes vaisseaux là-bas, Monsieur. Et tout cela pour ton seul bénéfice. Pour que tu puisses aller nourrir les cygnes de Versailles et tenir compagnie à Leurs Altesses.

— Je ne nourris pas les cygnes ! Pas plus que je ne vais à Versailles. Je vais dans cette maison, là. Là et pas plus loin. Je tiens compagnie à des gens dont je ne peux rien tirer. »

Leurs voix se sont élevées à un point très proche de crier. Tous deux ont confusément conscience qu'on les regarde et qu'on les écoute.

« Mais je suis désolé, dit Jean-Baptiste, alarmé de se retrouver soudain au bord des larmes comme un enfant. Désolé que tu trouves cela... intolérable. Tu as toujours été libre d'aller et de venir. Tu sais qu'il y a des clés dans la maison du sacristain, pour toutes les portes. Si tu en as envie, tu peux sortir ce matin. Te promener dans la ville. Je me débrouillerai bien assez. Et... tu devrais venir souper à la maison. J'avais l'intention de t'inviter auparavant. Je suis certain que mon propriétaire sera heureux de faire ta connaissance. Tu peux venir ce soir si tu le souhaites.

— Ce soir ? » Lecœur fait un pas en avant, marmonnant quelque chose à propos de pardon, du baume apaisant de l'amitié. Il tente d'attirer Jean-Baptiste pour l'embrasser, mais Jean-Baptiste, qui n'a aucune envie de se retrouver dans les bras de Lecœur, recule et pendant quelques instants, avec l'un qui avance et l'autre que cherche à l'éviter, on a l'impression qu'ils dansent.

« Tu ne m'as toujours rien dit des femmes, reprend Jean-Baptiste, les amenant tous les deux à s'arrêter au bord de la seconde fosse.

— Les femmes ? Une demi-douzaine des plus endurcies des grues du coin. Elles ont escaladé le mur avec une échelle. Nos hommes ont trouvé le moyen de les faire descendre. Je ne suis pas intervenu. Le résultat, c'est que tu trouveras leur moral plus élevé ce matin. Les cimetières, bien sûr, étaient autrefois réputés pour ce genre de femmes.

— Tu les as vues ?

— Leurs silhouettes. À distance.

— Et aucune... aucune n'avait quoi que ce soit de remarquable ?

— Je dirais qu'elles étaient toutes du même type : assidu, éternel.

— Jeanne les a vues ?

— Nous les avons vues ensemble. Le spectacle a semblé beaucoup l'animer.

— Elle les connaissait peut-être ?

— De réputation, tu veux dire ?

— Oui.

— Je n'en ai aucune idée.

— Cela ne peut pas se reproduire toutes les nuits, dit Jean-Baptiste. Il faut une sorte de... réglementation. Elles devraient pouvoir venir une nuit donnée. Le samedi, par exemple. Nous les ferions entrer par la porte. Elles n'auraient pas besoin d'échelles.

— Mais comment allons-nous leur communiquer nos arrangements ? Avec le crieur public ?

— Monsieur Saint-Méard. Il en connaîtra bien au moins une. Une suffira.

— C'est un rôle nouveau pour nous, dit Lecœur.

— Un rôle ?

— Il y a un nom pour cela, n'est-ce pas ? Pour ceux qui organisent ce genre de choses ? »

Une poignée de main rapide et ils se séparent – Lecœur en direction des latrines, Jean-Baptiste vers la maison du sacristain où Jeanne, Lisa Saget et la petite Nathalie sont occupées à leurs affaires à la table de la cuisine. Elles auront vu, par la fenêtre, sa rencontre étrange avec Lecœur, mais elles ne disent rien. Il a hâte d'interroger Jeanne au sujet des femmes, les grues, leur taille, leurs cheveux, même s'il a déjà éprouvé dans son imagination la vision d'Héloïse grimpant à une échelle installée contre le mur du cimetière, et l'a écartée comme aussi peu probable que si elle avait ouvert sa cape et s'était envolée par-dessus le mur.

Auprès du foyer de la cuisine, il y a maintenant deux chaises. Celle du sacristain reste inoccupée ; sur l'autre, il y a Jan Block, ses épaules voûtées sous une couverture, son regard creux et éteint, et pourtant, c'est clairement un homme au début de sa convalescence. Jean-Baptiste le félicite. Block hoche la tête, regarde en direction de Jeanne, puis se replonge dans le mouvement du feu.

« Bien, dit l'ingénieur, en se parlant à lui-même, ou au vide, ou à quiconque daignerait écouter. Alors maintenant, nous continuons. »

Ce soir – bien que dans son cœur ce soit la dernière chose qu'il souhaite –, Jean-Baptiste retourne rue de la Lingerie avec Lecœur et le présente aux Monnard. Un couvert est ajouté à la table. Lecœur s'assied en face de madame. Jean-Baptiste lui a recommandé, sur le chemin, de ne pas parler du travail au cimetière, lui indiquant que les Monnard étaient des gens particulièrement sensibles aux changements, aux émotions. Lecœur a promis qu'il n'en ferait rien, et il reste fidèle à sa parole, bien qu'il parle de tout le reste, en continu, sans s'arrêter, comme si les mots s'étaient accumulés en lui depuis des semaines et n'avaient eu besoin que d'un environnement raffiné, la présence d'un piano, pour commencer à s'échapper de sa gorge.

Monsieur Monnard, quoi qu'il en soit, semble s'intéresser sincèrement aux mines de Valenciennes, à la technique utilisée pour les pompes et à l'équipement, tandis que madame semble touchée par la description de Lecœur du décès de sa mère, morte d'hydropisie il y a quelques années et soignée jusqu'à son dernier souffle par Lecœur et sa sœur Violette.

« Alors, monsieur Baratte et vous, vous comprenez à la perfection, dit madame. Car monsieur Baratte a eu la malchance de perdre son père à un âge où il pouvait espérer l'avoir encore. Et qui peut dire quelle perte est la plus grande, celle d'un père ou d'une mère ? Et vous êtes deux jeunes gens très sensibles, n'est-ce pas ?

— Je crois que nous le sommes, Madame, approuve Lecœur. Notre amitié s'appuie sur les piliers jumeaux de la sensibilité et de la philosophie. Chacun connaît les pensées de l'autre, Madame.

— Je dirais que je le suis aussi avec ma fille, Monsieur. Tout comme vous l'exprimez.

— Vous avez une *fille*, Madame ? Je croyais que c'était *vous*, la fille de la maison. » Il fait une petite fioriture avec la main. Le double revers de la manche de son justaucorps vient frapper légèrement le rebord de son verre. On appelle Marie. Elle s'agenouille, ramasse le verre brisé dans son tablier.

Après souper, les amis montent dans la chambre de Jean-Baptiste. Jean-Baptiste allume le feu. Il donne sa chaise à Lecœur et s'assied sur le lit. Il est content que Lecœur puisse voir la modestie de sa situation, que sa chambre, par sa taille et son ameublement, n'est pas dissemblable de celle dans laquelle lui-même dort dans la maison du sacristain. Il y fait allusion. L'allusion n'est pas relevée.

« Je ne suis pas venu les mains vides », dit Lecœur, fouillant dans sa chemise pour en tirer un paquet froissé. Il le pose sur la table entre eux, le lisse. Le paquet est tenu par un ruban rouge. Il le défait, jette la simple feuille de papier qui lui sert de couvercle. En dessous, il y a un genre d'image, un diagramme compliqué, dessiné dans une encre pâlie et très annoté. Il sourit en le voyant et le passe à Jean-Baptiste, qui le prend, le regarde et hoche la tête. « Valenciana, dit-il.

— Valenciana, en effet, confirme Lecœur.

— Nos vieux plans. Tu les as tous gardés.

— Tu imaginais que je les aurais mis au feu ? Maintenant nous sommes plus vieux, mieux au fait des desseins du monde, nous devrions les réviser. Les *distiller*.

— Tu crois ?

— Vois ! dit Lecœur, s'emparant de la règle de cuivre sur le bureau, pour la tenir horizontalement et l'élever au-dessus de sa tête à la manière d'un prêtre célébrant l'Eucharistie. Valenciana se relève de ses cendres ! »

Pendant une heure et demie – jusqu'à ce que la chandelle, presque entièrement consumée, menace de les laisser tous les deux dans le noir –, ils se passent des feuilles et des morceaux de papier, sur lesquels l'écriture elle-même, parfois celle de Jean-Baptiste, parfois celle de Lecœur, révèle l'excitation de ces soirées d'hiver à la mine, six ans auparavant. Il y a des titres tels que « De l'éducation des femmes », « Plans pour un système moderne d'égouts », « Sparte et Valenciana », « De la combustion », « L'épouse idéale », « Une étude sur la religion rationnelle », « Types de costumes pour les femmes », « La pureté des formes », « Un véhicule pour femmes », « Plans d'un pont ».

« Et regarde, dit Lecœur, nous avions même un petit papier sur le traitement des cadavres.

— Je l'avais oublié, dit Jean-Baptiste. J'avais oublié la plupart de tout cela.

— C'est exactement la raison pour laquelle je l'ai apporté, dit Lecœur. Les premières ambitions sont les meilleures. Nous sommes moins bons ensuite. Tu ne crois pas ?

— Ou nous changeons, tout simplement.

— Nous prenons de l'âge, tu veux dire ?

— Âgés. Changés.

— Mais ce soir, tout est comme autrefois. Un esprit qui parle à un esprit, un cœur qui parle à un cœur. La fontaine de jouvence dans nos poitrines... en ébullition ! Tu sais ce qui distingue un homme d'un autre ? Sa volonté de rester sans tache tandis que l'autre, par une sorte de paresse, laisserait sa bouche se remplir de terre. La souillure de la tombe. »

Jean-Baptiste indique la chandelle de la tête. « Je vais te raccompagner en bas, dit-il.

— Je pourrais aussi rester ici ? propose Lecœur.

— Je crois, dit Jean-Baptiste en se levant, que nous ne serions pas à notre aise. »

Ils se séparent à la porte d'entrée. Ils se serrent les deux mains. Lecœur, dans la rue, comme l'ombre de lui-même, un esprit qui se doit, à cause de l'heure, de retourner dans le Monde-d'en-bas, s'attarde et soupire, et finalement se détourne avec une répugnance qui fait peine à voir.

Jean-Baptiste ferme la porte, tire le verrou, puis reste un peu dans l'entrée, dans l'obscurité entre la porte d'entrée et la porte de la cuisine. Il a fait son devoir, n'est-ce pas ? Il a tendu sa main de camarade, a revisité un passé, un enthousiasme, qui semblaient encore plus reculés qu'il ne l'attendait. Que pourrait-on attendre de plus de lui ? Et pourtant, alors qu'il cherche son chemin dans le noir jusqu'au bas de l'escalier, ce qui est installé dans sa poitrine est, sans conteste, un sentiment de trahison. Il ne pousse pas plus loin. Il cède aux ténèbres autour de lui et monte prudemment.

À l'heure du déjeuner, le jour suivant, la deuxième fosse, vidée puis remplie, peut être rayée de la liste et, bien que ce ne soit pas chose facile d'évaluer le moral dans un endroit comme les Innocents, il semble en effet à Jean-Baptiste que les hommes ont retrouvé quelque chose, que la compagnie de ces femmes rieuses leur a transfusé une vigueur nouvelle. La troisième fosse est délimitée à l'ouest de la deuxième et à une heure de l'après-midi, dans la bruine persistante qui se transforme rapidement en une pluie persistante, les hommes (dont certains ont l'astuce de fumer leur pipe avec le foyer tourné vers le bas) fendent la terre et l'ouvrent.

Les docteurs sont de nouveau présents. Ils opposent à la pluie de gros parapluies. Ils sont très à l'aise, comme deux gentilshommes à la pêche au bord d'une mare qui espèrent sortir un brochet pour le dîner, bien que, à la vérité, il y ait eu peu dans le cimetière pour exciter leur intérêt professionnel. Ils ont ramassé quelques os, ils ont passé une heure par-ci par-là avec le sacristain et son récipient à bouillir, ils ont pris des croquis et des mesures des ossuaires et les ont inspectés avec soin, mais ils auraient pu en faire autant dans n'importe quel vieux cimetière – Saint-Séverin ou Saint-Gervais par exemple. Puis, peu après trois heures, on remonte deux cercueils qu'on dépose côte à côte dans l'herbe mouillée. À les regarder, rien d'évident ne les distingue des quarante autres qu'ils ont remontés depuis le déjeuner. Le bois peut-être est un peu moins pourri, mais on n'a vraiment pas de temps à perdre avec une inspection approfondie. Deux des mineurs attaquent le couvercle avec leur pelle. Presque tous les hommes sont devenus très compétents à cela : ouvrir les cercueils comme des huîtres, en faisant levier. Puis ils font un pas en arrière. L'un d'eux lâche sa pelle, qui tombe, sans bruit, sur le sol humide. Dans les cercueils, il y a des jeunes femmes. La peau, les cheveux, les lèvres, les ongles, *les cils*. Tout, même les linceuls de laine dans lesquels elles sont enveloppées, a l'air d'avoir seulement besoin d'être nettoyé, poli, recousu pour être restauré.

Pendant quelques secondes, personne ne bouge. La pluie tombe sur le visage des filles mortes. Puis les docteurs s'agenouillent et les abritent avec leurs parapluies, des pêcheurs subitement devenus des soupirants. Ils font les premiers examens. Thouret touche les cheveux couleur de paille de l'une ; Guillotin fait doucement bouger les lèvres de l'autre avec le bout d'une pointe en fer qu'il a avec lui, un genre de cure-dents en argent, peut-être. Ils se concertent. Guillotin ordonne qu'on ferme les cercueils et qu'on les emmène immédiatement à l'atelier.

« Une forme de momification, dit-il à Jean-Baptiste. Un remarquable exemple. Remarquable ! Comme deux fleurs séchées... »

On se sert du chariot à bras de Manetti. Les docteurs, marchant de chaque côté du chariot, escortent les cercueils dans leur trajet vers l'église et l'atelier. Tout travail a cessé. Les hommes bourrent leurs pipes. L'après-midi est figé et saturé par la pluie. À présent que la mort est apparue si semblable à la vie, ne devrait-il pas y avoir une cérémonie quelconque qui rende ce moment décent ? Ne pourrait-on pas appeler le père Chabot dans l'église pour qu'il dise une prière, verse de l'eau bénite ? Mais Chabot, même s'ils pouvaient le trouver, descendrait parmi eux comme saint Jean-Baptiste avec une furieuse rage de dents. Il serait tout à fait probable qu'il jette quelqu'un dans la fosse – le jeune ingénieur, par exemple.

Lecœur, la pluie tombant en gouttes du bord de son chapeau, regarde Jean-Baptiste. Jean-Baptiste acquiesce. Lecœur donne l'ordre de continuer, tout juste s'il ne l'aboie pas. Sans un murmure, les hommes obéissent.

Une fois la nuit tombée, Armand, Lecœur et Jean-Baptiste sont invités par Guillotin à voir les femmes conservées ou, plutôt, à voir l'une d'elles, puisque la seconde a déjà été étudiée par les docteurs et est, par conséquent, moins présentable. Lecœur tient une chandelle, le docteur Guillotin une lampe à huile de baleine qui ne fait pas de fumée. Le cercueil est sur la table à tréteaux dans l'atelier en toile. Ils retirent le couvercle et la contemplent.

« Je l'ai appelée Charlotte, dit Guillotin, comme une de mes nièces à Lyon, dont la vie, je crois, peut ressembler à ce qu'a été la sienne.

— Elle est jeune, dit Armand, sa voix, comme celle du docteur, presque réduite à un soupir.

— Jeune et vieille à la fois, ajoute le docteur. J'estime qu'elle est morte vers sa vingtième année et qu'elle a été portée en terre il y a environ cinquante ans. Notre bon sacristain affirme garder le souvenir d'avoir enterré deux jeunes femmes plus ou moins au moment où il a commencé à travailler ici. Deux beautés locales, non mariées. L'occasion, apparemment, de grandes lamentations populaires.

— Alors elles sont mortes vierges, dit Lecœur, avec une sorte de déférence dans la voix.

— Rares sont les beautés locales qui meurent vierges, déclare Armand.

— C'est peut-être vrai, dit le docteur. Je n'ai pas encore établi si Charlotte était *intacta*. En ce qui concerne l'autre, le docteur Thouret et moi-même croyons qu'il y a quelques signes qu'elle ait conçu.

— Il y avait un enfant en elle ? demande Jean-Baptiste.

— Je ne peux pas le dire avec certitude. Les organes internes ont pris la consistance de pâte à papier ou de papier mâché. Quoi qu'il en soit, il y avait certaines indications.

— Qu'allez-vous faire avec elle ? demande Armand. Votre Charlotte ? La découper comme l'autre ?

— Je pense, dit Guillotin que je devrais plutôt entreprendre de la conserver telle qu'elle est. Nous pourrions lui construire une vitrine de verre. La présenter à l'Académie.

— Et maintenant qu'elle est de nouveau au contact de l'air, demande Armand, elle se conservera ? »

Le docteur hausse les épaules, puis regarde derrière Jean-Baptiste et sourit. « Étais-tu curieuse de la voir, toi aussi ? » demande-t-il.

Les autres tournent les yeux. Jeanne est debout dans l'entrée de l'atelier. À l'exception du docteur Guillotin, les hommes ont l'air momentanément mal à l'aise, comme s'ils étaient surpris au milieu d'un grand mouvement d'enthousiasme mal à propos.

« Je me demandais si vous aviez besoin de quelque chose », dit-elle. Elle ne passe pas la porte, elle n'approche pas du cercueil. Après quelques instants, Guillotin et Lecœur remettent soigneusement le couvercle en place.

10

La nouvelle fosse n'offre plus d'autres beautés locales. À mesure qu'ils atteignent le fond (c'est la plus profonde pour le moment : soixante-cinq pieds à la dernière mesure au fil à plomb), les cercueils sont le plus souvent brisés, leurs occupants mêlés à leurs voisins, en pagaille. Toute la semaine, ils restent dessus jusqu'à huit ou neuf heures du soir, creusant, hissant et empilant à la lumière de grandes torches, des lampes et du feu. Puis, le samedi – la lueur sereine d'une planète brillante dans le rougeoiement déclinant du ciel à l'ouest –, ils en ont fini avec elle. Les hommes en bas regardent en l'air ; ceux d'en haut se penchent vers le bas. L'ingénieur donne l'ordre de suspendre le travail. Il demande à Lecœur de rassembler les hommes autour de la haute-croix, puis il monte l'escalier en colimaçon avec Lecœur et annonce sa décision que chaque fois qu'une fosse aura été vidée, chaque fois qu'ils en auront fini une, chaque homme recevra un bonus de trente sous. Il a fait son calcul la nuit précédente, déplaçant les chiffres d'une colonne soigneusement barrée à l'autre, jusqu'à ce qu'il trouve l'argent nécessaire.

« Autre chose, dit-il, adoptant pour ce registre particulier une voix qui contiendrait une complaisance paternelle et serait en même temps carrée et terre à terre. Demain, les portes du cimetière seront ouvertes et vous serez libres de sortir jusqu'au coucher du soleil, où les portes seront de nouveau fermées. Quant à cette nuit, il se peut que les portes se trouvent ouvertes pendant une heure au cas où certaines de nos amies aient envie de nous rendre visite. »

Lecœur applaudit. Il a peut-être dans l'idée que les hommes se joignent à lui pour montrer qu'ils apprécient, mais il n'y a rien d'autre qu'une sorte de discussion murmurée, de piétinement qui se transmet d'une botte à l'autre. L'ont-ils compris ? Jean-Baptiste regarde Lecœur, mais avant qu'il ait pu lui demander conseil, ou peut-être de tout répéter dans un ronronnement en flamand, Lisa Saget frappe sur sa casserole et les hommes défilent dans leurs tentes pour chercher leurs couteaux et leurs quarts.

« C'est très bien de les laisser sortir, dit Lecœur, dès qu'ils ont descendu les marches. Ils se sont sentis le cœur léger.

— Tu le crois ?

— Je l'ai vu clairement. »

Jean-Baptiste hoche la tête. Ce que *lui* a vu clairement, c'est lui-même, lundi matin, sans un seul mineur, ou avec une demi-douzaine, dépenaillés, encore ivres morts ou dépouillés de tout à l'exception de leur chemise. Ils sont peut-être aussi durs que des janissaires, ces hommes, mais ils ne feront pas le poids devant le baratin et les mains habiles des autochtones. Pourtant, s'il essaie de les confiner plus longtemps, il aura une révolte, et une à laquelle il ne pourra pas remédier avec des pipes en terre et du tabac. À Valenciennes – même s'il ne l'a pas vu lui-même – couraient des histoires d'hommes devenus fous furieux, qui avaient brisé les machines, mis le feu aux bâtiments de la compagnie, et même assiégé le quartier des directeurs jusqu'à ce que la milice arrive. La plupart étaient des gens du Nord, comme lui, longs à allumer, mais une fois qu'ils sont pris...

Une heure après que les hommes ont mangé, les femmes arrivent, d'abord prudentes, le visage des plus hardies jetant un œil alentour par le portail entrouvert depuis la rue aux Fers ; puis la porte s'ouvre d'un coup en grand et les voilà qui font leur entrée, criant, roucoulant, agitant les bras.

Lecœur, Armand, Jeanne, Lisa Saget et Jean-Baptiste les regardent depuis un fossé tracé par l'ombre de la nuit au pied du mur ouest de l'église. Il n'est pas facile de les compter. Selon Lecœur, elles sont douze. Armand dit qu'il en a raté une et donne le nom de certaines : Simone, Marie-Anne, et la maigrichonne, là-bas dans le fond, qu'on appelle la Pouce. La plus jeune a l'air guère plus âgée que Jeanne, tandis que la plus vieille – une énorme créature haute en couleur avec une voix d'adjudant-chef – a presque l'air d'une grand-mère et elle se déplace sur le sol rude avec un boitement sinistre, mais délibéré.

Les mineurs attendent comme l'équipage d'un navire enchanté. Les femmes se déversent sur eux, au milieu d'eux. Une fête commence à la lumière du feu. Les hommes se font passer les bouteilles, leurs quarts en fer remplis d'eau-de-vie. Les femmes boivent, deviennent, professionnellement, de plus en plus sauvages, choisissent leur partenaire, fixent elles-mêmes leur prix. Les premiers couples s'éloignent dans l'ombre, en se tenant le bras, comme des amoureux n'importe où. Ceux qui regardent depuis l'église, qui sont restés en silence ici (avec quelque chose des explorateurs observant des cérémonies primitives sur une plage sous la Croix du Sud), se retirent maintenant dans la maison du sacristain. Block et Manetti sont assis de chaque côté de la cheminée de la cuisine, le sacristain endormi, la tête contre le dossier de la chaise ; Jan Block, à moitié éveillé, tressaille un peu à l'arrivée des autres et rend à l'ingénieur son signe de tête par un mouvement de sa propre tête, plein d'une étrange déférence.

Ils s'asseyent à la table de la cuisine. Il y a de l'eau-de-vie ici aussi (« De l'eau-de-vie partout, pense Jean-Baptiste. Je devrais finir par convoyer les ossements à la Porte d'Enfer en les faisant flotter sur une vague d'eau-de-vie. »). Ils parlent, mais leur conversation est traversée par les acclamations et les rires des festivités au-dehors. Les pensées sont ailleurs. Un magnétisme charnel rôde aux alentours de la maison comme des volutes de brouillard bleu.

« Il nous faut de la musique », dit Lisa Saget et elle se met immédiatement à chanter d'une voix simple, mais agréable, légère, comme celle d'une petite fille, très différente de la voix avec laquelle elle parle. Armand se joint à elle. Lecœur bat la mesure avec enthousiasme et à contretemps sur le plateau de la table. Le sacristain se réveille et a l'air brièvement perdu dans sa propre maison. Jeanne le rassure, frictionne la peau foncée et ridée du dos de ses mains.

Armand attrape sa redingote. « Nous en aurons de la musique après tout, dit-il. Nous allons faire une descente dans la réserve de chandelle de Chabot. Vous deux (il montre Jean-Baptiste et Lecœur), vous activerez la soufflerie. Mesdames, vous vous assiérez élégamment et moi, le maître de musique, je jouerai pour votre plus grand plaisir. »

Tandis que Jean-Baptiste cherche quelque chose pour s'opposer à ce plan ridicule (« Entrer dans l'église ? Jouer de la musique ? »), les autres boutonnent déjà leurs manteaux. Ils le regardent : il est difficile de résister à de tels regards. Il hausse les épaules, se lève. S'il ne peut pas les arrêter, il peut au moins s'assurer que leur conduite ne débordera pas, bien que cette soudaine perspective – des débordements ! – réveille en lui une sorte de soif exaltée et il les suit à l'extérieur de la maison, assez volontairement, avec enthousiasme peut-être.

Ils passent par la porte du transept sud. Armand est devant, il tient haut sa lanterne qui projette une lumière duveteuse sur les murs saturés de distiques en latin, de dates, de bienfaisances, de blasons. Ils traînent les pieds les uns derrière les autres. Leurs souffles s'envolent au-dessus de leurs têtes. Les choses dans l'obscurité penchent dans leur direction quand elles apparaissent furtivement. Les ailes mouchetées d'or d'un archange ondulent à leur passage. Une Sainte Vierge, son visage jaune tout entier secrètement amusé, les racole depuis un pilier...

Dans une des chapelles, Armand vole des chandelles dans une boîte en fer et les fait circuler derrière lui. Ils se blottissent pour les allumer avec les flammes les uns des autres. À mesure que la lumière grandit, Jean-Baptiste voit, alignés à l'autre bout de la chapelle, une demi-douzaine de grands récipients, des bouteilles en verre épais et verdâtre, dans des paniers en osier fin, avec un liquide translucide à l'intérieur. Autour du goulot en verre, des étiquettes pendent à des bouts de fil de fer. Il se penche avec sa chandelle pour en lire une.

Éthanol.

Il se recule si rapidement que sa chandelle en est soufflée.

« C'est toi qui as mis cela ici ? siffle-t-il à Armand.

— Ça ? C'est arrivé la semaine dernière. C'est quelque chose pour tes amis les docteurs

— C'est de l'éthanol ! De l'alcool pur. Approche une flamme et toute l'église pourrait brûler.

— Du calme, dit Armand. Les bouchons sont bien enfoncés, tu vois ? Scellés avec de la cire. Il n'y a rien à craindre. Et qu'est-ce que cela ferait si toute l'église brûlait ? Cela ne nous épargnerait-il pas de grandes peines ? »

L'ingénieur les presse de sortir de la chapelle et n'est plus tranquille qu'une fois qu'ils ont franchi la nef et se sont rassemblés autour de l'orgue. Quatre des chandelles atterrissent dans les anneaux en cuivre, délicatement moulés en forme de guirlandes, qui sont disposés de chaque côté des claviers de l'instrument. Armand s'installe. Jean-Baptiste et Lecœur font le tour jusqu'au soufflet, une pièce de chêne d'une aune, priapique et grosse comme une rame.

« Je devrais me féliciter de cet exercice, soupire Lecœur, son souffle sortant de lui comme un gaz argenté. Cet endroit est froid comme la lune.

— Plus froid encore », dit Jean-Baptiste.

Les femmes s'asseyent coude à coude sur le banc le plus proche, tenant leurs chandelles devant elles comme des pénitents.

« Commencez ! » crie Armand.

Ils commencent. Baisser, lever. Baisser, lever. Baisser, lever. Dans ses profondeurs, à l'autre bout de ses boiseries, l'instrument commence à cliqueter et à souffler. Pour Jean-Baptiste, l'impression est celle de devoir faire monter toute cette machine dans les airs à la manivelle, de devoir littéralement la soulever. Ou encore, de ressusciter un Léviathan effondré, quelque chose comme l'éléphant dont le ministre disait qu'il faisait tellement peur aux chiens de Versailles. Puis, depuis les hauteurs de la chose, descend un long soupir, le dernier souffle du monde, et par-dessus, aussi délicat que des gouttes de pluie, la musique commence. *Voix céleste, voix humaine, trompette, cromorne, tierce* – les sons qui se construisent par couches, qui se brisent par vagues. Lecœur lui crie quelque chose. Jean-Baptiste lui répond par une grimace, mais il ne peut pas le comprendre, il ne peut pas entendre ses mots. Les notes basses font vibrer toute l'architecture de sa poitrine ; les notes aiguës font la même chose à son âme. Doux Jésus ! Ils pourraient aussi bien être à l'intérieur de l'instrument. Et ce soufflet ! Baisser, lever. Baisser, lever. La beauté, dirait-on, repose sur un travail dur à sa racine, et il commence à imaginer un appareil, une soufflerie mécanique, à vapeur, parfaitement faisable, et il le tient presque, tout le mécanisme agencé dans sa tête, chaque pièce huilée, quand la musique s'arrête net, au milieu d'une gamme.

Il laisse aller le soufflet et va voir devant l'orgue. Sur les bancs derrière Jeanne et Lisa Saget, baignées par la lumière fine de leurs chandelles, des silhouettes éparses et fantomatiques se sont assises, tandis que d'autres viennent prendre place derrière elles en silence.

Les mineurs et leurs putains. Les putains et leurs mineurs. Les hommes et les femmes sous le charme.

« Tu as enfin ton public », dit Jean-Baptiste. Armand les regarde dans le petit miroir qu'il a au-dessus de son pupitre. Il tourne une page de la partition, la lisse, ordonne à Jean-Baptiste de retourner à son poste.

Ça recommence : une ouverture tout aussi délicate que la dernière (pensée de couturières, vision de sources), puis, sans graduation, imprudemment énorme (pensée de diligences de la poste, de canonnades), puis... puis quelque chose comme une rixe, une émeute. L'ingénieur et Lecœur abandonnent leurs rames. Une voix – une qui avait déjà agressé Jean-Baptiste – surgit de l'obscurité directement au-dessus d'eux, et des projectiles, des petits livres noirs – des missels ? – volent et s'écrasent sur leurs têtes, frappant un mineur ici, une putain là, et même – tir stupéfiant ! –, baffant la joue échauffée de l'organiste lui-même.

Chez ceux qui se sont rassemblés sur les bancs, il y a un moment de pure panique ; puis les femmes, jeunes et vieilles, se rassemblent et contre-attaquent ; la basse continue du prêtre qui les maudit est contrée par un sifflement de sarcasmes, une raillerie, un mépris si bien alimentés par une indignation venue du fond des âges qu'on a du mal à croire que le prêtre ne va pas bientôt se mettre à chier ses entrailles. Si elles l'attrapent, si elles parviennent à le traîner au bas de son perchoir, la nuit finira dans un bain de sang. Avec un crime, peut-être.

Les bras écartés, Jean-Baptiste tente de mener les femmes vers l'extérieur, mais certaines restent fermes comme ces solides poteaux plantés de chaque côté des rues agitées pour protéger les piétons. C'est Jeanne qui sauve la peau du prêtre. Elle prend la main de la plus grosse des putains, leur générale, et la conduit doucement dehors. Les autres la suivent, leurs cris n'obtenant désormais plus de réponses, sinon leur propre écho. Le temps qu'elles se retrouvent dans l'air du cimetière, l'esprit est devenu une hilarité générale. Les femmes se pressent autour d'Armand, le câlinent jusqu'à ce que Lisa Saget les mette en garde dans des termes qu'elles comprennent toutes.

La fête reprend : les séductions, les bras qui se rejoignent, les couples qui s'arrangent. L'ingénieur regarde un moment, puis, tremblant d'une soudaine fatigue (et se demandant combien de chandelles ont été laissées à brûler dans l'église, quelle alarme il faudra faire retentir au milieu de la nuit), il échange de discrets signes de tête avec Lecœur, se détache lentement de la marge du groupe et va silencieusement vers la porte de la rue aux Fers. Il est seul – il croit qu'il est seul –, mais en atteignant la porte, il voit que Jeanne marche avec lui. Ils s'arrêtent. Il prononce son nom. Elle sourit. Son cœur fond.

« Ils ne vont pas te faire peur ? lui demande-t-il en indiquant l'endroit, près du feu, où la foule se fait plus braillarde.

— Ils ne me feront aucun mal, assure-t-elle.

— Non, dit-il. Je ne peux pas croire qu'aucun veuille te faire du mal.

— Je ne suis pas une sainte, dit-elle.

— Une sainte ? Bien sûr que non.

— D'ailleurs, je ne le dirais à personne si vous me donniez un baiser », dit-elle, et elle pose sa main très légèrement sur la manche de son justaucorps. Légère comme un moineau. « J'ai le double de ton âge. Tu ne le sais pas ?

— Ce n'est pas vrai, puisque vous avez vingt-huit ans et que j'en ai quatorze.

— Alors j'ai le double de ton âge, exactement.

— Vous avez une amie ? demande-t-elle, en retirant sa main. Vous avez le béguin pour Ziguette Monnard ?

— Ziguette ?

— Elle est très jolie.

— Je ne suis pas... Ziguette Monnard ne m'intéresse en rien.

— Bonne nuit, dit-elle.

— Oui », dit-il, et elle attend, comme pour voir si ce « oui » est le dernier mot ou si ce « oui » peut conduire à autre chose.

Il regarde par-dessus sa tête. La nuit est plus froide qu'avant et plus claire. Les étoiles brillent, toutes bleues, au-dessus des toits tout bleus. Dans le cimetière, les murs d'ossements empilés luisent comme les armures d'une armée vieille et vaincue.

« Veux-tu bien demander à Lecœur, dit-il, de s'assurer que la porte sera verrouillée quand les femmes partiront ? Elles ne devraient plus rester très longtemps. »

Elle ne répond pas ; elle s'éloigne. Il hoche la tête derrière elle, incapable dans un premier temps de se mettre en mouvement ; puis il ouvre la porte et va dans la rue, il lance ses jambes en avant, en grandes enjambées, comme s'il espérait semer son propre embarras. Seigneur, cela l'aurait-il tué de l'embrasser ? De relâcher sa tête à peine avant que leurs lèvres ne se touchent ? Armand l'aurait fait à l'instant et elle serait rentrée chez elle heureuse au lieu d'être fâchée et blessée. Et qu'est-ce qui l'a arrêté ? Un attachement risible à une femme dont il aurait déjà pu obtenir les faveurs au prix d'un chapeau neuf ? Ne peut-il pas, une fois pour toutes, mettre sa vie sur de bons rails, rationnels ? Demain – demain sans faute ! –, il doit concevoir quelque chose, un schéma, sur le papier, comme il l'a souvent fait autrefois. Un plan d'action qui puisse le guider, un schéma rationnel tiré de ce qu'il a de meilleur, de plus élevé. Fais ceci, mais pas cela. Ceci conduira à la réussite, cela à une vie d'idiot... Est-il destiné à n'être rien d'autre qu'un *corps* ? Un exemple brièvement animé de ce qu'ils dégagent chaque jour des Innocents ? Est-ce ainsi que vivait Voltaire ? Ainsi que le grand Perronet a passé ses années, assis au milieu des maquettes et des machines dans son bureau de l'École des Ponts et Chaussées, une pièce – dans son souvenir du moins – toujours emplie de la riche lumière du matin ?

Le temps qu'il ouvre la porte de la maison des Monnard, il se sent déjà plus calme, plus rassemblé, plus lui-même, tel qu'il peut se supporter. Sur la console de l'entrée, il tâtonne à la recherche d'une chandelle et d'un briquet, il fait une étincelle, une flamme. Le chat se faufile par la porte de la cuisine, le suit quand il monte l'escalier, semble brièvement tenté par la chambre de Ziguette, puis suit l'ingénieur dans la sienne. Il pose la chandelle sur la table, retire son justaucorps et ses bottes, s'enveloppe dans le banian. Est-il déjà minuit ? Plus tard ? Sa montre est dans une de ses poches, mais il ne veut pas se tracasser à aller à sa recherche. Il prépare son médicament – trente gouttes ou à peu près, dans une gorgée de vin aigre aussi froid que la pièce – puis il se déshabille sous le banian et, quand tout est prêt, il souffle la chandelle, ouvre la fenêtre et se penche en bas.

Les femmes sont-elles parties ? Il ne peut ni les voir ni les entendre. Elles sont peut-être parties finir leurs affaires sous les tentes. Au moins l'église n'est-elle pas en flammes, et le cimetière semble être en bon ordre, bien qu'on distingue encore une lumière à la fenêtre de la cuisine de la maison du sacristain. S'il avait une longue-vue comme un marin, il arriverait peut-être à voir un petit peu à l'intérieur, Jeanne à la table. Ses larmes ? Il ferme la fenêtre, rabat les volets, se glisse dans son lit comme un ver de terre, les pieds bien rangés à côté du chat tout chaud. L'obscurité, l'obscurité et rien à écouter d'autre que le grondement de son sang. La drogue agit vite. En une ou deux minutes, elle esquissera le premier délire de la nuit derrière ses yeux, mais avant cela, avant qu'il ne descende, avant que le sommeil et le suc de pavot ne le dissolvent entièrement, il expulse son souffle dans un soupir descendant.

« Qui es-tu ? Je suis Jean-Baptiste Baratte. D'où viens-tu ? De Bellême en Normandie. Quelles sont tes qualités ? Je suis ingénieur, formé à l'École des Ponts et Chaussées. En quoi crois-tu ? En quoi... quoi... quoi... tu... quoi... Je... Je... Je... »

11

Quand eut lieu l'attaque, quand précisément, personne ne pourra jamais le dire avec la moindre certitude. Quelque part entre très tard et très tôt, dans quelque profonde poche garnie de velours d'une nuit d'hiver. Il rêvait, écrasé sous le poids du médicament, et puis ses yeux étaient ouverts et il y avait de la lumière dans la pièce, une lumière argentée qui vacillait. Derrière la lumière, la silhouette d'une femme debout près de la petite table de travail, une chandelle dans la main gauche, quelque chose d'autre dans la droite. Elle était parfaitement nue, la lumière en mouvement sur sa peau miroitait dans ses cheveux, miroitait dans la petite boucle blonde au-dessus de son sexe. Elle ne parla pas. Sa propre voix allait dans sa direction à lui, mais beaucoup trop lentement. Elle fit un pas vers le flanc du lit et le regarda de toute sa hauteur. Son visage incliné sur la lumière de la chandelle semblait calme et presque tendre, un ange en *chiaroscuro* penché sur le lit de quelque ermite souffrant. Il se peut même que, l'espace d'un instant, ils se soient souri. Puis le bras de la femme s'élança en haut, s'élança en bas, et le monde entier s'écrasa contre le cerveau de Jean-Baptiste, dans une poussée de douleur extermina-trice. Brièvement, il resta conscient d'un bruit, comme un halètement, qui aurait pu venir d'elle ou venir de lui. Puis, miséricordieusement, rien de plus.

12

Sans Marie et son voyeurisme, il aurait saigné à mort. Elle l'avait regardé souffler sa chandelle, était elle-même allée au lit, avait marmonné un *Je vous salue Marie*, s'était frictionnée entre les jambes et s'était assoupie pendant une minute, ou une heure, ou deux avant d'ouvrir les yeux et de voir une tache de lumière sur le sol. Pleinement réveillée en un instant, elle s'abaissa jusqu'au plancher, se mit à plat ventre sur le sol froid et posa son œil sur le trou. Que faisait-il à rallumer sa chandelle au milieu de la nuit ? Elle était sûre que cela n'était encore jamais arrivé. Puis – encore plus étrange, étrange *à en donner des frissons* –, elle vit qu'il était endormi, de manière tout à fait évidente, et que la lumière venait d'une chandelle tenue par quelqu'un d'autre, quelqu'un qu'elle ne pouvait pas voir encore. Durant ce qui sembla durer une éternité, mais qui, en vérité a peut-être duré moins d'une demi-minute, rien ne se passa – rien ! – et elle ne se tenait plus tant cela était frustrant. Que se passerait-il si ce quel qu'il soit repartait comme ça et qu'elle ne sache jamais, qu'elle ne voie jamais rien de lui ?

Qu'elle ne sache jamais qui *elle* était, car elle était convaincue que cet observateur secret – l'autre observateur secret – était une femme. Mais Jésus-Marie-Joseph, qu'est-ce qui aurait bien pu la préparer au choc de voir Ziguette, nue comme un ver, entrer silencieusement dans son champ de vision ! Aurait-elle eu plus d'une petite gorgée ou deux de vin volé dans sa vessie, elle aurait inondé le plancher. Ziguette avec ses gros seins roses ! La grosse courbe rose de son cul ! Dans une main, elle tenait une chandelle et, de l'autre, elle prit quelque chose sur la table du locataire, quelque chose qui attrapa la lumière et fit, en cognant contre quelque chose d'autre sur la table, un petit tintement qu'il dut entendre dans son sommeil, car il commença à s'étirer. C'était cette chose à lui, cette chose en métal pour mesurer. Allait-elle le mesurer ? Mesurer quoi ? Son cou, ses pieds, sa queue-corico ?

Pour la dernière scène, très brève, il était, elle en jurerait, éveillé et regardait Ziguette, bien qu'aucun des deux n'ait dit le moindre mot. Dans son imagination, Marie semblait être déjà en train de regarder ce qui devait suivre : les couvertures jetées, les amants douillettement enlacés dans les bras l'un de l'autre, les baisers, les caresses, les oh et les ah, et elle au-dessus de tout cela, à se tortiller sur le plancher. Mais ce n'est pas ce qui se passa. La chose en métal, la règle, fendit l'air, arriva droit sur sa tête et le tua. Elle dut faire du bruit elle-même, un petit crissement, puisque Ziguette regarda immédiatement en l'air, son visage entièrement sombre, un masque sombre, et c'est *cela*, voir cela, qui lui fit finalement perdre quelques gouttes du vin de Monnard.

Silencieuse comme un chat, elle s'esquiva de son trou, s'agenouilla à côté de son lit pour écouter les pas dans l'escalier. Puis, comme personne ne venait, comme il n'y avait pas de grincement de porte, pas de maîtresse nue tenant un morceau de métal sanglant à la main, elle voulut ramper jusqu'à son lit et dormir, pensant que si elle faisait ainsi, elle se réveillerait le matin et rien de tout cela ne serait arrivé. Et elle aurait pu faire ainsi, si elle ne l'avait pas entendu, le bruit qu'il faisait, une sorte de ronflement, un son terrible, comme quelqu'un pris dans un cauchemar dont il ne peut pas se réveiller. Elle écouta et écouta. Sa peur diminua. Si cette sotte de Ziguette entrait, elle lui casserait tout simplement la tête avec son sabot. Cela lui réglerait son compte. Les filles du dédale de Saint-Antoine n'ont aucune raison de craindre les maigres filles des Halles à la peau de lilas.

Elle passa ses vêtements. Il faisait complètement noir, mais elle avait parfaitement l'habitude de s'habiller dans le noir. Elle avança à tâtons, glissant sur ses bas, dans l'escalier étroit et sur le palier. Sous la porte de Ziguette, une lumière, mais aucun bruit de mouvement, ni de pleurs ni de quoi que ce soit que fait une jeune fille après avoir essayé de fendre en deux le crâne d'un homme. En y regardant de plus près, elle put voir que la porte n'était pas complètement fermée et n'avait besoin que d'une toute petite poussée pour s'ouvrir assez et lui permettre d'y glisser la tête. Sa maîtresse était là, bien bordée dans son lit, innocente comme l'agneau, la règle à l'extrémité du lit, la chandelle sur la table de nuit. Elle se pencha à l'intérieur, prit la chandelle, et franchit le couloir jusqu'à la chambre du locataire. Quand elle ouvrit la porte, Ragoût se précipita entre ses pieds et se jeta tête baissée dans les escaliers. La chandelle trembla dans sa main, mais elle ne la lâcha pas, pas tout à fait. Elle reprit son souffle, avança, entra, alla directement au lit et se planta devant comme l'avait fait Ziguette. Et dans quel état il était ! Cela lui rappela une chose vue dans son enfance : un de ses oncles, un genre d'oncle, qui s'était mis une balle dans la tempe un dimanche après-midi écrasant de chaleur. Du sang, du sang, du sang. Des flaques de sang. Le locataire, quoi qu'il en soit, à la différence de son oncle, respirait encore, non pas bruyamment comme avant, mais par faibles halètements, des petites prises d'air, comme un enfant qui a beaucoup pleuré. Pour arrêter une blessure de saigner, il faut la serrer avec des toiles d'araignée. Elle a entendu cela quelque part. Mais où trouver des toiles d'araignée ? Ne les avait-elle pas elle-même – en bonne femme de ménage qu'elle était – toutes enlevées ? Elle alla à sa malle, l'ouvrit. Sur le dessus, il y avait son habit de soie vert qui, la première fois qu'elle l'avait vu, avait l'air si drôle et si beau. Elle fouilla en dessous, tira une poignée de lin et retourna au lit. Elle tint la chandelle au-dessus de sa tête, toucha l'entaille, ses bords charnus. Il gémit, frissonna comme s'il risquait de commencer une attaque. « Je n'ai fait que toucher », soupira-t-elle, puis rapidement, nettement, elle pressa sur la blessure le carré de lin plié (un chiffon avec lequel il s'essuyait après s'être lavé) et le fixa ainsi avec une cravate. Puis, pour en être sûre, elle retira un de ses propres bas, encore chaud, l'enroula sous son menton et l'attacha au bout de lin qui noircissait déjà. Elle s'assit sur le lit et le regarda. De temps à autre, ses yeux tremblotaient, mais ils ne s'ouvraient pas.

Elle lui tapota la main, décidée à ne pas abandonner ses prérogatives sur ce merveilleux désastre, puis la pensée de devoir annoncer aux Monnard à moitié endormis ce que leur fille venait de faire devint trop tentante et, prenant la chandelle, elle descendit jusqu'à leur chambre (une jambe nue, l'autre chaussée) et leur dit tout, dans le discours le plus simple qu'on puisse imaginer, ajoutant à la fin – elle ne pouvait vraiment pas s'arrêter – : « Ce pour quoi, Madame, j'imagine qu'on pourrait bien la pendre. »

13

Au cimetière des Innocents, dans la lumière nacrée de huit heures du matin, les mineurs se sont rassemblés près de la porte qui donne sur la rue aux Fers. La plupart, peut-être encouragés par leurs putains, ont fait des efforts pour se rendre élégants, pour ressembler davantage à des sujets de Louis XVI et moins à des hommes qui sortent du sol des os, des cercueils et des jeunes filles miraculeusement préservées. On a brossé les vestes, raclé la boue des bottes. Il y a même eu un peu de toilette, des barbes ont été peignées. Trois des hommes les plus jeunes – ils sont ensemble au plus près de la porte – ont tressé de l'herbe pour en faire des couronnes qu'ils portent sur tout le rebord de leur chapeau. D'autres, si on les regarde de plus près, se révèlent porter des pièces qui avaient servi à orner les morts, des colifichets ramassés dans la terre boueuse ou échangés la nuit dans l'intimité des tentes. L'un d'eux, les yeux clairs, calme, son dos plus raide que les autres, arbore une paire de bagues commémoratives, *Respice finem* à une main, *Mens videt astra* sur l'autre, dont le métal verdâtre enveloppe le bout de son doigt interrompu à la phalange du milieu.

Il y a longtemps qu'ils ont mangé leur pain et bu leur café. Ils ont empilé le bois à côté du feu près de la haute-croix, qui, en leur absence, sera alimenté par d'autres. Ils sont prêts maintenant. Ils sont fébriles.

Devant la maison du sacristain, Lecœur scrute sa montre, grimace, marmonne à voix basse. De tous les matins que Baratte aurait pu choisir pour ne pas se réveiller, celui-ci est particulièrement malvenu. Bien sûr, dans le confort de son logement, il doit trouver cela tellement facile de les oublier, ceux qui vivent *en bas*. Les hommes, quoi qu'il en soit, le prendraient vraiment très mal si on les laissait lambiner. Il le prendrait mal lui-même pour cette raison. Cinquante gouttes de son remède cette nuit ! Au moins cinquante, et qui sait combien de boisson pour les faire descendre, mais loin de procurer une nuit de sommeil paisible, cela ne sert qu'à le rendre encore plus étranger à lui-même. C'était comme si – comment l'exprimer ? – comme si lui, Lecœur, n'était que le corps de Lecœur, sa chair mécanique et que quelque chose, une intelligence envahissante, le dominait de l'intérieur, guidait ses mouvements, dirigeait ses actions. Le *vrai* Lecœur aurait-il pris la décision de sortir au milieu de la nuit ? L'aurait-il fait ? Il ne le croyait pas et pourtant il était allé, sans rien d'autre que sa chemise de nuit, à l'atelier du docteur et là, il avait soulevé le couvercle du cercueil et l'avait regardée, Charlotte, à la lumière d'un bâton rougeoyant sorti du feu qui semblait presque dans sa main comme par magie. Une excitation horrible ! Une grande tension dans son cœur. Dans les dents aussi, car, à en juger par sa douleur à la mâchoire, il dut les faire grincer furieusement pendant des heures...

Derrière lui, des pas doux. Il se retourne, voit Jeanne, un châle sur ses épaules, qui vient depuis la maison le rejoindre. Elle lui sourit, joliment comme toujours, mais elle n'a pas aujourd'hui sa bonne couleur habituelle, son *entrain* habituel.

« C'est étrange qu'il ne soit pas venu, remarque-t-elle.

— Il est possible qu'il ait pris plus que ce qui lui aurait fait du bien la nuit dernière, dit Lecœur.

— Je ne pense pas que ce soit cela, dit-elle avec malice.

— Non, non. Il est probablement pris par quelque affaire inattendue. Un rendez-vous avec ce Lefosse, peut-être. L'homme du ministre. »

Elle acquiesce. « Sortirez-vous aussi aujourd'hui ?

— Je crois que oui. Monsieur Saint-Méard m'a invité à me joindre à lui et à quelques-uns de ses amis pour un genre d'excursion. Il ne m'a pas dit ce qu'il entendait exactement par là.

— Ce sera agréable, j'en suis certaine. Vous avez la clé ? »

Lecœur la lui montre, une vieille clé dans sa main.

« Je crois que monsieur Baratte aimerait que vous les laissiez partir, dit-elle.

— Tu crois ?

— Pas vous ?

— Tu as certainement raison. » Il regarde les hommes, montre ses dents un instant, puis regarde la jeune fille. « Si nous le faisions ensemble ? » propose-t-il.

TROISIÈME

Très vite les voisins se lèvent et se précipitent pour voir la scène qui n'est plus une scène de mort, mais une scène amoureuse.

CADET DE VAUX,
Mémoire historique et physique sur le cimetière des Innocents

Des marches en pierre, formant un long escalier, menant en pente raide en bas. La cave. Il y a quelque chose à savoir en bas, il doit y avoir quelque chose.

Il fait d'abord trop sombre pour qu'il puisse voir ou comprendre quoi que ce soit de ce qui l'environne. Il n'y a que la descente, la sensation des marches sous ses pieds. Puis une douce lumière rosée, un couloir étroit, une table avec une boîte en fer dessus, une petite cloche. Il y a une femme assise à la table. Son visage reste détourné, mais elle sait qu'il est là. Elle sonne la cloche et bien que celle-ci n'émette aucun son discernable, quelqu'un tire immédiatement le rideau au bout du couloir. Un homme lui sourit, lui fait signe d'un petit mouvement de la tête...

Ils sont dans un couloir. Des deux côtés, des tentures tenues par des festons dissimulent ce qui est, apparemment, l'entrée de chambres. Il s'arrête devant l'une d'elles – dont la tenture n'a pas été parfaitement tirée – pour regarder à l'intérieur, bien que ce ne soit peut-être pas du tout une chambre. Les murs semblent faits de paquets de terre noire. Les dimensions sont incertaines, tout autant que le nombre de gens à l'intérieur, les hommes, les femmes et les enfants assis, accroupis, allongés. Ils le regardent aussi. Il y a quelque chose d'ardent dans leur regard. Des yeux effarés, ardents, vides. Il se détourne. Il a peur que l'un d'eux ne commence à parler, ne s'adresse à lui, ne connaisse son nom...

Le guide attend au bout du couloir. Encore une série de rideaux. De gentils gestes d'invitation. Il entre, le guide juste derrière lui. Quel que soit ce qui arrivera, cela arrivera maintenant et ici. Ils sont, semble-t-il, dans sa chambre chez les Monnard ou dans quelque chose qui ressemble à sa chambre, car il n'y a pas de fenêtres et les murs sont nus. Toute la lumière vient d'une seule grande chandelle sur la table. Sur le lit, il y a un homme. Il ne porte qu'une chemise, dont les pans arrivent jusqu'à ses genoux. Ses yeux sont ouverts, mais ses lèvres ont été maladroitement cousues avec du fil noir.

Le guide prend la chandelle sur la table et avance vers le lit. Cela ne prend qu'un moment, dit-il. Il faut libérer le phlogiston. C'est l'agent de la transformation. Le destructeur des impuretés.

Il se penche et, comme pour verser quelque chose de précieux dans l'oreille de l'homme sur le lit, il porte la mèche de sa chandelle à ses cheveux. Ces derniers prennent feu instantanément, comme de l'herbe séchée. Puis les flammes glissent sur le visage de l'homme, enveloppent sa gorge, courent sur la peau de sa poitrine, de son ventre. Comment un corps peut-il brûler ainsi ? Un homme ne devrait pas brûler comme un rouleau de papier ! Qu'a-t-on fait ? Quelle est cette méthode ?

Dans son enveloppe de flammes, le corps commence à bouger. Un bras, une jambe. Le torse se lève – flotte ! – au-dessus des draps qui brûlent. Le fil entre les lèvres se fractionne. La bouche s'ouvre d'un coup. Rugit, rugit...

1

« Maintenez-le immobile », dit Guillotin. Il est penché au-dessus du lit. Un trait de fil noir s'étire sur le visage du patient comme une fine fente. Marie appuie sur les jambes qui battent le vide. C'est une bonne et forte fille, quand il s'agit de maintenir les choses en place. Le docteur se met au travail.

Durant les premières quarante-huit heures, il y a du danger, un très grave danger. Si le cerveau saigne, bon, on pourra essayer quelque chose – il y a un chirurgien, rue Saint-Honoré, avec un élégant outillage, mais pourra-t-on l'amener à temps ? Le patient est continuellement veillé. Marie, Jeanne, Lisa Saget, Armand, Lecœur. Guillotin passe tous les matins et de nouveau tous les soirs. Il se tient au-dessus du patient, évalue ses chances, puis regarde l'église des Innocents dehors, a de grandes pensées sur les hommes, leur tête, leur cœur, comment va le monde. Le vieux monde et le monde qui, peut-être, arrive.

***

Malgré la succession des veilleurs, quand l'ingénieur ouvre enfin les yeux, il jurerait que la chambre est vide. Sur le traversin, sa tête est un poids mort, un poing de nerfs vivants cousu à la base de cou. La douleur n'est pas à la surface, mais ensevelie dans les blanches profondeurs de son cerveau. Son rythme est le rythme de son sang. À chaque battement de cœur, il tressaille. La porte s'ouvre. Madame Monnard jette un œil. Quand elle voit que ses yeux sont ouverts, qu'apparemment, il la regarde, elle s'enfuit.

« Qui suis-je ?
— Vous ? Vous êtes le docteur.
— Et mon nom ?
— Guillotin.
— Bien. Et vous ?
— Baratte.
— Et le nom de notre roi ?
— Louis.
— Vous vous rappelez ce qui vous est arrivé ?
— Pour une part.
— Une part ?
— Suffisamment. »

« Monsieur Lefosse est venu nous voir, dit Lecœur (combien d'heures ont passé, combien de jours ?). Je crois que le docteur Guillotin l'a informé de ton... infortune. Il m'a donné pour instruction de ne pas interrompre le travail. Dit que cela n'irait pas de laisser les hommes oisifs. Que le temps, c'est de l'argent.

— Ziguette ? murmure Jean-Baptiste, mais trop bas.

— Et regarde, dit Lecœur. Jeanne t'a envoyé un médicament. Des herbes spéciales, je crois. » Il tend la bouteille pour inspection. Sur ses mains, il y a une tacheture persistante de teinture noire, de peinture noire.

« Probablement un élixir d'amour, avance Armand, qui est lui aussi dans la chambre, bien qu'en dehors du champ de vision de l'ingénieur.

— Quel jour sommes-nous ? demande le patient.

— Le jour ? dit Lecœur. Nous sommes mercredi. Mercredi matin. »

Marie est sur une chaise à côté du lit, à faire quelque chose pour le feu. Il ne veut pas bouger sa tête pour voir ce que c'est. Le moindre mouvement vif de la tête et le monde tangue et branle. « Ziguette ? hasarde-t-il.

— Pourquoi ? demande-t-elle. Vous avez peur qu'elle revienne vous voir ? » Puis, comme il ne lui répond pas, elle déclare : « Ce qui vous a sauvé la vie, c'est moi. »

La lumière est une feuille blanche à la fenêtre, une feuille blanche et terne qui est repliée tous les soirs et pendue à nouveau à l'aube suivante. On ne le veille plus tout le temps. Quand il est sans surveillance, il se faufile hors de son lit, s'assied dix minutes sur la chaise, en s'accrochant au siège. Le jour suivant, il s'assied une demi-heure. S'asseoir devient son entraînement. Parfois, il est emporté par un élan de pitié – de lui-même, de son père tyrannique, des vies étrangères qui le hantent, des os froids du cimetière –, sa bouche prend alors des formes bizarres et il en sort un genre de gémissement sec. D'autres fois, il est vide, calme et parfaitement vide, jusqu'à ce que la rudesse du monde, son propre souffle, le contact tranchant de l'air le revivifient. Il considère ses mains, regarde le feu, scrute d'un air interrogateur l'image du pont. Il lève les yeux vers la fenêtre : les nuages sont aussi colorés que la mer à Dieppe. Qui êtes-vous ? a demandé le docteur. Il est Adam seul dans le jardin. Il est Lazare chassé de son tombeau, une vie séparée de l'autre par un peu de molle obscurité.

Guillotin vient pour lui faire une saignée ; phlébotomie, une précaution élémentaire dans un tel cas. D'abord, il conduit les habituels examens de la blessure. « Vous, les Normands, vous avez des crânes joliment durs, dit-il. Cela ne vous ferait rien de me céder votre tête, n'est-ce pas ?

— Qu'est-ce qui vous fait penser que vous me survivrez ?

— Votre goût pour les femmes », dit le docteur et déplaçant son attention sur le bras droit de l'ingénieur et en coupant près du coude. Le sang s'écoule dans un récipient en fer. « Ne vous inquiétez pas. Je ne vous en prendrai pas beaucoup.

— Où est-elle ?

— Votre agresseur ?

— Personne ne veut me dire où elle est.

— Elle était là jusqu'à il y a deux jours, dans la maison. Maintenant, on l'emmène ailleurs. Des parents âgés dans le Dauphiné. Des gens très religieux. J'espère que vous n'objecterez pas, mais j'ai donné à ce plan mon approbation. Il ne saurait y avoir de traitement plus efficace des ardeurs d'une jeune fille qu'un an ou deux à marmonner des neuvaines dans une maison froide dans une province éloignée. Je suppose que vous n'avez pas l'intention de la poursuivre en justice. Un homme ne ferait que se ridiculiser à poursuivre une femme dans de telles circonstances. Eussiez-vous succombé, bien sûr, la question aurait alors été au-delà de toute solution purement privée. Vous étiez amants ?

— Non.

— Je veux bien vous croire, dit le docteur, tout en faisant une boule d'un petit bout de ouate, qu'il presse sur la coupure avant de replier soigneusement le bras de son patient. Mais si ce n'était pas l'amour, la jalousie ou le désir, qu'imaginez-vous qui a pu la faire venir jusque dans votre chambre pour tenter de vous fendre la tête en deux ?

— Les Innocents.

— Le cimetière ? Pour vous empêcher de le détruire ? Elle est peut-être plus folle que je ne le pensais. Espérons qu'elle ne massacre pas sa famille dans le Dauphiné. On pourrait en ressentir une certaine responsabilité.

— Combien de temps cela fait-il ?

— Depuis votre agression ? Deux semaines. Un peu plus.

— Je dois retourner au travail.

— Un mois au bon air de la Normandie serait une meilleure prescription.

— Je suis bien assez en forme.

— Vous avez reçu un coup considérable à la tête. Les effets d'un tel coup sont à la fois impossibles à prédire et de longue durée. Vous avez remarqué quoi que ce soit d'inhabituel ? Des hallucinations ? Des pertes de mémoire ?

— Rien », dit Jean-Baptiste, en mentant.

Le docteur essuie la lame de son bistouri. « Dans ce cas, dit-il, que se passerait-il si nous entreprenions de vous descendre au salon demain ? Les Monnard, sans nul doute, s'empresseront de vous offrir tout le confort. » Il fait un large sourire. « Entre-temps, vous avez le comte de Buffon pour vous tenir compagnie. (Il prend le livre de la table, le laisse tomber sur les couvertures.) Vous êtes au courant, je suppose, qu'il y a encore trente volumes comme celui-ci ? »

Le docteur parti, Jean-Baptiste regarde le livre et, au bout d'un moment, l'ouvre. Ce n'est pas la première fois depuis l'agression qu'il essaie. Il ferme les yeux, les ouvre, se mobilise lui-même, le moteur de sa concentration, qui l'a, autrefois, si bien servi. Il met un doigt en haut à gauche de la page de gauche. Les trois premiers mots ne présentent aucune difficulté : « Considérons à présent... » Le mot qui suit, il ne peut pas le lire. Le suivant est, pense-t-il, « exemple ». Le suivant, rien d'autre qu'une forme, aussi dépourvue de sens qu'une tache d'encre. Il va de même du mot qui suit, tout comme de celui qui suit celui-là. Et ce ne sont pas seulement les mots des livres, mais les mots dans sa tête qui sont partis. Les noms de choses, de choses tout à fait ordinaires, des choses qu'un enfant pourrait nommer. Comme   et   .

Et si cela, cette cécité, devenait de notoriété publique ? Si Lefosse et le ministre la découvraient, que se passerait-il ? Qui au monde emploierait un tel homme, même pour détruire un cimetière ?

Il referme le livre, le pousse par terre, se laisse rouler hors du lit, se lève pour essayer, attend que son sang se remette en place, puis se traîne jusqu'au miroir. Il a un bonnet de nuit sur la tête, un vêtement quelconque en dessous. Il a l'air – quoi ? – d'un fou, d'un saint et légèrement effrayant. Il palpe les poils de son menton, touche son crâne comme si c'était un œuf sans sa coquille et que chaque mouvement brusque risquait de le percer, de faire un trou par lequel le jaune de son cerveau s'écoulerait...

Pendant vingt minutes, il essaie de desserrer le bonnet, puis le bandage, avec ce qu'il y a en dessous, qui est humide et rose. Ses cheveux ont été coupés, tonsurés maladroitement, mais, quelle que soit l'orientation de sa tête, il ne peut presque rien voir de la blessure elle-même sinon un tas affreux de peau décolorée et, poussant dessus comme un grossier poil solitaire, un morceau de fil noir.

Il cherche ses vêtements, le costume de travail qu'il portait le jour avant la nuit où Ziguette Monnard est entrée pour l'assassiner. Il n'arrive pas à le voir. On l'a rangé ou on le lui a retiré. Souillé ? Éclaboussé de son sang, du sang venu de l'arme, la chose, la chose métallique, dont (une étincelle de panique dans sa poitrine) il a aussi oublié le nom ? Comment un homme peut-il même seulement penser s'il n'a pas les mots avec lesquels penser ? Qui peut le guider sinon les mots ?

Il va à sa malle, soulève de couvercle. Le choc de la couleur, de la lumière projetée par la couleur, le fait tressaillir, mais il est soulagé d'entendre « vert » dans sa tête, et « soie », et même « pistache ». Il porte l'habit jusqu'au lit, l'étale dessus, le considère un moment, puis se glisse laborieusement dedans. Que ceci soit la réponse, alors. Il ne fera que suivre le monde. Le monde, les choses du monde le pousseront. Il fera ce qu'elles lui proposent. Cela ne compte pas s'il peut les nommer ou non. Il sera comme un enfant courant après une balle qui descend un escalier en rebondissant sur les marches. C'est peut-être ce qu'il a toujours fait. Il ne peut pas bien se souvenir.

Une fois habillé, il cherche le banian, le tarbouch, la perruque de location, le papier qui enveloppait le tout, les enveloppe à nouveau, un grand paquet maladroit. Il met ses chaussures, sa redingote. Les dents serrées, il ajuste son chapeau sur sa tête, comme si la blessure pouvait souffrir même d'une ombre. Il descend les étages. Personne ne le voit. La porte de la cuisine est ouverte, mais la pièce est vide. Il jette un coup d'œil à la porte de la cave, résiste à la tentation de l'ouvrir, ouvre la porte d'entrée, plisse les yeux à cause de la lumière, reste une minute entière le dos appuyé contre le mur de la maison, rassemblant de l'énergie, du courage, tout ce dont il aura besoin pour continuer. Il craint qu'on le reconnaisse, qu'on l'arrête, qu'on lui parle. Il suppose qu'une version de l'histoire circule déjà, qu'il n'est plus seulement l'ingénieur maintenant, mais l'homme que la fille Monnard a agressé, l'homme qui, d'une façon ou d'une autre, a dû la provoquer. Il regarde deux garçons qui remontent la rue en fouettant un jouet, un cercle vide en bois. Il les laisse passer puis se détache du mur, s'élance.

Chez Gaudet, il se fait raser. Il est le seul client. Quand il entre, le barbier est assis sur une chaise, en train de lire le *Mercure de France* en se rongeant un ongle. Le rasage est un pur plaisir sensuel. De la blessure bien sûr, on ne parle pas, bien que Gaudet ait tout le temps de l'étudier. Au lieu de cela, le barbier parle de la ville, du quartier, du prix des choses, des dernières grèves. Rien de tout cela n'appelle les commentaires de Jean-Baptiste. Il laisse l'homme bavarder, le laisse faire son travail, il lui est reconnaissant.

« J'ai été malade quelque temps, dit-il enfin.

— Mais maintenant vous allez de nouveau bien, dit Gaudet, en brossant les cheveux bruns, les petits gris, des épaules de l'ingénieur. Vous serez bientôt tout à fait rétabli.

— Vous croyez ? »

Le barbier lui adresse un grand sourire par l'intermédiaire du miroir, hausse élégamment les épaules, puis plie sa chose tranchante, sa chose brillante, dans son manche incurvé.

Le paquet sous le bras, l'air froid lui fouettant le menton et les joues, il dépasse la Compagnie des Indes et la rue des Bons-Enfants pour arriver Place des Victoires. Après avoir été alité pendant deux semaines, la marche aurait dû le liquider ; au lieu de cela, elle semble le remettre un peu d'aplomb. Il n'a aucune difficulté à se rappeler l'adresse qu'il cherche. Il ouvre la porte d'un coup d'épaule. Une clochette tinte. Charvet dans ses escarpins de velours traverse le parquet ciré de la boutique. Il s'arrête, lève ses petits sourcils, puis s'incline à partir de la taille, de façon raide.

« Monsieur l'Ingénieur, n'est-ce pas ? »

Il y a une chaise près de la porte. Jean-Baptiste laisse tomber le paquet dessus. Le paquet commence à se défaire comme s'il contenait quelque chose de vivant. « Je souhaiterais retrouver mon ancien habit, dit-il. Celui que j'avais quand je suis venu vous voir avec Saint-Méard. »

Charvet regarde son assistant, puis de nouveau l'ingénieur. « Votre ancien habit ? Mais il a été vendu,

Monsieur. À un monsieur du commerce, je crois. N'est-ce pas Cédric ? »

L'assistant le confirme.

Jean-Baptiste hoche la tête, laisse son regard circuler lentement dans la boutique. Un des mannequins de bois (un torse réglable sur un pied de bois) porte un habit de laine noire nettement coupée. Il va le voir, saisit l'étoffe, estime la taille. « Alors, ça. Ça, ça ira. »

« Dans *ceci*, dit Charvet, parlant à présent comme s'il expliquait quelque chose à un enfant, mais pas à un enfant vif, à un enfant crétin, vous ressemblerez à un pasteur de Genève. C'est là uniquement parce qu'il nous faut montrer une variété de styles. Une grande variété, vous comprenez. Mais pour vous, Monsieur, ce ne sera pas...

— Quant à cela, dit Jean-Baptiste, en déboutonnant sa redingote pour montrer un pan de soie verte, je n'en ai plus besoin. »

Charvet a un curieux mouvement pour se contenir, il allonge son cou, cligne exagérément des yeux. « Et pourtant, je me rappelle, Monsieur, comme il vous plaisait quand vous l'avez acquis.

— Vraiment ? » La question est authentique.

« Vous espériez être plus *à la mode*.

— Plus moderne ?

— Exactement. Vous... n'en avez pas le souvenir ?

— Je me souviens que j'étais saoul. Je me souviens qu'on me flattait.

— Il n'est reste pas moins un excellent habit.

— C'est un habit dont je ne veux plus. Et je vous ai rapporté le banian, dit Jean-Baptiste. Le reste aussi. Là. Sur la chaise. »

Charvet et son assistant regardent la chaise, le paquet, la bande de damas rouge qui dépasse du paquet.

Ils lui ajustent le noir. Avec un peu de rembourrage, les reprises le font étonnamment bien tomber ; la couleur est immédiatement reposante, mais il est vrai qu'il ressemble bel et bien à quelque chose comme un pasteur de Genève. Charvet laisse les retouches à son assistant. Il reste de côté, les bras croisés. De temps à autre, il regarde, avec un certain dégoût, la tête meurtrie de l'ingénieur.

« Cet habit, dit-il enfin, est peut-être plus simple, mais il n'est pas bon marché. Et l'autre a été beaucoup porté, il a, comme je le vois, quelques taches sur la manche. Des taches de graisse, si je ne me trompe. De la graisse, ou pire. Je serai obligé de le brader. Un considérable...

— Mon vieil habit que vous avez eu, dit Jean-Baptiste, en jouant soigneusement des épaules pour entrer de nouveau dans sa redingote et en commençant à la boutonner, celui que vous avez vendu à un commerçant, il valait plus que toute votre boutique. *Cela*, j'en ai parfaitement le souvenir. » Il regarde Charvet jusqu'à ce que ce dernier se détourne. Il va à la porte. L'assistant se presse de lui ouvrir. Pure force de l'habitude.

Dans la poche de sa redingote, il a la clé du cimetière, celle de la porte de la rue aux Fers. Les mains dans les poches, il la serre dans son poing et traverse le marché. Il se demande s'il a faim – il n'a rien mangé d'autre qu'une soupe pour le petit déjeuner, un bouillon médicinal quand le jour était encore à moitié sombre. Il s'arrête à l'entrée d'une baraque à poisson. Le marché lui apparaît, d'une certaine façon, différent, le frappe différemment, bien qu'il ne puisse pas dire exactement en quoi. Il semble le même – les mêmes étals, les mêmes visages rougeauds et les mêmes doigts gourds des marchands, les mêmes cris enroués, la même crasse. Il entre dans la baraque à poisson, reste dans l'ombre qui tombe au milieu des bassins d'eau que les écailles de poissons font briller, respire profondément. Dans les parois de son nez, il a une sensation de fraîcheur, d'humidité, mais rien qu'on pourrait appeler une odeur ou une puanteur. Alors cela aussi, c'est parti ! C'est enfin un symptôme qu'il peut, sans risque de répercussion, avouer au docteur Guillotin...

Et puis, le voilà arrivé rue aux Fers, où une fumée brune monte en rouleaux au-dessus des murs du cimetière et où les lettres noires – qui ont toujours l'air fraîches – l'attendent toujours : « GROS ROI REINE CATIN PRENEZ GARDE ! BÊCHE CREUSE UN TROU ASSEZ GRAND POUR ENTERRER TOUT VERSAILLES ! »

Lit-il ou se souvient-il ? Il n'est pas sûr. Ce qu'il sait, en revanche, ce qu'il n'a pas besoin de mettre en doute, c'est que la première fois qu'il l'a vue, elle, elle était ici, presque exactement là où il trouve maintenant, immobile avec sa miche de pain, dont elle lui a proposé un morceau, qu'il a saisi comme un genre de gros oiseau bizarre, une grosse mouette aux yeux jaunes. Et ensuite, dans l'ossuaire, avec Armand, qu'il avait l'intention de réprimander, d'accuser d'être frivole et de saper son autorité, c'était lui qui s'était trouvé accusé, il s'était entendu dire qu'il ne s'intéressait qu'à sa dimension professionnelle, que sa méthode consistait à « ne jamais tirer de conclusion ».

Avait-il compris ce qu'Armand voulait dire par une telle formule ? Il n'avait pas eu tellement l'occasion d'y réfléchir. D'abord cette affaire avec les pipes pour les hommes, puis Lecœur et Armand qui reviennent saouls. Entre cent autres tracas. Mais si, il avait bien assez compris. Il en avait ressenti la justesse. En avait été contrarié...

La porte du cimetière s'ouvre. Un homme – un homme rêche avec une coulée de barbe jaune qui paraît plus jeune, plus vigoureuse que le visage dont elle sort – s'engage dans la rue. Quand il voit l'ingénieur, il s'arrête, se raidit, regarde fixement.

« Block ? demande Jean-Baptiste en faisant un pas vers lui. Block ? »

Block acquiesce. Sous son bras sont roulés deux sacs, des sacs à pains, d'après la farine visible sur l'un d'eux.

« On t'envoie faire les courses ? »

Block acquiesce de nouveau.

« C'est Jeanne qui t'envoie ?

— Oui

— Tu as recouvré tes forces.

— Oui. »

Ils se regardent un moment. Sur leur visage, la fugace reconnaissance d'une expérience partagée, celle d'une dissolution et d'un réassemblage incertain. Puis, effleurant les épaules l'un de l'autre, ils se croisent et s'éloignent.

À l'intérieur du cimetière, les hommes sont rassemblés au bord d'une fosse près du mur nord. La fosse numéro huit ? Neuf ? L'homme qui le voit en premier est en train de déposer sur le tas d'ossements un pelvis rendu marron par le champignon qui l'enserre. Il s'arrête, se redresse (autant qu'un mineur puisse le faire). Lecœur suit le regard de l'homme, laisse échapper un glapissement de plaisir et se jette sur Jean-Baptiste, en parlant si rapidement, si confusément, que ses mots semblent se superposer les uns aux autres. Ce sont des larmes dans ses yeux ? À cause de la fumée peut-être. Seulement la fumée.

Les hommes qui travaillent en surface restent bouche bée. L'un d'eux dit un mot, le laisse tomber comme un petit caillou pour ses camarades en dessous. L'ingénieur les salue. Il n'a aucune difficulté à faire revenir les noms dans son esprit. Agast, Everbout, Cloët, Pondt, Jan Biloo, Jacques Hooft, Louis Cent, Elay Wyntère... Il est content d'eux, surpris d'être tout simplement content de les revoir. Il leur demande de continuer leur travail. Ils continuent.

« Nous n'avons pas progressé autant que j'aurais souhaité, reconnaît Lecœur, à part. Nous en avons fini deux cette dernière semaine (d'un geste, il montre là où ils ont creusé) et nous aurions fini celle-ci si un des flancs ne s'était pas effondré. C'est une chance que les hommes aient été en pause. J'ai même eu peur pour le mur du cimetière.

— Tu te servais des... en bois... les formes... les formes qui tiennent les bords ?

— Les caissons en treillis ? J'avais espéré qu'ils ne seraient pas nécessaires. Le temps avait été raisonnablement sec. C'était une erreur, bien sûr. J'en suis désolé.

— L'affaire n'est pas grave. Nous pouvons étayer le mur avec de la terre. Une rampe en terre. Puis remettre le treillis en place.

— Oui, dit Lecœur. C'est ce qui serait le mieux.

— Les hommes ont pris leur repas de midi ?

— Il y a quelques heures. Il est trois heures passées, je crois.

— Je ne me rendais pas compte.

— *Tempus fugit* », dit Lecœur avec jubilation. Il y a des petites croûtes blanches au coin de sa bouche. Ses lèvres, gercées par le vent, semblent irritées. « Tu es parfaitement rétabli ? demande-t-il.

— Il paraît que j'ai un crâne épais, dit Jean-Baptiste. Et toi ?

— Rétabli ?

— Tu vas bien ?

— Oh, aucune maladie à mon actif. Nous, les Lecœur, nous sommes une race de cuir. (Il rit.) J'oserais même dire que je pourrai lutter contre un ours. Si besoin était.

— Ou un éléphant ?

— Un éléphant ?

— Je viens d'y penser. Un éléphant. Je ne sais pas pourquoi. Avons-nous parlé d'éléphants avant ?

— Pas que je...

— C'est sans importance. »

Pendant presque une heure, Jean-Baptiste dirige les travaux depuis une plate-forme d'herbe d'hiver ; puis, comme ses membres finissent par trembler faiblement, il s'excuse et va dans la maison du sacristain de l'autre côté.

Jeanne se tient à la table, elle coupe un saucisson en tranches, en appuyant de tout son poids sur le couteau. Armand est sur la chaise de Manetti, une partition étalée sur ses cuisses, de grosses pages crème, des portées noires, des milliers de notes qui dansent. Il fronce les sourcils de concentration, ses doigts pianotent sur les os de ses genoux. Il lève les yeux sur Jean-Baptiste, fait un grand sourire. « Tiens, tiens, dit-il, Tiens, tiens, tiens.

— Il faut vous asseoir », dit Jeanne, en posant son couteau et en tirant un tabouret de sous la table. Jean-Baptiste s'assied, lourdement, ferme un instant les yeux, puis retire lentement son chapeau.

« Vous êtes encore très pâle, remarque-t-elle.

— Il a toujours été pâle, dit Armand.

— Vous devriez être chez vous », insiste Jeanne, en allant rapidement à l'âtre, où une carafe de café attend sur un carreau près du feu.

« Chez lui, dit Armand, c'est là qu'on lui a fendu la tête. Il se sentira sans aucun doute plus en sécurité dans un cimetière. »

Le café est juste tiède et sans son arôme, il n'a pas de goût, mais Jean-Baptiste l'engloutit et tend son bol pour en avoir encore. « Ton grand-père ? demande-t-il.

— Il se repose », dit Jeanne, ses yeux marron cillant timidement au-dessus de ceux, gris, de l'ingénieur. Il se demande à quoi elle pense. La dernière chose dont il se souvienne, d'elle et de tous les autres, c'est qu'ils entraient dans l'église pour qu'Armand joue de l'orgue. Était-ce cette nuit où il a été agressé ? Une nuit plus tôt ? Une semaine plus tôt ?

« Tout ce travail pour faire mijoter nos amis déterrés a vraiment épuisé le vieux. Cela m'épuise moi, rien que d'y penser, dit Armand.

— Ce saucisson est-il comestible ? » demande Jean-Baptiste. Il prend un morceau et le met dans sa bouche. Du porc et du gras de porc, durs comme des pièces de monnaie.

Armand ferme sa partition. Il tourne sa chaise et regarde l'ingénieur, comme il mâche et finalement avale.

« Tu me trouves si intéressant que cela ? demande Jean-Baptiste.

— Intéressant ? Tu sais très bien que je t'ai trouvé intéressant dès le moment que tu es entré dans mon église. J'avoue que je suis intrigué de voir ce que ta chirurgienne a accompli.

— Guillotin, tu veux dire ?

— Je veux dire Ziguette Monnard. J'ai l'impression qu'elle t'a achevé. »

Tout le long de la blessure de Jean-Baptiste, les points se sont brièvement tendus. « C'était son intention, dit-il.

— Ah, mais il te manquait encore quelque chose, mon ami. Tu n'étais pas encore complètement éclos... Et n'est-ce pas un nouvel habit que tu as là ? Tu as vu, Jeanne ? Noir comme à minuit ! Bravo ! Il s'est finalement révélé le bon calviniste que je l'ai toujours soupçonné d'être. Tu sais que sa mère est de cette confession ?

— Ma *mère*... commence Jean-Baptiste, s'adressant au sol de pierre sous ses pieds, ma mère... » Il s'enferme dans le silence. Il n'est pas d'humeur pour les jeux d'Armand, il n'est pas en état d'y jouer. Il termine son deuxième bol de café, se secoue et monte à l'étage pour y voir Manetti ; il s'assied un moment à côté de l'homme endormi, puis, en redescendant les marches, il subit un instant d'étourdissement et n'échappe à la dégringolade qu'en s'agrippant à la rampe.

« Tu en as fait assez pour l'instant, dit Armand en le prenant fermement par le bras et en le conduisant dehors. Le cimetière est toujours à toi. Ce pauvre Lecœur paniquait sans toi.

— Je devrais lui parler... dit Jean-Baptiste.

— Demain sera bien assez tôt.

— Je viendrai le matin.

— Je n'en doute pas, dit Armand.

— Et dans ma tenue de travail si je peux la trouver.

— Nous serons prêts pour toi. J'essaierai même de ne pas te taquiner pendant un jour ou deux. » Il sourit.

« Quand c'est arrivé, dit Jean-Baptiste, en parlant vite et bas et en regardant les arcades du charnier sud par-dessus l'épaule d'Armand, quand elle m'a frappé... je veux dire, juste après, il s'est passé un temps avant que je ne perde conscience. Très bref, je crois, mais suffisant. J'aurais aimé... tenir quelque chose. Une idée. Je croyais que j'étais en train de mourir, tu vois. J'espérais que quelque chose fasse exister ce moment.

— Et qu'as-tu trouvé ?

— Rien. Rien du tout. »

Dans la rue aux Fers, lumière grise, pierre grise ; les formes noires des oiseaux sur les toits pentus. À sa gauche, l'angle de la rue de la Lingerie, à sa droite, la rue Saint-Denis. À côté de la fontaine, un chien, maigre, rabougri, lape une flaque. Se sentant observé, il lève les yeux, de l'eau dégouline de son museau, puis il se tourne et s'en va clopin-clopant dans la rue Saint-Denis, s'arrête un instant comme pour voir quelle moitié du monde l'attire, et part au nord en direction du faubourg.

L'ingénieur suit sa trace, entre dans le courant de la rue, reste là maladroitement, en plein milieu du passage de tout le monde. Il ne voit plus l'animal, mais il n'a pas besoin de le voir. Il sait ce qu'il va faire maintenant, bien que, pour un homme qui se vantait d'avoir un esprit entraîné et sans ombres, il ait la désagréable impression de s'abaisser à de la magie rituelle. Il va remonter la rue Saint-Denis. Il va faire le tour pour arriver à l'église Saint-Eustache. Il va suivre, aussi bien qu'il le pourra, le chemin qu'il a pris la nuit où il est allé faire de la peinture avec Armand et ses amis, les enfants abandonnés, la nuit où il s'est retrouvé seul dans le brouillard avec Héloïse. Il va suivre le chemin et ainsi la retrouver et lui livrer son message – quel que soit ce message. Il ne l'a pas encore orné de mots, mais certainement, une fois qu'elle sera devant lui, il se déversera de sa bouche comme le Saint-Esprit.

Il s'élance à travers un nuage de couturières, de bruyantes jeunes filles aux joues rouges qui se dirigent vers la Seine après douze heures passées sur un banc, les yeux fixés sur des aiguilles. Rue Saint-Denis, c'est l'heure propice, quand le travail s'arrête brièvement et qu'on a une chance de lever les yeux et d'arracher un petit plaisir à un bout de soirée d'hiver. La boutique de Djeco, le marchand de vin, est déjà pleine. Deux porteurs se prélassent contre un mur comme des hidalgos du Siècle d'Or. Des fondeurs, des marchandes de fleurs, des cireurs de chaussures, des marchands de cannes, des mendiants, des violoneux, des écrivains publics – si quelqu'un parmi eux remarque l'ingénieur, l'intense pâleur de blessé de son visage et en est, pour un pas ou deux, amusé ou troublé, il est rapidement entraîné vers de nouvelles distractions. C'est lui qui les oublie le plus, il les oublierait complètement, si de temps en temps, il n'était bloqué par le coup d'épaule d'un homme ou d'une femme, qui se presse à contresens. Il regarde en avant, aussi loin en avant qu'il peut, il regarde et il essaie de ne pas se laisser aller au doute montant que tout ceci – ce qu'il fait ici – n'est rien de plus qu'un de ces effets, imprévisibles et à long terme, contre lesquels le docteur Guillotin l'a mis en garde. Puis, alors qu'il a à peine parcouru cent pieds depuis la fontaine, un mouvement rouge – violet, presque, dans cette lumière – l'arrête net, puis le fait repartir d'un pas plus rapide.

Troublant de l'avoir trouvée si facilement ! De n'avoir pas le temps de faire passer en marchant son dernier étourdissement, de reprendre ses esprits. Troublant de penser que la magie puisse marcher...

Elle est trop loin devant pour qu'il puisse l'appeler, et elle se dirige vers le nord comme lui. Pendant une minute entière, il la perd de vue, son champ de vision obstrué par un attelage de chevaux au pas lent ; puis il l'aperçoit de nouveau, debout devant la vitrine d'un magasin, le visage près de la vitre. Il connaît cet endroit, il est passé devant un grand nombre de fois. Ils vendent ces choses-là – bonté divine, il en a une sur sa propre tête ! –, mais celles pour les femmes et les petites filles. Des rubans, etc., des nœuds, des plumes de couleurs...

« Héloïse ! »

Il a appelé trop tôt ; sa voix ne porte pas, bien que la femme derrière lui, l'une de ces mémères du marché, prématurément vieillies, avec une figure comme une barrique de harengs, l'a entendu assez distinctement et imite étonnamment bien son ton rauque et plaintif : « Oh, HÉLO-ÏSE ! »

Il la cherche du regard autour de lui, plus désemparé que fâché. Qui est-elle ? La connaît-il ?

« Oh, Petite Reine ! crie une autre femme, une créature jumelle de la précédente. Tu ne vois donc pas que ce monsieur te demande ? »

Mais elle ne les a toujours pas entendues, elle reste à regarder fixement l'intérieur de la vitrine du magasin, négligeant toute la scène qui remonte la rue dans sa direction.

« Elle ne veut pas rendre jaloux son fabricant de paniers, dit une troisième. Ou le vieux marchand de livres. Ou ton vieux à toi !

— Mon vieux à moi la regarderait autant que ça, je lui servirais ses roubignoles au dîner. »

Maintenant elle se retourne, les regarde, tient sa position alors qu'elles approchent. Quel que soit ce qu'elle ressent – colère, peur, étonnement –, elle prend garde d'en écarter tout signe de son visage. L'ingénieur s'arrête à cinq pieds d'elle, sept tout au plus.

« Il a perdu sa langue, dit la première femme.

— Ce n'est pas sa langue qu'il cherche, dit la deuxième, riant de sa finesse d'esprit.

— C'est *lui*, dit une voix d'homme, une tête hirsute qui se penche à la fenêtre d'une pièce sombre de la maison à côté de la boutique. Celui qui creuse les Innocents.

— Tu es sûr ?

— Sûr que je suis sûr, crénom. Regarde-le.

— Dirais qu'y veut un peu de ce que ses ouvriers reçoivent, dit une autre voix, féminine, plus jeune que les autres.

— Je vous cherchais, dit Jean-Baptiste à Héloïse. Je souhaitais... discuter avec vous. » En entendant le mot « discuter », l'auditoire éclate d'un rire de jubilation.

« Il faut que tu lui fasses sentir ton argent, mon cher. Béni soit-il. Il doit être novice pour tout cela.

— Et la fille Monnard alors ? demande la voix la plus jeune. Te dit plus rien, c'est ça ? »

Héloïse, qui, pas une seule fois, n'a laissé son regard être entraîné vers qui que ce soit d'autre que l'ingénieur, lui offre cette fois quatre ou cinq secondes durant lesquelles il peut tout arranger. Il respire ; il fronce les sourcils ; il ouvre la bouche. « Chapeaux, dit-il, comment ai-je pu oublier chapeaux ? »

Elle fait un mouvement de tête des plus légers ; puis, très calmement, comme si rien de tout cela n'avait quoi que ce soit à faire avec elle, comme si c'était juste une absurdité sur laquelle elle était tombée par hasard et pour laquelle elle aurait désormais perdu tout intérêt, elle se détourne et poursuit son chemin dans la rue.

L'homme à la fenêtre se penche encore un peu plus. « Chapeaux ! hurle-t-il. Vous l'avez entendu ? Il a dit "chapeaux" ! "chapeaux" ! »

Il n'est qu'à un ou deux pas de la vitrine devant laquelle se tient Jean-Baptiste. Il y va, il y va vite, avant que l'homme ait la moindre chance de réagir. Il l'attrape par une poignée de cheveux, tire brutalement sa tête vers le bas, contre le rebord étroit. Dans son autre main, il a la clé du cimetière. Il en presse le bout contre sa gorge, un endroit mou, juste en dessous de la mâchoire.

« Tu trouves que j'ai l'air de qui ? demande-t-il à voix basse, presque comme pour une conversation. *Toi*, tu trouves que j'ai l'air de qui ? »

À l'avenir – quand il y aura des raisons de parler de ces choses-là –, l'homme dira qu'il a vu un crénom de crime dans ces yeux gris, il insistera et il sera cru. Quoi qu'il ait vu, cela suffit à le faire taire. Même les femmes sont déconcertées. Le spectacle est terminé. Elles se dispersent, chacune à sa petite affaire. L'espace d'une minute, l'ingénieur n'est plus du tout lui-même.

2

À sa rencontre suivante avec monsieur Lefosse – trois jours après les événements de la rue Saint-Denis –, Jean-Baptiste offre sa démission. Il est tout à fait au clair avec cela. Il ne veut plus être le chef de chantier du cimetière des Innocents. Il ne veut plus rien avoir à faire avec les Innocents. Il souhaiterait partir ailleurs, faire quelque chose d'autre. Après tout, il est ingénieur : ça, au moins, il le sait. Il devrait tenter de trouver à s'employer de façon plus adéquate.

Lefosse, qui ne s'assied jamais durant ces rencontres dans le salon des Monnard, attend que son cadet soit allé au bout de ce qu'il avait à dire, puis il lui annonce que la démission est un recours laissé à des personnes qui ont une certaine importance dans le monde, personne que lui, l'ingénieur, n'est pas. Lui, l'ingénieur, est en réalité un genre de serviteur et pas même d'un type particulièrement élevé. Un serviteur qui a été pris parce que tel était le bon plaisir du ministre. Un serviteur à qui on donnera son congé quand le ministre n'aura plus besoin de lui. Tels sont les termes. En abuser reviendrait à détruire entièrement tout espoir d'avancement futur. Que l'ingénieur n'ait pas compris cela est peut-être plus amusant que minable.

« Alors je dois rester ici ? Je n'ai pas d'autre choix que de rester ?

— Bravo, Monsieur. Vous avez saisi le point essentiel. Et maintenant si vous me permettez de poursuivre ce pour quoi je me suis donné la peine de venir ici m'entretenir avec vous ? »

Ce dont Lefosse est venu s'entretenir – bien qu'entre eux il n'y ait jamais rien qui puisse passer pour un entretien – est la carrière à la Porte d'Enfer, qui est enfin prête à recevoir son premier envoi du cimetière. Sa Grâce, l'évêque, a répandu de l'eau bénite sur les voûtes et les galeries où les ossements seront entreposés. Les chariots voyageront de nuit, accompagnés de prêtres venus du séminaire de Saint-Louis. Durant tout le trajet, les prêtres prieront à haute et forte voix. Il y aura de l'encens, des flambeaux, des velours noirs. Tout pour refléter la sollicitude, la dignité catholique du ministre...

« Et puis-je informer le ministre, dit Lefosse, que vous avez maintenant complètement recouvré la santé ? Que de telles mésaventures ne se reproduiront pas ? »

Il ne fait aucun commentaire sur le nouveau manteau noir de l'ingénieur, un manteau plus noir que le sien d'une ou deux nuances.

3

Dîner chez les Monnard. Un chou farci aux câpres. Rognons de veau au vin. Tarte à la citrouille.

Monsieur et madame mangent dans un délicieux état d'inconfort. L'ingénieur, pour qui la nourriture, quelle qu'elle soit, n'est plus maintenant qu'une simple question de volume, de masse, d'élasticité, de texture en surface, de degré d'aridité, se contente de manger. Marie rayonne.

4

La nuit du 9 mars, juste après onze heures à la montre de l'ingénieur, un convoi de chariots – des véhicules solides et de grande contenance, conçus pour charrier des pierres – est prêt à partir en direction du Pont Neuf et de la carrière. Il a fallu plus de trois heures pour les charger, et pourtant, dans le cimetière, les murs d'ossements n'ont pas du tout changé d'aspect. Quant aux cryptes et aux greniers à os au-dessus des galeries, on n'y a même pas touché.

Les chevaux attendent patiemment dans leurs traits. De temps à autre, l'un d'eux gratte du sabot contre les pavés. Les prêtres sont blafards, entraînés, jeunes, adéquatement pieux. Ils s'agrippent à leurs flambeaux, regardent alternativement leurs voisins et les chariots avec leur chargement enveloppé dans le velours.

« Espérons que ces gars ont de bonnes chaussures, dit Armand. Quand tout cela sera fini, ils auront marché jusqu'à la lune et retour. »

Une vingtaine, une trentaine de badauds se sont rassemblés de l'autre côté de la rue de la Ferronnerie. Ils n'ont pas eu jusqu'à présent grand-chose à voir.

La fumée des feux, l'apparition hebdomadaire des mineurs, comme des marins en permission dans un port étranger, les yeux pleins d'un savoir difficile à porter. Mais maintenant il y a cela : une procession avec chariots et flambeaux, et des prêtres dans leurs longs manteaux aux boutons de cuivre. La première preuve indéniable de la fin des Innocents ! Le premier déménagement. Il n'y a – il n'y a eu – aucune protestation, aucune lamentation. Quelle que soit la loyauté que les gens continuent de ressentir pour leur petit morceau de terre malsaine, personne, à l'exception de Ziguette Monnard, n'a pris la peine de lever une main pour le sauver.

Au dernier moment, quand tout est prêt et que le spectacle est sur le point de commencer, le père Chabot apparaît. Il passe, mal assuré, la porte du cimetière, pousse sa masse entre Armand et Jean-Baptiste, les fusille du regard derrière ses lunettes teintées, fait de même aux jeunes prêtres. Il arrache un flambeau des mains de l'un d'eux, puis se dirige d'un pas lourd vers l'avant de la procession et se plante d'autorité à sa tête.

L'ingénieur donne le signal au charretier. Ce dernier siffle les chevaux. Il y a un bruissement de cuirs, le bruit de craquement des cerclages de fer sur la pierre et, à l'arrière des chariots, un entrechoquement et un raclement étouffé quand les os se calent sous leurs bâches.

Les prêtres commencent à chanter un psaume – *Miserere Mei, Deus* –, mais le rythme de leur pas, de leur chant est troublé par la foulée des bottes de Chabot qui marchent à leur propre cadence. Il les conduit en direction de la Seine, sa face rouge pointant farouchement en avant comme s'il était en route pour descendre aux enfers.

5

La fosse contre le mur du cimetière est vidée, comblée. Deux autres sont ouvertes. L'ingénieur raffine ses méthodes. Il pousse les hommes plus durement, rallonge la journée de travail à mesure que la nuit cède le pas devant la belle saison. Un second mineur prend la fuite, rentre trois jours plus tard, silencieux et affamé. Quant aux autres, qui sait ? À les regarder, on dirait qu'ils se sont faits au travail, à la spécificité du travail, ils s'y sont endurcis. Il voudrait vraiment savoir de quoi ils parlent quand ils sont entre eux. Il les admire, il admire leur courage, l'air d'indépendance qu'ils ont. Ne semblent-ils pas plus indépendants que lui ? Ne semblent-ils pas plus libres ? Un en particulier retient son regard, son imagination. Le mineur avec le doigt rogné, les yeux violets, qui vient et s'en va comme une apparition. Les autres semblent lui reconnaître discrètement une autorité, ils se déplacent autour de lui comme dans une constellation mouvante et respectueuse. Lecœur – une source sûre d'information pour tout le reste – n'a que peu à dire à son sujet, sinon qu'il a rejoint l'équipe peu avant qu'ils ne quittent

Valenciennes, en remplacement d'un mineur qui s'est dit incapable de voyager. Son nom est Hoornweder. Vraisemblablement Hoornweder. Hoornweder ou Tant, ou peut-être Mœmus. Souvent, ils inventent tout simplement leurs propres noms. L'ingénieur a-t-il quelque motif d'être insatisfait de lui ? Non, non, dit Jean-Baptiste. Aucun motif. Ce n'était que curiosité de sa part.

À partir du milieu du mois, ils envoient cinq processions par semaine à la Porte d'Enfer qui, pendant un certain temps – les prêtres bourdonnants, les cierges, les chariots avec leur lugubre cargaison –, font partie des attractions de la ville. Le *Mercure de France* imprime des petits guides qui indiquent l'heure des processions et l'endroit d'où on peut les voir le mieux (franchir la Seine est particulièrement recommandé). De jeunes couples, en particulier issus des classes oisives, se permettent de venir se faire émoustiller par cette vision. Les moralistes, sévères mais amusés, les regardent passer les bras croisés, avec un sourire narquois. Les visiteurs étrangers écrivent des lettres chez eux, poussent la métaphore pour voir toute la France dans cette sinueuse caravane d'ossements. Puis la ville n'y consacre plus qu'un haussement d'épaules général. Elle cherche une autre façon de s'amuser. Les cafés. La politique. Une nouvelle émeute, peut-être.

6

Armand s'invite à la maison des Monnard pour jouer sur le piano de Ziguette. Il recrute, aux frais des Monnard, un homme d'une cécité immaculée, avec des outils comme un arracheur de dents, qui fait des bruits de bouche et des grimaces et grimpe à moitié à l'intérieur de l'instrument, avant qu'il ne soit enfin accordé.

Quand Armand s'assied pour jouer, il semble jeter les sons du bout des doigts dans les touches. Au premier gros canard, Ragoût va se tapir sous le banc puis ressort et plante frénétiquement ses griffes dans les tresses du tapis.

« Tu es en train de tuer mon orgue, crie Armand par-dessus le son qu'il produit, mais tu m'as donné cela, alors je te pardonne.

— Je ne te l'ai pas donné, rétorque Jean-Baptiste.

— La propriété, dit Armand, sera bientôt un concept bien plus flexible. »

Jean-Baptiste souffre de maux de tête. Il en souffrira toute sa vie. Pendant les plus durs, le monde se couvre d'une pâle membrane violette, comme s'il regardait par la blessure dans sa propre tête. Il doit s'asseoir, parfaitement immobile. La douleur prend consistance jusqu'à ce qu'elle soit expulsée par un copieux vomissement. D'autres attaques sont moins sévères et il peut les contrôler – sur la suggestion de Guillotin – en buvant trois à quatre tasses de café fort.

Parmi les mots perdus, quelques-uns, tels des pigeons qui retournent à leur nid, lui reviennent. Il les écrit, à la plume et à l'encre noire au dos de son journal :

Rasoir
Cerceau
Règle
Caisson en treillis
Chapeau...

Il ne peut toujours pas lire une page du Buffon tout entière, il ne peut pas se rappeler quand ni pourquoi il l'a acheté. Il se demande quelle part de la vie d'un homme est une histoire qu'il se raconte à lui-même sur lui-même. Il se demande quelle part de son histoire il a perdue. Il se demande si cela compte.

Dans la colonne du positif, il n'est plus troublé par des rêves. Il dort paisiblement. Le flacon de médicaments, le visqueux *lachryma papaveris*, est sur le chambranle de la cheminée dans sa chambre, mais il n'y touche plus depuis son agression, pas même durant ces nuits où il reste allongé à réfléchir à la centaine de choses qu'il aurait dû lui dire, à l'Autrichienne, au crépuscule, ce jour-là, rue Saint-Denis.

Au fond de la dixième fosse, se trouvent les restes d'une trentaine ou une quarantaine d'enfants. On n'a vraiment pas le temps d'établir un chiffre plus précis. Guillotin et Thouret situent l'âge des enfants entre quatre et dix ans au moment de leur décès. Manetti, après qu'on l'a consulté, hoche la tête. Une épidémie à l'orphelinat du Plessy – 1740 ? Peut-être 1741. Il n'en jurerait pas. Dans la fosse, les enfants ont été disposés tête-bêche, tout à fait comme ils devaient dormir ensemble à l'orphelinat. Les hommes sont émus ; ils soufflent dans leurs pipes, tripotent leurs amulettes. Les docteurs récupèrent certains crânes, les empilent comme des choux ou des navets dans un des paniers d'osier de Jeanne et les emmènent dans leur atelier.

Les derniers jours de mars voient des chutes de neige. Elle colle aux murs noirs de l'église comme de la cire fondue, s'étend, craquante et scintillante, sur les ossements empilés. Puis elle givre. Creuser revient davantage à racler. Leurs outils tintent sur le sol. Pour ouvrir la onzième fosse, ils doivent laisser un feu allumé dessus toute la nuit. C'est la dernière attaque de l'hiver.

Durant toute la semaine suivante, la terre dégèle, se transforme en boue, en mélasse. Quand on extirpe un cercueil, un crâne, le son est amphibie, bizarrement sexuel. On déboutonne les manteaux, on relève les chapeaux. Même aux Innocents – et même pour quelqu'un dont le sens de l'odorat est atrophié comme celui de l'ingénieur – l'air est changé et a parfois, à intervalles imprévisibles, une pureté troublante qui les fait tous, les hommes comme les femmes, les mineurs et leurs maîtres, imaginer qu'ils sont ailleurs, en route peut-être pour une longue marche à travers la campagne, une promenade vers une rivière bordée de saules.

Jeanne, un matin, dès que l'ingénieur est arrivé au cimetière, le convoque, le visage brillant d'enthousiasme. Elle le conduit à l'angle nord-ouest du cimetière, près de là où ils ont vidé la première des fosses communes.

« Vous voyez ? » dit-elle, en montrant un carré de petites fleurs jaunes aux feuilles marbrées en forme de pique et, tout à côté, un massif de plantes plus hautes avec des fleurs cramoisies. « Les graines étaient enterrées. Vos travaux de creusement les ont ramenées à la vie. »

Il les regarde, les fleurs jaunes, cramoisies. Il ne dit rien. Il est absolument déconcerté.

7

Il ne la voit pas, ne l'entend pas avant qu'elle arrive à côté lui. C'est le crépuscule et il est sur le point d'entrer dans la maison des Monnard. Une grande voiture – « M. Hupot et fils, Déménageurs de la noblesse » – descend bruyamment la rue Saint-Honoré. Surpris, il la regarde fixement d'une façon qui, imagine-t-il, doit être comique.

« Vous vouliez discuter avec moi ? demande-t-elle.

— C'était il y a des semaines, dit-il.

— Alors vous ne souhaitez plus discuter avec moi ?

— Je le veux toujours. Oui.

— Oui ?

— Oui. Je le veux toujours.

— Très bien. » Elle attend, le regarde droit dans les yeux. Elle ne porte pas sa cape rouge aujourd'hui, mais elle a un châle ou un foulard d'un tissu léger qui couvre ses cheveux. Son visage est ferme, les lèvres fortement serrées l'une contre l'autre.

« J'ai pensé à vous », dit-il, ouvrant la bouche pour laisser venir les mots comme ils veulent. Il est trop tard pour être circonspect, pour mesurer soigneusement ses effets. « J'ai pensé à vous. Souvent. »

Elle acquiesce. Le geste ne l'aide pas.

« Nous pourrions entrer, dit-il. Parler à l'intérieur.

— Dans la maison des Monnard ?

— Ils ne s'y opposeront pas. Ils ne sont pas en position de s'opposer à mes volontés.

— À cause de leur fille ?

— Oui.

— De ce qu'elle a fait ?

— Oui.

— Elle était votre amie.

— Pas dans le sens où vous l'entendez.

— Et dans quel sens l'entends-je ?

— Vous savez dans quel sens vous l'entendez.

— Cela n'aurait pas compté.

— Non ?

— Pourquoi cela aurait-il dû compter ?

— Non, dit-il. Je ne sais pas. »

Ils s'interrompent, comme si leur esprit à tous les deux était brièvement troublé par l'étrangeté pure d'une telle conversation, qu'elle ait tout simplement lieu. C'est Héloïse qui se remet la première. « Et c'est cela que vous souhaitiez me dire ? Que vous aviez pensé à moi ?

— Ce n'est pas tout.

— Et le reste ?

— Je pensais que vous pourriez... venir ici.

— Vous rendre visite ?

— Que vous pourriez rester ici. Que vous pourriez bien vouloir.

— Dans cette maison ?

— Oui.

— Soyons clairs, dit-elle.

— Je pensais l'être, dit-il.

— Vous souhaitez me prendre comme votre maîtresse ?

— Je voudrais que vous restiez avec moi.

— Qu'est-ce que c'est que ce *rester* ? Vous voulez dire vivre avec vous ?

— Oui. »

Maintenant, pense-t-il, maintenant, elle va rejeter la tête en arrière et éclater de rire. Elle va l'accuser, d'une voix pleine de mépris, de ne pas savoir ce qu'il dit. Et c'est vrai. Il ne sait pas ce qu'il dit. Quel est son message ? Vivre avec moi ? Ou a-t-il seulement dit la chose la plus extravagante à laquelle il ait pu penser ? Il se prépare à lui dire quelque chose de dur, de dédaigneux, quelque chose qui couvre son humiliation, mais quand elle reprend la parole, sa voix est calme, sérieuse. Pas inamicale.

« Vous avez déjà vécu avec une femme ? demande-t-elle.

— Non », dit-il. Puis : « Est-ce une question pratique ? Avez-vous peur que je ne sache pas comment me comporter ?

— Nous ne nous connaissons pas, dit-elle.

— Nous ne nous connaissons pas bien, concède-t-il.

— Après plus ample connaissance, vous pourriez me trouver déplaisante. Je pourrais aussi vous trouver déplaisant.

— Vous ne souhaitez pas vivre avec moi ?

— Ce n'est pas ce que j'ai dit. C'est seulement que je ne crois pas que vous ayez pensé à tout... tout ce à quoi vous devez penser. Pas suffisamment.

— Vous avez tort, dit-il.

— Ou c'est vous qui avez tort.

— Je n'ai pas tort.

— Ha ! Cela vous importe peu que l'on vous contredise. »

Sa bouche prend une forme, ses lèvres s'assemblent comme quand elle est au marché et traite avec un commerçant malin et insistant. Puis elle baisse les yeux et fait lentement tourner la pointe d'une de ses chaussures contre les pavés.

« Je vous plais, poursuit-elle.

— Oui.

— Pourquoi ?

— *Pourquoi ?*

— Vous devez bien le savoir.

— Bien sûr », dit-il, bien qu'en réalité, il ne lui soit jamais apparu qu'il lui fallait une raison pour qu'elle lui plaise. « Vous m'avez regardé, ajoute-t-il.

— Je vous avais remarqué ?

— Oui.

— C'est vrai. Je vous avais remarqué.

— Vous achetiez du fromage. »

Elle acquiesce. « Vous aviez l'air perdu.

— Vous aussi.

— Perdue ?

— Pas à votre place.

— Suis-je censée être d'accord avec cela ? dit-elle après une autre de ces pauses durant lesquelles elle semblait peser soigneusement chaque mot qu'il avait prononcé. Je dois être libre d'aller et de venir comme je l'entends. Je suis trop vieille pour recevoir des ordres de vous ou de qui que ce soit.

— Vous serez libre.

— Et si jamais vous me frappez...

— Je ne ferai pas ça.

— J'ai entendu dire que vous aviez mis un couteau sous la gorge d'un homme, ce soir-là, rue Saint-Denis.

— C'était une clé, pas un couteau.

— Une clé ?

— Oui.

— Parce qu'il m'avait insultée ?

— Oui.

— Il ne sera pas le dernier.

— Alors je les combattrai.

— Avec une clé ?

— Vous pourriez venir bientôt, dit-il. Avez-vous beaucoup d'affaires ?

— Quelques vêtements. Quelques livres.

— Des livres ?

— Vous imaginiez que je ne savais pas lire ?

— Non, ce n'est pas ce que je pensais.

— J'aimerais davantage de livres. Les bonnes éditions. Pas celles à quinze sous qui vous tombent en pièces entre les mains dès que vous les ouvrez.

— Non, dit-il, pas celles-là.

— Et le théâtre, ajoute-t-elle. Il y a longtemps que je n'y suis pas allée.

— Le théâtre, reprend-il. J'aimerais bien, moi aussi. »

Pendant un certain temps, ils restent tous les deux silencieux, paisibles. La rue elle-même est entrée dans une de ces périodes d'apaisement occasionnel, pratiquement pas une âme dehors. Il est probable, pense Jean-Baptiste, qu'ils soient observés depuis une de ces fenêtres par quelqu'un qui sait qui ils sont tous les deux. Mais cela lui est complètement égal.

« C'est vous ? » demande-t-elle, en se tournant pour regarder de biais au bout de la rue, là où, sur les volets de la boutique de la mercière, la peinture noire proclame une nouvelle menace de monsieur Bêche envers les puissants. Celle-ci concerne le sort qui attend le gouverneur de la Bastille. Elle est apparue il y a une semaine et elle n'a toujours pas été recouverte.

« Vous connaissez mon nom, dit-il.

— Je connais les deux », dit-elle, en lui souriant ouvertement pour la première fois.

8

Elle ne lui fera aucune promesse. Elle réfléchira à la question. C'est une vaste question. Elle y réfléchira et elle lui enverra un mot. Quant à lui, lui suggère-t-elle, il ferait bien, entre-temps, d'y réfléchir aussi. Et de se demander si ce qu'il avait dit était bien ce qu'il avait voulu dire. Si c'était vraiment cela.

Pendant presque une semaine, il reste dans un état d'exquise incertitude. Au cinquième jour – la cinquième nuit –, il est tout d'un coup sûr que cela n'arrivera pas. C'est son instinct, son éclair de lucidité. Cela n'arrivera pas, ne peut pas arriver. Il est tout à fait probable qu'elle ait toutes les semaines une demi-douzaine d'hommes qui lui demandent de vivre avec elle, des hommes qui confondent leur désir avec quelque chose de plus tendre, quelque chose qui n'a aucune part dans le commerce qu'elle exerce. Elle est dure et il faut qu'elle le soit : la raison impose une telle conclusion. Elle est dure et elle s'est rendue sèche. Ou alors elle est bonne, infiniment bonne, et elle ne viendra pas, pour son bien à lui. Un homme comme lui, un homme qui a fait des études, un homme avec une profession, qui doit naturellement chercher à briller dans le monde – car pour un tel homme, se lier à une femme comme elle signifierait se condamner à la risée publique, à l'ignominie. Un aristocrate comme le comte de S. pourrait le faire, ou quelqu'un de moindre importance, quelqu'un qui aurait déjà brillé de tous ses feux et qui ne perdrait que très peu en perdant son nom. Mais pour lui – qui n'est ni grand ni petit –, c'est une impossibilité. Et elle a vu cela, elle a, au détriment de son propre confort, choisi de le protéger lui contre sa folie.

Il aimerait tellement pouvoir parler à quelqu'un. Il ne s'est jamais senti aussi étranger à lui-même, comme si sa vie était une chambre dans laquelle tous ses objets familiers aurait été remplacés par quelque chose qui ne ferait que les imiter. Parler à Armand ? Mais Armand sera trop véhément, trop furieusement pour ou contre, trop amusé. Guillotin ? Guillotin écouterait et, avec l'expérience de son âge, il considérerait le sujet dans une large perspective. Médicale ? Ce n'est pas impossible. Il se peut que ce soit la bonne perspective. Il va mal ! Il va mal et il n'est plus lui-même, il n'est plus comme il devrait être.

Il trouve le docteur en pleine matinée ; il fait chaud, il est assis sur un tabouret dans l'atelier des médecins, en train de polir un des crânes des orphelins. À la vue de ce pauvre objet brillant dans la paume du docteur, toute pensée de confession le quitte instantanément. Au lieu de cela, ils parlent des os de la tête. Frontaux, pariétaux, occipitaux. Comment, chez les bébés et les petits enfants, les différents os ne sont pas encore soudés et que cela leur est nécessaire à la naissance, quand le crâne est sujet aux énormes pressions dues au passage du col de l'utérus.

« Ils sont parfaitement faits, dit le docteur, en donnant le crâne à Jean-Baptiste. Ils ne se fendent pas comme des melons, ils n'éclatent pas comme des boules de verre. »

Il se lève pour examiner la blessure de Jean-Baptiste, écarte soigneusement les nouveaux cheveux, et se déclare très satisfait de l'aspect de la blessure.

« Vous ne souffrez toujours d'aucun symptôme, demande-t-il, à part les maux de tête ?

— Je suis... commence Jean-Baptiste avant de hausser les épaules. Je suis tel que vous me voyez. Et je serais heureux que nous fixions enfin quelques honoraires. Pour ce que vous avez fait. La gentillesse que vous avez eue à me veiller. Je ne vous en ai jamais remercié correctement. »

Le docteur balaie la proposition. « À moins, mon cher ingénieur, que vous ayez changé d'avis et que vous acceptiez de me céder cette fameuse tête que vous avez là ? »

Il est en train de revenir du cimetière, dans le crépuscule avancé, quand un garçon, appuyant son ombre contre celle du mur du cimetière, s'écarte et se met sur son chemin. C'est le garçon muet, celui qui l'a aidé à porter sa malle la nuit où il a emménagé dans la maison des Monnard. Il tend la main et, pendant un instant, Jean-Baptiste pense qu'il demande quelque chose, qu'il a appris à mendier, mais il offre quelque chose, une feuille de papier pliée. Il y a – si on se déplace au milieu de la rue – juste assez de lumière pour lire la note contenue dans le papier. Elle est très brève. « Je viendrai si vous le souhaitez toujours. »

Il n'a rien pour écrire. Il dit au garçon : « Sais-tu faire des signes ? Peux-tu te faire comprendre par des signes ? »

Le garçon acquiesce.

« Alors, retourne chez la femme qui t'a donné cela. Dis-lui de venir demain. À trois heures de l'après-midi. Maintenant, montre-moi comment tu feras cela. »

Le garçon lui montre. Cela semble parfaitement clair à Jean-Baptiste. Il donne une pièce au garçon. « Va, dit-il. Trouve-la cette nuit. »

9

Durant tout le temps qu'il faut pour marcher jusqu'à la maison et monter l'escalier jusqu'à sa chambre, il s'imagine être l'homme le plus heureux de Paris. Il n'allume pas sa chandelle, il s'assied sur le lit dans la pénombre fraîche comme s'il était enveloppé dans le cœur violet d'une fleur. Comme tout cela est simple ! Et comme nous sommes bêtes de nous rendre la vie si difficile ! Comme si nous *souhaitions* être malheureux, ou que nous craignions que l'accomplissement de nos désirs ne nous fasse exploser ! Un bref instant – le vieux réflexe –, il veut examiner ce qu'il ressent, en nommer les différentes composantes, savoir quelle nouvelle machine est-ce là, cette nouvelle joie ; puis il s'allonge sur son lit, en riant doucement, et de cette façon s'endort presque, avant de se rasseoir subitement, droit comme un i, doutant de nouveau de tout. Que voulait-elle dire exactement avec ce message ? Y avait-il quelque ambiguïté ? Se peut-il qu'il l'ait lu de travers, lui dont les mots sont devenus des serviteurs si peu fiables ? Et avoir envoyé un garçon muet avec sa réponse alors qu'avec un peu de sang-froid, un peu de patience, il aurait pu faire entrer le garçon dans la maison et écrire quelque chose de simple et d'explicite !

Il se lève, arpente le petit espace, s'arrête à la porte, regarde l'intérieur de la pièce – dont maintenant tous les objets n'offrent plus que la plus pâle apparence d'eux-mêmes – et réalise que si elle vient en effet demain (et *pourquoi* à trois heures ?), il est impossible qu'ils soient ici, qu'ils restent ici, qu'ils vivent, ne serait-ce qu'une seule nuit, ensemble ici.

Il se jette dans les escaliers, dépasse la porte du salon, allume une chandelle sur la console de l'entrée, remonte – deux marches à la fois – tout en haut de la maison. Il reste devant la chambre de Ziguette, se surprend à écouter à la porte, se le reproche par un soupir, ouvre la porte et entre.

Il n'est pas venu ici depuis la nuit où il lui a rendu visite pour voir à quoi ressemblait une fille en décomposition et avait trouvé la fille comme la chambre dans un état de confusion avancée. La chambre est assez bien rangée maintenant, l'air est un peu humide d'être resté stagnant, mais cela pourra rapidement s'arranger. Il lève la chandelle, embrasse du regard la garde-robe peinte, la cheminée, la coiffeuse avec le miroir ovale (dans lequel la flamme de sa chandelle scintille maintenant). Un lit assez grand pour deux. La chambre a-t-elle toujours son odeur ? Il ne sait pas ; il ne saurait le dire. Il traverse la pièce vers la fenêtre dont les volets ne sont plus fermés, il l'ouvre, sent l'air du soir s'écouler entre ses doigts. Son accès de doute est passé, mais avec lui aussi le vertige, ces merveilleux instants aveugles de joie. Il a faim. Très faim. Il descend à l'étage retrouver les Monnard au dîner. Ils ont presque fini la soupe, mais la soupière est toujours sur la table. C'est le moment où il devrait leur dire, à monsieur et à madame, quelles sont ses intentions, qui, demain – si les signes du garçon muet sont compris –, viendra vivre dans leur maison. En portant des cuillerées de soupe à sa bouche, il essaie de trouver une façon élégante, résolue, de tout dire, mais avant de pouvoir commencer, il se met à rire. La soupe, en un courant fin, marron, repasse par ses lèvres pour retomber dans son bol. Il essuie ses lèvres, s'éclaircit la gorge. Il s'excuse.

***

Première lueur. Il passe l'habit noir, sort à la recherche de Marie, la trouve dans la cuisine. Elle est pliée en deux au-dessus de la table de la cuisine, en train de faire miroiter au chat un morceau de viande cuite qu'elle tient dans la bouche pour qu'il l'attrape et la prenne.

« C'est un jeu », dit-elle.

Il hoche la tête, puis lui demande si elle voudrait bien prendre tous les vêtements de Ziguette, toutes les bergères chinoises, les aquarelles d'amateur, les coquillages, les dés à coudre décorés, les éventails décorés, tout, tout retirer de sa chambre pour tout mettre dans la sienne, où tout cela pourra, pour le moment, être commodément entreposé.

« Pourquoi ? demande-t-elle.

— Je souhaite l'utiliser.

— Sa chambre ?

— Oui.

— Pour vous ?

— Pour moi, oui. Pour moi et... pour quelqu'un d'autre. Une femme.

— Une femme ?

— Elle restera avec moi.

— Une femme ?

— Oui. Une femme. Est-ce tellement remarquable ?

— C'est votre épouse ?

— C'est... un arrangement. Entre nous. Les hommes et les femmes qui vivent ensemble dans le faubourg Saint-Antoine sont-ils toujours mariés ?

— Non.

— Alors, nous serons comme eux.

— Vous me demandez, dit-elle, de vous servir, vous et elle.

— Je te donnerai quelque chose en plus pour cela. La moitié de ce que te donne monsieur Monnard.

— Quand arrive-t-elle ?

— Aujourd'hui, je pense. Peut-être cet après-midi.

— Alors, vous me paierez aujourd'hui ?

— Je te donnerai quelque chose quand la chambre sera prête. Il te faudra prendre du temps sur tes... autres tâches ? »

Elle acquiesce, lui adresse un grand sourire, avec un air entendu et une certaine excitation. Pendant toute leur conversation, le chat a maintenu son regard fixé sur la bouche de la servante.

À deux heures, après avoir dit une série de mensonges à Lecœur au sujet de fonds à retirer chez l'orfèvre de la rue Saint-Honoré, Jean-Baptiste retourne à la maison. Quand il ouvre la porte de la chambre de Ziguette, il regarde avec soulagement la garde-robe ouverte et vide, la coiffeuse où il ne reste pas une épingle, les murs nus. Formidable Marie ! Il veillera à ce qu'elle ait quelque chose de conséquent pour cela, assez pour une nouvelle robe, une belle, une dans laquelle elle puisse être fière de se montrer quand elle retourne chez elle, si elle a quelque part qui soit chez elle, un endroit que l'on considère comme chez soi.

A-t-elle changé les draps ? Il relève le couvre-lit, examine le traversin en quête de cheveux blonds, puis, impulsivement, il regarde sous le lit, et y trouve une chose petite, fine, qu'il enlève et fait tourner dans sa main. Du satin violet. Quelque chose en dentelle de satin violet avec un ruban violet. Un type de chaussure, une sorte de molle... Quelle importance, comment cela s'appelle ? Ce n'est pas le moment. Il le plie, le met dans une poche, s'assied sur un coin du lit, se relève immédiatement et va à la fenêtre, se penche, scrute la rue, marmonne pour lui-même un bon mot éculé sur les femmes et la ponctualité, retourne sur le lit, va au miroir, dévoile ses dents, les examine, sort sa montre, voit qu'il reste encore quinze minutes avant l'heure, s'assied à nouveau sur le lit, voit de la saleté sur ses chaussures, de la saleté du cimetière, de l'humus peut-être d'hommes et de femmes morts, puis il se prend à penser à la Charlotte de Guillotin, la fille préservée dont les longs cils émergent de ses paupières grises et enfoncées, des paupières comme des pièces de monnaie. Pourquoi faut-il qu'il pense à elle maintenant ? Ne peut-il pas être libéré d'eux, ne serait-ce que pour une heure ou deux ? À l'exception de son père, il ne pensait jamais à eux auparavant...

Et à qui diable est ce visage de vieux qui le regarde depuis la fenêtre de l'autre côté de la rue ? Alors tu aimes espionner, hein ? Très bien. Il se lève et regarde à son tour dans sa direction, les bras croisés contre sa poitrine, il regarde tout droit, ricane, et commence à se dire que ce n'est pas du tout un visage, mais une chose suspendue, peut-être même la faible lueur d'un petit miroir, quand il entend un trot vif de chevaux, le rythme de roues qui rebondissent. Les fiacres ont leur propre musique et ceci est sans nul doute un fiacre. Il bondit à la fenêtre, regarde en dessous, voit qu'il s'arrête devant la maison, voit un vieux cocher glisser de sa banquette et faire le tour pour ouvrir la portière du fiacre. Il voit, un instant plus tard, le haut de sa tête. La couronne.

« Alors ça y est », dit-il, sa voix dans le vide nouveau de la pièce résonne comme celle d'un acteur, aussi fausse, aussi étrange que celle d'un acteur. Il descend les escaliers en courant, tête baissée, les chaussures résonnant sur le bois. Madame Monnard sort du salon, se tient sur le palier en se tordant les mains.

« La maison est-elle en feu ? » crie-t-elle à l'ingénieur qui passe en courant devant elle. « Monsieur ! Monsieur ! »

10

Leurs premières heures ensemble sont si péniblement embarrassantes que chacun est forcé d'en conclure qu'il s'agit d'une grosse erreur. Il parle trop, puis pendant presque une demi-heure, il ne dit plus rien du tout. Elle est assise sur une chaise devant la coiffeuse, la lumière tombant sur ses épaules. Il est tourmenté par la pensée que, tout à coup, inexplicablement, elle n'est pas aussi jolie qu'elle lui avait semblé lors de toutes leurs rencontres dans la rue. Elle porte une robe blanche brodée de fleurs rouges et roses. Lui va-t-elle ? Et très haut sur son sternum, il y a une marque, un peu pâle, qu'elle a tenté de recouvrir par de la poudre. Elle est en train de parler de choses et d'autres – d'une façon qui laisse entendre qu'elle a pitié de lui. Elle s'enquiert poliment de son travail. Son travail ! Il est à peine plus qu'un déterreur de cadavres. Et lui-même peut-il lui demander comment va son travail à elle ?

La lumière dans la pièce prend une couleur d'eau savonneuse. Il a subitement très faim. Il a envie de faire une remarque amère, stupide au sujet des femmes, des courtisanes, des prostituées. Quelque chose d'impardonnable. Au lieu de cela il dit : « Nous devrions manger.

— Ici ?

— Où sinon ?

— Vous mangez avec les Monnard ?

— Bien sûr.

— Peut-être ce soir pourrions-nous manger dans la chambre ?

— Nous devons les rencontrer à un moment ou un autre. C'est aussi bien que ce soit maintenant. »

À l'étage en dessous, dans le salon, madame Monnard est assise toute seule au coin du feu. Depuis des semaines que Ziguette est partie, la vie, pour l'essentiel, l'a quittée. Il y a des petites scènes de larmes, des reniflements dans un mouchoir roulé en boule, des soupirs, des regards humides perdus au loin, un petit miaulement involontaire à l'occasion. Elle ne reçoit aucun signe apparent de réconfort de la part de son mari, peut-être même de personne. Par moments, elle donne l'impression de ne pas du tout se rendre compte du monde qui tourne autour d'elle, mais il est satisfaisant de constater qu'elle est stupéfaite de voir Héloïse Godard entrer dans la pièce.

Marie aurait pu la prévenir bien sûr ; Marie a décidé de n'en rien faire. Le visiteur qui a frappé à la porte dans l'après-midi était, autant qu'elle ait pu le savoir, seulement une connaissance de monsieur Baratte, quelqu'un du cimetière, sans aucun doute. Peut-être, cette personne plutôt effrayante, monsieur Lefosse. Et maintenant cela. *Cela !* La soudaine apparition, presque comme dans un rêve, d'une femme dont le nom même (à supposer que qui que ce soit le connaisse, son vrai nom) ne peut être évoqué en bonne compagnie.

« Madame Monnard, mademoiselle Godard. Mademoiselle Godard demeurera dans la maison désormais, annonce Jean-Baptiste.

— J'espère, Madame, dit Héloïse, que cela ne vous apportera pas un trop grand dérangement.

— Je réglerai avec votre mari la question du supplément de loyer », dit Jean-Baptiste.

Madame Monnard acquiesce. Son regard passe de l'un à l'autre, elle tord le coin d'un coussin bourré à la lavande sur ses genoux.

« Quelle jolie pièce vous avez, dit Héloïse. Élégante et où on se sent chez soi. D'habitude, c'est l'un ou l'autre.

— Oh ? fait madame dans un souffle.

— Je ne suis pas une experte », continue Héloïse, déversant sur son aînée toute la lumière d'un sourire si généreux, venant tellement du cœur, que Jean-Baptiste doit détourner les yeux de peur de glapir de jalousie. Il attrape la carafe sur la table, remplit deux verres, en donne un à Héloïse qui le donne à madame Monnard, qui le prend de ses mains comme si elle n'avait jamais tenu un verre de sa vie, ni jamais vu de vin rouge.

« Vous faites de la broderie, Madame ? demande Héloïse en montrant une pièce ouvragée quelconque pendue au mur près de la cheminée.

— Broderie ?

— Le point de croix, Madame. J'ai fait un ouvrage comme celui-ci quand j'étais enfant, mais il était loin d'être net.

— C'est ma fille qui les a faits. Ma fille Ziguette. »

C'est la première fois depuis l'agression qu'elle a osé mentionner le nom de sa fille en présence de l'ingénieur.

« On voit qu'elle a bien appris », dit Héloïse.

Madame sourit. Gratitude pure, soulagement pur. Et quelque chose d'héroïque fait corps en elle. Du ventre au cœur et jusqu'à la bouche. « Ne croyez-vous pas, Mademoiselle, dit-elle, en s'agrippant plus fort au coussin, ne croyez-vous pas que le fond de l'air était un peu plus doux aujourd'hui ? Un peu plus doux qu'hier ? »

Héloïse acquiesce. « Je le crois, Madame, il l'était peut-être bien. »

Une demi-heure plus tard – une demi-heure qui passe sur le petit courant d'un poli bavardage féminin –, ils sont rejoints au salon par monsieur Monnard, qui entre comme il le fait toujours, accompagné de l'odeur acide, écœurante, d'un produit utilisé dans la coutellerie. C'est son épouse qui, presque avec empressement, présente Héloïse – « Une amie de monsieur Baratte » –, mais elle laisse à Jean-Baptiste le soin de l'informer que mademoiselle Godard demeurera dans la maison. Vivra ici. Avec lui.

« Vivra, Monsieur ?

— Oui.

— *Ici* ?

— Oui.

— Dans la maison ?

— Oui. »

C'est le moment où monsieur Monnard pourrait faire éclater sa révolte. Le moment où il pourrait refuser tout net et à tue-tête que l'un comme l'autre restent dans sa maison une minute de plus, où il serait concevable qu'il sorte de ses gonds, se jette sur l'ingénieur et se batte avec lui... Puis le moment passe, avalé peut-être par le souvenir de sa fille étendue sur son lit, nue, innocente comme l'agneau, un morceau de cuivre sanguinolent à ses pieds. Il brosse quelque chose sur sa manche, regarde en direction de la fenêtre où les feux des Innocents brûlent par à-coups dans la nuit du printemps. « Je vois, dit-il. Mais bien sûr. »

Ils passent à table. Marie, arrivant avec le plateau, sert Héloïse en premier et il semble déjà qu'elle lui ait tapé dans l'œil. Ils commencent par un potage de radis. Pour le plat principal, accompagné de légumes bouillis avec des oignons, il y a des morceaux de viande grise en forme de tuyaux dans une sauce de la même couleur.

« Est-ce de l'anguille, Madame ? » demande Héloïse, et quand madame Monnard le lui a confirmé, Héloïse parvient à dire une demi-douzaine de choses intelligentes et fort à-propos au sujet des anguilles. « Et elles ont leurs mystères, Madame. On m'a dit que personne ne sait où elles élèvent leurs petits.

— Quand j'étais enfant, dit madame, j'aimais à les regarder dans leurs seaux au marché. Je me demandais alors ce qui arriverait si je mettais ma main dans l'eau. Si elles la mangeraient.

— La peste, grommelle monsieur Monnard.

— Monsieur ? demande Héloïse.

— Je ne crois pas avoir rien dit, Mademoiselle.

— Mon mari, commence madame Monnard, a un grand établissement rue des Trois-Mores. Des lames, de la plus simple à la plus recherchée. Le père Poupart de Saint-Eustache coupe sa viande avec un couteau de mon mari.

— Je l'ai vu, Madame. L'établissement. Tout le monde loue son excellence.

— Vous connaissez le père Poupart ? demande madame, qui semble avoir accompli dans sa tête le tour de passe-passe d'oublier entièrement à qui elle était en train de parler.

— Il nous est arrivé de nous croiser dans la rue, Madame.

— Il a une voix charmante quand il parle. Ma fille, je crois, s'en délectait.

— Il faut avoir une voix forte pour une église si vaste.

— Oh, certes, Mademoiselle. Oui, je crois que c'est tout à fait vrai.

— *Canaille* ! » hurle monsieur Monnard, en bondissant de sa chaise. Ragoût, contaminé par l'atmosphère d'anarchie mollement réprimée qui règne dans la pièce, a sauté sur la table et s'est emparé d'une bouchée d'anguille de monsieur Monnard. Il s'enfuit avec sous le piano. Monsieur Monnard, libre de pouvoir enfin s'exprimer, jette son assiette sur le chat, mais trop brutalement. L'assiette frappe l'angle de l'instrument et se désintègre en une pluie de porcelaine et de sauce grise. Dans le silence qui suit, Jean-Baptiste se lève. Un instant plus tard, Héloïse se lève aussi.

« Vous devez être lasse après votre voyage, Mademoiselle, dit madame Monnard avec désinvolture.

— C'est gentil à vous de le penser, dit Héloïse, bien qu'elle n'ait pas voyagé plus que sur une distance de quelques rues. Bonne nuit à vous, Monsieur. »

Monsieur Monnard hoche la tête, grogne, mais il ne

lève pas les yeux – peut-être en est-il incapable – du sol sur lequel Ragoût, après avoir englouti son morceau d'anguille, est occupé à soigneusement nettoyer la sauce sur les plus gros fragments d'assiette.

Ils montent dans la chambre – leur chambre, en principe. Ni la soirée ni la chambre ne sont particulièrement froides (il y a quelques semaines, ils auraient pu voir leur souffle sortir de leur bouche), mais Jean-Baptiste s'agenouille sur le petit tapis devant la cheminée et entreprend de faire du feu. Une fois qu'il a pris, il recule pour le regarder et, les yeux toujours sur le feu, il dit à Héloïse qu'il doit retourner au cimetière.

« Maintenant ?

— Ils doivent charger les chariots.

— Serez-vous parti longtemps ?

— Aussi longtemps que nécessaire.

— Et personne d'autre ne peut le faire ?

— Ce n'est pas la question. »

Il part, rapidement. Elle regarde la porte fermée, entend ses pas dans l'escalier. Peu après, elle entend la porte de la rue. Pendant plusieurs minutes, elle reste ainsi, le visage sans expression. Puis elle lève la main, elle essuie de ses yeux deux larmes qu'elle ne veut pas laisser tomber et va à la coiffeuse. Elle relâche et renoue le ruban de madras dans ses cheveux, enlève ses chaussures, se masse l'extérieur du pied droit, là où la chaussure la pinçait, puis elle commence à se dégrafer, à se délacer, fil et œillets, nœuds et épingles, jusqu'à ce qu'il ne lui reste plus que son sous-jupon, sa chemise et ses bas. Elle ouvre un sac de toile décoré – un des trois grands sacs dans lesquels elle a emporté toutes ses affaires – d'où elle sort une robe de chambre matelassée et une paire de mules en cuir, une bouteille d'eau de fleur d'oranger et une serviette. Elle se nettoie le visage avec l'eau de fleur d'oranger, s'essuie la gorge, les aisselles et entre les seins. La chaise est dans un coin de la pièce. Elle est pourvue d'un petit paravent de coton plissé dans un cadre en bois. Elle s'assied et, quand elle a fini, se sert de l'eau de fleur d'oranger pour nettoyer les plis de ses cuisses. Elle sait que cela va arriver dans quelques jours, elle le sent prendre en elle, une légère pesanteur, de légers ballonnements. Elle a connu des hommes qui étaient dégoûtés par le saignement des femmes, d'autres qui – de façon plus troublante – étaient attirés par cela. L'ingénieur, soupçonne-t-elle, fera partie de cette masse d'hommes qui prennent soin de ne pas y penser du tout.

Elle boutonne sa robe de chambre, attise le feu avec la pique et commence à examiner la pièce. Ce n'est évidemment pas la pièce qu'il occupe d'habitude puisqu'aucune de ses affaires n'est là. La garde-robe est vide (elle ne va pas y mettre ses robes, pas tout de suite). Il n'y a rien de la pagaille d'un homme. Elle aurait bien aimé jeter un œil à cet habit, dans lequel elle l'a un jour observé, cette chose couleur de laitue fraîche, mais il n'y a rien, pas même une chemise. À qui était cette chambre, alors, si ce n'était pas la sienne ? Elle pourrait deviner – et elle devinerait juste selon toute vraisemblance –, mais demain, elle fera raconter des choses à cette drôle de petite servante. La servante saura tout.

Au moins la fenêtre donne-t-elle sur la rue et non sur le cimetière. Et elle n'a pas de client rue de la Lingerie, personne qu'elle sera embarrassée de croiser par hasard. Ce n'est pas qu'elle entend se laisser *embarrasser* par quoi que ce soit. Elle a abandonné son ancienne vie – ancienne d'un ou deux jours –, mais elle ne va pas s'abaisser à l'indignité de faire semblant. Elle a vécu publiquement, a été une femme publique pendant presque quatre ans, a mené dans la pleine lumière du regard public cette carrière que ses parents, par leurs actions sinon par leurs mots, lui ont fait apprendre à leur auberge sur la route Paris-Orléans. Mais quatre ans sont bien assez longs. Sa décision est prise. La peine et la colère ont tracé leur chemin ; elle les a traînées comme un buisson de ronces dans ses propres entrailles, elles l'ont décapée, lui ont laissé un millier de petites cicatrices, mais elles ne l'ont pas tuée. Et maintenant, voilà. Une nouvelle vie. Une nouvelle vie avec un étranger bizarre aux yeux gris qu'elle semble néanmoins connaître plutôt bien. Un étranger qui la désire – elle n'a sérieusement aucun doute là-dessus – et pas seulement le premier mardi du mois, comme le vieil Ysbeau...

À la pensée du vieux libraire, elle retourne à son sac décoré et en sort deux livres, les apporte sur la coiffeuse, s'assied et rapproche la chandelle. Qu'est-ce que ce sera ? *Le Diable amoureux* de Cazotte ou *Le Newtonianisme pour les dames* d'Algarotti. Ce soir elle devrait peut-être s'en tenir à Algarotti et Newton. Puis, quand il reviendra, elle pourra le calmer en lui demandant de lui expliquer certaines choses (il aimera cela ; ils aiment tous cela). Elle s'installe, retrouve sa page, s'apprête à commencer un chapitre sur l'optique, quand elle entend, tout bas contre la porte, le bruit de quelque chose qui gratte.

Il ne va pas au cimetière, il n'en a jamais eu l'intention. Il va dans la direction opposée, vers le Palais-Royal. Il a besoin de marcher, de penser, d'arrêter de penser. Est-il en train d'avoir une de ses migraines ? Étonnamment, non.

Comme elle doit regretter amèrement son arrivée ! Et ce souper ! Grotesque ! Et pire que tout, sa conduite à lui – sa lourdeur, sa grossièreté. Comme s'il lui en voulait ! À elle qu'il a attendue tout l'hiver ! Pourquoi ne peut-on rien vouloir tout simplement, désirer tout simplement, sans contradiction, sans trouver un « non » inexplicable dans un repli non exploré de son cœur ? Et maintenant, voilà qu'il s'est enfui au lieu de faire ce que tout homme digne de ce nom ferait en compagnie d'une femme telle qu'Héloïse Godard. À l'heure qu'il est, Armand en serait à sa deuxième saillie. Les fenêtres sauteraient de leur cadre. Une vilaine pensée, bien sûr, Armand avec Héloïse. Si jamais il ose poser un doigt sur elle...

Au Palais-Royal, l'air de la nuit miroite de trop de lumière. Les flambeaux, les chandeliers, les rangées de lanternes chinoises. S'il arrivait à éclairer le cimetière ainsi, ils pourraient creuser toute la nuit. Trente hommes de plus, une partie qui dort, l'autre qui creuse, avec un changement d'équipes à l'aube et au crépuscule. À Valenciennes, certains filons étaient travaillés de cette façon, des hommes, des femmes, des pompes et des chevaux travaillant vingt-quatre heures sur vingt-quatre. Dieu sait qu'il aurait besoin de penser à quelque chose, à quelque innovation, pour éviter qu'ils soient toujours en train d'exhumer les morts quand arrivera le nouveau siècle.

Il se fraye un chemin en avant, son habit noir se frottant à d'autres, verts et rouges, argentés et dorés. Des visages surnagent dans la cohue. Un homme, lourdement poudré, tire le bout de sa langue à l'ingénieur. À son passage, deux femmes, qui pourraient être des courtisanes avec leur appartement au premier étage, ou peut-être pas, lèvent les yeux de leur jeu consistant à agacer un singe attaché à une pique par une longue chaîne d'argent...

Devant le Café Correzza, un jeune homme aux cheveux jaunes debout en équilibre précaire sur une chaise tient un discours. Qu'est-ce que c'est ? Le baratin habituel. Le cœur des hommes, les exigences de la nature, les promesses de la philosophie, la destinée du genre humain, la justice indomptable, la vertu... Et a-t-il mentionné Bêche ? Bêche le vengeur ? Impossible d'entendre avec le chahut que font les autres, les bavardages, les rires, le pas irrégulier des catins et des nobles, la demi-douzaine d'orchestres qui jouent dans la cour.

Il entre chez L'Italien, prend une chaise près du poêle de porcelaine, commande de l'eau-de-vie. Il est, imagine-t-il, servi plus rapidement ces derniers temps. Serait-ce l'habit noir ? Une sévérité noire qui le fait paraître à moitié prêtre, à moitié fonctionnaire, le dépositaire de pouvoirs ambigus ? Ou est-ce quelque chose que Ziguette Monnard a mis au jour ? Une détermination nouvelle à mettre une clé sous la gorge d'un autre homme ? On respecte la violence ; voilà au moins ce qu'il a appris du monde. Ce pourrait même être une de ces vertus que le jeune homme sur la chaise était en train de professer. Des gentilshommes pataugeant dans le sang jusqu'aux boucles de leurs souliers, s'inclinant et accordant l'un à l'autre un « beau geste ». Vertueuse violence. Sa vertueuse nécessité. La violence comme devoir. C'est, très vraisemblablement, la chose qui vient.

Quand il met la main à sa poche pour payer l'eau-de-vie, il en sort la chaussure-chose en satin de Ziguette. Le serveur lui concède un sourire presque invisible de serveur. Dehors, il doit passer au milieu d'une famille de joueuses de mandolines, il abandonne la chose en satin sur le rebord de la fenêtre du salon n° 7 et regagne l'obscurité, le silence soudain des rues derrière la Bourse. Un peu d'eau-de-vie l'a dégrisé. Il sait ce qu'il va faire maintenant. Quand il atteint les arcs-boutants de Saint-Eustache, il commence à courir.

En entrant, il est momentanément déçu qu'elle n'ait pas l'air aussi malheureuse qu'il l'avait imaginé. En réalité, elle n'a pas l'air d'être malheureuse du tout. Elle lui sourit, calmement, soulève le livre au-dessus de la tête de Ragoût qui a soigneusement pelotonné sa masse sur son giron. Elle indique un mot dans la moitié inférieure de la page.

« Je ne vois pas, dit-il.

— Vous ne regardez pas, répond-elle.

— Vous n'arrivez pas à le lire ? demande-t-il.

— « Réfraction », indique-t-elle

— Oh, rit-il. Oui. Je connais. Réfraction. Utiliser une lentille pour changer l'angle de la lumière. »

Il porte le chat dans le couloir (posé par terre, il frémit de dégoût), puis il revient dans la chambre, retire ses bottes, son justaucorps, son gilet. Ils sont assis côte à côte sur le lit. Elle humecte la pointe de deux de ses doigts et éteint la chandelle. Il y a assez de lumière grâce au feu. Ils s'allongent. Ils s'embrassent. Leurs bouches leur semblent d'abord fraîches, puis chaudes. Elle est, sans surprise, habile à défaire les boutons. Il se débat avec ses culottes, écrase son visage contre sa poitrine, s'accroche à elle. Doucement, elle se délivre, relève sa chemise, jusqu'à ce qu'elle soit troussée à la hauteur de ses hanches. Quand il ose regarder, il voit la lumière des flammes sur la peau de ses cuisses. Sous sa chemise, il bande dur comme une bouteille, trop dur. Presque dès qu'elle le touche, il se contracte et laisse échapper le même demi-cri étouffé qu'il a dû pousser la nuit où Ziguette Monnard a abattu la règle sur sa tête.

Il faut encore une semaine avant que, lors d'une rencontre inattendue en milieu d'après-midi, sans qu'ils soient ni l'un ni l'autre particulièrement dévêtus, il la pénètre enfin. Une fois qu'il est en elle, il abaisse son front, laisse leurs crânes appuyer légèrement l'un contre l'autre. Avec son pouce, elle suit la ligne de sa cicatrice, l'arête de la peau dénervée. Depuis cet instant, dans son cœur, il la considère comme sa femme.

11

Aux Innocents, il y a une nette hausse du nombre de rats. Des rats visibles. Guillotin est de l'opinion qu'ils s'en vont. Les hommes acquièrent des chats. Chaque tente en possède au moins un, bien que pas même Lecœur ne semble savoir où ils les ont eus. De leurs femmes du samedi soir peut-être, leurs catins. Parfois, l'ingénieur croit voir Ragoût au milieu d'eux, patrouillant au crépuscule, mais à une certaine distance, un chat ressemble à n'importe quel autre chat. La nuit, ils se livrent des batailles épiques. Un chat est tué, mais trop de rats aussi, dont les corps, entiers ou en morceaux, se retrouvent dans l'herbe qui pousse ou sont laissés en guise de trophées sur les marches des ossuaires.

Une nouvelle fosse – la fosse quatorze – est ouverte à proximité de l'ossuaire sud. En plus de cela, l'ingénieur décide d'entamer la première des cryptes privées. Il rassemble une petite équipe – Stals, Biloo, Block, Everbout – qu'il accompagne jusqu'à l'ossuaire ouest, sous les fenêtres de la rue de la Lingerie. Ils commenceront avec la famille Flasselle, tombe scellée en 1610. Avec un burin et un maillet, ils brisent le mortier, relâchent le couvercle en pierre, et immiscent à l'intérieur leur longue barre de métal au bout replié et la font jouer jusqu'à ce que la pierre glisse. Ils descendent une échelle : elle touche tout juste le sol. La crypte, semble-t-il, est de noble dimension. Jan Biloo est le premier à aller en bas. Tandis qu'il descend, sa torche se met à vaciller. Quelque part, près du bas de l'échelle, elle s'éteint. Ils l'appellent ; il ne répond pas. Jean-Baptiste et Jan Block descendent le chercher. Ils retiennent leur souffle comme des pêcheurs de perles. Ils le trouvent en tâtonnant et remontent son poids mort le long de l'échelle jusqu'à ce qu'Everbout et Stals puissent l'attraper. Il revient à lui presque immédiatement, mais, avec l'ingénieur et Jan Block, ils restent plusieurs minutes ensemble, accroupis dans l'herbe devant l'ossuaire, à cracher et à prendre de grandes bouffées d'air.

Plus tard, dans la cuisine du sacristain, Jean-Baptiste esquisse des plans pour un équipement respiratoire, des masques avec des filtres en laine d'agneau traitée ou avec du charbon de bois en poudre. Ou quelque chose de plus complet, une capuche fermée avec une pipe à air et un genre de valve à battants qui permette à l'air exhalé d'être expulsé. Il essaie d'intéresser Lecœur à ses idées, mais Lecœur a la tête ailleurs.

« Monsieur Lecœur est épuisé, dit Jeanne, peut-être plus sèchement qu'elle en avait l'intention. Tout le monde est épuisé. »

Il acquiesce. Elle sait au sujet d'Héloïse Godard, bien sûr ; tout le quartier sait, bien qu'Armand seul lui en parle. Il plie son esquisse, la met dans sa poche.

Lecœur leur sourit à tous les deux, rêveusement. « Nous, les Lecœur, commence-t-il, nous, les Lecœur... » Puis il hausse les épaules et se détourne pour regarder de nouveau par la fenêtre.

12

Chaque matin, dans la demi-lumière liquide de l'aube printanière, il se réveille de son profond sommeil aux côtés d'Héloïse. D'autres matins, il se réveille et la trouve en train de le regarder, il se réveille dans son sourire. Et certains matins, c'est *lui* le premier et il reste allongé sans bouger, à étudier les merveilleuses imperfections de son visage, l'intimité et le mystère de ses yeux fermés. Puis, quand elle les ouvre, son regard, encore enraciné tout au fond du sommeil et des rêves, a souvent une teinte de tristesse, qu'elle nie pourtant si jamais il l'interroge à ce sujet. La bouche sèche, ils restent allongés un peu, à parler de choses intimes, sans importance. Les lèvres sèches, ils s'embrassent un peu. Et c'est comme un médicament pour lui, recevoir le matin comme un don, la chaleur canine sous les couvertures, les chants d'oiseaux sur les toits des voisins, ce nouveau battement de cœur sur le traversin. Il remarque à peine tout ce qu'il ne remarque plus, tout ce à quoi, du monde au-delà de cette chambre, il a cessé d'assister vraiment.

Quand Marie se souvient de leur apporter quelque chose, ils prennent le petit déjeuner ensemble dans la chambre. Les matins où elle oublie, Héloïse reste au lit et il mange avec Jeanne, Manetti et Lecœur. Quant à la façon dont elle passe ses journées quand il est parti, c'est pour lui une source de fascination continuelle. Aucun détail n'est trop dérisoire. Il ne suffit pas qu'elle lui apprenne que madame Monnard triche au trictrac ; il veut savoir exactement comment elle s'y prend. Les dés ? Les jetons ? Et quand les deux femmes passent un après-midi assises à la fenêtre à broder, il veut qu'elle lui dise ce qu'elles brodent et quel motif elles ont cousu. Des boutons de rose ? Des zigzags ? Des queues de paon ?

« De quoi parlez-vous ?

— De toi, bien sûr.

— De moi ?

— Non. Jamais de toi.

— De Ziguette ?

— Quelquefois.

— Et de monsieur Monnard.

— Quelquefois de lui aussi. Et du prix du pain, de la probabilité de pluie, si c'est le séné ou la bourdaine qui est meilleur pour la constipation.

— Tu lui as rendu sa joie.

— Non, Jean. Je n'ai rien fait de tel. Tu le sais. »

Un mois après qu'Héloïse est arrivée dans la maison de la rue de la Lingerie, alors qu'elle est au lit, à boire une petite goutte de café dans un bol à motif de roses, elle se redresse et dit qu'elle souhaite aller au théâtre. Ne le lui a-t-il pas promis ? Il acquiesce. Il va voir Armand. Armand saura tout sur les théâtres.

« L'Odéon, dit Armand, quand ils sont tous deux dans un losange vert tracé par la lumière du soleil à côté de la haute-croix. On joue une pièce de Beaumarchais. Beaumarchais est du parti.

— Du parti de l'avenir ?

— Bien sûr. Et je devrais venir avec vous. Lisa aussi. Tu ne sauras pas comment te tenir sinon.

— Je n'ai rien contre ta compagnie.

— Mademoiselle Godard ne te connaît pas assez bien. Elle ne t'a pas étudié autant que moi.

— Dis-moi une chose, Armand. Tu crois qu'Héloïse appartient au parti de l'avenir ?

— Héloïse ? Lisa et elle compteront parmi ses reines.

— Et quant à mon adhésion ?

— Ah, tu en seras informé, mon bon sauvage.

— Informé ? Par qui ?

— Par les circonstances. Par ce que tu feras et ne feras pas. Nous devrions tous nous révéler avec le temps.

— Quand tu parles ainsi, tu me rappelles le pasteur. Le pasteur de ma mère.

— Et que dit-il ?

— "Dans la ville, ce n'est que décombres, la porte s'est effondrée en ruines. Et celui qui fuira devant le cri du serpent tombera dans la fosse, et celui qui remontera de la fosse sera pris dans le filet..." »

Quatre jours plus tard, Jean-Baptiste et Héloïse s'habillent pour une soirée au théâtre. Il n'a rien de plus clair que du noir. Elle le taquine. Où est cet habit qu'il a, couleur de soupe aux pois ? Pistache, dit-il, pistache pelée. Et il est retourné là d'où il était venu. Bien, dit-elle. Le vert n'était pas ta couleur.

Ils traversent la Seine en fiacre. Armand et Lisa tournent le dos aux chevaux ; Jean-Baptiste et Héloïse sont dans le sens de la marche. Les deux femmes, qui se sont rencontrées pour la première fois dans l'entrée de la maison des Monnard, après s'être soigneusement observées mutuellement dans l'ombre boisée de cet endroit, ont, apparemment, décidé qu'elles s'aimeraient bien, au grand soulagement de Jean-Baptiste qui a développé une foi puissante en la justesse du jugement de Lisa Saget.

Les deux fenêtres du fiacre sont baissées au maximum. Le soleil du soir est posé sur la Seine. Sur le Pont Neuf, la foule se déverse lentement dans elle-même. Chaque fois que le fiacre est contraint de s'arrêter, des inconnus scrutent l'intérieur un instant. Une fille avec un chapeau de paille monte sur le marchepied du fiacre et parvient à entrer avec des bouquets. Armand insiste pour que Jean-Baptiste achète les deux plus gros, les deux plus jolis. Le cimetière est à mille lieues de là, ses fosses, ses murs d'ossements sont comme des choses imaginées, de vieux ennuis dont ils se libèrent enfin. Et pourquoi ne pourraient-ils pas continuer ainsi ? Une semaine à peine et ils seraient en Provence à se laisser décaper par la chaleur du soleil. Ils pourraient aussi traverser les Alpes jusqu'à Venise ! Tous les quatre sur une gondole qui glisse sous le Pont du Rialto...

Le fiacre s'arrête en tanguant aux marches du théâtre. Les deux couples se joignent à la foule qui se glisse entre les colonnes blanches. Jean-Baptiste n'est jamais allé à l'Odéon (il n'est terminé que depuis quatre ans). Pas plus qu'il n'est allé à la Comédie-Française ou dans un autre « grand théâtre ». La dernière fois qu'il a vu une pièce, c'était une de ces grossièretés qu'on voit deux fois par an à Bellême, jouées par des compagnies d'acteurs itinérants qui arrivent bruyamment (en braillant et en soufflant dans des cors de chasse) et repartent en silence (avec des poulets volés, des pommes chapardées et la vertu de certaines filles du coin).

Ici, certes, cela ressemble davantage à Versailles, même s'il y a moins de spectacle. Ils sont conduits jusqu'à leur loge par un laquais en livrée serrée couleur lavande, qui, bien que familier jusqu'à être discourtois et insultant, ne part pas sans son pourboire. Leur loge est bondée et n'offre pas une bonne vue sur la scène. Le pot de chambre au fond de la loge n'a pas été vidé. Les mèches des chandelles sont mal taillées et une des chaises semble avoir brièvement pris feu durant une récente représentation. Rien de tout cela ne compte, leur moral est indestructible. Le laquais est mis de bonne humeur par le poids de son pourboire, puis on l'envoie chercher du vin et...

« Que proposez-vous ? demande Armand.

— Que désirez-vous ? Des oranges ? Du poulet rôti ? Des huîtres ?

— Oui, dit Armand, nous prendrons cela. »

La salle se remplit. Il commence à y avoir du chahut. Les gens s'interpellent les uns les autres, se font des signes avec leurs chapeaux ou leurs éventails. Certaines femmes poussent des cris perçants comme des paons. Une rixe éclate près du muret de l'orchestre. « Des amis de l'auteur, dit Armand avec compétence, et des ennemis de l'auteur. »

Les livrées lavande interviennent. On emmène un homme dehors, ses bras et ses jambes s'agitant comme un scarabée sur le dos.

« Le ministre est là, murmure Jean-Baptiste. La loge en face de la scène.

— Celui avec le visage comme une hache ? demande Armand.

— C'est bien cela, répond Jean-Baptiste. Mais ne le fixe pas ainsi. Je n'ai pas envie qu'on vienne me chercher.

— Tu as autant le droit d'être là que lui, tranche Héloïse.

— Quand bien même, rétorque Jean-Baptiste, je ne veux pas l'avoir dans ma tête ce soir. »

Ils se rasseyent à leurs places. Derrière le rideau, les musiciens accordent leurs instruments. L'ingénieur ne mentionne pas l'autre homme dans la loge du ministre, avec son habit moiré. Le nom de Louis Horace Boyer-Duboisson ne leur dirait rien.

D'abord, il y a une pantomime brève et frénétique, puis un long entracte, puis, enfin, la pièce. Le public s'assied dans la lumière de cinq cents chandelles, sous le charme, remuant, s'ennuyant un peu. L'ingénieur, Armand, Héloïse et Lisa Saget sucent des oranges, rongent des os de poulet très relevés, et laissent leurs restes sous leurs sièges. Jean-Baptiste trouve la pièce difficile à suivre, parfois déconcertante. Qui est Marceline au juste ? Pourquoi Suzanne ne peut-elle *pas* épouser Figaro ? Et qui se cache dans ce placard ? Héloïse, les lèvres à son oreille, lui explique patiemment. Il acquiesce. Il regarde le public, les regarde regarder. Morts, débarrassés de leurs plumes et de leurs éventails, de leurs épées, cannes, rubans, bijoux, mis à nu et entassés comme des tranches de jambon, ne pourrait-il pas les faire tous entrer dans une seule fosse ? La pensée lui vient ; il en ressent de la gêne ; il la laisse partir.

Un autre poulet est servi avec encore du vin, et des amandes qui ont un goût de sciure parfumée. L'ingénieur est pompette. Il s'agenouille pour se soulager dans le pot au fond de la loge, urine dans l'urine froide de quelqu'un d'autre et retourne à sa chaise pour découvrir que Suzanne, après tout, va épouser Figaro.

« Alors, ils auront ce qu'ils voulaient ? » demande-t-il, bien que sa question soit perdue dans le bruit des applaudissements et d'un nouvel accrochage. Prudemment, il se penche en avant pour voir si le ministre a aimé la pièce. Le ministre est debout. À côté de lui, Boyer-Duboisson chuchote à son oreille. Le ministre rit. Boyer-Duboisson s'écarte de lui, en riant aussi. En dessous d'eux, les spectateurs se bousculent pour sortir comme une eau écumeuse drainée dans un évier. Le ministre, riant toujours, repose une main sur sa poitrine comme pour se reprendre, et regarde en l'air, par hasard en direction de la loge où Jean-Baptiste regarde. Voit-il l'ingénieur ? Son ingénieur ? Se souviendrait-il seulement de son visage ? Il ne peut cependant pas interrompre son rire. C'est comme si rien d'autre que la mort pouvait mettre un terme à un tel flux de plaisir.

Une fois qu'ils sont dehors, impossible de trouver un fiacre. Ils se laissent porter par les petites rues, sans vraiment se soucier de la direction où elles les entraînent et se retrouvent (juste au moment où les chaussures des dames commencent à leur faire mal) sur l'île de la Cité, où ils mangent un bol de tripes à un étal nocturne sous les murs de la Conciergerie, puis ils louent une barque qui les conduit le long du ruban noir de la Seine aux escaliers en dessous du Pont Neuf.

Ils trébuchent sur ses marches traîtresses puis, rue Saint-Honoré, avec des embrassades et des promesses de recommencer tout cela – vite ! vite ! –, ils finissent par se séparer.

À la maison, Jean-Baptiste allume une chandelle, et, Héloïse derrière lui, tous deux bâillant de façon extravagante, ils commencent à monter l'escalier pour aller se coucher. Au moment où ils dépassent le salon, la porte s'ouvre. Marie en sort. « Une fille vous a demandé, dit-elle.

— Une fille ? demande Jean-Baptiste. Quelle fille ?

— Eh bien, ce n'était pas Ziguette », dit Marie. Elle laisse échapper un couinement de rire. Dans l'ombre des chandelles, son visage a l'air d'un masque qu'elle a dû enfiler à la hâte.

« Il vaut mieux, dit Jean-Baptiste, que monsieur Monnard ne sache pas que tu te sers dans son vin. Même si Dieu seul sait comment tu as réussi à te saouler avec.

— Vous êtes quelqu'un de bien », déclare-t-elle. Elle se tourne vers Héloïse. « Avant que vous ne veniez, il se parlait à lui-même toute la nuit. Marmonne-monne-monne-monne. À rendre la pauvre Ziguette cinglée. » Elle renifle.

Héloïse s'approche un peu et prend les mains de la servante.

« Mais qui était la fille ? demande-t-elle. Celle qui est venue ici ?

— Oh, je l'ai renvoyée, dit Marie. Il vous a vous maintenant, non ?

— Oui, dit Héloïse, calmement. Oui. »

Il avait eu l'intention – c'est ce qu'il prévoyait alors qu'ils flottaient sur la Seine – de passer la nuit, une partie en tout cas, à abuser consciencieusement de son Héloïse, mais durant les quelques minutes qu'il faut pour se mettre au lit (il est allongé sur un côté, il la regarde se déshabiller et l'écoute spéculer sur l'identité de la mystérieuse qui l'a demandé), il s'est endormi, et pour la première fois depuis l'agression, il commence à rêver.

Il est de nouveau au théâtre, il marche sur le tapis rouge effiloché dans le couloir derrière les loges. Il cherche la loge du ministre. Il a un message pour lui, un message important, un message qu'il doit lui remettre en personne, mais les petites portes astiquées des loges ne portent pas de numéro et il n'y a personne à qui demander. Puis, avec la soudaineté du rêve, quelqu'un est là, une figure dégingandée contre le mur sous un rameau de chandelles... *Renard ?* Renard, l'enfant trouvé ? Aucun doute, c'est lui. Un cou maigre pris dans un col de fourrure graisseuse, un petit sourire pincé sur son visage. Il s'incline devant Jean-Baptiste, indique la porte en face de lui, se détourne et se dépêche de descendre le couloir vide. En silence – sans frapper ni gratter –, Jean-Baptiste ouvre la porte et se glisse à l'intérieur. La seule lumière est une faible oscillation rouge, comme s'il y avait une espèce d'incendie à l'orchestre en dessous, mais cela suffit à lui faire voir le ministre et Boyer-Duboisson, leurs chaises l'une à côté de l'autre à l'avant de la loge. Se peut-il qu'ils ne l'aient pas entendu ? Sont-ils à ce point absorbés ? De sa poche, il tire le message. Un message lourd, pointu, tranchant. Il se place derrière la chaise du ministre, pose une main douce, mais ferme devant les yeux de celui-ci, sent ses cils qui battent. Pas de nervosité cette fois. Plus d'inconfort. C'est un garçon de la campagne ; il a vu ce genre de choses assez souvent ; il s'asseyait avec son frère pour voir le porcher venir par les champs en hiver avec ses cordes, ses couteaux enroulés dans de la toile. Comme il se met au travail, les pieds du ministre se mettent à taper comme ceux d'un enfant excité...

En se réveillant, en revenant à la surface de lui-même comme s'il était projeté dans un espace encore plus troublant même que ce rêve, il essaie déjà de s'expliquer, de s'excuser. Il regarde ses mains, les draps, mais tout est parfaitement propre, normal à faire peur. Héloïse lui serre les épaules. Il la regarde en clignant des yeux, toujours bafouillant, mais elle ne l'écoute pas. Elle-même essaie de lui dire quelque chose, son propre rêve peut-être.

« Chut, dit-elle. Chut et viens maintenant, Jean, viens. Ils t'attendent. »

Il s'assied. Marie est dans l'encadrement de la porte avec une chandelle. Elle est, en apparence, complètement habillée. Par-derrière elle, un courant d'air froid, stagnant, souffle à l'intérieur depuis le palier.

Héloïse lui donne ses culottes. Il les enfile, obéissant. Bizarre qu'il n'arrive pas vraiment à se réveiller. Est-il malade ? C'est cela ? Une huître avariée au théâtre ? Le poulet ? Non. Il ne se sent pas malade.

À genoux, Héloïse boutonne les jambes de ses culottes. Il boutonne son gilet. Sa montre est par terre à côté du lit. Il se penche pour l'attraper, fait sauter le couvercle.

« Il est quatre heures et demie du matin », dit-il, une remarque qui devrait occasionner une explication quelconque, mais qui n'en provoque pas.

« Très bien. » Il se lève, passe une main sur son visage, accepte son chapeau d'Héloïse et suit Marie sur le palier. Il ne lui pose aucune question. Il la connaît suffisamment bien maintenant pour savoir qu'elle inventerait sans doute tout simplement quelque chose.

À l'étage en dessous, monsieur Monnard, le bonnet de nuit de guingois, se tient devant la porte de sa chambre. « N'aurons-nous donc jamais de paix ? demande-t-il d'une voix rauque, contenant peut-être un sanglot. Ma femme, Monsieur, ma femme est très...

— Retournez au lit », lâche Jean-Baptiste.

Dans l'entrée, une grande silhouette émaciée s'agite dans le noir. Jean-Baptiste prend la chandelle de Marie et la lève.

« Il ne parle pas le français, dit Marie.

— Bien sûr que si », rétorque Jean-Baptiste, mais quand Jan Block commence, à toute vitesse, à essayer d'expliquer ce qu'il fait là à quatre heures et demie du matin, c'est seulement avec les plus grandes difficultés et en exploitant toutes ses faibles (mais en augmentation lente) réserves de flamand que l'ingénieur parvient à le suivre. Il y a eu un accident au cimetière. Oui. Un accident ou un incident quelconque. Jeanne a été blessée. Monsieur Lecœur s'occupe d'elle... Ou bien non. Monsieur Lecœur ne s'occupe *pas* d'elle. Monsieur Lecœur s'est, en fait... quoi ? Enfui ?

« Assez, dit Jean-Baptiste, en posant la chandelle sur la console de l'entrée et en s'avançant vers la porte. Je vais voir cela par moi-même. »

Au-dehors, une vapeur laiteuse de pré-aube reste suspendue dans la rue, quelque chose comme la peau diffuse d'un nuage, moite, plein de miasmes qui enduit leurs visages de petites gouttes de moisissures. Block est déjà au coin de la rue. Il regarde en arrière, poussant en silence l'ingénieur à se dépêcher. « Que le diable m'emporte si je me mets à courir », dit Jean-Baptiste, plus à lui-même cependant qu'à Block. Il essaie d'imaginer quel genre d'accident a bien pu arriver à Jeanne au milieu de la nuit. Quant à Lecœur, pourquoi diable a-t-il fallu qu'il disparaisse ? Ou bien Block voulait-il dire qu'il était allé chercher de l'aide ? Peut-être même trouver Guillotin ou Thouret. Voilà qui expliquerait cette histoire, mais même au moment où il pense cela, il sait que la vérité est quelque chose de tout à fait différent.

La porte du cimetière, quand il l'atteint est grande ouverte, mais une fois qu'ils sont à l'intérieur de l'enceinte, tout à l'air assez normal. Le feu près de la haute-croix brûle comme depuis des semaines. L'église est l'ombre démente de toujours. Puis il voit par-dessus l'ossuaire sud des mouvements de torches, il entend un brouhaha de voix d'hommes.

Block court dans leur direction. Jean-Baptiste, jurant à voix basse, trotte après lui. Les mineurs sont rassemblés sur le terrain entre l'ossuaire et la maison du sacristain. Block les appelle et ils sombrent dans le silence, ils le regardent, regardent derrière lui l'ingénieur ; puis les conversations reprennent, plus fortes maintenant, plus urgentes. Quelques-uns montrent l'ossuaire, agitent les mains dans sa direction, lui montrent le poing. Il ne les a jamais vus comme cela avant. Block, il l'a perdu de vue. Il voit Jacques Everbout, il lui demande où est Jeanne.

« La maison », dit Everbout.

La maison. Naturellement. Où ailleurs pourrait-elle être ? Il fait un signe de tête à Everbout, donne aux hommes l'ordre parfaitement inutile de rester où ils sont, puis s'engage vers la maison. Il n'a fait que quatre ou cinq foulées qu'il s'effondre d'un coup, les bras battant l'air, sur l'herbe noire. Il se relève cherche du regard ce qui l'a fait trébucher, parvient à l'atteindre avec la main. Un sac de chaux qu'un crétin a laissé bêtement dans l'herbe ? Puis il touche des cheveux, de la peau rêche comme du parchemin. Il retire ses mains. Un corps ! Pas un frais cependant, Dieu merci. Celui d'une des filles conservées ? La Charlotte de Guillotin ? Pourquoi *ici* ?

Encore dix foulées et il est à la maison du sacristain. Il y a une lampe dans la cuisine et autour, un peu du brouillard scintille en un halo bleu. Jeanne – bien qu'il ne soit d'abord pas évident que ce soit bien Jeanne – est étendue sur la table de la cuisine. Elle a une couverture sur elle. Ses yeux sont fermés. Son grand-père est à côté d'elle et lui tapote le front. Il produit un son bas, mais terrible, une mélopée telle qu'on pourrait en entendre dans la gorge d'une bête dont le fermier viendrait juste d'emmener la progéniture à l'abattoir. En entendant du mouvement derrière lui, ses yeux ternes clignent, il découvre ses vieilles dents.

« C'est moi, dit Jean-Baptiste, l'ingénieur. »

Le sacristain gesticule. Un mime, un numéro muet. Il est bien au-delà des mots. Jean-Baptiste s'approche de la table. Un quart du visage de la fille disparaît sous une enflure en dessous de l'œil gauche. Sa bouche... sa bouche a dû être frappée à plusieurs reprises. Des poings ? Des bottes ? Un outil ? Quelles que soient ses autres blessures – et il est certain qu'il y en a –, elles sont cachées sous ses vêtements. Il s'en félicite.

Il se penche sur elle, murmure son nom. L'œil du côté de la blessure ne veut pas s'ouvrir, mais l'autre si. Il s'ouvre et reste fixé sur lui, sans expression. Il lui touche l'épaule ; tout son corps tressaille. Il retire sa main.

« Lecœur ? » demande-t-il.

L'œil le lui confirme.

« Il t'a... agressée ? »

Et l'œil le lui confirme.

« Je vais faire venir le docteur pour toi, dit-il. Je vais faire venir des femmes pour toi. Je vais faire chercher Lisa. »

L'œil se ferme. Jean-Baptiste retourne dehors. Bien qu'apparemment nettement plus léger, le brouillard persiste en de lourds écheveaux emmêlés aux grilles des arcades des ossuaires. À côté de la porte, une pelle dont le fer est en forme de cœur est appuyée contre le mur. Il la prend – la poignée tellement usée qu'elle est lisse – et marche en direction des hommes. Le premier qu'il croise est le grand, celui à qui il manque la moitié d'un doigt. Il lui demande si monsieur Lecœur est dans l'ossuaire.

« Il y est », répond le mineur, doucement. Puis, au moment où Jean-Baptiste va s'éloigner de lui, le mineur lui touche le bras et l'arrête. « Il a un pistolet, prévient-il.

— Je m'en souviens », dit Jean-Baptiste. Un instant, il est tenté de demander au mineur de venir avec lui, il a le désir d'avoir le calme et la force de l'autre à côté de lui. Puis il part seul, descend le long de l'atelier du docteur vers la première arche ouverte de l'ossuaire. Il fait un pas à l'intérieur, dans l'immobilité glaciale de l'air, il s'arrête, tourne sa tête pour écouter. Au-dehors, les hommes ont cessé tout bruit. Ils écoutent eux aussi.

Il avance : impossible, sans autre lumière que ce que laisse voir l'obscurité qui se dissipe, de bouger sans bruit sur une telle surface. Trop de débris. Morceaux de pierre, morceaux d'os. Qui sait ce qu'il y a d'autre en dessous. Il n'y a aucun espoir de surprendre Lecœur, de lui tomber dessus furtivement. Il décide de s'annoncer.

« *Lecœur !* »

Un écho, mais pas de réponse.

« Lecœur ! C'est Baratte ! »

Rien.

Il continue, se fiant autant à sa mémoire du lieu qu'à ses yeux. À sa droite, les arcades se détachent dans une lumière faiblement bleutée contre la noirceur mouchetée de la galerie. D'une façon ou d'une autre, c'est la lumière qui amènera cette affaire à sa conclusion. La lumière fera de lui une cible. La lumière ne laissera à Lecœur nulle part où se cacher. Et ensuite ? Quand Lecœur sera capable de le voir ? La seule raison qu'il puisse imaginer pour que Lecœur ne le tue pas, c'est qu'il n'aura pas le temps de recharger son pistolet avant que les mineurs ne l'attrapent.

Il regarde en arrière, il compte les arches. Il sera rapidement à la hauteur de la porte de la rue de la Ferronnerie, la porte par laquelle ils chargent les chariots. Est-ce pour cela que Lecœur est venu là ? Pour pouvoir aller jusqu'à la porte plus secrètement ? Il devait y avoir une clé dans la maison du sacristain. Il a pu l'avoir mise dans sa poche avant d'agresser Jeanne, la fuite prévue avant de commettre le crime.

Agrippant la pelle d'une main, il tâte le mur de l'autre, ses doigts suivant l'écriture, puis la pierre brute, puis, inévitablement, l'angle net d'une charnière. Il tâtonne pour trouver l'anneau de fer de la poignée de porte, le tourne, tire, tire à nouveau, plus franchement. La porte est verrouillée. Ou bien Lecœur a eu la froideur, la présence d'esprit de verrouiller la porte derrière lui, ou bien il est toujours ici, dans le cimetière, dans l'ossuaire.

Il est sur le point d'appeler de nouveau – ses nerfs en ont amplement assez de ce jeu de cache-cache –, quand il perçoit un mouvement dans la galerie derrière lui. Quelqu'un, quelque chose, vient dans sa direction, qui vient vite, d'un pas sûr, imprudemment vite. Sa première pensée n'est pas du tout Lecœur, mais la chose dont le ministre avait parlé, le loup-chien. Et quel meilleur moment ? Un homme tout seul dans la nuit, avancé profondément dans sa tanière secrète ? Quoi que ce puisse être, il n'a aucun espoir de l'éviter. L'énergie de la chose, son intention, est déjà sur lui. Il fait balancer sa pelle, et décrit un cercle au hasard dans l'air noir tandis qu'au même instant une voix lui gronde « *Profanateur !* ».

La force du choc manque de le faire basculer sur ses pieds. Il part en arrière jusqu'à ce que ses épaules heurtent le mur ; puis, se soutenant contre les pierres, il donne trois ou quatre coups, furieusement, dans l'obscurité, mais il n'y a pas de second assaut. Il attend, son cœur qui tonne dans ses côtes, puis il recule en longeant lentement le mur, la pelle tendue comme une pique. Sous sa chaussure gauche, un claquement de verre brisé. Il se penche vers le sol, touche une boucle de fil de fer, un tesson de verre lisse. Des lorgnons ! Il fait un pas de plus, voit sous un des piliers de l'arche la plus proche, la forme d'une tête d'homme. Il se rapproche, abaisse le tranchant de la pelle contre la poitrine de l'homme, sent qu'elle se gonfle et retombe.

« Qui était-ce ? »

L'ingénieur se retourne de tous côtés, la pelle prête.

« Qui as-tu frappé ?

— *Lecœur* ? Où es-tu ? Je ne te vois pas.

— Ne t'inquiète pas pour cela. Je te vois bien assez. Mes yeux sont bien habitués à l'obscurité maintenant.

— C'était le prêtre.

— Chabot ?

— Oui.

— Il est mort ?

— Non.

— Et avec quoi l'as-tu frappé ? Qu'est-ce que tu as dans ta main ?

— Une pelle.

— Ha ! Il t'a pris pour moi, peut-être ? Ou alors, non, peut-être. »

À sa voix, il est évident que Lecœur n'est qu'à douze ou quinze pieds de distance, et pourtant, d'une certaine façon, il semble parler de l'intérieur du mur.

« Tu as fait du mal à Jeanne, Lecœur.

— Ah bon ?
— Tu le sais.
— Et toi ?
— Quoi, moi ?
— Ne lui as-tu pas fait du mal aussi ? N'as-tu pas abusé de sa nature bienveillante ? Fait d'elle ta créature ? Forcée à assister à la destruction de son petit paradis ? »

Il a saisi maintenant. Lecœur doit être assis ou accroupi sur une des marches de l'escalier qui conduit au grenier à os. Un endroit bien choisi. Facile à défendre. Sombre, même en pleine journée. « Je ne l'ai pas violée, moi, dit-il.

— Alors je suis un tout petit peu pire que toi. Bravo. Ce n'est qu'une question de degré, Baratte. Et je peux t'assurer qu'elle n'était pas une sainte. J'ai vécu dans la maison avec elle. Je la connaissais.
— Si les hommes t'attrapent...
— Les hommes ? Que sais-tu des hommes ? Tu ne sais rien d'eux.
— Je ne pense pas qu'ils te feront du mal si je suis avec toi.
— Tu seras mon protecteur ? Et alors que se passera-t-il ? Un procès ? Ou va-t-on m'envoyer avec la petite folle qui t'a cassé la tête ? Où est-elle allée déjà ?
— Dans le Dauphiné.
— Pourquoi m'as-tu amené ici, Baratte ? N'aurais-tu pas pu me laisser pourrir à Valenciennes ? Imagines-tu m'avoir *aidé* ?
— Alors, laisse-moi t'aider maintenant.
— Imbécile ! Tu ne peux même pas t'aider toi-même. Regarde-toi, debout dans ce cimetière puant,

avec ta pelle, à te demander si tu pourras t'approcher assez pour me frapper. Quand tu es venu dans les mines, tu étais doux. Aussi timide qu'une fille. Quand je t'ai vu pour la première fois, j'ai pensé... J'ai pensé, voilà enfin un homme à qui je pourrais ouvrir mon cœur.

— Nous n'avons pas le temps, je t'en prie.

— Nous étions amis.

— Je ne l'ai pas oublié.

— N'y avait-il dans cette amitié rien à quoi on ait pu donner de la valeur ?

— La lumière arrive. Cela ne peut pas durer plus longtemps.

— La lumière ! Ah oui. La lumière. Dis-moi donc. Vivra-t-elle ?

— Oui, je le crois.

— Il y avait du bon en moi autrefois, dit Lecœur avec résolution. Ne les laisse pas dire le contraire. »

Il y a une pause – dense, un silence de coquillage, de plusieurs secondes – puis la nette, mécanique, articulation d'un pistolet qu'on arme. L'ingénieur ne bouge pas. Il attend, détaché contre la lumière qui monte. Le coup, quand il vient, est à la fois fort et étouffé, un bruit comme si, dans une des cryptes, on avait lancé un grand marteau à tête de pierre contre une dalle au-dessus. Écho, réverbération, silence.

Il s'avance. Il appelle « Lecœur ? Lecœur ? » Il n'attend pas de réponse.

13

Entre huit et neuf heures du matin, une pluie torrentielle incessante réduit le feu de la haute-croix à un tas de poutres noires qui couvent comme l'incendie éteint d'une petite ferme. Les hommes restent sous leurs tentes. Il y a du pain à manger, mais rien d'autre, rien de chaud jusqu'à ce que tard dans la matinée, Jean-Baptiste et Armand préparent deux grands bidons de café, fortement arrosé d'eau-de-vie et le leur apportent sur l'herbe mouillée.

Une étrange somnolence s'est installée dans le cimetière. Personne n'imagine qu'un quelconque travail puisse être fait. Pas aujourd'hui, demain non plus peut-être. Et le jour d'après ? Et celui d'après ?

Guillotin (qui, au grand amusement de ses collègues, s'est de lui-même adoubé « médecin au cimetière des Innocents ») examine Jeanne dans la chambre du haut où on l'a installée le plus confortablement possible dans le lit de son grand-père. Quand il descend – ses pieds lourds et pas pressés sur le bois nu des marches –, il leur dit que le seul danger immédiat concerne le fonctionnement de son esprit, la morbidité qui sera la conséquence inévitable de ce calvaire. Le chagrin, la terreur. La perte de sa virginité dans des circonstances si lamentables. Et ainsi de suite. Elle survivra à ses blessures charnelles. Une probable fracture de la pommette gauche, quelques déchirements des tissus de la bouche – lèvres, langue, gencives, etc. Des bleus – nombreux – sur les deux bras et presque partout sur le torse...

« Elle est jeune, elle est robuste. Vous, mon cher ingénieur, vous devrez être compréhensif avec elle, et de façon convaincante, cependant, pas tout de suite, je pense. Il peut passer du temps avant qu'elle ne trouve la compagnie des hommes de nouveau agréable. Madame Saget peut-elle rester avec elle ?

— C'est ce qu'elle souhaitera, dit Armand.

— Bien. Quant à savoir s'il y aura des complications, des... Bon, espérons qu'il n'y en aura pas. » Il sourit avec gentillesse au sacristain, qui est assis près du foyer éteint et qui a peut-être entendu la plupart de ce qu'il a dit, ou peut-être pas. « Un peu de temps, Monsieur. Le temps remettra les choses en place. Vous n'avez pas perdu votre Jeanne. »

L'ingénieur accompagne Guillotin à l'atelier des médecins. Lecœur est sur la table à tréteaux la plus proche de l'entrée.

« Il n'était pas désagréable, dit Guillotin, en pliant ses genoux un petit peu pour jeter un œil à l'intérieur de la tête de Lecœur. Et au moins, il a eu la décence d'éteindre lui-même sa propre lumière.

— Je l'ai mal compris, dit Jean-Baptiste.

— Mal compris ? Peut-être. Pourtant un homme peut être une chose et puis une autre. Il n'était pas un de ces dégénérés baveux de la Salpêtrière. Il était minutieux, cultivé. Courtois.

— Si j'avais été moins distrait. Ou si j'avais été davantage avec lui. Je veux dire, en dehors d'ici.

— Ah, alors vous pensez que c'est le cimetière le coupable ? Qu'il vivait trop parmi des scènes lugubres ?

— C'est possible, n'est-ce pas ?

— Qu'il en ait été empoisonné ?

— Oui.

— Et qu'ainsi se soit fait jour quelque faiblesse criminelle ?

— Oui.

— Il m'a dit que vous aviez autrefois inventé ensemble une cité imaginaire. Une utopie.

— Quand nous travaillions dans les mines.

— Et comment aviez-vous appelé votre cité ?

— Valenciana.

— À cause de Valenciennes ?

— C'était... un jeu, dit Jean-Baptiste.

— Vous étiez des idéalistes. Des rêveurs.

— Nous étions jeunes.

— Bien sûr. Et les jeunes gens intelligents aiment jouer à de tels jeux. Vous êtes libéré de ce vice maintenant, je suppose ? » Il lève les yeux, sourit, puis il va à l'autre table à tréteaux, soulève le couvercle de l'autre cercueil. « Pauvre Charlotte, dit-il. Ces aventures post-mortem ne l'ont pas arrangée. Vous dites que vous l'avez ramenée vous-même ?

— Oui.

— On peut présumer qu'il a agressé Jeanne quand il a pris conscience que Charlotte ne pourrait pas satisfaire ses intentions. » Il repose le couvercle, lui donne pensivement des petites tapes du plat de la main. « Et le prêtre ? Des nouvelles de lui ?

— Aucune.

— Il a disparu ?

— Il faisait encore sombre et tout était très confus. Mon idée est qu'il est dans l'église.

— Il se terre, hein ? Et vous n'avez pas tellement envie de le chercher ? Du moins, pas sans une pelle pour vous protéger. Vous avez eu une sacrée matinée. Rien de cela n'aurait pu être facile. Mais nul doute que le ministre a vu que vous étiez un homme à qui on peut faire confiance pour se débrouiller en de telles circonstances. »

Pendant quelques secondes, tous les deux baissent les yeux sur le cadavre sur la table. Les yeux sont en partie ouverts et donnent au visage fracassé l'air de quelqu'un qui cherche désespérément à se souvenir. Puis ils détournent leurs regards de lui, s'éloignent, comme s'il était désormais au-delà du moindre intérêt.

14

Héloïse vient au cimetière. Ce n'est pas Jean-Baptiste qui l'a fait venir ; elle est venue poussée par ses propres inquiétudes. Elle tapote à la porte. Un des hommes – Joos Stals – lui ouvre. Bien qu'elle ait souvent regardé le cimetière depuis les fenêtres de la maison, c'est la première fois qu'elle se trouve dans l'enceinte des Innocents. Elle s'arrête un moment pour l'embrasser du regard – la croix, les lanternes de pierre, les ossuaires, les murs d'ossements, les tentes – puis Stals l'escorte jusqu'à la maison du sacristain. Quand elle entend ce qui s'est passé, elle pose sa main sur le bras du sacristain, puis elle prend le tablier de Jeanne qui pendait à la patère près de l'escalier. Elle rappelle à Jean-Baptiste qu'elle a grandi dans une auberge, et que, quels qu'aient été les défauts de ses parents (dont de ne pas s'être beaucoup souciés d'elle), ils connaissaient leur métier et se sont assurés qu'elle le connaîtrait aussi. Elle remonte ses jupes, s'accroupit près du foyer vide. « D'abord, cela », dit-elle, tandis que ses longs doigts attrapent rapidement du petit bois.

Celui qui arrive ensuite est monsieur Lefosse, à qui l'ingénieur a fait envoyer à son bureau de Saint-Germain un coursier avec une lettre dès qu'il a été capable de remettre de l'ordre dans ses idées. La lettre, écrite sur la table de la cuisine, était censée être un rapport sec et presque technique sur les événements de la nuit, mais, en la relisant avant de la sceller, il fut frappé de la voir plutôt comme une de ces troublantes pièces de théâtre, pleines de mortels aveugles et de dieux intraitables, qu'il avait parfois parcourues dans la bibliothèque du comte de S., les jours où il pleuvait trop pour pouvoir travailler à la « décoration ».

Il emmène Lefosse voir le corps de Lecœur, mais pas, bien sûr, Jeanne, qui pourrait difficilement être apaisée par la vue au bout de son lit d'un homme qui ressemble au serviteur de la Mort.

Quand ils sortent de l'atelier, Lefosse tapote le bout de son nez exsangue avec un mouchoir. « Et la fille vivra ? demande-t-il.

— Jeanne ? C'est ce qu'il a demandé. Lecœur.

— Et vous avez répondu ?

— Oui. Elle vivra.

— Alors je ne vois pas qu'il y ait des difficultés.

— Je serais heureux que vous me disiez comment procéder.

— Ne sommes-nous pas dans un cimetière ?

— En effet.

— Et combien de morts avez-vous sortis de la terre ?

— Je ne peux pas dire exactement. Plusieurs milliers, je pense.

— Alors en remettre un ne devrait pas être une affaire portant à de grandes conséquences. L'équilibre sera toujours en votre faveur.

— L'enterrer ? Dans le cimetière ?

— Enterrez-le, enterrez ses affaires. Retirez son nom de toute la documentation, de toutes les archives. Ne le mentionnez jamais plus.

— Telles sont les instructions du ministre ?

— Telles sont vos instructions. »

Ils traversent la grille du cimetière ensemble. La pluie est partie, remplacée par une chaleur humide étrange, fébrile.

« Une bouche de moins à nourrir, dit Lefosse. Un salaire de moins à payer. Cela devrait vous permettre de faire des économies. Le pays est en banqueroute, Baratte. Le ministre paie tout cela avec ses propres deniers. » Il inspecte le cimetière du regard, sur son visage se répand lentement du dégoût. « Comment supportez-vous d'être ici ? » demande-t-il.

L'ingénieur lui ouvre la porte. « Je n'ai pas pensé que j'avais d'autre choix.

— Certes, aucun. N'empêche...

— On s'y habitue », dit Jean-Baptiste.

Au crépuscule – une lune prématurée louvoie entre les nuages –, il raccompagne Héloïse rue de la Lingerie. Elle a fait la cuisine et le ménage. Elle a travaillé toute la journée. Il la remercie.

« Demain je ferai la même chose, dit-elle. Je ferai tout ce que Jeanne faisait. J'irai au marché. »

Il veut s'y opposer – est-ce comme cela qu'il la voyait ? La bonne du cimetière ? – mais il sait qu'il ne trouvera personne de plus compétent, sur qui on puisse aussi bien compter.

« Je te paierai, dit-il.

— Oui, tu paieras. » Ils se sourient dans l'obscurité qui les entoure. Le premier sourire de la journée.

Ils retrouvent leur chambre sans rencontrer ni les Monnard ni Marie. Elle allume une chandelle ; il allume le feu.

« Tu retournes là-bas », dit-elle.

Il acquiesce. « Une affaire... exceptionnelle.

— Bien sûr. » Elle regarde la chandelle, caresse la flamme. « J'ai un petit peu peur de te laisser partir, dit-elle.

— Et moi, répond-il, j'ai un petit peu peur que, si je ne retourne pas là-bas maintenant, je ne remette jamais plus les pieds dans ce lieu. »

15

Il a déjà choisi la fosse quatorze. Récemment vidée, raclée, sa terre de chaque côté, et suffisamment loin des tentes pour qu'il y ait un espoir de secret, la fosse quatorze est l'endroit idéal.

Dans la maison du sacristain, la cuisine est déserte. Le vieil homme doit être en haut avec Jeanne. Lisa a vraisemblablement dû rentrer chez elle pour la nuit et être auprès des siens. Il n'y a personne pour être curieux, pour poser des questions. Il reste debout dans l'encadrement de la porte du bureau des registres, empêché un moment d'y pénétrer, intimidé par les dernières lueurs spectrales de la vie qui l'habitait il y a encore si peu de temps ; puis il se rue à l'intérieur, soulève le sac de Lecœur jusqu'au lit et commence à le remplir rapidement avec le peu d'objets qu'il s'était donné la peine de déballer. Une paire de chaussures à bout carré. Une perruque en bourse faite en crin de cheval. Une chemise encore emballée sur le bureau. Le gilet en tricot. Deux livres : *Les Rêveries du promeneur solitaire* de Rousseau et *L'Homme-machine* de La Mettrie. La bouteille de médicament vide. Une montre bon marché. Le paquet des papiers de Valenciana fermé par un ruban.

Il consulte sa montre à lui. Il est trop tôt pour ce qu'il a en tête. Il sort *L'Homme-machine* du sac et s'assied avec à la table de la cuisine. Il n'a pas lu ce livre. La Mettrie n'a pas laissé un bon souvenir. Un provincial comme lui, une canaille maligne, un homme qui est mort d'avoir mangé trop de pâté. Au bout d'un moment, il ouvre le livre, tient presque une demi-page avant de perdre un premier mot. Il regarde au loin, retourne à la lecture, ajuste au mieux sa vision. Rien n'est plus clair. Il fond en larmes : cette vieille honte de la salle de classe avec laquelle il a renoué ces derniers mois. Puis la honte est balayée par quelque chose de plus urgent. Un spasme dans les tripes, profond, dans le quart en bas à gauche, les tortillons mous. Cela passe, mais seulement pour revenir de manière plus aiguë, suffisamment aiguë pour le faire gémir. Il fourre le livre dans sa poche, se lève du banc, sort et court, d'une course curieuse, de guingois, d'une course d'animal blessé, jusque derrière l'église, pour atteindre la paroi en toile fendue des latrines. Pas malin de venir ici de nuit sans lumière ! Il agrippe un des poteaux, cherche du bout du pied le trou, un des trous. Ici ? Ici, ça ira : il ne peut pas attendre plus longtemps. Il descend ses culottes (perd un bouton dans sa hâte) et laisse échapper sa fiente, qu'il entend claquer à la surface de toute celle qui est déjà dans le trou. Une pause : le corps semble s'écouter lui-même ; puis un nouvel accès, qui le brûle presque en passant. Il s'accroche aux poteaux, son front contre la palissade, haletant, attendant la prochaine convulsion. Ils donneront notre nom à des places, avait dit Lecœur ce matin-là à Valenciennes, alors que la neige frottait la fenêtre. Les hommes qui ont purifié Paris !

L'un est mort maintenant, avec une balle dans la tête. L'autre suspendu à un poteau au-dessus d'un bassin rempli de ses propres déjections.

Une fois que c'est fini, il déchire des pages de *L'Homme-machine*, s'essuie aussi bien qu'il peut, jette la page, puis le livre dans le trou, remonte ses culottes.

Dans la maison du sacristain, il récure ses mains avec du vinaigre. Le feu est en train de s'épuiser. Il l'attise, lui donne plus de bois. Il cherche de l'eau-de-vie, mais pour une fois, il ne peut pas en trouver. Au-dessus de sa tête, le plancher craque, mais personne ne descend. Il sort de nouveau, scrute en direction des tentes, puis il retourne dans la cuisine, allume une lanterne et l'apporte à l'atelier des médecins. Il pose la lanterne sur le cercueil de Charlotte, puis il saisit les revers du justaucorps de Lecœur, essaie de le maintenir assis, mais Lecœur, mort depuis quelque dix-huit heures, est aussi raide qu'une pipe de terre. Il recule et essaie de réfléchir à cela comme à un *problème*, puis il va vers les pieds de Lecœur (un de ses bas s'est défait pour exhiber une cheville froide et blanche), il balance ses jambes à l'extérieur et laisse le corps en porte-à-faux contre le bord de la table. Ça marche, plus ou moins. Lecœur se redresse bien qu'il ait moins l'air d'une pipe en terre à présent que d'un tapis roulé, un tapis lourd et détrempé. Il y a un bruit mat sur la terre entre eux. Le pistolet ? Il reviendra le chercher plus tard. En trois mouvements, il retourne le corps sur lui-même, l'attrape sous les bras, ajuste sa prise et le traîne à reculons vers l'entrée de l'atelier, quand il entend qu'on tire le battant de toile.

« Tu aurais pu me faire confiance pour t'aider, dit Armand. Ou pensais-tu que je ferais la mijaurée ?

— Prends la lanterne, dit Jean-Baptiste. Et le pistolet. Il est par terre.

— La lune est assez claire pour que nous puissions voir où nous allons, constate Armand, en faisant le tour pour s'emparer des pieds de Lecœur. Et son pistolet ne lui manquera pas. »

Ils se mettent en route sans parler, portent le corps de profil jusqu'au bord de la fosse, l'installent à côté de la poulie. L'ingénieur retourne à la maison chercher le sac de Lecœur. Manetti est dans la cuisine à présent, assis sur sa chaise.

« Je prends certaines de ses affaires », dit Jean-Baptiste.

Le sacristain acquiesce, solennellement. Qui sait s'il comprend.

Une fois dehors, Jean-Baptiste va encore chercher une pelle adaptée. À la fosse, il jette le sac au fond. Il atterrit sans trop de bruit. Ils portent Lecœur jusqu'à la fronde, la nacelle. Armand enroule une chaîne en boucle autour de sa taille, se penche de tout son poids en arrière, tend la corde, tandis que Jean-Baptiste pousse à la fois la fronde et le corps au-dessus de la fosse. Puis tous les deux laissent partir la chaîne, la roue de la poulie commence sa plainte comme une oie mécanique.

« Quelle est la profondeur de cette satanée fosse ? siffle Armand.

— Presque cinquante pieds », dit Jean-Baptiste. Puis : « Il y est !

— Tu veux que je descende ? demande Armand.

— Je préférerais savoir qu'il y a quelqu'un au-dessus. Une personne en qui je peux avoir confiance. »

Il jette la pelle dans la fosse, va à l'échelle, s'y engage. Armand avait raison : maintenant que les nuages se sont dispersés, la lune est aussi claire qu'ils en ont besoin. Il fait assez sombre aussi. Il regarde au-dessus, la rue de la Lingerie, l'arrière des maisons, les fenêtres, il y voit dans une fenêtre tout en haut – possiblement de son ancienne chambre – une lumière qui bouge de gauche à droite, comme pour envoyer un signal. Il descend jusqu'à la saillie, marche prudemment jusqu'à la seconde échelle et atteint le fond de la fosse. Il lui faut une longue minute pour trouver la pelle (une minute durant laquelle toutes les folies possibles menacent d'exploser dans sa tête) ; puis il va vers la fronde, en dégage Lecœur en le tirant et le transporte vers un coin de la fosse où le clair de lune fait une flaque. Il commence à creuser là, la tranche de la pelle s'enfonçant assez facilement dans la terre ramollie par le printemps. Les hommes auraient peut-être trouvé instructif de le voir ainsi à l'ouvrage, l'ingénieur, le chef des travaux, sans chapeau et penché sur sa tâche, commençant à suer.

Il creuse assez longtemps pour que la flaque de lune se soit un peu déplacée, puis il recule. Il est difficile de distinguer ce qu'il a fait exactement – le clair de lune n'est pas une vraie lumière –, mais, soudainement, il ne supporte plus de continuer cela. Il pose la pelle, se baisse, agrippe Lecœur, l'étend à côté du trou et le fait rouler dedans. Le sac va à ses pieds. Ni le sac ni le corps ne sont enfoncés profondément, mais ce n'est pas nécessaire. Demain, il fera remplir toute la fosse de terre et de chaux. Sur cinquante pieds : assez profond pour n'importe qui. Il s'agenouille un instant à côté du trou, reprend son souffle, et par un geste en secret, presque même pour lui, il se baisse pour toucher l'épaule du mort. Puis il se lève, reprend sa pelle et commence rapidement à le recouvrir. Les jambes d'abord, puis le corps. Enfin, le visage.

QUATRIÈME

Rien ne se perd, rien ne se crée, tout se transforme.

ANTOINE LAVOISIER

1

Ils creusent – creusent et comblent comme des hommes qui manquent de l'invention nécessaire pour faire quoi que ce soit d'autre. La fosse quatorze reçoit ses cinquante pieds de terre et de chaux. Dans la fosse suivante, le centre véritable du cimetière, les os sont empilés si serrés qu'on peut les prendre à la main comme des paquets de brindilles. Les morts ne sont plus surpris de nous voir, pense l'ingénieur, debout sur un bord de la fosse dans le crachin du printemps. Alors qu'autrefois, même les os séparés semblaient outragés, intimidés, comme un homme ou une femme qu'on aurait poussé nu dans la rue, maintenant, ils restent là passivement, comme des jeunes mariées qui attendraient que les mineurs les élèvent jusque dans la lumière de Paris. La Trompette Finale ! Les premiers partis, les trépassés rassemblés par des anges barbus, fumant des pipes de terre. Cela suffit – suffirait presque – à le faire sourire. Pauvres crânes crédules qui imaginent que leur attente dans le noir est terminée !

Vers la fin du mois, ils ont dix-neuf fosses – presque la moitié de celles que Jeanne a identifiées l'automne précédent. La fosse vingt est entamée dans la première semaine de mai, et c'est alors qu'ils y travaillent, à vingt-cinq pieds de profondeur, par une chaude matinée (un couple de merles picorant des vers dans la terre à côté du trou) que Jeanne sort de la maison, sa première sortie depuis l'agression. Elle a un bras enroulé autour de celui de Lisa Saget. Elle semble à moitié aveuglée par la lumière du soleil. À quelques pas derrière elles, Héloïse, avec son tablier, un couperet à viande dans une main, l'autre levée devant ses yeux pour leur faire de l'ombre. Les hommes à la surface interrompent le travail. Jan Block, à son poste au mur d'ossements, a l'air halluciné et pour la première fois, il apparaît à Jean-Baptiste que le mineur est amoureux, vraiment amoureux. Et, compte tenu de tout ce qui s'est passé, serait-il le plus mauvais parti que Jeanne puisse trouver ? Il n'aurait besoin d'aucune explication, il sait tout ce qu'il a besoin de savoir. Est-ce qu'il plaît à Jeanne ? Ou la pensée qu'un homme, quel qu'il soit, la touche à nouveau est-elle repoussante, impossible ? L'ingénieur lève la main pour la saluer. Elle lui répond en agitant la sienne, avec fatigue.

Dans la rue, sur les petites places, au milieu des étals du marché aussi serrés que des rayons de miel dans une ruche, les rumeurs sur ce qui s'est passé cette nuit de mars sont toujours pléthoriques et circulent librement. Certains des mineurs, malgré l'ordre exprès de ne pas le faire, ont dû en parler à leurs putains, car dans la semaine qui suivit la mort de Lecœur, tout le monde était au courant non seulement qu'il avait été tué, mais que, sans l'ombre d'un doute, l'ingénieur aux yeux gris – un exemple de ces rages que d'aucuns lui avaient vu un certain soir, rue Saint-Denis – devait être celui qui avait appuyé sur la détente. Cela allait de soi ; ils n'étaient pas idiots. *Pourquoi* avait-il fait cela était moins certain. Les mineurs, semble-t-il, avaient davantage gardé leur bouche cousue pour ce qui est du nom de Jeanne. Si bien que l'explication favorite était que l'ingénieur avait tiré sur le contremaître suite à une dispute au sujet de la femme de l'ingénieur, l'Autrichienne. Le contremaître l'avait peut-être traitée de ce qu'elle était et l'avait payé de sa vie. C'était monstrueux, bien sûr, sauvage, et pourtant les femmes du quartier – dont le jugement serait le jugement définitif – n'étaient pas complètement hostiles à l'idée qu'un homme en tue un autre dans une telle affaire. Partout, les femmes sont insultées en toute impunité, insultées par des hommes. Si un petit nombre d'entre eux souffrent de leur insolence comme le contremaître, cela ne serait rien de plus que ce qu'ils méritent.

Quant aux Monnard, bien qu'ils ne soient pas immunisés contre les rumeurs et qu'ils aient observé les allées et venues inhabituelles dans le cimetière, leur imagination était, peut-être, moins facile à exciter, moins débordante que celle de leurs voisins, et ils étaient toujours détournés par le souvenir d'une autre nuit, plus ancienne, une catastrophe plus proche de leur cœur. C'est pourquoi ils n'avaient pas exigé de savoir pourquoi un ouvrier du cimetière les réveillait cette nuit-là en frappant à leur porte, ou ce que signifiait ce bruit juste avant le lever du jour, le bruit d'un arbre qui craque dans la tempête. Le seul moment de gêne fut au dîner, la semaine suivante, le dimanche de Pâques, quand madame Monnard – manifestement en toute innocence et en toute sincérité – demanda si ce charmant monsieur Lecœur voudrait bien de nouveau honorer la maison de sa présence. Jean-Baptiste fut incapable de faire autre chose que de fixer, muet, la lie dans son assiette à soupe. Il revint à Héloïse de dire que monsieur Lecœur avait été rappelé chez lui. Chez lui ? Oui, Madame, de façon tout à fait inattendue. Pour une affaire de famille ? Une affaire de famille urgente, Madame.

Tout au long de ces premières semaines de mai, tandis que les feuilles nouvelles se déploient, que les premiers papillons sortent de leur hibernation, que de petites fleurs poussent, têtues, dans les fissures des murs noircis par la fumée, Jean-Baptiste se rend compte que lui-même attend. Il ne sait pas ce qu'il attend. L'arrivée de la sœur de Lecœur, peut-être, furieuse, effrayée, embrouillée. Ou la soudaine apparition d'un représentant officiel implacable, quelqu'un dont même le ministre ne pourrait pas le protéger. Il doit se redire, étonnamment souvent, qu'il n'a pas tué Lecœur, que Lecœur s'est tué lui-même. Voilà la vérité. Ne devrait-elle pas paraître plus convaincante, plus rassurante ?

Le 22, le 23 et le 24 du mois, il souffre d'une violente migraine, la pire qu'il ait eue depuis que sa tête a été entaillée. Il reste allongé dans la vieille chambre de Ziguette, dans le vieux lit de Ziguette, un bandeau sur les yeux, serrant et desserrant les poings. Sur sa poitrine, cinquante pieds de terre et de chaux l'écrasent. Puis la douleur débouche sur les habituels accès de vomissements. Il se rince la bouche, boit un peu, trouve son chapeau et sort de la pièce en titubant.

Il fait maintenant chaud en ville. Les pierres relâchent un flux de chaleur régulier pendant encore une heure, voire plus, après le coucher du soleil. Dans le cimetière, les hommes veulent plus d'eau avec l'alcool, ils en ont besoin. Ils travaillent en chemise. Vers le milieu de la matinée, le tissu leur colle à la peau du dos. Le travail ralentit. Les martinets et les hirondelles jouent dans le bleu au-dessus des ossuaires. Tout l'hiver, il semblait qu'ils se raccrochaient à quelque chose, une détermination que la chaleur maintenant laisse couler d'eux. L'ingénieur le ressent aussi, autant que n'importe qui, plus même. Une hâte à lâcher, à en avoir fini avec tout cela. Pour la masquer, il pousse les hommes, il arpente sans relâche le bord des fosses, il parle davantage, il crie davantage. Quand l'homme à la poulie se débat avec la nacelle pleine d'ossements, l'ingénieur met lui-même à contribution tout son poids sur la corde. Quand ils ont besoin d'ajuster un caisson en treillis, il descend tout au fond de la fosse afin de diriger les opérations. La nuit, il surveille le chargement de chaque chariot, fait la navette entre la rue et le cimetière, parle aux charretiers, et même aux jeunes prêtres qui regardent toujours nerveusement la porte en attendant que Chabot apparaisse, bien que personne n'ait vu celui-ci depuis des semaines.

Une impulsion (comme il l'appelle intimement, mais qui est peut-être plutôt un désir d'avouer *quelque chose*) le pousse à parler à Héloïse de son aveuglement aux mots. C'est un dimanche après-midi, tous les deux sont agenouillés sur le lit, le bas-ventre un peu irrité, un miroitement de sa semence sur le ventre d'Héloïse, leurs corps dans l'ombre à cause des volets aux deux tiers fermés. Il est de toute façon difficile de continuer à le lui cacher à elle, et à qui que ce soit, difficile et usant, alors il lui explique qu'il ne peut pas lire une page d'un livre sans trébucher, qu'il se retrouve encore soudainement muet devant les objets les plus ordinaires. Il lui parle de son carnet de notes avec sa liste de mots récupérés.

Elle lui embrasse le front, passe une chemise, ajuste les volets et va chercher un livre. C'est le livre d'un auteur anglais avec un nom français. *La Vie et les aventures étranges et surprenantes de Robinson Crusoé de York, marin*. Tenant le livre devant eux deux, elle lit une page à voix haute, lentement. La page suivante est pour lui, la troisième pour elle à nouveau. Au bout d'une heure, il demande : « Est-ce vrai ? »

Elle rit : « Cela te plaît ? »

Il acquiesce. Cela lui plaît. Le naufragé. Sa solitude et son ingéniosité. Cela lui parle.

« En paiement, dit-il, je te construirai une étagère à livres. Elle pourrait aller sur le mur, là. »

Elle le remercie, puis ajoute : « Pas grosse au point qu'on ne puisse plus la passer par la porte.

— La porte ?

— Nous ne resterons pas pour toujours ici, dit-elle. N'est-ce pas ? »

Une ration supplémentaire de grog, quelques pièces supplémentaires dans les mains des hommes (il peut distribuer ce qu'il aurait donné à Lecœur). Cela ne suffira pas. Ce n'est pas possible. Ce n'est pas assez. Et Guillotin le prévient que creuser en pleine chaleur est malsain, absolument malsain. Les vapeurs, la contagion. Le souffle aigre de cet endroit agité par la chaleur du soleil. Déjà quatre hommes – occupant la même tente – ont été frappés par une fièvre peu élevée, mais qui les a privés d'énergie, rendus faibles et les a fait s'affaler comme des fleurs coupées. Le docteur recommande que le travail soit mené entièrement de nuit, ou mieux encore, suspendu jusqu'au temps plus frais de l'automne.

« Suspendu ?

— Cela ne pourrait-il pas être la solution la plus sage ?

— Et quand viendra l'automne, dit Jean-Baptiste, je me retrouverai tout seul à travailler ici.

— Vous pensez qu'ils ne reviendront pas ?

— N'êtes-vous pas surpris qu'ils soient même seulement restés ? »

Ils marchent ensemble dans la fin d'après-midi tandis qu'on nourrit les hommes. Ayant atteint la limite ouest du cimetière, ils font demi-tour et repartent dans l'autre sens, suivant l'ombre du mur.

« Qu'en est-il de l'église ? demande l'ingénieur.

— Mmm ?

— Nous pourrions travailler dedans. Il fera frais.

— Commencer la destruction de l'église ?

— J'aurais besoin de plus d'hommes. Des spécialistes. Pas nombreux.

— Elle a l'air affreusement solide, dit Guillotin en s'arrêtant pour la considérer, cette falaise rayée de noir qu'est la façade ouest de l'église.

— Les bâtiments sont surtout faits d'air, explique l'ingénieur, citant le grand Perronet. D'air et d'espace vide. Et il n'y a rien au monde qui ne puisse être réduit à ses parties. Avec suffisamment d'hommes, vous pourriez faire du château de Versailles un tas de ruines en l'espace d'une semaine. »

Plus il y pense, plus il est convaincu et il y pense depuis longtemps. Il soumet l'idée à Armand,

« Oh, ma belle église, pleurniche Armand avec un large sourire.

— Cela signifie l'orgue aussi, dit Jean-Baptiste.

— Naturellement.

— Tu n'as pas d'objections ?

— C'est ce que je t'ai déjà dit. Cette nuit où nous sommes allés faire de la peinture. On n'en veut pas au futur, ou à ses agents.

— Et le futur est bon, quel que soit ce qu'il apporte ?

— Oui, dit Armand sans un instant d'hésitation.

— Je ne crois pas cela.

— Pense à la lumière.

— La lumière ?

— L'église des Innocents a accumulé des ombres pendant cinq cents ans. Tu vas les libérer. Tu feras entrer la lumière et l'air. Tu feras entrer le ciel. C'est *cela*, le futur !

— Et cela, dit Jean-Baptiste, c'est une métaphore.

— Une métaphore ? Où es-tu allé à l'école ?

— À Nogent-le-Rotrou. »

Aube : il est au lit, fixant, les sourcils froncés, l'espace indéterminé au-dessus de lui, à essayer de trouver la meilleure façon de détruire une église. Qu'avait *dit* exactement maître Perronet à ce sujet ? Avaient-ils étudié la démolition quand Jean-Baptiste était chez lui à Bellême, pour aider aux soins de son père ? Si l'église était dressée en plein champ quelque part, il la ferait tout simplement sauter. Dieu sait qu'il pourrait fabriquer suffisamment de poudre noire avec tout le potassium dans le sol du cimetière. Mais une église au milieu de la rue Saint-Denis ? En théorie, bien sûr, on peut faire *imploser* un bâtiment : on le mine et on le fait s'affaisser sur lui-même dans un joli nuage de poussière et de pierres qui dégringolent. En pratique – eh bien, il n'a jamais entendu parler d'une seule tentative réussie. Il y a eu un cas à Rome, il y a cinq ou six ans, une vieille basilique dont ils voulaient se débarrasser précipitamment. Ils ont rempli les cryptes de barils de poudre, disposé des détonateurs, les ont allumés, et ont anéanti la basilique ainsi que la plupart des habitations environnantes. Deux cents hommes, femmes et enfants réduits en bouillie. Cela fit trembler les fenêtres du Vatican. Il n'arrive pas à se rappeler ce qu'est devenu l'ingénieur. Travaille-t-il toujours ? Ou l'ont-ils pendu ?

Pour les Innocents, il lui faudra une approche plus méthodique, plus prosaïque. Enlever le plomb, les tuiles, couper les chevrons, les pannes, les faire tomber à l'intérieur. Faire disparaître l'église comme un lent oubli. Les piliers sont-ils solides ou sont-ils remplis de gravats ? Et les fondations ? Si près de la Seine, tout l'ensemble pourrait flotter sur de la boue.

Il faudra qu'il parle à Manetti. Et à Jeanne. Si l'église tombe, la maison aussi. Et si la maison tombe, alors il doit, comme il le leur a promis, leur trouver quelque chose de nouveau. Le plomb et les tuiles, correctement négociés, pourraient rapporter plus qu'assez pour subvenir aux besoins d'un vieil homme et de sa petite-fille, et ce pendant des années.

Et comment va-t-elle cette fille dont il a introduit le violeur dans la maison et l'a fait habiter avec elle ? Guillotin lui dit qu'elle a perdu une partie de la vision de l'œil gauche, mais qu'à part cela, elle se rétablit correctement. Quant à Jean-Baptiste, voilà deux mois qu'il fait bien attention de ne pas se retrouver seul avec elle. Il se souvient comme elle s'était contractée quand il l'avait touchée, la nuit où elle était étendue sur la table. Et il veut attendre aussi longtemps que nécessaire pour que, lorsqu'ils seront seuls, Lecœur ne soit pas assis à côté d'eux, couvert de sang, à les regarder en coin. S'il laisse encore passer du temps, cependant, il pourrait y avoir un autre sujet tout aussi difficile à ignorer. Selon Lisa Saget, Jeanne porte un enfant ; c'est ce qu'elle a dit à Héloïse. Ce n'est pourtant pas certain. Il y aurait quelques preuves techniques à établir et Jeanne elle-même ne s'est livrée à aucune confidence. Il est cependant difficile de penser qu'une femme comme Lisa Saget puisse se méprendre. Un enfant peut-il sentir d'une façon ou d'une autre quelles ont été les circonstances de sa conception ? Nombreux sont ceux qui le croient.

Il penche sa tête pour regarder Héloïse, ses cheveux délicatement entassés sur le traversin. À une certaine heure de la nuit, elle a produit de petits sons, marmonné une dizaine de demi-mots sortis d'un rêve, avec un ton dur, plein de reproches, mais maintenant, elle est dans ce dernier sommeil, pur, avant le réveil, son souffle pas plus fort que si quelqu'un faisait aller et venir l'extrémité de son doigt, doucement, sur le drap.

Les piliers sont-ils solides ou remplis de gravats ? Et les fondations ? Tout l'ensemble flotte-t-il sur de la boue ?

***

Avec Armand, il descend la rue de la Verrerie à pied, le soleil du soir tape entre leurs omoplates, leurs ombres ondulent sur les pierres devant eux. Depuis la rue de la Verrerie, jusqu'à la rue du Roi-de-Sicile, puis la rue Saint-Antoine, puis cinq minutes de marche en direction de la Bastille, sur l'une des tours de laquelle un drapeau royal pend mollement. Descendue l'étroite rue de Fourcy, ils dépassent les murs du couvent et encore à droite dans la rue du Jardin... C'est le quartier Saint-Paul. Il y a des tailleurs de pierre ici : un aveugle le saurait. Armand et l'ingénieur s'arrêtent devant la porte ouverte d'un atelier. De la poussière de pierre frémit dans l'air chaud. Après la lumière de la rue, l'intérieur de l'atelier est d'un noir d'encre. Armand entre en premier, trébuche sur une paillasse, jure bruyamment. Le son de marteau s'arrête. Un type costaud avec un tablier et un bonnet blanc sort de l'encre pour les regarder. Chaque creux et chaque surface de son visage a sa couche de poussière de pierre.

« Vous êtes ? demande-t-il.

— Baratte, dit Jean-Baptiste. Ingénieur aux Innocents. Je suis à la recherche de maître Sagnac. J'ai envoyé un mot.

— Et je suis l'organiste, dit Armand, en s'inclinant un peu.

— Du cimetière, hein ?

— Oui.

— Sagnac, c'est moi. Votre lettre disait que vous démolissiez l'église. Que vous aviez besoin de maçons.

— Un maître. Quatre ou cinq grands apprentis.

— Et la main-d'œuvre ?

— J'ai la main-d'œuvre.

— Habituée à porter du poids ?

— Ce sont des mineurs. Enfin, c'étaient. »

Sagnac rit. « Alors j'en amènerai à moi. Au moins jusqu'à ce que les vôtres volent de leurs propres ailes.

— Comme vous voudrez.

— J'ai entendu dire que le roi en personne était derrière ce projet.

— Mes ordres viennent du ministre », précise Jean-Baptiste.

Sagnac hoche la tête. « Nous travaillons tous pour eux d'une façon ou d'une autre, hein ? Vous voulez que je trouve le bois vert pour les échafaudages ? Mes contacts seront meilleurs que les vôtres.

— Mais le tout à un bon prix, intervient rapidement Armand. Mon ami ici a peut-être un accent de la campagne, mais je suis de Paris et j'ai appris la vie à l'hôpital des Enfants-Trouvés.

— Vous verrez que je suis honnête, assure Sagnac. Je ne flouerai pas un pauvre enfant abandonné. »

Un des apprentis du maçon, un grand échalas couvert de poussière comme son maître, pose trois tabourets devant la porte et les trois hommes s'asseyent pour boire du vin blanc et négocier.

« Je lui fais presque confiance, reconnaît Armand, alors que l'ingénieur et lui rentrent ensemble au cimetière.

— Il connaîtra son travail, tranche Jean-Baptiste. Et nous ne le payerons pas pour ce qu'il ne fait pas.

— Tu prends joliment forme.

— Merci.

— Et as-tu entendu la dernière au sujet de Jeanne ? »

Lundi matin, à six heures et demie, le 10 juin, Sagnac arrive avec quatre grands apprentis : Poulet, Jullien, Boilly et Barasse. Il y a aussi une douzaine de travailleurs portant des vestes et des petits chapeaux, certains avec des outils à la ceinture. L'ingénieur emmène Sagnac faire le tour du site. Ils tapotent les murs, éprouvent la terre, discutent, éprouvent et tapotent encore un peu. Ils rencontrent le sacristain et Jeanne. Un des apprentis fait des croquis soignés de l'église. Les autres regardent les ossuaires, les murs d'ossements, secouent la tête. Ils regardent les mineurs aussi – cette bande de saints en guenilles – sans même chercher à cacher leur dégoût.

« Alors ? demande Jean-Baptiste.

— Nous allons mettre les échafaudages contre le mur sud pour commencer, dit Sagnac. C'est quoi ça, là ?

— L'atelier des médecins.

— Le quoi ?

— Ça peut partir.

— Bon.

— Quand le bois arrivera-t-il ?

— Vous pourrez avoir une première livraison demain. Et si vos hommes savent comment planter un clou, ils me seront utiles. »

Des espars de bois vert. Une géométrie simple, répétitive, de carrés et de triangles, s'étend et monte sur le flanc de l'église. Cela grimpe vite. Tous les jours, l'ingénieur grimpe lui aussi ; bientôt, il grimpe au-dessus des ossuaires, plonge au-dessus de la rue de la Ferronnerie, il voit dans la rue des Lombards, il voit à travers les fenêtres du premier, du deuxième, puis du troisième étage.

Les mineurs ne sont pas aussi agiles que les hommes du maçon ; ils ne sautillent pas de poutre en poutre ni ne se penchent en arrière, insouciants, dans l'air de l'été, une main tenant négligemment un support, mais ils ne trahissent aucun vertige. Ils soulèvent, nouent, clouent, l'emportent sur les autres en force de souffle, en pure ténacité, par la calme efficacité de leur activité. À l'heure des repas, les deux groupes se tiennent à distance. Les hommes du maçon mangent sur les échafaudages, emportent leur nourriture en haut, regardent, entre leurs bottes dans le vide, les mineurs qui, rassemblés en dessous, à leur place habituelle, mettent un point d'honneur à ne jamais regarder en l'air.

Une semaine de cris et de martèlements et ils parviennent au toit de l'église. Jean-Baptiste grimpe rejoindre Sagnac.

« L'air est un peu meilleur ici, hein ? dit Sagnac, son large dos juché sur le parapet au bord du toit.

— Si vous le dites », concède Jean-Baptiste. Il voit la Seine. Les toits du Louvre. Les moulins de Montmartre.

« Je propose que nous passions à travers cette rigole, dit le maçon en la montrant. Voir ce que nous avons là.

— Très bien.

— Vous voulez garder les tuiles ?

— Autant que possible.

— Vous aurez besoin d'un treuil dans ce cas.

— Nous avons des cordes, des chaînes, des roues. »

Sagnac hoche la tête. « Vos hommes travaillent bien pour des étrangers.

— Ils ne sont pas tous étrangers, dit Jean-Baptiste. Mais, oui, ce sont de bons travailleurs.

— Un sale boulot de toute façon », conclut Sagnac, toisant le jeune ingénieur, l'étudiant, comme si, dans l'air raréfié, il le voyait pour la première fois.

Dans l'église, l'air est comme un mur d'eau. Froid, stagnant. Étant descendu des échafaudages, l'ingénieur entre avec Armand et quatre des mineurs. Le maçon est quelque part au-dessus du bras sud du transept. Depuis le sol de l'église, on ne voit rien du tout du toit ; il faut tout imaginer. Ils tendent le cou, attendent, se massent la nuque et regardent de nouveau en l'air. Un bruit sourd mais étouffé provoque un craquement soudain d'ailes invisibles. Le premier coup est suivi d'une longue série, toutes les deux secondes.

« Voilà qui devrait réveiller Chabot, dit Armand.

— S'il est là, dit Jean-Baptiste.

— Oh, il est là, c'est sûr.

— De quoi se nourrit-il ?

— De cire. De liturgie. De ses pouces. »

Un mineur recule, essuyant quelque chose de son visage. « De la poussière qui tombe, avertit Jean-Baptiste. Écartez-vous un peu. »

Les coups sont moins étouffés maintenant. Il y a une pause ; puis cela reprend, un double battement, plus difficile à situer. « Sont-ils juste au-dessus de nous ? demande Armand

— Non, non. Vers ce bord, là. Ils vont essayer de passer entre les chevrons, près du fond de la rigole. »

Quelque chose frappe les dalles. Ce n'est plus de la poussière. Il en tombe encore, encore à chaque coup de masse. Des écailles de plâtre solide, des gravats.

Puis quelque chose de gros s'écrase à vingt, vingt-cinq pieds devant eux, et explose en fragments. Le double battement devient triple. Ba-ba-boum, ba-ba-boum, ba-ba-boum. Puis trente secondes de silence ; puis deux coups, très ciblés et déterminés, comme s'ils avaient découvert un endroit non protégé sur la tête du dragon, quelque chose qui cède. Un autre grand morceau tombe. L'équipe en dessous se retire. Dans le noir, le noir au-dessus que tout le monde contemple, quelque chose cligne. Un petit œil blanc, petit et presque trop lumineux pour qu'on le fixe.

« Ils sont passés à travers ! » s'écrie Armand. Une rafale de coups et l'œil s'écarquille. Un rai de lumière tournoyante découpe un angle aigu entre le plafond et le sol et s'abat non sur quelque ange doré ou saint en stuc, mais sur la botte d'un mineur, qui recule dans un sursaut, comme s'il en avait été brûlé.

Timidement, ils la rejoignent, cette lumière, y portent les mains. Encore une douzaine de coups en haut et ils peuvent y baigner leur poitrine, puis tout leur corps. Héloïse doit voir cela, pense l'ingénieur. Héloïse, Jeanne... ils doivent tous voir cela.

« Hé ho, en bas ! » crie une voix. Sagnac. Sa tête aussi petite qu'une pièce de monnaie. L'ingénieur s'avance dans la lumière, scrute en l'air. « Nous sommes là », crie-t-il. C'est une drôle de forme de conversation. C'est peut-être ainsi qu'Adam parlait à Jéhovah. « Un problème ?

— C'est comme briser des coquilles d'escargot, dit Sagnac (« scar got... », chante l'écho.). Les poutres sont pourries jusqu'au cœur. Encore vingt ans et tout serait tombé tout seul ! » Les têtes disparaissent.

« Je vais jouer, annonce Armand, délassant ses doigts et faisant craquer ses articulations. Deux de ces gars pourront pomper pour moi.

— C'est vraiment le moment de *jouer* ? » demande Jean-Baptiste. Puis : « Tu as raison. Tu n'as jamais eu autant raison. »

Une demi-heure plus tard, tandis qu'Armand improvise à l'orgue, l'ingénieur guide une visite de la lumière. Héloïse se pince le coude. Le sacristain regarde en l'air, plisse les yeux comme un prisonnier piégé cinquante ans dans quelque oubliette, quelque cachot humide, comme ceux qu'on dit exister dans la forteresse de la Bastille. Lisa humecte ses lèvres, son visage s'ouvre comme une fleur.

Guillotin dit doucement : « Mais c'est de la philosophie. »

Jeanne commence à pleurer silencieusement. D'abord, elle ne touche pas la lumière. Jean-Baptiste – le moment le permet – prend sa main. Elle ne bronche pas. Il la lève, et quand elle frappe la lumière, sa peau – la peau de leurs deux mains – semble environnée d'un feu bleu fragile.

Durant les jours qui suivent, une entaille de trous est perforée en une ligne le long du mur sud. L'air est épaissi par la poussière, mais la nuit, elle se dépose ou s'échappe. Des rais de lumière s'étendent jusqu'à ce que les traits séparés deviennent une frange en dents de scie qui se déplace lentement vers le nord, en direction de la rue aux Fers. Vers la fin du mois, la lumière s'avance jusqu'au bord de la nef, strie le chœur, se rassemble au pied de l'autel. Comme tout ici-bas apparaît maintenant miteux ! Comme cet endroit tenait à son obscurité ! On rassemble les bancs – la plupart tellement grouillants de bestioles qu'il serait dangereux de s'asseoir dessus – les uns sur les autres en un grand tas dans la croisée du transept. Maintenant que la lumière est là, il est évident que tout ce qui avait de la valeur – de la valeur pécuniaire – a déjà été emporté, officiellement ou autrement. Avec Armand, l'ingénieur passe une heure à chercher la relique la plus vénérée des Innocents, l'os de l'orteil d'un stylite dans sa boîte en fer, mais on n'en trouve pas la trace, et quelque chose comme de la pantomime dans la façon de chercher de son ami pousse Jean-Baptiste à lui demander si, en réalité, il ne l'aurait pas volée.

Armand reconnaît que c'est ce qu'il a fait. « C'était pour trouver de l'argent pour l'hôpital, dit-il.

— C'est bien vrai ? » demande Jean-Baptiste.

Armand hausse les épaules.

Un cri venu d'en haut signifie que quelque chose de gros va tomber – un pignon ou une nervure, un blochet en chêne, projeté dans les débris en dessous. Ou une pierre, quelque chose qui s'est délogé, pour se fracasser ensuite sur les dalles comme sur instruction.

La moitié des mineurs travaillent à l'intérieur de l'église et démolissent. Ils ont des masses, des pioches et des barres de fer, et mettent, semble-t-il, une certaine jubilation sectaire à cette affaire. Les autres travaillent sur le toit ou manœuvrent le treuil qui descend les paquets de tuiles récupérées et les feuilles de plomb. Jean-Baptiste commence à se sentir de nouveau ingénieur. La pierre, la poussière et le bois pourri sont amplement supportables après la terre noire et les os. Et n'y a-t-il pas quelque chose d'addictif dans la destruction ? Ne satisfait-elle pas quelque appétit obscur, une pulsion de petit garçon, à envoyer un outil contondant dans ce qui est silencieusement, bêtement, là ?

Il écrit à sa mère : « Je détruis une église ! » Il joint comme d'habitude l'argent, suggère – à moitié par jeu seulement – qu'elle pourrait s'en servir pour venir à Paris et le voir lui, son fils, les manches de chemises relevées, le visage encroûté de poussière, en train de mettre à genoux un éléphant de pierre. Et peut-être le pasteur se donnerait-il la peine de l'accompagner ?

Il raye cette dernière pensée. La raye soigneusement.

En travaillant dans une des chapelles latérales, une de celles que la lumière a rendues simples et séculières, il termine l'étagère à livres. Une structure qui tient toute seule, de cinq rayons, fabriquée avec le bois de l'église, les dossiers et les sièges des bancs surtout (les rares que les bêtes n'avaient pas visités), bien qu'au sommet il fixe un panneau décoré, découpé dans le retable derrière l'autel, des petites silhouettes, les apôtres peut-être, ou seulement des spécimens de ces badauds qui doivent toujours se trouver en marge des événements miraculeux ou terribles. Des invités aux noces de Cana, des villageois qui regardent l'arrivée des soldats d'Hérode. Héloïse remplit trois des étagères avec des livres qu'elle possède déjà. Un après-midi avec Ysbeau au bord de la Seine – tous deux très respectables, comme s'ils avaient tout oublié – remplit l'essentiel de la quatrième, tous de bonnes éditions, ces nouveaux livres, pas celles à quinze sous qui vous tombent en morceaux entre les mains.

Par la ville, dans ces jours du plus profond de l'été, de la peinture noire et des graffitis frais.

Près de l'église Sainte-Marie de la rue Saint-Antoine : « BÊCHE BOUFFERA UN ÉVÊQUE ET RECRACHERA SES OS. UN CARDINAL POUR LE DESSERT. »

Quai de l'horloge, sous les murs de la Conciergerie. Peint depuis un bateau ? « M. BÊCHE NOIERA LES RICHES DANS LA SUEUR DES PAUVRES ! »

Sur le mur en face de la Compagnie des Indes : « BÊCHE A VU VOS CRIMES ! L'ADDITION EST EN ROUTE. »

Sur le parapet – à gauche quand on se dirige vers le sud – du pont au Change : « MESSEIGNEURS LES SUCEURS DE SANG ! M. BÊCHE RENDRA ORPHELINS VOS ENFANTS ! »

Repérer ces graffitis, les repérer avant les autorités, qui sont désormais plus enclines à effacer de tels sentiments, devient un genre de sport. Les gens échangent de nouveaux regards entre eux, par hasard, avec bonne humeur, mais aussi avec une certaine interrogation sérieuse. Qu'en est-il de Bêche, s'il existe ? Et si un jour, il faisait ce qui est promis ?

Jean-Baptiste, informé par Armand (qui continue de nier toute implication), ou le docteur Guillotin, ou Héloïse (qui n'a pas entièrement renoncé à sa vieille et libre habitude de se promener par les rues), ou à une occasion par Marie, de l'existence de ces gribouillages, hoche la tête et hausse les épaules. Qu'ont-ils à voir avec lui ? Et pourtant il ne peut pas nier un intérêt grandissant pour ce Bêche, et il se laisse même parfois entraîner dans une rêverie où il y a vraiment, dans quelque bâtiment fétide du faubourg Saint-

Antoine, un homme avec des pensées comme des lames de couteau, un philosophe assassin, l'exécuteur du peuple. S'opposerait-il à un tel homme ? Le trahirait-il ? Ou bien le suivrait-il ? Deviendrait comme lui, implacable. Sanguinaire et implacable... Puis il se réveille de sa rêverie et retourne à ses affaires. Des pierres et de la sueur, et des ordres criés dans l'air en désordre. Ce que fait le monde, ce à quoi il se prépare, il y assistera plus tard. L'Histoire devra attendre un peu les Innocents.

Un point d'observation, un bon, duquel on peut voir l'avancée des travaux dans l'église, est sa vieille chambre derrière la maison des Monnard. Il y va presque chaque jour, s'il le peut, et se place entre la table et le lit pour regarder par la fenêtre. L'air de la chambre est suffocant. Dieu sait comment c'est dans la chambre de Marie au-dessus. En travers du lit, les robes de Ziguette sont posées en vrac, comme des herbes ratissées dans une rivière. Des petites phalènes dorées, comme celles qui, quand on les écrase entre le pouce et l'index, laissent une traînée d'or sur la peau, rebondissent et volettent dans les tissus. Ragoût qui se rappelle peut-être leur vieille intimité dans cette chambre, ces nuits d'hiver où il était allongé aux pieds de cet homme, rejoint parfois l'ingénieur, s'installe confortablement sur les robes, et a l'habitude d'entrer à moitié dedans – un chat qui devient une fille, une fille, un chat.

Un dimanche soir, à la fin juillet, tous les deux sont dans la chambre, Ragoût reniflant un volant de mousseline, Jean-Baptiste appuyé sur la table, un peu endormi, à regarder l'église dehors. Elle a un air agréablement sinistré. Un quart du toit reste encore à abattre – il faudra des échafaudages rue aux Fers la semaine prochaine – et ils n'ont toujours pas construit une tranchée assez profonde pour examiner les fondations, mais la progression est acceptable, plus qu'acceptable, à tel point que même monsieur Lefosse à sa dernière visite n'avait pu entièrement contenir son approbation et était resté une minute tout entière à la fenêtre du salon avant de se tourner et de dire (avec une voix suintante de suspicion) que le ministre ne serait pas mécontent d'apprendre que son projet avançait enfin comme il le devait.

Si les mineurs pouvaient être maintenus au travail un tout petit peu plus longtemps ! Les mineurs, Sagnac. Et lui, bien sûr, lui en particulier. Il a au moins réussi à trouver un endroit pour Jeanne et son grand-père. Quatre pièces correctes et bien éclairées au rez-de-chaussée d'une maison, rue Aubri-Boucher, en face de l'église Saint-Josse, à quelques minutes à pied du marché. Commode pour une femme bientôt mère – commode pour une mère –, car il n'y a plus de doute désormais que Jeanne porte un enfant. Elle a manifestement grossi au niveau de la taille ; sa poitrine gonfle. Elle a l'air plus jeune. Jeune, timide, rêveuse. Pas malheureuse. Elle leur sourit, parle peu, a l'air tout à la fois dévastée et sauvée, comme peut-être autrefois la mère du Christ. Et jamais bien loin, s'arrangeant toujours d'une façon ou d'une autre pour se retrouver au bout de son ombre, avec ses bottes, sa barbe, ses chevilles menues, Jan Block...

Son visage se fend d'un bâillement. Il se frotte les yeux du bout de la paume, sent les instructions fermes, monotones du corps, le pouls de son pouls : ça, ça, ça, ça... Quand il ouvre les yeux, il se retrouve en train de regarder non pas l'église, mais l'image sur le mur, la gravure du pont du Rialto à Venise, cet arc unique assez haut pour laisser passer les bateaux quelle que soit la marée, ses vingt-quatre maisons avec leurs toits de plomb. L'image pendouille à son clou, comme depuis qu'il est entré pour la première fois dans cette maison, mais cela fait des mois qu'il n'a plus repensé à elle, qu'il n'a plus repensé à ses vieilles ambitions dont elle était autrefois l'emblème. Des ponts et des routes ? Oui. Des ponts et des routes traversant la France, sautant ses rivières, reliant les villes et les villages comme des perles le long d'un fil, puis toute l'entreprise, fiable, doucement cambrée, laissée comme un présent devant les murs d'une ville étincelante. Lui-même sur un cheval, des équipes d'hommes derrière lui. Des hommes, des chevaux, des chariots, des pierres. Des nuages de poussière. Et il pourrait le faire maintenant. C'est parfaitement crédible. Il ne doute pas de lui-même, il ne croit plus qu'il doive, dans un exercice anxieux de sa volonté, rassembler tous les morceaux de lui-même ou cesser d'exister. Mais ses ambitions sont-elles toujours ce qu'elles étaient ? Sont-elles, par exemple, moins ambitieuses ? Et si c'est le cas, qu'est-ce qui les a remplacées ? Rien d'héroïque, apparemment. Rien dont on puisse se vanter. Le désir de recommencer, plus honnêtement. D'évaluer chaque idée à la lumière de l'expérience. De rester aussi ferme qu'il le pourra dans la fabuleuse saleté du monde ; vivre au milieu de l'incertitude, du désordre, de la beauté. Vivre bravement, si c'est possible. La bravoure sera nécessaire, il n'a aucun doute là-dessus. Le courage d'agir. Le courage de refuser.

Sur le lit, le chat le regarde, placide, sorti des profondeurs de son propre mystère. Il lui fait un grand sourire. « Tu crois, mon vieux, qu'ils voudront me renvoyer à la ferme ? » Puis son regard est de nouveau attiré par la fenêtre, par l'église d'où une fumée noire monte en spirale à travers le toit brisé. Elle monte, plonge, tourbillonne autour des échafaudages, plonge si bas qu'elle rejoint les murs du cimetière, puis monte à nouveau, tourne dans l'air clair, tourne, tourne, tourne, puis fait une boucle et part vers l'est. Il appelle Héloïse en criant. Elle court sur le palier.

« Elles s'en vont ! crie-t-il. Les... merde ! volantes. Comme des rats qui volent.

— Quoi ? Des chauves-souris ?

— Oui, oui. Des centaines ! Des milliers ! »

Elle regarde la direction qu'il indique, plisse les yeux, mais il n'y a rien à présent au-dessus de l'église, sinon la nuit seule.

2

Mi-août ; le lever du soleil est à six heures vingt. Déjà, on remarque que les jours sont plus courts. Il rabat les volets, observe les maisons dans l'ombre en face, se demande si on le regarde aussi, ne peut pas dire. Dans le lit, derrière lui, Héloïse s'étire. Il lui demande si elle veut une chandelle, s'il doit en allumer une. Ce n'est pas la peine, dit-elle. Elle voit bien assez. Y a-t-il de l'eau ? Il lui en trouve, met le verre dans sa main, l'écoute boire.

Il n'est habillé que de la chemise dans laquelle il a dormi. Il passe ses culottes, range les pans de sa chemise autour de ses cuisses, il trouve ses bas, s'assied au bout du lit pour les enfiler. Héloïse attrape son peignoir de là où il pend la nuit, à un angle du paravent.

« Le ciel est clair, dit-elle.

— Oui.

— Pas de pluie depuis des semaines.

— Non.

— Un orage serait bienvenu. Quelque chose qui lave les rues. »

Leurs paroles sont à peine plus élevées que des murmures. Il boutonne ses culottes ; elle fait ce qu'elle a à faire derrière le paravent. De l'autre côté de la rue, le sommet des cheminées montre une fine ligne dorée de lumière du soleil. Doré rose, doré orange.

« Si nous partions ? dit-il.

— Partir ?

— Deux semaines.

— Tu pourrais faire cela ?

— Je pourrais demander à Sagnac de s'occuper des choses ici. C'est surtout lui qui travaille de toute façon.

— Et où voudrais-tu aller ?

— En Normandie. À Bellême. Il fera plus frais. Bien plus frais. Et n'est-il pas temps que tu rencontres ma mère ?

— Ta mère ?

— Oui.

— Mais si quelque chose arrivait ici ? demande Héloïse, sortant de derrière le paravent, en se tamponnant le visage avec l'eau de fleur d'oranger. Si les hommes ne voulaient pas travailler pour Sagnac ?

— Pourquoi ne voudraient-ils pas travailler pour lui ?

— Peut-être qu'ils ne l'aiment pas.

— Ils n'ont pas besoin de l'aimer. Je ne sais pas s'ils m'aiment, moi. Et ce ne sera que pour deux semaines. Moins, si tu veux. N'as-tu pas envie de rencontrer ma mère ?

— Si, répond Héloïse. Mais cela me fait un peu peur, c'est tout. Nous ne vivons pas... selon les règles. »

Il se rapproche d'elle. Il aime voir son visage le matin. « Elle est gentille, assure-t-il, en prenant ses doigts froids à cause de l'eau.

— Gentille ?

— Oui. »

Elle commence à rire. Il se joint à elle, un rire un peu comme un sifflement doux, arrêté net par un éternuement incroyablement fort dans la pièce à côté, la première éruption suivie de toute une série d'autres.

« Monsieur Monnard, explique Héloïse, a attrapé le rhume de Marie.

— Je me suis demandé, dit Jean-Baptiste, si Monnard... Si lui et Marie... Est-ce possible ?

— Samedi dernier, raconte Héloïse, l'après-midi, je jure que j'ai entendu de bien drôles de bruits venant du grenier.

— Des bruits ?

— Comme quelqu'un qui flagellait un enfant.

— Et maintenant, voilà qu'ils ont pris froid ensemble.

— Pauvre madame, fait Héloïse.

— Elle devrait aller dans le Dauphiné, dit Jean-Baptiste. Je ne sais pas pourquoi elle ne le fait pas.

— Ou alors, c'est *elle* qui pourrait revenir ici.

— Quoi ? Ziguette ? Tu pourrais dormir tranquillement avec un assassin dans la maison ?

— Ziguette n'est pas un assassin, Jean. Mais, non, je ne pourrais pas rester dans la maison avec elle. Il faudrait que nous trouvions un autre endroit. Par exemple, Lisa dit qu'il y a un joli appartement près du sien, rue des Écouffes. Un notaire et sa femme le louaient, mais ils veulent déménager en septembre.

— Ce n'est qu'un exemple, hein ?

— Un endroit à nous, dit-elle.

— Nous aurions Armand comme voisin.

— Nous pourrons survivre à cela. Tu y réfléchiras, Jean ?

— J'y réfléchirai.
— Tu promets ?
— Je promets. »

Ils se séparent, continuent leur habillage. Il boutonne son gilet près de la fenêtre, regarde le balancement d'une bâche sur un chariot qui passe, un chariot qu'il connaît : « M. Hupot et fils, Déménageurs de la noblesse ».

Et qu'est-ce qui lui a fait soudainement parler de partir ? La lumière sur les cheminées ? C'est tout ? La moitié du temps, on dirait qu'on ne sait pas ce qu'on pense, ce qu'on veut. Et pourtant, l'idée n'est pas à ce point impossible. Sagnac pourrait tout à fait se laisser convaincre, en y mettant le prix. Quant aux mineurs, pourquoi refuseraient-ils tant qu'ils reçoivent ce qui leur est dû ? Il essaie d'imaginer Héloïse et lui, l'esprit libre dans la nature verdoyante, se promenant dans les bois, le dos reposant confortablement sur des meules de foin, guettant les truites dans le ruisseau, sa mère leur donnant sa bénédiction... Ce n'est pas aussi facile à imaginer qu'il le voudrait. Plus facile de se voir lui-même se tracasser tout le long au sujet du cimetière, puis trouver une excuse quelconque pour se dépêcher de rentrer.

« J'irai acheter des queues de bœuf aujourd'hui, dit-elle. Le boucher Sanson m'en a promis. Les hommes aimeront cela. Je les ferai avec des oignons, de l'ail, des tomates, du thym et beaucoup de vin rouge, et peut-être des pieds de porc. C'est excellent dans ce genre de ragoût, un pied de porc. La sauce devient beaucoup plus riche. Ta mère te préparait-elle des pieds de porc, Jean ? N'est-ce pas un plat répandu en Normandie ? Jean... que fais-tu ? »

Il s'est déplacé de la fenêtre à la coiffeuse, il est assis là, le regard perdu dans l'éclat bleu du miroir.

« As-tu une de tes migraines ? demande-t-elle, en allant vers lui et en posant ses mains doucement de chaque côté de sa tête.

— Non, dit-il, pas du tout.

— Je n'aurais pas dû parler de Ziguette ?

— Cela n'a aucune importance.

— Mais tu trembles.

— Je viens de remarquer, dit-il, que je ressemble au vieux Dudo.

— Dudo ? Qui est Dudo ? »

Il croise le regard d'Héloïse dans le miroir, lui fait un grand sourire. « Un des paysans Baratte, répond-il. Le plus pur. »

Il fait déjà bien chaud au soleil. La chaleur se déverse dans la rue aux Fers, se déverse à l'intérieur des os de sa tête. Tout au bout de la rue, il voit les silhouettes sombres des lavandières autour de la fontaine italienne, l'eau qui gicle autour d'elles comme des abeilles. Il ouvre la porte du cimetière : elle n'est pas verrouillée et ne l'a pas été depuis la nuit avec Lecœur. Une porte verrouillée n'avait servi à rien alors, ni à lui ni à personne. Elle n'a en tout cas certainement pas servi à Jeanne. Quant à ceux qui pourraient voler un peu de bois, qu'ils le prennent. Ils sont de toute façon, il le suspecte, du genre à dédaigner l'usage des portes.

Sur le toit de l'église, les maçons et les ouvriers sont déjà en place, bien que, au bruit qu'ils font, on a l'impression qu'il se fait là plus de plaisanteries que de travail. Il inspecte les échafaudages, les parapets, mais il n'arrive pas à voir Sagnac. Peut-être n'est-il pas encore là, et les apprentis tirent profit de leur liberté.

Une dizaine de mineurs sont assis en cercle sur le rebord autour du pied de la haute-croix, les bottes dans l'herbe haute. Quelques-uns fument leur pipe, d'autres mâchent encore le pain de leur petit déjeuner. L'ingénieur leur dit bonjour, les dépasse et va dans la maison du sacristain. La cuisine de la maison est vide maintenant, dénudée de tout sauf de ce qui est nécessaire pour nourrir les hommes. Dans l'ancienne chambre de Lecœur, les registres moisis ont été mis en caisse, bien que ce que l'on va faire d'eux, où on les enverra, qui en voudra, soit loin d'être clair. Le grand lit à l'étage sera démonté demain ou le jour suivant, ses pièces transportées rue Aubri-Boucher. Toute la cuisine sera faite dans un nouvel abri à l'extrémité ouest du cimetière. Il sera bientôt trop dangereux de rester dans la maison. Une pierre qui basculerait de l'église crèverait le toit comme un boulet de canon.

Tout au bout de la table de la cuisine, une ombre bouge, prend forme. Le sacristain est ici, ses cheveux argentés brossés et soigneusement attachés, mais sans justaucorps ni gilet, rien qu'une vieille chemise grisâtre de lin brut déboutonnée jusqu'au milieu de la poitrine. Il tient un œuf de poule entre ses doigts et le pèle soigneusement.

« C'est bientôt fini pour vous ici », dit l'ingénieur.

Manetti hoche la tête, ne lève pas les yeux de son action.

« J'imagine que cela va vous manquer ? Quelque chose en particulier ?

— Le jardin, répond le sacristain. Nous n'aurons plus de jardin.

— Un jardin ? Non. » Depuis la fenêtre, Jean-Baptiste voit la délicate pousse des coquelicots non loin de la tombe des Flasselle. Il y a des éruptions d'épilobes vers l'ossuaire ouest, et de l'oseille, dont les hommes aiment mâcher les feuilles. « Est-il vrai, demande-t-il, qu'autrefois on fauchait l'herbe ici pour en faire du foin ? Qu'on y faisait paître les bêtes ?

— C'est vrai.

— Jeanne me l'a dit. Quand je suis venu la première fois. Elle avait appris toutes vos vieilles histoires, Monsieur.

— Il y a certaines histoires, dit le sacristain en fixant Jean-Baptiste avec un regard ferme et pas entièrement amical, qu'on ne peut pas raconter à une enfant. »

Le silence entre eux est brisé par le docteur qui se penche dans l'encadrement de la porte. « Magnifique matinée. Une très bonne journée à vous deux. » Il leur adresse un sourire rayonnant. À Jean-Baptiste, il dit : « Vous allez à l'église ? Et où est cette femme splendide que vous avez inexplicablement convaincue de venir vivre avec vous ?

— Elle sera ici sous peu », assure Jean-Baptiste.

Dehors, ils marchent ensemble, le docteur lui confie à voix basse : « J'ai peur que son esprit ne commence à divaguer.

— Manetti ? Il me semble assez sensé.

— Vraiment ?

— Et qu'en est-il de Jeanne ? demande Jean-Baptiste.

— Mon opinion professionnelle ?

— Oui.

— Pour elle, dit le docteur, la seule réalité, c'est l'enfant. Par-dessus tout. Je me suis proposé pour, quand viendra son heure, être son accoucheur. Sans honoraires. Je me vois comme un genre d'oncle.

— Vous avez une nièce à Lyon, n'est-ce pas ?

— Ma chère Charlotte. Oui.

— Et l'autre ?

— Comment ?

— L'autre Charlotte. Qu'avez-vous fait avec elle ?

— Ah. Elle, il nous a fallu la brûler, la pauvre enfant. Elle ne se conservait pas. »

Ils ont fait le tour jusqu'à la porte ouest. Passer par le bras sud du transept n'est plus sûr. Jean-Baptiste demande au docteur s'il désire garder quelque chose de l'église.

« Maintenant que vous en parlez, dit Guillotin, il y a deux petits tableaux dans une des chapelles. Vous voyez ce que c'est. Un paysage brumeux avec un sujet religieux inoffensif au loin. Nettoyés, je pense qu'ils feraient bien sur le mur de ma salle de consultation. Vous n'y voyez pas d'objection, n'est-ce pas ?

— Vous leur rendez service. Ils auraient fini au feu.

— Au feu ! Mon cher ingénieur, il y a quelque chose du Hun en vous. Incinérer des œuvres d'art, vraiment ! »

Une fois qu'ils sont à l'intérieur, ils avancent l'un derrière l'autre. Le soleil est monté au-dessus de la ligne du toit et là où le toit est parti, la lumière tape dans un renfoncement peu profond du mur d'en face, relève, avec une sorte de perfection superflue, la cannelure d'un pilier, la tranche en biseau d'un arc, un visage de pierre qui regarde avec des yeux exorbités quelque merveille en l'air. Les ouvriers et les apprentis de Sagnac continuent de gazouiller comme des oiseaux. Quelque chose tombe, scintille en passant dans la lumière avant l'ombre, et frappe les bancs entassés avec un bruit de tonnerre.

Le collatéral nord a toujours sa voûte, il est à l'abri, il reste sombre comme l'orée d'un bois. Quand ils se rapprochent, ils voient qu'Armand est là. Armand et deux des mineurs, Stals et Block, tous les trois penchés à côté de l'orgue, travaillent dessus avec des outils. Quand Armand se lève et regarde Jean-Baptiste, il a des larmes sur les joues.

« Ce satané provincial, dit-il au docteur, en lançant son doigt à un cheveu du gilet de Jean-Baptiste, m'oblige à charcuter mon propre instrument.

— Oh, Monsieur, dit Guillotin gentiment, Monsieur, Monsieur ! Je l'ai déjà accusé d'être un Hun. Et je suis sûr qu'il vous trouvera quelque chose de bien. Une récompense.

— Qu'est-ce que tu lui fais ? demande Jean-Baptiste.

— J'enlève les claviers. Si j'ai les claviers, je pourrai encore pratiquer.

— Tu veux les tirants de registre aussi ?

— Je peux les prendre ?

— Bien sûr », dit Jean-Baptiste, qui parvient à toucher le bout ouvragé de celui qui est le plus près de lui. Il a appris leurs noms maintenant, de certains d'entre eux. Cromorne, trompette, voix céleste, voix humaine. « J'aurais tout gardé, si j'avais pu.

— Et tu en aurais fait quoi ? demande Armand, dont l'accès de chagrin semble déjà passé. L'objet a connu ses jours fastes. Il en a eu des milliers. Il meurt avec l'église.

— Alors, viens jouer à la maison des Monnard, ce soir, dit Jean-Baptiste. Amène Lisa. Et nous pourrons peut-être persuader Jeanne et son grand-père de venir. Vous êtes le bienvenu aussi, docteur.

— Un petit concert ? demande Armand.

— Si on veut. Je suis sûr que les Monnard n'auront rien à objecter.

— Les Monnard ? dit Armand en donnant à l'ingénieur son ciseau. Non, je suis sûr que non. Les Monnard n'auront jamais rien à objecter, hein ? À propos, n'est-il pas temps que tu envisages de les laisser tranquilles ? Ils ont eu leur punition. Écoute Héloïse. »

Pendant une demi-heure, dans la fraîcheur poussiéreuse de l'aile nord, Jean-Baptiste travaille avec Stals à libérer les claviers, puis ils se tournent vers les panneaux autour des jeux. Le mineur est précis avec ses outils et il est agréable de travailler à ses côtés, mais une fois qu'il est clair que Stals peut parfaitement finir sa tâche tout seul, Jean-Baptiste longe le mur vers la porte ouest, et sort à nouveau. Devant lui, au-dessus des ossuaires, le soleil donne en plein sur le dos des maisons de la rue de la Lingerie, chaque fenêtre éblouie par la lumière. S'agit-il vraiment de *punir* les Monnard ? Les punir d'avoir une fille folle ? Il ne le voyait pas de cette façon, en tout cas pas consciemment. Au contraire, son comportement à leur égard – les traiter avec une civilité minimale, maintenir Ziguette en exil, faire exactement ce qu'il voulait dans la maison, vivre avec Héloïse – tout cela lui a semblé tout à fait raisonnable. Juste et raisonnable. Maintenant, il est frappé du fait qu'il se soit comporté avec eux à peu près comme Lefosse s'est comporté avec lui, comme, peut-être, le ministre se comporte avec Lefosse. Il n'a tenu aucun compte d'eux. Il les a humiliés.

Depuis le toit, encore des cris de joie et des sifflements. Il s'écarte de l'ombre de l'église, regarde de côté les échafaudages, décide qu'il doit y monter vite et parler à Sagnac. D'abord, cependant, il doit mettre les hommes au travail, qu'ils commencent le transfert des ossements pour le convoi de cette nuit. Après quoi, ils pourront se mettre à arracher les grilles de fer devant les greniers à ossements. Il en a déjà examiné la plupart et a constaté (perché sur une échelle) à quel point les pierres sont érodées autour des barreaux, à quel point les barreaux eux-mêmes sont rouillés. Les grilles enlevées, ils n'auront plus qu'à ratisser les os du grenier, une tâche incommensurablement moins ardue que d'avoir à les transporter, brassée par brassée, dans l'escalier étroit et sombre qui mène à l'arcade de l'ossuaire. Les ratisser dans une grande bâche, les emballer, les traîner vers la porte. Un mulet serait utile. Deux mulets, même. Louis Horace Boyer-Duboisson s'occuperait-il aussi de ces humbles créatures ? Il serait difficile de croire que non.

Il rassemble les hommes autour de lui. Ils viennent de leur pas régulier caractéristique, les manches relevées, le col ouvert. Le cou et les bras bronzés. Ils ressemblent maintenant davantage à des fermiers qu'à des mineurs. Il commence – dans son mélange noueux de français et de flamand – à leur donner ses ordres, il commence à expliquer sa réflexion au sujet des greniers et des grilles. Du coin de l'œil, il voit Héloïse qui arrive du marché, deux gros sacs en osier dans les mains. Un des hommes, Elay Wyntère, court l'aider.

« Notre repas », dit l'ingénieur. Il leur sourit, puis il tourne son regard vers l'église. Une rafale de cris a été suivie d'un étrange silence. Plus personne ne martèle ni ne scie à présent. Les ouvriers sur le toit, ceux qu'on peut voir d'en bas, semblent rester tout simplement là sans bouger, à regarder en bas dans l'église. Le jour frémit. La lumière tombe, admirablement et immuablement. Ce sont les mineurs qui comprennent en premier. Que n'ont pas réussi à leur apprendre en la matière les chantiers de Valenciennes ? La catastrophe se ressent comme une légère vibration dans les bottes, le silence qui suit. Ils courent, dépassent l'ingénieur, le frôlent en passant, courent en direction de l'église. Après un instant de confusion, il court à leur suite.

« Que se passe-t-il ? » demande Héloïse. Puis : « N'y va pas, Jean ! »

Il lui crie en retour : « Attends !

— Jean-Baptiste !

— *Attends !* »

À l'intérieur de l'église, les mineurs font déjà cercle autour d'un point à mi-distance entre deux piliers, du côté sud de la nef. Jean-Baptiste doit tirer fort le bras de l'un, pousser l'épaule d'un autre, hausser la voix, se faire un chemin brutalement. Et là, par terre, au milieu d'eux, il y a un homme étalé, et à proximité, un morceau de poutre sciée sur les pierres. Déjà apparaît un halo irrégulier de sang autour de sa tête, bien que la blessure ne soit pas immédiatement évidente. Sort-il de sa bouche ? La blessure est-elle sur son visage ? Un des mineurs est accroupi à côté de l'homme abattu. Jean-Baptiste s'agenouille de l'autre côté

« Stals, dit le mineur.

— Trouve Guillotin, dit Jean-Baptiste. Amène-le ici. » Le mineur se lève ; les autres lui ouvrent un passage. Il y a cependant une urgence dans leurs mouvements, alors que ce n'est rien d'autre que l'excitation ignoble du moment. Stals est bien évidemment mort, il a dû mourir sur le coup, mourir en faisant autre chose, peut-être alors qu'il commençait à regarder en l'air en réaction à un avertissement, la poutre le frappant, le transperçant.

« Qui est-ce ? demande Armand qui a réussi à traverser.

— Stals », dit Jean-Baptiste, avant de regarder le toit et les visages qui le fixent d'en haut par-dessus le bord. Il se relève. L'étoffe aux genoux de ses culottes, noire de sang, colle à sa peau. Il va dehors. Il est devenu légèrement sourd. Il voit Héloïse, mais il n'entend pas clairement ce qu'elle lui dit. Il commence à monter à l'échafaudage, prend les échelles quand il en voit, se hisse sur la structure quand il ne trouve rien d'autre. À monter et grimper, avec une hâte imprudente, sa vision des rues autour des murs du cimetière devient bizarrement circulaire – un gros fardier qui tourne dans la rue Troussevache, une jeune femme avec un chapeau de paille qui se promène avec une femme plus âgée, une porte ouverte rue des Lombards... Quand il atteint le passage supérieur, le ciel se dresse. C'est comme s'il était remonté de la fosse la plus profonde des Innocents, qu'il avait escaladée en haletant jusqu'à la surface. Devant lui, des visages sous le choc, qui paraissent effrayés. Des corps arc-boutés. Et au-dessus, sur une échelle horizontale qui franchit la nef, deux visages figés par l'horreur de ce qui vient de se passer, figés par la peur, figés – dans l'esprit de l'ingénieur – par la culpabilité. Il se hisse sur le parapet et court vers eux. Ils n'ont jamais dû voir un homme courir ainsi sur l'arête d'un mur étroit à cent cinquante pieds du sol. Sa surdité est maintenant passée. Il les entend tous crier. Une clameur, comme des mouettes. Les deux sur le toit semblent devenir fous. Ils dérapent sur les tuiles, de plus en plus près du bord, de l'à-pic. Alors la voix de Sagnac s'élève au-dessus des autres. « Baratte ! Baratte ! Vous allez les tuer ! Vous allez les tuer, foutre ! »

C'est sans doute vrai. Ils vont tomber ; quelqu'un va tomber. Tomber ou être poussé. Est-ce là son intention ? Il s'arrête, regarde en arrière. Sagnac se fraie un chemin, maladroitement, le long de la profonde rigole entre le toit et le parapet. Le maçon lève les mains, les paumes en l'air, dans la posture – apaisante, défensive – qu'on adopte envers quelqu'un dont le comportement est complètement imprévisible. « C'est juste un accident, dit-il. Personne n'a voulu faire du mal. Mais je veillerai à ce qu'ils soient punis pour cela. Leur négligence. Vous avez ma parole. Ils retiendront leur leçon. » Il regarde l'ingénieur, le regarde délibérément, puis il baisse la voix. « Par pitié, Baratte. L'un d'eux est mon gendre. »

Maintenant que tout est devenu immobile, Jean-Baptiste remarque la chaleur du soleil. Elle est cruelle là-haut, une chaleur redoublée parce qu'elle est renvoyée par les tuiles restantes. Il ne peut pas vraiment voir en bas dans l'église, là où sont les autres, où est Stals. Le gendre et son ami sont serrés l'un contre l'autre, comme des enfants effrayés. Il ne s'intéresse plus à eux. Au sol, le sol brillant au loin, se dressent

Héloïse et Jeanne, deux fines figures dans l'herbe près de la haute-croix. Il leur fait un signe de tête, bouge un peu un bras en un genre de salut, puis il descend dans la rigole.

***

Elle l'attend non loin du pied des échafaudages et la première chose qu'elle fait, c'est le frapper, un curieux coup de poing de femme, avec la tranche de la main contre son épaule. Elle ne dit rien. Elle s'éloigne de lui, les bras croisés, serrés contre sa poitrine. Il retourne dans l'église. Guillotin est arrivé. Stals a été retourné sur le dos. La blessure – une entaille longue comme l'annulaire, qui suppure – est presque exactement à l'endroit où, sur la tête de Jean-Baptiste, Ziguette avait frappé avec la règle, mais le bois s'est enfoncé davantage que le cuivre et n'a pas touché seulement l'os, mais la partie tendre en dessous, l'a percée. Guillotin fait bien attention de garder la pointe de ses chaussures en dehors du sang. Il regarde Jean-Baptiste et a un mouvement presque imperceptible des épaules.

« Va chercher une couverture, dit Jean-Baptiste au mineur à côté de lui. Enveloppez son corps. Emmenez-le à la chapelle du fond. » Il fait un signe en direction de l'angle nord-ouest, derrière l'orgue, puis il avance comme s'il voulait s'accroupir, ou s'agenouiller encore près du mort, mais des mains l'arrêtent, l'écartent, le coincent, le poussent en dehors du cercle. Puis c'est le tour de Guillotin, avec la même force respectueuse. Après lui, Armand. Le cercle se referme.

Pendant quelques secondes, les hommes expulsés, qui étaient les maîtres encore peu avant, restent là interdits, silencieux, dans le dos des mineurs ; puis, ensemble, ils quittent l'église, sortent dans la lumière crue du matin.

« Ils sont croyants ? » demande Guillotin.

Jean-Baptiste secoue la tête. Sa bouche est sèche comme un os, son cœur tambourine encore à cause de son escalade. « Il y avait une église dans les mines, mais aucun d'eux ne l'approchait. L'idée circulait parmi les directeurs qu'ils ne croyaient en rien.

— Il n'y a pas un homme au monde qui ne croie en quelque chose, dit Guillotin.

— J'ai besoin de boire un coup, déclare Armand.

— Je me joins volontiers à vous, rétorque Guillotin. Et vous, mon cher ingénieur, vous devriez certainement prendre un verre. Deux ou trois vaudraient mieux.

— Si je parle de cela à Lefosse, il va m'ordonner de l'enterrer ici.

— Comme ton vieil ami, dit doucement Armand.

— Ah, vous faites allusion à monsieur Lecœur ? demande Guillotin, en les dévisageant par-dessus la courbure de son nez. Je m'étais bien demandé s'il était là. Jeanne le sait-elle ? »

L'ingénieur secoue la tête, regarde en l'air le toit de l'église. Que font-ils là-haut ? Ils sont assis ? Ils parlent ? Ils attendent ?

« Le mort pourrait aller au cimetière de Clamart, dit Guillotin. C'est là qu'on envoie la plupart de ceux qui seraient venus aux Innocents. C'est un endroit parfaitement correct. Sinon, il y a un carré pour les protestants à Charenton. Si c'est ce qui convient mieux.

— Je devrais le leur demander, dit Jean-Baptiste. Je ferai comme ils le souhaiteront.

— Je pleurais pour mon orgue, remarque Armand, mais maintenant mes yeux sont secs. Je ne peux pas penser quel genre d'homme cela fait de moi.

— Il n'y a pas de chagrin abstrait, dit le docteur. Qu'était-il pour vous ? Pour nous tous ? Ah, voilà les femmes. » Il se frotte les mains, sourit quand approchent les silhouettes de Jeanne, Héloïse et Lisa Saget. « Elles sauront quoi faire, affirme-t-il. Elles auront des *intuitions*. »

L'intuition des femmes – celle de Lisa Saget en tout cas – est de préparer à manger. Un ragoût de queue de bœuf. Vingt pains, un peu secs pour éponger la sauce. Le vin au frais dans les ossuaires.

Vers une heure, quand Lisa frappe sur la marmite, Sagnac a éloigné ses hommes, en les faisant disparaître sans bruit par la porte de la rue de la Ferronnerie. Les mineurs sortent en file de l'église assez docilement. Rien dans leur maintien, dans leur voix quand ils s'adressent les uns aux autres, ne laisse entendre quoi que ce soit qui aille de travers. Ils vont chercher leurs gamelles, leurs couverts, font la queue devant la cuisine annexe, emportent leur nourriture vers la haute-croix, s'asseyent et mangent.

« Je suis désolé, Jean, dit Héloïse à Jean-Baptiste, lorsque tous les deux sont seuls à l'ombre de la maison du sacristain. Mais tu m'as fait tellement peur. Je ne crois pas que même Ragoût marcherait sur un mur comme cela.

— Alors, je suis désolé, moi aussi, dit-il. Mais perdre un homme de cette façon...

— C'était un accident ?

— Nous ne démontrerons jamais le contraire.

— Et que feras-tu avec lui ?

— Stals ? Il peut rester dans l'église cette nuit. Mais nous devrons faire quelque chose demain. Avec cette chaleur...

— Avait-il une famille ? Une femme peut-être ? Des enfants ?

— Je ne sais pas. Je vais essayer de le savoir.

— On pourrait leur donner de l'argent.

— De l'argent ?

— De l'argent les aiderait, Jean. Tu n'as rien d'autre à leur donner. »

Le long après-midi d'été. Une grande immobilité sur le cimetière, sur tout le quartier. Le ciel haut et pâle, quelques bouffées de nuages, puis le soleil glisse du côté de la rue de la Lingerie et dès qu'il a plongé derrière la crête des toits, une fraîcheur fugace, revigorante. La lune se lève, grosse et orange. Les chariots arrivent de la carrière. Les hommes, qui ont passé la plus grande partie de l'après-midi dans l'entrée de leurs tentes, se mettent au travail sans ressentiment, sans protestation sous-jacente, bien que Jean-Baptiste interrompe le travail dès qu'il juge qu'il y a assez d'ossements pour que le contremaître à la Porte d'Enfer ne fasse pas de remarque sur ces fainéants du cimetière. Les prêtres se mettent en marche, les pans de leurs soutanes sont blancs de poussière. Le chant se délite, manque d'entrain. Livrés à eux-mêmes, ils risqueraient de décharger tous les os dans la Seine. À Paris, août n'est pas un mois pieux.

Ce n'est pas avant quasiment onze heures qu'Héloïse, Armand, Lisa et Jean-Baptiste quittent le cimetière. Guillotin est déjà parti depuis longtemps, quant à Jeanne et son grand-père, ils n'ont pas été invités à se joindre à eux : il est tard et il ne peut, bien sûr, plus être question maintenant de concert ni de bonne humeur. Armand propose qu'ils aillent au Palais-Royal, se trouver un coin où ils puissent se poser et boire comme des soldats. Héloïse proteste. Le Palais-Royal, sa gaîté incessante, les mettra mal à l'aise. Ils peuvent boire à la maison. Les Monnard, selon toute vraisemblance, se seront retirés pour la nuit, il y a de l'eau-de-vie à la cuisine, et une bouteille de fine à l'étage. Et du vin, bien sûr, le vin de monsieur Monnard. Cela devrait suffire, non ?

Ils vont dans la maison. Dans l'entrée, l'air est aussi épais que du feutre, toute la maison est sombre et silencieuse. Les Monnard se sont effectivement retirés. Marie aussi, bien qu'elle semble avoir emporté l'eau-de-vie avec elle dans son lit, peut-être à cause de son rhume. Héloïse récupère la fine. Dans le salon, Armand sert quatre demi-verres de vin et les complète avec l'alcool. « Cela va peut-être ressembler à du vin maintenant, dit-il. À Stals. » Ils lèvent leurs verres et boivent à petites gorgées.

« Quel était son prénom ? demande Héloïse.

— Joos, répond Jean-Baptiste.

— Joos, répète doucement Héloïse.

— Joue-nous quelque chose, Armand », propose Lisa.

Armand secoue la tête. « La musique ajoutera de nouvelles émotions. Nous devrions nous en tenir à celles que nous avons.

— Joue quand même », demande-t-elle en touchant sa main, caressant les poils roux de ses doigts.

Il hausse les épaules, s'assied sur le tabouret, brasse les partitions sur le pupitre – ces morceaux que le signor Bancolari essayait d'apprendre à Ziguette Monnard –, avant de les laisser tomber par terre pour commencer de mémoire quelque chose de lent.

« Il est déjà désaccordé, soupire-t-il. Tout est au moins un demi-ton trop bas.

— Il est parfait, dit Héloïse. Ne t'arrête pas, s'il te plaît. »

Jean-Baptiste a traversé la pièce jusqu'à la fenêtre. Il reste là, les bras croisés, à regarder dehors. Comme ils n'ont qu'une paire de chandelles dans la pièce, toutes les deux sur le piano, il peut voir dehors sans difficulté. La lune est maintenant haute, presque directement au zénith, plus petite, plus du tout orange. Armand joue pendant plusieurs minutes un morceau qui est assez beau pour qu'on n'entende pas qu'il est triste, mais tout juste.

Quand il est terminé, Jean-Baptiste dit : « Ils sont allés dans l'église.

— Les mineurs ? demande Héloïse.

— Oui.

— Une veille, dit Armand.

— Oublie-les un peu, dit Lisa. Laisse-les tranquilles. »

Jean-Baptiste hoche la tête, et rejoint les autres autour du piano.

Armand commence un nouveau morceau plus enjoué. « Vous vous souvenez de la pièce que nous avons vue ? dit-il. Le truc avec le maître et le serviteur ? Ceci est l'opéra. »

Il joue l'ouverture et deux ou trois arias. Comme il les en avait mis en garde, de nouvelles émotions viennent s'ajouter. L'atmosphère est changeante, elle devient – d'une façon inquiète, mélancolique, inspirée par l'alcool, peut-être – presque joyeuse. Quand il s'arrête, les femmes applaudissent. Il salue.

« Ils sont toujours là, dit Jean-Baptiste qui, pendant qu'Armand jouait le dernier aria, a été incapable de s'empêcher de dériver de nouveau vers la fenêtre. Ils ont de la lumière. Du feu. »

Armand saute du tabouret, il le rejoint près des volets. « Tu ne peux pas t'attendre à ce qu'ils restent dans le noir.

— Que connais-tu d'eux ? demande calmement Jean-Baptiste.

— Des mineurs ?

— Oui.

— Autant et aussi peu que toi. Ils sont mystérieux comme des anguilles.

— Je veux voir, dit Jean-Baptiste.

— Voir ? Voir quoi ?

— Il veut voir ce qu'ils font, dit Héloïse. Es-tu inquiet Jean ?

— Mais quel mal pourraient-ils bien faire, demande Lisa, dans une église en ruine au milieu de la nuit ?

— Je n'en ai aucune idée, dit Jean-Baptiste en ramassant son chapeau sur la table. Je ne resterai pas longtemps.

— Va avec lui, dit Lisa à Armand.

— Comme tu veux ma colombe », répond celui-ci, en roulant des yeux. Il n'a pas de chapeau. Il suit l'ingénieur hors de la chambre. Les femmes se regardent.

« Qui sommes-nous maintenant ? demande Armand alors qu'ils s'arrêtent dans l'ombre de la porte du cimetière. Des espions ?

— Chut, dit Jean-Baptiste. Chut. »

Ils se déplacent dans l'herbe en direction de l'église. Un sillage de lumière ondule sur les panneaux du vitrail au-dessus de la porte ouest. À la haute-croix, ils s'arrêtent encore, regardent et écoutent. Ces voix qu'ils entendent, s'élèvent-elles entre les poutres du toit ?

« Si nous devons entrer là-dedans, murmure Armand, alors pour l'amour du ciel, allons-y. »

La porte ouest, restée ouverte toute la journée, est maintenant fermée. Jean-Baptiste lève le loquet, pousse les planches clouées. En quatre pas, ils sont au bout du vestibule. Puis une seconde porte, des rabats de cuir en loque par-dessus ses charnières. Elle s'ouvre assez silencieusement, mais immédiatement, ils ont le sentiment – la certitude – que, quelle qu'ait été l'activité à l'intérieur de l'église, elle a été suspendue. Une douzaine de points de lumière délimitent l'endroit où les mineurs se sont rassemblés autour du tas de bancs dans la nef. Le premier homme que l'ingénieur reconnaît est Jacques Everbout. Derrière lui – qui c'est ? – Rave ? Puis Dagua à sa gauche, Jorix, Agast. Aucun d'eux ne bouge. Tous regardent, regardent intensément les nouveaux venus.

« Sens-tu cette odeur ? murmure Armand.

— Quoi ?

— De l'alcool. L'endroit empeste.

— C'est de l'éthanol », dit Jean-Baptiste. Il indique de la tête deux des gros récipients enveloppés d'osier, dont les sceaux ont été brisés et qui ont été placés l'un à côté de l'autre, près des bancs.

Un mouvement... Un homme fait un pas en avant, émerge de derrière les autres de façon presque décontractée. Une silhouette en blanc. Chemise blanche, pantalon blanc, un foulard blanc autour du cou. Il avance jusqu'à une distance prudente. Son ombre, projetée en avant par le cierge tenu par l'homme derrière lui, se répand au sol jusqu'aux pieds de l'ingénieur. C'est le mineur avec le demi-doigt en moins. Le mineur aux yeux violets. Le seul que Lecœur ne connaissait pas. Hoornweder ? Lampsins ? Quel que soit son nom, il ne fait aucun doute que c'est lui, le maître ici.

« Il n'entrait nullement dans nos intentions, commence Jean-Baptiste, en trouvant sa voix avec difficulté, de vous déranger. Nous avons vu la lumière. J'étais...

— Est-ce Stals ? » demande Armand. Il indique une forme emballée allongée sur un banc au sommet du tas.

Le mineur en blanc acquiesce. « Notre frère a été tué aujourd'hui. Cette nuit, nous nous séparons de lui.

— Séparer ? demande Jean-Baptiste. Où l'emmenez-vous ?

— Il est là où il a besoin d'être, dit le mineur. Nous nous séparerons de lui ici. » Il regarde l'ingénieur, attend patiemment qu'il comprenne, qu'il mette les éléments ensemble – la nuit, l'éthanol, le corps emballé... « Vous voulez dire que vous allez le brûler ? Ici ?

— Cet endroit l'a tué, déclare le mineur. Notre frère. Nous avons toléré cela.

— Mais si vous le brûlez ici, vous allez brûler l'église ! s'écrie Jean-Baptiste. Vous pourriez brûler tout le quartier !

— C'est l'église qui brûlera, assure le mineur. Nous surveillerons le reste.

— Une fois que l'église aura pris feu, plus personne ne sera en mesure de contrôler quoi que...

— Nous connaissons le feu. C'est une chose que nous comprenons bien.

— Et qu'en est-il de Jeanne et de son grand-père ?

— Je vais les faire sortir, dit une autre voix, une voix que l'ingénieur reconnaît immédiatement. Jan Block.

— Écoutez-moi, commence Jean-Baptiste, cherchant en hâte un autre ton, quelque chose de mieux que la simple incrédulité. Votre frère est mort aujourd'hui. J'en suis désolé. Sincèrement désolé. Le maçon a promis que ceux qui ont commis cette imprudence seraient punis. Il m'a donné sa parole. Il pourrait même y avoir... des compensations.

— Ce que fait le maçon, dit le mineur, c'est au maçon de le décider. Cela ne nous concerne pas.

— Alors pourquoi tout ceci ? Pourquoi tout risquer ?

— Vous aussi, vous prenez des risques. Vous avez pris un risque la nuit où vous êtes entré dans l'ossuaire, pour chercher monsieur Lecœur, n'est-ce pas ? En venant ici ce soir, vous en avez pris un autre.

— Laissons-les faire, murmure Armand avec animation. Tu n'as plus aucune autorité ici. Ils ne t'écouteront pas. C'est fini tout ça. »

Le mineur s'est détourné d'eux. Il donne des ordres. Il est retourné à sa langue. Il n'élève pas la voix. On apporte davantage d'éthanol de la chapelle où les récipients avaient été entreposés. Ils brisent les sceaux, répandent le liquide sur le bois. Pour le dernier acte, deux des mineurs escaladent le bois et déversent la dernière moitié du vase sur le corps emballé. Quand ils descendent, le mineur en blanc leur fait signe à tous de reculer. Il parle – une prière ou une sorte d'adieu cérémoniel –, puis il prend un cierge des mains de l'homme à côté de lui, recule vers les bancs, s'arrête, jette un regard en direction de l'ingénieur, s'empare d'un deuxième cierge et va vers lui.

« Ensemble, dit-il.

— Quoi ?

— Ensemble.

— Brûler l'église ? Être complice de cela ?

— Prends ce satané cierge, dit Armand, le corps suspendu comme s'il était prêt à – impatient de – le prendre lui-même. Prends-le avant qu'il nous mette là-haut avec ce pauvre Stals. »

Ce n'est pas si difficile à faire, en fin de compte. Il plonge son regard dans celui du mineur, la profondeur de ses yeux, fraîche et violette, il ne voit aucune menace, aucun péril. Qu'y voit-il alors ? La Raison ? La Philosophie ? La Folie ? Ou rien que lui-même, ses propres yeux, son propre regard reflété. Il tend le bras jusqu'au cierge. À l'instant où il le tient, où il referme son poing dessus, tout prend un caractère de rituel, comme quelque chose qui aurait été répété, quelque chose qui aurait sa propre progression irrésistible. Ils marchent ensemble vers le bûcher, ils restent devant le tas de bois qui s'élève au-dessus d'eux à la hauteur de six ou sept hommes. Le mineur penche son cierge en premier, le dépose au tiers de la hauteur de la pile. Jean-Baptiste, après une brève et ultime hésitation, lance le sien de façon à ce qu'il reste un peu en dessous de l'autre. Pendant un moment, les cierges brûlent tranquillement, semblent vouloir se vider goutte à goutte, puis un tourbillon d'air nocturne, descendu des toits, les attise, et des flammes bleues surgissent de leur extrémité, se précipitent vers le haut pour se rassembler autour du linceul de Stals, redescendent aussi vite en suivant les coulées d'éthanol jusqu'au sol en pierre, jusqu'aux vases eux-mêmes, qui se remplissent à la seconde de flammes bleues bouillonnantes.

Qu'ai-je fait ? pense Jean-Baptiste. *Qu'ai-je fait !* Et pourtant il a envie de rire, il a l'impression qu'il a mis le feu non seulement à cette église détestable, mais à tout ce qui l'a toujours opprimé, grossièrement ou subtilement. Lefosse, le ministre, le comte de S. et ses ricanements. Son propre père. Sa propre faiblesse et sa propre confusion...

Ils sont debout ; ils regardent. Le bois cuit par le soleil d'été pendant des semaines commence à claquer et à s'embraser. Par moments, on dirait que c'est l'air lui-même qui brûle. Puis une petite explosion – un des récipients ? – et les mineurs s'en vont, sortent rapidement, en silence. Pas encore de raffut. Le feu doit rester secret tant qu'il n'a pas pris au point qu'on ne puisse plus l'arrêter. Il ne faudra pas longtemps pour cela.

Armand agrippe le bras de Jean-Baptiste, le secoue pour le tirer de sa rêverie. « Chabot, dit-il.

— Chabot ? Nous ne savons même pas s'il est ici !

— Il y a d'autres pièces, derrière l'autel. »

Ils font le tour des bancs en feu, sautent par-dessus les coulées d'éthanol frissonnant, traversent le chœur, dépassent l'autel. Sur la droite, deux portes. La première donne sur de l'obscurité : une petite pièce qui est rapidement fouillée. La deuxième porte est verrouillée. Ils y frappent, crient le nom du prêtre. Ils essaient de l'enfoncer à coup d'épaule, à coup de pied.

« Sers-toi de ça ! » crie Armand en commençant à renverser une statue en bois, une de ces pièces que personne ne se donnerait la peine de voler, une Jeanne d'Arc maladroitement formée, la sainte dans une armure de bois, tenant une croix devant elle comme un petit bouquet. Au deuxième coup, elle fend la porte. Au troisième, la porte s'ouvre en grand.

« Il est ici, c'est sûr, dit Armand dans un mouvement de recul. Ça pue comme une tanière de renard. »

L'éclat du feu les guide, mais leurs mains aussi, à tâtons. Au fond de la pièce, il y a une autre porte, verrouillée elle aussi, qui donne sur la rue. C'est Jean-Baptiste qui trouve le prêtre, en repérant une tache blanche repliée sur elle-même sur un lit dans un coin de la pièce. Sa peau est humide – de la rosée de fièvre ou de faim –, mais ce n'est pas la peau d'un mort. Ils le ramassent à deux, le portent comme un sac de grain. Sortis de la pièce, ils peuvent voir qu'il est entièrement nu. Il bat des paupières, les ouvre d'un coup. Son expression est celle d'un homme qui se réveille et se retrouve entre les griffes de démons en train de le pousser dans une fournaise.

Une nouvelle explosion. Les bancs et les poutres du bûcher de Stals commencent à se tordre sous l'effet de la chaleur. Stals lui-même est caché derrière des murs de flammes, dont l'extrémité s'élance de plus en plus près du grand ciel au-dessus. Des parties du chœur ont pris feu aussi, les flammes s'étirant à travers les étroites arcades de bois. Par deux fois, avec le prêtre qui balance entre eux, Armand et Jean-Baptiste doivent sauter par-dessus les larges bandes du feu qui serpente.

Que le ciel leur vienne en aide si les mineurs ont barricadé les portes ! Mais les portes ne sont pas barricadées, la voie est libre. À l'extérieur, ils parviennent comme ils peuvent jusqu'aux tentes. Personne n'y est. Ils laissent tomber Chabot dans l'herbe, y essuient leurs mains, se raclent la gorge pour en faire sortir la fumée. L'alarme a-t-elle été donnée ? On voit nettement les flammes par le vitrail ouest, et maintenant, sûrement aussi par le vitrail de la rue Saint-Denis.

Jean-Baptiste cherche le mineur en blanc, mais c'est Block qu'il voit d'abord, Jan Block qui pousse Jeanne et Manetti à distance de la maison. Il leur court après, en sortant de sa poche la clé de la maison pour la fourrer dans la main de Block. « Amène-les rue de la Lingerie. Dis aux autres là-bas d'attendre. Tu attends là aussi. Si le feu approche, emmène-les jusqu'à la Seine. Tu as compris ? »

Block acquiesce.

Jeanne s'écrie : « Vous devez venir aussi !

— Je viendrai bientôt, dit Jean-Baptiste. Maintenant, partez. »

Elle lui tend les doigts. Il les serre une seconde. « Pardonne-moi », marmonne-t-il, même s'il n'est pas certain qu'elle l'ait entendu. Il les regarde partir, le mineur, le vieil homme, la fille enceinte, il regarde leurs dos qui s'éloignent, la fragilité de leurs silhouettes qui diminuent. C'est, pense-t-il, comme le début et la fin de toutes les histoires qu'on ait jamais racontées.

Depuis combien de temps ont-ils jeté les cierges ? Dix minutes ? Une demi-heure ? Le feu laisse déjà échapper un bruit surnaturel, grognant, raclant, sifflant. Quels carburants a-t-il découverts dans cet endroit ?

Quelles atmosphères incendiaires étaient en réserve dans les cryptes, attendant une étincelle ? Phlogiston ! Le feu secret de chaque objet réveillé et libéré ! Dans le vitrail ouest, les panneaux en losange commencent à éclater. D'abord des coups de feu isolés, puis une fusillade.

Et enfin une cloche ! La sonnerie urgente, irrégulière, d'une cloche. Depuis Saint-Josse ? Saint-Merri ? Jean-Baptiste court à la porte de la rue aux Fers, sort dans la rue. Beaucoup de gens sont là qui n'avaient pas besoin qu'une cloche les prévienne. Ils s'agitent dans leurs vêtements de nuit, certains crient, d'autres font des grimaces silencieuses en direction de l'église, d'autres encore ont l'air contents, comme au carnaval. Il fend la foule, se tortille à travers elle. Il serait utile à présent d'être un peu plus grand qu'il ne l'est, mais il réussit à voir le mineur en blanc, il le voit debout sur le rebord de la fontaine italienne, une main sur un triton en pierre, faisant des gestes avec l'autre, pour diriger ses camarades, ses frères. Ils le regardent de temps en temps – des musiciens avec leur chef de chœur –, mais ils semblent déjà savoir ce qu'ils ont à faire. Ils repoussent la foule, la dégagent loin des murs, établissent un cordon. Certains d'entre eux portent des outils, des serpettes qu'ils ont faites eux-mêmes et sont prêts à faire tomber des débris incandescents. Rien n'a été laissé au hasard dans leur préparation. Rien de relâché dans leur discipline. *Nous connaissons le feu*, a dit le mineur. *C'est une chose que nous comprenons bien.* Est-ce la première, la deuxième, la troisième église qu'ils incendient ? Et à part les églises ? Un atelier ? Un château ?

Éclairée par en dessous, la fumée se déverse en un torrent orange sale à travers le toit de l'église. Il la regarde monter, voit que, tout en montant, elle penche vers l'ouest... Un vent d'est ! Pas très fort, mais suffisamment fort peut-être. Un vent d'ouest et les flammes bondiraient facilement sur la rue Saint-Denis. De cette façon – si le vent maintient sa direction –, le feu n'a que le cimetière devant lui. Le cimetière, les ossuaires. La rue de la Lingerie aussi, bien sûr, mais il n'ira pas aussi loin que cela. Et s'il y va ? Peut-il faire confiance à Block pour qu'il fasse le nécessaire ? Il a davantage confiance en Héloïse et en Lisa, il ne voit pas par quelle urgence de telles femmes se laisseraient dépasser.

Il cherche Armand du regard autour de lui, mais l'homme à côté de lui dans la foule n'est pas Armand. Il montre le ciel où des étincelles de la taille d'une colombe s'élèvent au-dessus des tuiles. Des étincelles qui sont *vraiment* des colombes – des colombes ou des pigeons ou d'autres choses aveugles qui se seraient accrochées désespérément à leur perchoir, et qui maintenant, frénétiques et éblouies, font des efforts pitoyables pour s'échapper. « Des âmes humaines ! crie l'homme. Des âmes humaines. » Et il saisit le bras de Jean-Baptiste dans une sorte d'extase. L'ingénieur se débat pour se libérer, se fait un chemin à coups de coude vers l'avant, force un passage entre deux des mineurs (Rave et Rape, auprès desquels il n'a, peut-être, pas perdu tout prestige, ni toute autorité). Il franchit en courant la porte ouverte du cimetière. Il crie pour appeler Armand, court, crie encore, d'une voix encore plus rauque, et enfin, il reçoit une réponse venant de quelque part près de la maison du sacristain. Ils ont dû mettre le feu ici aussi. Les tuiles fument déjà et une lumière de flammes frissonne derrière une des fenêtres de l'étage. Armand s'éloigne de la maison en trottant. Il y a de la lumière dans ses cheveux roux. Dans sa main, il brandit un trophée. Une bouteille verte scintillante.

« Je savais qu'il en restait une ici, dit-il en s'arrêtant pour tousser et expulser la fumée de ses poumons. Mais s'il m'avait fallu encore plus de temps pour la trouver... »

Il tire le bouchon par à-coups, prend une grande lampée amoureuse de la bouteille. « Au parti de l'avenir », proclame-t-il. Il essuie ses lèvres, passe la bouteille à Jean-Baptiste. L'ingénieur la prend, boit, puis montre quelque chose avec le goulot de la bouteille par-dessus l'épaule d'Armand. « L'herbe est en feu », dit-il.

C'est vrai. Des centaines de petits brins d'herbe brûlent entre l'église et la haute-croix, chaque brin comme une petite fleur qui s'épanouit une seconde ou deux seulement. C'est aussi beau qu'inattendu. Difficile d'en détacher son regard.

Derrière eux, à l'ombre du feu, le vieux prêtre, nu comme un ver, commence à hurler.

3

Un homme – un homme ni vieux ni jeune – est assis dans l'anti-chambre d'une aile du château de Versailles. En dehors de sa propre silhouette noire dans la surface entartrée et verdâtre des miroirs, il est seul. Il n'y a pas d'étranger élégant cette fois sur le fauteuil étroit en face de lui. Mais c'est de nouveau octobre et cela fait bien assez de symétrie.

Au bout de la pièce, la porte du ministre est fermée (symétrie sur ce point encore). Dans un instant, si aucun domestique aux yeux jaunes n'en sort pour le faire entrer, il ira frapper à la porte, ou gratter, pour remettre son rapport, les trente pages nettes et tenues par un ruban qu'il garde sur ses genoux et qui détaillent – avec les nombreuses omissions nécessaires – la destruction de l'église et du cimetière des Saints-Innocents.

Il caresse la couverture du rapport du bord de la main, il en brosse quelque imperfection imaginaire, une petite cendre peut-être. C'est instructif, tout ce que peut renfermer un document aussi froid, à l'apparence aussi inoffensive qu'une serviette de table pliée !

Un an d'ossements, de crasse des fosses, de travail acharné. De corps momifiés ou de prêtres psalmodiant. Une année comme aucune autre qu'il a vécue – qu'il vivra jamais ? Une année de viol, de suicide, de mort soudaine. D'amitié aussi. De désir. D'amour...

Quant au feu qui a tout achevé, il a fourni la matière des cinq dernières pages du rapport et, quand Jean-Baptiste y pense, cela n'a pas été aussi difficile à écrire qu'il l'avait craint. Un ramassis de mensonges sur ce qui lui a permis de découvrir l'incendie et à quel moment, des suppositions spécieuses sur la façon dont il a pu se déclarer. Après cela, une brève description de l'incendie lui-même, comment il a brûlé jusqu'au lever du jour le matin suivant, comment il a détruit l'église de la façon la plus complète qu'on ait pu imaginer, détruit la maison du sacristain, entièrement brûlé les ossuaires (à l'exception de l'ossuaire ouest), endommagé deux maisons dans la rue Saint-Denis et une dans la rue de la Ferronnerie, mais qui pourront être réparées. Il était inutile – en quoi cela aurait-il intéressé le ministre, en effet ? – de relater que l'herbe, le jour suivant, était comme des tiges de verre noir, craquant sous leurs bottes, que la haute-croix s'élançait comme un bras noirci sorti d'un naufrage, que la fumée resta suspendue au-dessus du quartier pendant deux jours avant qu'une grosse pluie ne la disperse, ou que le vieux prêtre fut déclaré fou par le docteur Guillotin et emmené en calèche par le docteur lui-même à l'asile de la Salpêtrière.

À propos des mineurs, il suffisait de relever que leur vigilance et leur courage avaient sauvé de nombreux biens des flammes et qu'après l'incendie, ils travaillèrent admirablement à nettoyer le terrain. Cinq semaines à abattre ce qui tenait encore obstinément debout, à séparer, là où c'était possible, les ossements de l'enchevêtrement de choses brûlées qui leur ressemblaient... Dix-neuf autres convois furent envoyés à la carrière avant que lui, le chef de chantier, ne déclare que ce qui était encore là pouvait rester et faire partie de la structure sous les nouveaux pavés que le maçon Sagnac allait poser, le maçon ayant reçu formellement la charge du site pour son ultime transformation en Marché des Innocents...

Car c'est ce qui a été décidé, décrété. Un nouveau marché sur la vieille terre mangeuse d'hommes du cimetière ! La bousculade de petits commerces, les cris des marchands, là où il n'y avait autrefois que la cloche du prêtre, le son mat de la pelle du sacristain. Et Jeanne y aura un étal. Elle a dit qu'elle en avait envie. Des fleurs, des fleurs séchées et des herbes, bien qu'elle doive d'abord être délivrée de ce qu'elle porte dans cette protubérance qui soulève ses jupes au-dessus du sol. La promesse de Guillotin d'être son accoucheur tient toujours. Il la visite souvent et rapporte des histoires subtiles, affectueuses sur la vie domestique dans l'appartement de la rue Aubri-Boucher, la fille rêveuse, le vieux croque-mort, le mineur. Dans sa dernière livraison, il leur a parlé – à Jean-Baptiste, Héloïse, Armand et Lisa – du berceau que Jan Block avait construit, un petit lit sur une bascule en forme de demi-lune, le tout, selon le docteur, délicieusement fait, une rose gravée à une extrémité, un petit oiseau, un genre de moineau, en face.

Quant aux autres – les camarades de Block –, ils sont partis depuis deux semaines maintenant, bien que l'on ne sache pas très bien où. Il y eut une dernière entrevue entre Jean-Baptiste et le mineur aux yeux violets dans les jardins derrière Saint-Sépulcre, là où les hommes avaient réinstallé leur camp après l'incendie. C'était le crépuscule, une légère brume au-dessus des dernières fleurs de l'été, dahlias et géraniums. Jean-Baptiste était venu avec l'argent pour les hommes. L'argent avait été accepté – la bourse rapidement soupesée dans la paume de la main du mineur – puis, avec un léger assouplissement de son habituel formalisme, le mineur avait informé l'ingénieur qu'au matin suivant, ils seraient partis.

« À Valenciennes ?

— Non, pas là-bas.

— Mais vous resterez ensemble ?

— Oui.

— Alors je vous souhaite... Je vous suis reconnaissant. À tous. »

Un hochement de tête.

« C'est toi, Hoornweder ?

— Lampsins.

— Alors, Lampsins.

— Mœmus.

— Mœmus ?

— Sack, Tant, Oste, Stals... »

Le matin suivant, les jardins étaient vides. Seule un peu d'herbe couchée pouvait faire dire que quelqu'un avait bien été là. La sensation bizarre, troublante, de ne plus les avoir ici, ici ni nulle part. Héloïse l'accuse de les regretter, et il a beau se moquer d'elle – comment peut-on regretter des gens pareils ? –, il y a une part de vérité dans ce qu'elle dit. Il dépendait d'eux, et lourdement. Sans leur mélange particulier de fermeté et d'insurrection, l'église des Innocents ne serait-elle pas encore là, à jeter son ombre sur la rue Saint-Denis ?

Et de qui ne dépendait-il *pas* ? Qui n'a-t-il pas encombré ainsi ? Le rapport lui-même n'aurait pas pu être écrit sans Héloïse assise à ses côtés, page après page, à la table de son ancienne chambre. Quand un mot dont il avait besoin était toujours perdu, elle le trouvait pour lui et, si nécessaire, elle le mettait par écrit pour qu'il le copie (sa main à elle éduquée par un clerc lascif, celle de Jean-Baptiste formée à la baguette par les frères de l'Ordre de l'oratoire). Trois jours, il leur a fallu, la chaleur de la fin septembre se déversant par la fenêtre ouverte, un tonnerre sec au-dessus de la ville. Puis, quand cela a été fini, ils séparèrent leurs affaires et les plièrent. Il ne fallut qu'une petite heure pour faire entrer celles de Jean-Baptiste dans sa malle. Héloïse, avec ses livres et ses chapeaux, ses aiguilles, ses pantoufles et ses rubans, mit une heure de plus, mais elle aurait pu faire plus vite si Marie n'avait pas été assise sur le lit, en larmes, et n'avait pas eu besoin, tous les quarts d'heure, d'être réconfortée par la perspective du retour de Ziguette.

Il n'a pas l'intention de revoir Ziguette Monnard, pas si cela peut être évité. Il est improbable, évidemment, qu'elle veuille le voir – que pourraient-ils avoir à se dire ? –, mais on ne l'attend pas à la maison avant la fin du mois et d'ici là, il sera avec Héloïse à Bellême, et après cela, dans leur nouvel appartement rue des Écouffes.

Et après cela ? Quoi ? Le cimetière lui a volé quelque chose, une certaine vitalité qu'il aura besoin de retrouver avant d'être prêt à continuer. Il devrait imiter les morts pendant un moment ; ou bien plutôt ces graines qui étaient restées si longtemps sans être dérangées dans la terre du cimetière. Puis, quand il sera prêt – et quand il sera à court de ces livres et de ces louis d'or ministériels qu'il a emmagasinés –, il pourra rendre visite à son vieux professeur, Perronet, et lui demander quelque chose de digne, quelque chose de petit, quelque chose qui ne le mette pas au service d'hommes qu'il ne respecte pas, qui ne le respectent pas...

Il regarde la porte du bureau du ministre. C'est drôle comme aucune porte fermée ne se ressemble, comme elles sont, à leur façon, aussi expressives que des dos humains. Celle-ci lui dit que, dût-il rester assis là jusqu'à la fin des temps, elle ne s'ouvrira pas, pas tant qu'il ne l'ouvrira pas lui-même. Il se lève, repousse une mèche de cheveux derrière son oreille, met son chapeau sous un bras, son rapport sous l'autre, va à la porte, frappe deux fois, écoute, puis saisit la poignée de cuivre froide et incurvée. La pièce est vide. Bien sûr qu'elle est vide. Le bureau est là, le grand bureau, mais il n'y a pas de papier dessus, pas de miette de macarons, pas de ministre. Y a-t-il seulement eu quelqu'un ici depuis des semaines ? Des mois ? Il pose le rapport, soigneusement, au centre du bureau, ferme la porte, traverse l'antichambre pour rejoindre le couloir, tourne, descend des escaliers, marche tout le long d'un deuxième couloir, descend encore des escaliers, et c'est quand il se retrouve dans l'ouverture d'un autre passage encore, large, bordé de portes et faiblement éclairé, qu'il se rend compte qu'il suit exactement le chemin qu'il avait pris l'automne précédent, qu'il a retracé toute son ancienne confusion, que, d'une certaine manière, il s'est rappelé comment se perdre, précisément de la même façon. Derrière *cette* porte, les gentilshommes polonais jouaient aux cartes. En ouvrant *celle-ci*, il a vu la femme portée comme si elle était une espèce de bateau. Et ici, il y a les escaliers de service étroitement sinueux, au bas desquels, il y a un an, il a trouvé des soldats ainsi que des garçons et des filles de la lingerie en uniforme bleu. Aujourd'hui, à l'exception d'une paire de petits chiens endormis sur le banc, il est seul.

Il ouvre la porte qui donne sur la grande salle aux citronniers. Les arbres aussi sont ailleurs. Quelques pots en terre cuite vides (chacun assez gros pour qu'un homme puisse s'y cacher), des rouleaux de revêtement calorifuge, une rangée de râteaux, de binettes et de pelles pendouillant à des patères le long du mur... Il traverse la pièce jusqu'à la fenêtre, force le cadre moite, grimpe sur le rebord, sur le tonneau d'eau, se laisse tomber.

Pas de carillon d'horloges dans le château derrière lui – ce n'est pas tout à fait l'heure –, mais le chemin se présente exactement comme un an avant, et le conduit vers la tonnelle, le banc, le Cupidon de pierre au-dessus. Il s'assied. Pourquoi pas ? L'après-midi est presque chaud et il ne s'attend pas à devenir un visiteur régulier du château de Versailles. L'ombre du Cupidon tombe sur ses genoux. Il ferme les yeux, respire, il est brièvement saisi par le sens – extrêmement convaincant – de l'éternité du moment. Est-il endormi ? Des petits oiseaux viennent le réveiller. Ils se rassemblent à ses pieds, mais il n'a rien à leur donner. Ils viennent de plus en plus près, donnent l'impression d'être prêts à bondir dans ses mains ; puis au bruit sourd de lourdes bottes qui courent sur le sentier, ils se dispersent dans les airs. Un homme apparaît, s'arrête près de la tonnelle, considère Jean-Baptiste par-dessus son écharpe enroulée autour de son nez, de sa bouche et de son cou, prononce quelques mots étouffés et incompréhensibles et reprend sa course. Quelques secondes plus tard, un autre homme est là, masqué lui aussi, courant lui aussi. Puis un troisième, celui-ci portant une sorte de capuche de cuir, avec un bec pointu, comme les nettoyeurs en portaient dans les périodes de peste. Au quatrième qui accourt, Jean-Baptiste se lève pour les suivre. C'est comme de suivre des abeilles vers leur nid. Chaque fois qu'il arrive à un croisement sur le sentier et qu'il hésite sur la direction à suivre, il n'a qu'un instant à attendre et un autre homme accourt jusqu'à lui. Pendant vingt minutes, il joue ce petit jeu, avance par à-coups à travers le labyrinthe de hautes haies, jusqu'à ce qu'il arrive à un portail dans un mur de briques et, au-delà, à une cour recouverte de sable. À l'autre bout de la cour, se tient un grand abri en pierre, le genre de bâtiment qu'on imagine servir à mettre à l'abri les attelages de la meilleure espèce, de l'espèce qu'on trouve en grande quantité à Versailles.

Il reste là, tournant le dos au mur de briques, à regarder. C'est dans la double porte ouverte de l'abri que les hommes masqués ont disparu. Quelques-uns réapparaissent, passent la porte en courant et s'appuient essoufflés contre un mur avant de retourner péniblement à l'intérieur. L'un d'eux, un garçon habillé en bleu, titube jusqu'à un abreuvoir à chevaux, arrache son masque et vomit.

Il est clair que c'est le moment de partir. Il est tout aussi clair qu'il sera impossible de partir sans savoir ce qu'il y a dans l'abri. Il s'avance, entreprend une approche circulaire, furtive, des portes, puis les franchit pour entrer dans l'obscurité. Au centre de l'abri, de l'ombre tumultueuse en son centre, des hommes masqués hissent des cordes. Quatre équipes d'hommes, quatre grosses cordes. Et, attaché au bout des cordes, quelque chose de gris, d'immense et de solitaire. Chaque fois que les hommes tirent et que la masse grise est secouée, on entend carillonner comme si cent petites cloches jouaient ensemble. Pour superviser l'ensemble, ce halage, il y a un homme qui se tient sur un seau retourné. Il ne remarque pas Jean-Baptiste, pas avant que l'ingénieur ne se soit immiscé assez près pour finalement comprendre ce que ces hommes essaient de déplacer au juste, cette grosse protubérance gonflée de mort, dans son nid de bouteilles de vin vides, un œil terne, gros comme une assiette à soupe, le délicat tracé veiné d'une oreille, une défense jaune incurvée... Soudain, le contremaître s'emporte contre Jean-Baptiste, son souffle gonflant le chiffon qu'il a sur la bouche. Il montre l'extrémité ballottante de la corde la plus proche. Il fouette l'air de ses bras – de panique autant que de furie. Pendant quelques secondes, Jean-Baptiste le regarde, ressent pour lui une terrible pitié fraternelle, un terrible dégoût fraternel. Puis il se détourne de lui, chasse les mouches de son visage et se rue vers la fine ligne à la lisière de l'abri, là où commence la lumière.

NOTE DE L'AUTEUR

Ceci est une œuvre d'imagination, une œuvre qui articule le réel et l'invention, bien que l'église et le cimetière des Saints-Innocents aient vraiment existé, pour l'essentiel, tels qu'ils sont décrits dans cette histoire. Aujourd'hui, bien sûr, on ne peut plus rien voir du cimetière sinon une petite place entourée de restaurants et d'enseignes de fast-food près du centre commercial souterrain des Halles. La vieille fontaine, la fontaine italienne, a été déplacée au XIXe siècle au milieu de la place où elle sert de point de rendez-vous autant qu'elle offre un endroit où s'asseoir et se reposer quand on est épuisé par le shopping. On peut voir les ossements des Innocents dans les Catacombes de Paris où, plus tard, on leur a ajouté les ossements d'autres cimetières : un nombre incalculable de restes humains sont disposés sur les centaines de mètres de passages humides, sous la circulation urbaine. On dit aussi que les victimes de la Terreur, qui a suivi la destruction des Innocents de quelques années, sont cachées dans l'ancienne carrière. Au-dessus de l'entrée des Catacombes, on peut lire cette inscription gravée : « Arrête ! C'est ici l'Empire de la mort. »

Le marché établi sur le site du cimetière, le marché des Innocents, a été définitivement fermé en 1858.

La photocomposition de cet ouvrage
a été réalisée par
GRAPHIC HAINAUT
30, rue Pierre Mathieu
59410 Anzin

Imprimé en France par CPI
en août 2016
N° d'impression : 3018530

POCKET - 12, avenue d'Italie - 75627 Paris Cedex 13

Dépôt légal : septembre 2016
S26007/01